Juliane Maibach

Feiy - Im Licht des Mondes

47NORTH

Das Buch

»Man sieht es mir zunächst vielleicht nicht an. Ich habe kein wallendes Haar, auch keine ätherische Ausstrahlung und erst recht besitze ich keine Flügel oder einen glitzernden Zauberstab, mit dem ich Wünsche erfülle. Und dennoch besteht meine Arbeit genau aus dieser einzigen Tätigkeit: Ich erfülle Sehnsüchte. Im Volksmund bezeichnet man uns als Feen, doch unser eigentlicher Name lautet: Feiys.«

Die selbstbewusste junge Feiy Alice ist dazu bestimmt, in der Welt umherzuziehen und einen Handel mit den Menschen abzuschließen.

Eines Tages trifft sie auf Vince, dessen sehnlichster Wunsch es ist, von ihr die Kunst der Magie zu lernen. Doch diese Macht kann nur ein Talim, der Meister der Feiys, verleihen. So machen sich die beiden auf den Weg zu ihm und erhalten einen äußerst lukrativen Auftrag: Sie sollen ihm die geheimnisvolle Blaue Träne bringen, einen Schatz von unermesslichem Wert. Gemeinsam begeben sich die beiden auf eine abenteuerliche Reise, die sie das Leben kosten könnte.

Vince spürt schon bald, dass die mutige Feiy an seiner Seite ein großes Geheimnis verbirgt und die Schatten der Vergangenheit ihre Finger nach ihr ausstrecken.

Die Autorin

Juliane Maibach wurde 1983 geboren und lebt zusammen mit ihrem Mann und ihrem kleinen Sohn in der Nähe von Freiburg im Schwarzwald. Sie schreibt seit ihrer Kindheit,- zunächst Kurzgeschichten und Gedichte; später dann auch erste längere Geschichten und ganze Bücher, in denen sie ihre eigenen fantasievollen Welten erschaffen konnte. Inzwischen schreibt sie vor allem im Romantic-Fantasy Genre.

Nach einem Germanistik Studium arbeitete sie als Verwaltungsfachangestellte. Mittlerweile konnte sie sich jedoch ihren großen Traum erfüllen und ist ausschließlich als Autorin tätig. Mit ihren drei Roman-Reihen »Necare«, »Midnight Eyes« und »Seelenlos« konnte sie eine Vielzahl an Lesern begeistern und in ihren Bann ziehen.

2013 gewann sie mit dem ersten Band von Necare den Shortlist-Preis des Autoren@Leipzig Award der Leipziger Buchmesse.

JULIANE MAIBACH

FEIY

Im Licht des Mondes

47NORTH

Deutsche Erstveröffentlichung bei
47North, Amazon Media E.U. S.à r.l.
5 Rue Plaetis, L-2338, Luxembourg
März 2018

Umschlaggestaltung: semper smile, München, www.sempersmile.de
Umschlagmotiv: © Veronique Beranger / Getty; © oriontrail / Shutterstock;
© Extezy / Shutterstock;
© robert_s / Shutterstock
Lektorat und Korrektorat: Verlag Lutz Garnies, Haar bei München,
www.vlg.de
Printed in Germany
By Amazon Distribution GmbH
Amazonstraße 1
04347 Leipzig, Germany

ISBN 978-2-919-80048-3

www.47north.de

Prolog

Man sieht es mir zunächst vielleicht nicht an. Ich habe kein wallendes Haar, auch keine ätherische Ausstrahlung und erst recht besitze ich keine Flügel oder einen glitzernden Zauberstab, mit dem ich Wünsche erfülle. Und dennoch besteht meine Arbeit genau aus dieser einzigen Tätigkeit: Ich erfülle Sehnsüchte. Im Volksmund bezeichnet man uns als Feen, doch unser eigentlicher Name lautet Feiys.

Wir verfügen über magische Kräfte und erfüllen Wünsche, allerdings nicht aus Wohltätigkeit. In Wahrheit sind wir nicht diese reinen Wesen voller Güte und Barmherzigkeit. Wir verfolgen unsere eigenen Absichten, eilen niemandem zur Rettung oder stehen Bedürftigen zur Seite, wie man es aus all diesen Geschichten kennt.

Wie bei so vielem im Leben hat auch unsere Hilfe ihren Preis. Ist der Vertrag erst einmal geschlossen und der Wunsch erfüllt, so nehmen wir das Lebenslicht des Unterzeichners. Das mag für den ein oder anderen nach nicht viel klingen, dennoch gibt es kaum etwas Wichtigeres. Denn ohne diese Kraft ist das Innere leer und zu keinerlei Gefühlen mehr fähig. Zum Glück gibt es genügend Leute, die bereit sind, für ihre innersten Sehnsüchte alles zu bezahlen.

Das ist jedenfalls unser Geschäft, davon leben wir. Und ich hatte im Grunde ein gutes Leben. Ich hatte eine Aufgabe, einen Alltag, doch manchmal bringt eine kleine Veränderung eine große Wende. Bei mir war es wohl dieser eine Tag, an dem ich Vince traf. Nie hätte ich gedacht, dass mit dieser Begegnung Steine ins Rollen geraten würden, die alles ins Wanken bringen und dazu führen sollten, dass ich mich auch meiner eigenen Vergangenheit würde stellen müssen …

Kapitel 1

Die Sonnenstrahlen schienen warm durch das breite, offen stehende Fenster, sodass ein sanfter Windhauch mit den weißen Vorhängen spielen konnte. Alice räkelte sich und drehte sich noch einmal in dem weichen, breiten Bett um. Ihr war, als könnte sie die Berührung auf ihrer Haut spüren, und sie gab sich noch einen Moment lang diesem Gefühl hin. In ihrem Traum war sie wieder zwölf Jahre alt gewesen.

Unbeschwert und lachend sah sie sich auf dem Dach der Scheune sitzen. Neben ihr war Allac, der ihre Hand hielt und sie mit seinen großen blauen Augen ansah, in denen im Moment der Schalk tanzte. Wie oft hatte sie schon sein Gesicht bewundert und die Wärme in seinen Augen gesucht, die Alice – ganz gleich, wie aufgebracht sie war – zu beruhigen vermochten. Noch immer lächelte sie, spürte die Nähe zu Allac und ihr Herz, das so schnell pochte.

Kurz entschlossen griff sie nach seiner Hand, drückte seine Finger und schenkte ihm ein schelmisches Grinsen. »Na los, oder traust du dich nicht?«, fragte sie, machte sich von ihm los und rannte über das Dach.

Sie konnte förmlich spüren, wie er ihr nachsah, stellte sich seinen Schrecken vor. Sie lachte, als sie das Ende des Dachs erreichte und mit voller Kraft absprang – zumindest hatte sie es so vorgehabt. Doch im letzten Moment rutschte sie ab, ihre Arme ruderten hilflos durch die Luft, als sie zwei Meter weiter rechts den Heuhaufen sah, in dem sie eigentlich hatte landen wollen. Nun hielt sie genau auf den kleinen Schuppen zu, der vor der Scheune stand, und konnte gerade noch ihre Hände schützend vors Gesicht legen. Ein kurzer Schrei entfuhr ihr, als sie durch das alte Dach krachte und etliche Bretter daraus mit sich riss. Einen Augenblick wagte sie nicht zu atmen, noch immer war das Donnern von Holzbrettern zu vernehmen, die zu Boden fielen. Vorsichtig schaute sich Alice um. Staub flirrte durch die Luft und tanzte in der Sonne, die durch das eingestürzte Dach auf sie niederschien.

Mit klopfendem Herzen stellte sie fest, dass sie den halben Schuppen zum Einsturz gebracht hatte. Das würde mit Sicherheit Ärger geben ... Sogleich vernahm sie Schritte und jemand bahnte sich seinen Weg zu ihr.

»Alice«, hörte sie Allac rufen. »Alles okay? Bist du verletzt?«

Nur Augenblicke später erschien er und seufzte erleichtert auf, als er sie unversehrt vorfand. Seine Sorge freute sie irgendwie und rührte etwas in ihr.

»Mann, du machst Sachen«, sagte er, nachdem der erste Schrecken verflogen war. Er strich ihr zunächst zärtlich durchs Haar und strubbelte dann wild darin herum. »Aber so kenne ich dich.«

»Und du hast dich gedrückt«, erklärte sie, während sie aufstand. »Warum hast du nicht mitgemacht?«

»Ich bin doch nicht lebensmüde.«

»Es hat aber unglaublich Spaß gemacht.« Alice stand auf und klopfte sich den Staub von der Kleidung.

»Kann ich mir vorstellen. Muss toll sein, durch einen Schuppen zu krachen«, ärgerte er sie weiter.

Da hörten sie die Rufe und sie wussten sofort, dass Herolds, der Bauer und Eigentümer der Scheune, im Anmarsch war.

»Los, lass uns verschwinden«, forderte Alice Allac auf. Der schenkte ihr dieses strahlende Lächeln, das sie so sehr an ihm liebte und das seine Augen so wundervoll blitzen ließ. Dann rannten sie davon.

Dieses Bild war es, mit dem Alice aus ihrem Traum erwachte, der von einer Zeit erzählte, die nun zehn Jahre zurücklag und dennoch unvergessen blieb – auch wenn sie sich oft wünschte, sie könnte sie aus ihren Erinnerungen streichen. Doch in diesem Moment des Erwachens genoss sie die Bilder noch einmal. Allerdings drang der Krach, von dem sie geweckt worden war, immer stärker in ihr Bewusstsein. Ganz langsam holte er sie in die Gegenwart zurück und reizte ihre Nerven. Kutschen fuhren draußen rumpelnd über Kopfsteinpflaster, Menschen gingen ihrer Wege, um Einkäufe zu erledigen oder um ihr Tagwerk zu beginnen. Erste Händler priesen ihre Waren an, die Rufe eines Bäckers ertönten: »Frisches Brot, bei mir gibt es ofenwarmes, frisches Brot.«

Plötzlich erklangen die Stimmen zweier Frauen, die unter dem Fenster stehen mussten und sich unterhielten: »Es scheint ein schöner Tag zu werden. Die Sonne ist bereits jetzt ziemlich warm.«

»Ich hoffe, es wird nicht wieder so heiß wie gestern.«

Die erste seufzte gequält. »Das war wirklich fürchterlich anstrengend. Am liebsten hätte ich erst gar nicht das Haus verlassen.«

Wieder rumpelte ein Wagen lautstark durch die Gasse, während die Stimme der ersten Frau unangenehm hoch in Alices Ohren schrillte: »Ich mag das warme Wetter hier ja eigentlich sehr gern, doch im Sommer sind mein Mann und ich fast nur noch in unserem kleinen Chalet in Talwasser.«

»Oh, das muss herrlich sein. Wir verbringen die heißen Tage gern in Nores. Direkt an der See geht ein schöner, kühler Wind«, stimmte die zweite zu.

Alice lag noch immer im Bett, doch langsam spannte sich ihr rechter Arm an. Ihre Stirn legte sich in Falten, während sie diesem Brennen nachspürte, das sich allmählich ihres Inneren bemächtigte. Mit einem Ruck packte sie ihr Kissen und warf es im hohen Bogen zum Fenster raus. »Verdammt noch mal!«

Mit schnellen Schritten war sie beim Fenster und lehnte sich wutschnaubend hinaus. Die beiden Frauen blickten voller Entsetzen zu ihr hoch.

»Wisst ihr eigentlich, wie spät es ist?!«, brüllte sie weiter. »Hier wollen Leute schlafen. Sucht euch gefälligst einen anderen Platz, um euer vollkommen sinnfreies Gequatsche fortzuführen.«

Die zwei schauten sie sprachlos an.

»Ihr habt verdammt richtig gehört. Verzieht euch! Immerhin bin ich zahlender Gast in diesem Haus und will meine Ruhe!«

Die beiden Frauen, die cremefarbene, lange Kleider nach der neuesten Mode trugen und allem Anschein nach recht betucht waren, verzogen missbilligend ihre Mienen und schimpften: »Eine Unverschämtheit! Dass man so jemanden überhaupt in dieses Gasthaus lässt.«

»Ich hätte niemals gedacht, dass sich solches Gesindel in einem derart vornehmen Haus einnisten darf.«

»Wenn ich nur mit der richtigen Summe gewedelt hätte, wäre ich sicher auch bei euch untergekommen«, brüllte Alice zurück, was nur entsetztes Kopfschütteln bei den beiden hervorrief.

Noch immer genervt trat sie vom Fenster zurück und ließ sich in ihr Bett fallen. Der Traum von eben schien bereits wieder so fern. Sie wickelte sich tiefer in die kuschelige Decke ein … Ein so schönes Zimmer, und die beiden hatten ihr die herrliche

Ruhe genommen. Ihr Blick glitt langsam umher. Der Schrank gegenüber war wundervoll gearbeitet, wies Intarsien und zierliche Schnitzereien auf, der Seidenteppich strahlte in den tollsten Farben. Neben dem Bett gab es eine Spiegelkommode, die aus Mahagoni gefertigt war. Die kleine Sofaecke war ebenfalls äußerst gemütlich gestaltet. Alles in allem war dieses Zimmer ein Traum – ein äußerst kostspieliger. Zweihundert Gulden verlangte man hier für die Nacht, wie sich Alice nur zu gut erinnerte, was ihr zugleich ins Gedächtnis rief, dass sie sich diese Herberge nicht mehr allzu lange würde leisten können.

Sie seufzte tief, schaute sich noch einmal jeden Gegenstand sehnsüchtig an. Es war wohl wieder mal an der Zeit aufzubrechen und Geld zu verdienen. Leider konnte sie sich viel zu selten derartigen Luxus gönnen und Alice musste sich auch eingestehen, dass sie einen ziemlich exklusiven Geschmack hatte. Sie kannte andere Feiys, die ununterbrochen im Wald schliefen, die sich von Brot, Trockenfleisch, altem Käse und dem ernährten, was sie auf ihren Reisen in Wäldern zu essen fanden. Allein bei dem Gedanken schüttelte es sie innerlich.

In diesem Moment machte sich ihr Magen mit einem lauten Knurren bemerkbar – fast so, als wisse auch er, dass sich die guten Zeiten mal wieder dem Ende zuneigten. Ein Frühstück konnte sie sich noch genehmigen, dann würde sie erst einmal weiterziehen müssen. Wenn sie Glück hatte, fand sie hier im Ort jemanden, mit dem sie einen Vertrag abschließen konnte. Bevor sie Mylo – ihren Talim – aufsuchte, musste sie jedenfalls einige Lebenslichter mehr gesammelt haben.

Sie streckte sich ein letztes Mal, dann ging sie in das großzügige Badezimmer, um sich frisch zu machen, zog anschließend ihre schwarze Hose an, die auch schon bessere Tage gesehen hatte, und schlüpfte in ihr dunkelblaues T-Shirt. Sie packte ihre restlichen Sachen zusammen und schulterte ihren Rucksack.

Bevor sie das Zimmer verließ, band sie sich noch ihre langen schwarzen Haare zu einem Knoten zusammen und blickte ein letztes Mal in den Spiegel. Dunkelbraune Augen sahen ihr entgegen, die noch immer einen leicht mürrischen Ausdruck versprühten. Sie wusste, dass sie nicht unansehnlich war, sicher wäre sie aber deutlich hübscher gewesen, wenn sie mehr Wert auf ihre Kleidung und ihr Erscheinungsbild gelegt hätte. Doch Äußerlichkeiten spielten für sie keine Rolle und ihr Aussehen genügte, um mit dem ein oder anderen Mann ins Gespräch zu kommen, damit sie einen Vertrag mit ihm abschließen konnte.

Alice zog die Tür hinter sich zu und ging die Treppe hinunter. Im Gastraum waren einige Tische mit Kaufleuten besetzt, wie sie an den Reiseumhängen der Männer, den Landkarten und Gesprächsfetzen erkannte.

Sie ließ sich an einem freien Tisch auf einen Stuhl sinken und schaute sich ihre Umgebung prüfend an. Die Kaufleute reisten allesamt in kleineren Gruppen; bei diesen war es immer recht schwer, an einen einzelnen heranzukommen, um ihn in ein Gespräch zu verwickeln.

Eine ältere Dame hatte sich bei der Bar niedergelassen, die bereits jetzt geöffnet war. Sie trug ein abgetragenes Kleid sowie einen ziemlich durchlöcherten breitkrempigen Hut. Ihr Gesicht war faltendurchfurcht, was sicher nicht allein von ihrem Alter herrührte, sondern vor allem von Sorgen. Es wäre gewiss ein Leichtes gewesen, ihr einen Wunsch zu entlocken und einen Vertrag anzubieten, doch Alice hatte es nicht auf Leute abgesehen, denen das Leben ohnehin schon übel mitgespielt hatte. Das unterschied sie wohl von anderen in ihrem Job. Sie versuchte sich wenigstens ein bisschen Ehrgefühl zu bewahren.

Ihr Blick glitt gerade weiter zu einem Mann, der ein überhebliches Lächeln auf den Lippen trug und sich ein weiteres Glas Schnaps einfüllen ließ. Selbst auf dem Stuhl wankte er leicht und prostete dem Barmann wiederholt laut zu. Ein

Rülpsen erklang, nachdem er den Alkohol in einem Zug hinuntergestürzt hatte.

»Und noch einen!«, verlangte er.

»Sind Sie sich sicher? Wollen Sie nicht vielleicht doch lieber nach Hause gehen? Bestimmt warten dort Frau und Kind auf Sie«, versuchte der Barmann ihn umzustimmen.

Der Typ winkte ab. »Sie werden warten, bis ich fertig bin. Immerhin arbeite ich hart für mein Geld, dann entscheide auch ich, was damit gemacht wird!«

Was für ein sympathisches Kerlchen, ging es Alice durch den Kopf. Im Hintergrund hörte sie die Stimme eines neuen Gastes, der zur Rezeption ging, die auf der rechten Seite des Raums lag.

»Entschuldigen Sie bitte, ich habe dies hier draußen gefunden und mich gefragt, ob es vielleicht Ihrem Haus gehört.«

»Oh, in der Tat. Das Kissen stammt von uns«, sagte die Dame am Empfang und machte eine kurze Pause. »Wie seltsam. Und Sie sagen, es lag draußen auf der Straße?«

Alice wurde hellhörig und beobachtete den Fremden, der gerade nickte. »Sicher hat es nur ein Gast zum Lüften aus dem Fenster gehängt und dabei ist es hinuntergefallen.«

Die Angestellte nickte und lächelte freundlich. »Wahrscheinlich haben Sie recht.«

Der Mann musste in Alices Alter und damit um die zweiundzwanzig Jahre sein. Er war groß, hatte breite Schultern und war recht korpulent. Selbst sein langer Mantel konnte den kleinen Bauchansatz nicht verbergen. Auch wenn die Kleidung nicht besonders auffällig wirkte, so war sie doch von sehr guter Qualität und damit bestimmt nicht billig gewesen.

»Wollen Sie bei uns einkehren? Darf ich Ihnen ein Zimmer anbieten?«, fragte die Frau an der Rezeption.

»Das ist nett, aber ich möchte gleich weiter. In dem Gasthaus, wo ich übernachtet habe, war das Essen nicht ganz nach meinem Geschmack, darum wollte ich hier nach einem Frühstück fragen.« Er grinste und strich sich durch sein kurzes blondes Haar.

»Aber natürlich, kommen Sie nur mit.«

Die Frau führte ihn an einen freien Tisch und kam dabei an Alice vorbei. Der Typ schenkte ihr ein verschmitztes Grinsen. Sie verdrehte jedoch genervt die Augen und hoffte, dass er nicht auf der Suche nach Gesellschaft war. Sie kannte solche Leute zur Genüge, die auf Geschäftsreisen gingen oder Verwandte besuchen wollten und denen irgendwann die Einsamkeit zu schaffen machte. Sie quatschten darum beinahe jeden an, der ihnen in die Quere kam, und auf so etwas konnte sie nur zu gut verzichten.

Der junge Mann setzte sich und als er ihren Blick bemerkte, winkte er ihr freundlich zu. Er machte auf sie einen offenen Eindruck und war mit Sicherheit eine Person, die gern Anschluss hatte und zu jedem nett war. Er hatte weiche Gesichtszüge, wahrscheinlich ließ er sich darum einen Dreitagebart stehen, nur um etwas markanter zu wirken. Man sah ihm jedenfalls auf den ersten Blick an, dass er ein gutmütiger Kerl war – keine allzu guten Voraussetzungen, denn jeder erkannte sofort, dass er ein Schaf war, das sich leicht ausnehmen ließ. Aber das war nicht Alices Problem.

Sie wandte sich von dem Fremden ab und widmete sich wieder dem Mann an der Bar, der lautstark über seine Frau klagte, die mal wieder schwanger geworden war und bald ein weiteres Kind in die Welt setzen würde. Mittlerweile hatte er noch ein Glas Schnaps geleert und wurde immer redseliger. Genau der richtige Zeitpunkt, um ihm einen lebensverändernden Vorschlag zu unterbreiten.

Alice stand auf, ignorierte den Blick der älteren Frau, die an der Bar saß und traurig vor sich hinstarrte, und setzte sich auf einen Hocker neben den fremden Mann. So nah bei ihm roch sie den muffigen Geruch seiner Kleidung, der von altem Schweiß begleitet wurde. Die Hände waren groß, stark behaart und umklammerten bereits das nächste Glas Alkohol. Kaum hatte sich Alice gesetzt, wanderte sein Blick auch schon in ihre Richtung. Abschätzig musterte er sie. Offenbar gefiel ihm, was er sah, denn er setzte ein breites Lächeln auf und zeigte eine Reihe gelber und brauner Zähne. Mit alkoholschwerem Atem hauchte er ihr ein: »Na, du. Bist du ganz alleine hier?« entgegen.

Sie lächelte und schenkte ihm einen freundlichen Blick. Gerade dieser Teil gefiel ihr an ihrem Job am allerwenigsten. Diese falsche Freundlichkeit, dieses oberflächliche Getue, als würde sie sich auch nur ein Stück für diesen Typen, der offensichtlich ein absoluter Mistkerl war, interessieren. Aber ohne dieses Geplänkel würde es niemals zu einem Vertragsabschluss kommen.

Also ignorierte sie den gierigen Blick seiner rot unterlaufenen Augen, versuchte, nicht auf seine wulstigen Lippen zu schauen, über die seine Zunge immer wieder strich, und schenkte auch dem ungepflegten Bart keine Beachtung, unter dem sich rote, entzündete Flecken abzeichneten.

Sie nickte und antwortete auf seine Frage: »Ich war für ein paar Tage hier im Gasthaus und ziehe nun weiter.«

»Das ist aber sehr schade«, raunte er. »Aber vielleicht hast du ja noch ein wenig Zeit. Es ist immerhin früh am Morgen.«

Alice zuckte vielsagend mit den Schultern und schenkte ihm ein laszives Lächeln. Das genügte bereits, um sein Interesse weiter anzuheizen.

»Wo kommst du denn her?«, hakte er nach. »Und bist du beruflich in der Stadt oder was machst du hier?«

»Ich wohne eigentlich in Steintal, bin nun aber auf dem Weg, um Verwandte zu besuchen. Es ist eine weite Reise. Mein Onkel ist leider verstorben und ich möchte ihm die letzte Ehre erweisen. Wir haben uns in den vergangenen Jahren nicht mehr oft gesehen, darum möchte ich jetzt wenigstens Abschied von ihm nehmen können.«

Er grinste schief. »So, so. Ein Onkel ist tot, den du lange nicht mehr gesehen hast.« Er rieb Daumen und Zeigefinger aneinander und blickte sie wissend an. »Die Reise wird sich hoffentlich für dich lohnen.«

»Wer weiß, er war immerhin ein wohlhabender Mann«, log sie weiter.

Der Fremde lachte. »Ich dachte mir schon, dass du mit allen Wassern gewaschen bist. Aber ich kann dich gut verstehen. Wäre einer meiner Verwandten abgekratzt, wäre ich auch der Erste, der dort auf der Matte stehen und nach einem Erbe fragen würde.«

»Dann läuft es bei dir finanziell wohl auch nicht allzu gut?«

»Das kann man wohl sagen. Ich hab 'nen Berg von Schulden und eine Frau zu Hause, die einen Balg nach dem anderen in die Welt setzt, die mir langsam die Haare vom Kopf fressen.« Er hob sein Glas, sagte weiter: »Das hier ist der einzige Trost, der mir noch bleibt«, und leerte den Inhalt in einem schnellen Zug.

»Das klingt wirklich nach einem sehr harten Leben«, erwiderte Alice und sah ihn mitfühlend an.

»Das kann man laut sagen. Ich wünschte, ich hätte genug Geld, dann würde ich noch mal ganz von vorne anfangen. Damals habe ich meine Frau nur geheiratet, weil ihre Mitgift ganz ordentlich war. Aber von dem Geld ist schon lange nichts mehr übrig, dafür habe ich nun sie und die ganzen Kinder am Hals.«

»Wenn du dir alles wünschen könntest, ganz gleich was, würdest du dann wirklich nur Geld wollen?«, hakte Alice interessiert nach.

»Natürlich, was auch sonst? Mit genügend Kohle kann ich mir alles kaufen, meine Frau verlassen und irgendwo anders glücklich werden.« Er grinste schief. »Leider bleibt von meinem Lohn nie viel übrig, egal wie hart ich auch schufte. Ich werde also so schnell nicht von hier wegkommen.«

Alice war sich sicher, dass der Typ nicht mal wusste, was harte Arbeit war, und offensichtlich versoff er ohnehin seinen ganzen Lohn in irgendwelchen Kneipen. Seine Frau konnte einem nur leidtun. Mit Sicherheit würde ihr einiges erspart bleiben, wenn ihr Mann vom Alkohol wegkäme und seine Launen nicht mehr an ihr auslassen würde. Und auch für Alice würde es sich lohnen …

Sie beugte sich ein Stück näher zu ihm und murmelte leise: »Was wäre, wenn ich eine Möglichkeit wüsste, dir zu unermesslichem Reichtum zu verhelfen?«

Er schaute sie mit großen Augen an, dann lachte er. »Ich habe keine Ahnung, was du vorhast, aber ich bin zu jeder Schandtat bereit.«

»Was wärst du denn bereit, dafür zu geben?«, hakte Alice leise nach. Sie wusste, dass sie längst gewonnen hatte. In nur wenigen Minuten würde sie einen neuen Vertrag abschließen können. Mit diesem Typen hatte sie mal wieder ein gutes Händchen bewiesen.

»Wenn ich wirklich reich wäre, ich meine so, dass ich mir nie wieder Gedanken um Geld machen müsste. Ja, dafür würde ich alles geben, ganz gleich was.«

»Selbst wenn es etwas so Wichtiges wäre wie dein Lebenslicht?«

»Ich habe keine Ahnung, was das sein soll. Aber solange es mich nicht umbringt«, sagte er lachend, »würde ich es wohl auch dafür hergeben. Hauptsache, ich schwimme im Geld.«

Ein Wunsch, den sie nur zu gut nachvollziehen konnte, nachdem sie bereits so viele Jahre dieses doch recht entbehrungsreiche Leben führte. Leider waren Feiys an gewisse

Bedingungen gebunden und so konnten sie sich selbst nicht an den Wünschen ihrer Vertragspartner bereichern. Es wäre auch zu verlockend gewesen, einen Deal abzuschließen unter der Prämisse, dass ein Teil des gewünschten Geldes nach Abschluss an sie ging. Allerdings hätte dies einen Vertragsbruch bedeutet, was unweigerlich zum Verlust der Feiy-Kräfte und zum Erlöschen des Wunsches geführt hätte – sprich, das ganze Geld hätte sich buchstäblich in Luft aufgelöst. Kein besonders verlockender Gedanke …

Alice versuchte ihr Lächeln freundlich aussehen zu lassen und streckte ihm die Hand entgegen. »Na, dann schlag ein. Du gibst mir dein Lebenslicht und dafür erhältst du so viel Geld, wie du niemals ausgeben kannst.«

Er schaute sie misstrauisch an, zögerte kurz, schlug dann aber grinsend ein. »Du bist schon ein bisschen seltsam. Aber wer weiß, vielleicht wache ich ja wirklich morgen früh auf und finde mich in einem Palast wieder.«

Alice wusste, dass es so nicht ablaufen würde. Vielmehr würde er möglicherweise über einen großen Schatz stolpern; er konnte eine Erbschaft machen oder es stellte sich heraus, dass sein Haus auf einer Goldader gebaut war – irgendetwas in dieser Art würde geschehen. Auf jeden Fall sollte sich sein Wunsch schon bald erfüllen, das stand fest.

»Du bist mir vielleicht eine. Man könnte ja fast glauben, du hast den Verstand verloren.«

Noch immer hielt sie seine Hand in der ihren und der Blick des Kerls schwankte zwischen Unglauben, Euphorie und Unsicherheit, was er mit einem dümmlichen Grinsen zu ignorieren versuchte. Alice konzentrierte sich und ließ die Kraft in sich frei, die nun wellenartig aus ihren Fingern strömte und in den Mann drang. Auf diese Weise war sie kurz mit ihm verbunden, was – wie auch in diesem Fall – oftmals sehr unangenehm war. Etwas Eisiges machte sich in ihrem Körper breit, dann brannte Gier und Jähzorn in ihr auf – Gefühle, die nicht ihr gehörten. Sie wusste, dass sie jetzt ganz in der Nähe des Lebenslichtes angekommen sein musste. Langsam ließ sie die Wellen wieder in ihren Körper zurückrollen und spürte, wie sie etwas Warmes mit sich zogen. Am Ende formten sich in ihren Fingerspitzen blaue Lichttropfen, die sich zu einer strahlenden Kugel verbanden. Sie war nicht sonderlich groß, was nur bewies, dass dieser Kerl kein besonders guter Mensch war und nicht gerade viel innere Stärke besessen hatte. Auch wenn es nicht viel war, Alice würde immerhin eine kleine Summe dafür erhalten.

Der Kerl schaute sie weiterhin an, die Lichtkugel bedachte er mit einem verwirrten Gesichtsausdruck. Alice zog das silberne Kästchen heraus, das sie entweder an ihrem Gürtel oder in der Tasche ihres Mantels trug, und ließ die gleißende Kugel hineingleiten.

Wenn sie ein paar Lebenslichter eingesammelt hatte, würde sie diese zu Mylo bringen, der sie weiterverkaufte und Alice ihren Anteil auszahlte. Er beschäftigte neben ihr noch eine Reihe weiterer Feiys und war in ihrem Berufsstand als Talim ziemlich bekannt.

Die Lippen des Fremden formten längst kein Lächeln mehr. Stattdessen starrte er nun mit leerem Blick nach vorne, fasste sich an die Brust, als suche er nach etwas. Doch er würde es nicht wiederfinden …

Noch immer hockte der Mann neben ihr. Er war ein wenig blass geworden, aber das gab sich meistens recht schnell. Etwas anderes würde allerdings nie wieder zurückkehren …

»Alles in Ordnung?«, fragte sie.

Der Fremde nickte langsam. »Ich … ich denke schon.« Er hielt kurz inne. »Ich fühle mich ein bisschen seltsam.«

»Vielleicht ist es das Beste, wenn du erst einmal nach Hause gehst und dich ausruhst«, schlug Alice vor, auch wenn sie wusste, dass es rein gar nichts helfen würde.

»Ich weiß nicht«, murmelte er. »Irgendwie kann ich nicht mehr richtig denken.«

Der Barmann sah wohl, dass der Kerl sein Glas leer getrunken hatte und etwas blass um die Nase geworden war. »Geht es Ihnen nicht gut?«, erkundigte er sich. »Wollen Sie noch einen Drink oder kann ich Ihnen Wasser bringen?«

Der Angesprochene wartete einen Moment, schien genau überlegen zu müssen und zuckte dann mit den Schultern. »Ich habe keine Ahnung«, gab er zu.

Der Barmann hob die Brauen. »Sie wissen doch aber, ob Sie Durst haben? Ich könnte Ihnen sonst auch einen Tee bringen lassen, wenn Sie sich nicht gut fühlen.«

»Nein«, antwortete er, stand auf und murmelte. »Ich kann nicht sagen, ob ich etwas trinken möchte.«

Alice sah ihm nach, wie er langsam durch den Gastraum schritt und sich daranmachte, das Lokal zu verlassen. Von nun an würde er nie wieder etwas fühlen. Er würde kein Glück, keine Freude, aber auch keine Angst oder Leid mehr empfinden. Selbst Bedürfnisse wie Schlaf, Hunger, Durst rückten in den Hintergrund und meldeten sich nur so leise, dass derjenige überleben konnte. Er war von heute an ohne Lebenslicht vollkommen leer und gefühllos. Ein Dasein, das man nur als Dahinsiechen bezeichnen konnte und das kaum schrecklicher hätte sein können. Daher rührte auch der Name Lebenslicht, denn auch wenn der Vertragspartner nicht starb, war es dieses Licht, das das Leben ausmachte.

Alice runzelte misstrauisch die Stirn und drehte sich um. Zu ihrer Überraschung hatte sie sich nicht getäuscht. Da saß noch immer der junge Mann mit dem Dreitagebart und grinste ihr freundlich entgegen. Hatte er sie etwa die ganze Zeit beobachtet?

Nun winkte er sogar und lachte breit. Was für ein Trottel … Aber dennoch, warum starrte er sie so an? Sie wandte sich wieder um und versuchte, das ungute Gefühl abzuschütteln. Am besten, sie machte sich gleich wieder auf den Weg. Es war zwar schade, denn sie hätte gern noch ein gutes Frühstück genossen, vielleicht auch ein Stück Kuchen gegessen. Aber sie wollte schnell von diesem Kerl weg und es wurde ohnehin Zeit …

Kapitel 2

Nachdem Alice ihre Rechnung im Gasthaus bezahlt hatte und die Stadttore längst hinter ihr lagen, holte sie noch einmal den braunen Lederbeutel hervor, in dem sie ihr Geld aufbewahrte. Leider befanden sich nicht mehr viele Münzen darin.

Sie seufzte leise. Mit dem Lebenslicht, das sie dem Typen heute abgenommen hatte, würde sie auch nicht weit kommen. Es war viel zu unrein und damit zu klein gewesen. Im Geiste hörte sie Mylo jetzt schon jammern … Sie musste wirklich einige Verträge mehr abschließen, bis sie zu ihm gehen konnte. Anschließend würde sie sich ein nettes Wirtshaus suchen und es sich gut gehen lassen.

Plötzlich runzelte sie die Stirn und lauschte nachdenklich. War da nicht gerade wieder dieses Geräusch gewesen? Seit einer ganzen Weile hatte sie bereits ein ungutes Gefühl, das sich einfach nicht abschütteln lassen wollte. Dieses Knacken von Ästen hatte sie sich jedenfalls ganz sicher nicht eingebildet. Konnte es sein, dass sie verfolgt wurde? Vorsichtig schaute sie sich um, entdeckte aber nichts Ungewöhnliches. Mit einem Mal rannte sie los, hetzte, so schnell sie es vermochte, an ein paar Bäumen vorbei, suchte immer wieder bei hohen Büschen Schutz und hastete weiter. Nach ein paar Minuten ging sie bei einer großen Eiche in Deckung. Sie verbarg sich hinter deren Stamm und wartete darauf, dass ihr Verfolger an ihr vorbeikam.

Alice hielt ihre Atmung ruhig, auch wenn ihre Lunge von dem Sprint brannte. Langsam hob sie den rechten Arm, machte sich bereit, sofort anzugreifen, wenn es sein musste. Zunächst vernahm sie laute, schwere Schritte, dann ein immer wiederkehrendes Japsen.

Sie biss sich auf die Unterlippe, als sie ihren Verfolger sah, wie er weitereilte, dann, nur wenige Meter von ihr entfernt, stehen blieb und sich umsah. Plötzlich beugte er sich nach vorne, stützte sich mit den Armen auf den Knien ab und rang nach Luft.

Der schon wieder, ging es Alice durch den Kopf. Im Gasthaus hatte der Typ sie bereits so angeschaut und seltsam angelächelt. Doch warum verfolgte er sie? Wer war er?

Suchend streifte sein Blick umher, offensichtlich hatte er sie aus den Augen verloren. Sie hätte nun ohne Probleme entkommen können, doch es war noch nie ihre Art gewesen, vor Problemen davonzulaufen. Also zog sie den Bogen von ihrem Rücken, legte einen Pfeil ein und spannte die Sehne.

Erst jetzt trat sie aus ihrem Versteck heraus und rief: »Du stellst dich ziemlich dumm an, wenn es darum geht, jemandem unbemerkt zu folgen. Du bist verdammt laut und auch etwas schwerfällig. Damit bist du ein ziemlich leichtes Ziel.«

Der junge Mann schaute zunächst ziemlich überrascht, doch er fing sich schnell wieder, grinste breit und hob entschuldigend die Arme. »Ich habe dich gesucht, nicht verfolgt.«

»Nenn es, wie du willst«, sagte sie ärgerlich. »Es ändert nichts daran, dass ich es nicht gern sehe, wenn man mir nachschleicht. Ich lege keinen Wert auf Gesellschaft, also kehr am besten auf der Stelle wieder um.«

Ein Anflug von Entschlossenheit machte sich auf seinem Gesicht breit. »Das kann ich nicht. Ich muss mit dir sprechen, bitte. Ich habe schon so lange nach jemandem wie dir gesucht.«

Alice runzelte ihre Stirn und musterte den Fremden. Er konnte unmöglich wissen, wer oder was sie war. Es war weitestgehend unbekannt, dass Feiys tatsächlich existierten. Sie kamen nur in Geschichten und Märchen vor, wurden darin als Feen bezeichnet, die nur Gutes wollten, indem sie anderen ihre Wünsche erfüllten. Die paar Erzählungen, in denen die Rede von einer Feiy war, konnte man an einer Hand abzählen. So sollte es allerdings auch bleiben. Es wäre ihrer Arbeit nicht gerade zugutekommen, wenn ein jeder von der Existenz der Feiys gewusst hätte.

Was glaubte er also, wen er hier vor sich hatte?

»Ich weiß nicht, wovon du redest«, erwiderte sie und ließ ihren Bogen langsam sinken. Von diesem Kerl ging ganz bestimmt keine Gefahr aus. Allein sein erschrockenes Gesicht sprach Bände.

Er trat einen Schritt auf sie zu und meinte: »Du bist eine Magierin. Ich habe es selbst gesehen.«

Alice hob die Brauen. Konnte es sein, dass er sie tatsächlich beim Zaubern beobachtet hatte? Sie schnaufte laut und kehrte ihm den Rücken zu. Sie hatte ganz gewiss keine Lust, noch weiter zu diskutieren und ihn von seinem Irrtum zu überzeugen.

»Ich bin dann mal weg«, sagte sie im Gehen. »Kehr du am besten in die Stadt zurück und such dir einen anderen, dem du mit deinen Spinnereien auf die Nerven gehen kannst.«

Mit ein paar schnellen Schritten hastete er ihr nach. »Bitte, du verstehst nicht! Ich habe meine Heimatstadt, mein Zuhause und meine Eltern verlassen, weil ich mir nichts sehnlicher wünsche, als ein Magier zu werden. Ich gebe nicht auf, ehe du mich angehört hast.« Er packte ihren Arm und hielt sie fest.

Mit flehendem Blick schaute er sie an. »Bitte, lass mich mit dir mitkommen. Ich möchte bei dir in die Lehre gehen.«

Alice war sich sicher, der Kerl müsse den Verstand verloren haben. Dann schüttelte sie den Kopf und befreite sich aus seinem Griff. »Da wirst du deine Eltern aber enttäuschen müssen, denn ich werde ganz sicher keinen Magier aus dir machen können.« Und das war noch nicht mal gelogen ...

Ein verlegenes Lächeln huschte über seine Lippen. »Na ja, meine Eltern waren nicht gerade begeistert von meinem Vorhaben.«

Sie zuckte mit den Schultern und ging weiter. »Das interessiert mich nun wirklich nicht, genauso wenig wie deine Lebensgeschichte. Also spar dir das Gewäsch und geh heim oder sonst wohin, nur hör auf, mir nachzulaufen.«

Trotz ihrer Worte versuchte er es weiter. »Ich bitte dich. Es ist unheimlich schwer, einen Magier zu finden. Du bist die erste und ich werde nicht aufgeben, ehe ich dich überzeugt habe, mich auszubilden.«

Alice rollte mit den Augen. »Jetzt mal zum Mitschreiben: Ich. Bin. Keine. Magierin.«

Falls sie geglaubt hatte, ihn damit abwimmeln zu können, so hatte sie sich getäuscht. Ein Grinsen huschte über seine Lippen, als er meinte: »Das stimmt nicht. Ich habe dich beobachtet, kurz bevor du in die Stadt gekommen bist. Ich war auch auf dem Weg dorthin und habe dich im Wald gesehen. Du hast vor einem Lagerfeuer gesessen, dadurch wurde ich überhaupt erst auf dich aufmerksam. Du saßest dort, hast in die Flammen geschaut und als ich das nächste Mal blinzelte, warst du einfach verschwunden. Da wusste ich, dass du eine Magierin sein musst, und habe mir geschworen, dich zu finden. Vier Tage lang habe ich in der Stadt nach dir Ausschau gehalten, bis ich heute sah, wie du das Kissen auf die Straße geworfen hast.«

Alice ächzte leise. Da hatte sie dieser Trottel doch tatsächlich dabei beobachtet, wie sie bei ihrem Lagerplatz einen Tarnzauber gesprochen hatte. Nicht, dass dieser etwas Besonderes oder gar außergewöhnlich stark gewesen wäre, er gehörte vielmehr zu den einfachen Sprüchen. Mit dessen Hilfe konnte man derart mit der Umgebung verschmelzen, dass man auf den ersten Blick nur schwer zu finden war. Recht praktisch, um sich vor angriffslustigen Tieren zu verbergen – für viel mehr reichte es leider nicht. Denn ein jeder, der nahe genug kam, entdeckte einen sofort. Es sprach also nicht gerade für diesen Kerl, dass er sich davon hatte verwirren lassen.

»Ich versichere dir, ich bin keine Magierin, und jetzt lass mich in Ruhe!« Sie hatte endgültig genug von dieser Diskussion.

»Ich weiß, was ich gesehen habe«, beharrte er. »Und ich werde alles dafür tun, um dich von mir zu überzeugen.«

In seinen Augen brannte ein Feuer von Entschlossenheit, seine Miene wirkte unnachgiebig und eisern. Niemals würde sie ihn einfach stehen lassen können. In diesem Moment wurde ihr klar, dass er ihr überallhin folgen würde. Sie machte einen letzten Versuch, indem sie erneut ihre Worte wiederholte, dieses Mal eine Spur ruhiger: »Glaub mir bitte, ich bin wirklich keine Magierin. Keine Ahnung, was du da gesehen hast, aber ich kann dir nicht helfen.«

»Ich verstehe, dass du dich zu schützen versuchst und nicht einfach einen dahergelaufenen Kerl in die Geheimnisse der Magie einweihen willst. Aber ich werde dir meine Fähigkeiten beweisen, sodass du mich in die Lehre nimmst. Ich verspreche, dass ich dir bis dahin zur Hand gehen und dich unterstützen werde.«

Konnte dieser Typ nicht endlich einfach aufgeben?! Alice seufzte und musterte ihn noch einmal von oben bis unten. Seine Kleidung war gut, der Stoff mit Sicherheit teuer gewesen – wie sie bereits im Gasthaus hatte feststellen können. An seiner linken

Hand trug er einen kleinen Smaragdring. Auch sein Aussehen wirkte gepflegt und das, obwohl er schon eine Weile unterwegs sein musste. Er hatte es sich allem Anschein nach auch auf seiner Reise gut gehen lassen.

»Wie viel?«, fragte sie.

Er schaute sie überrascht an. »Was meinst du damit?«

»Wie viel zahlst du mir, wenn ich dich mit mir reisen lasse?«

Er blickte sie nachdenklich an. »Ich soll dich dafür bezahlen, dass ich dich begleiten und mich unter Beweis stellen darf?«

»Du wirst mich mit Sicherheit aufhalten und mich einiges an Zeit und Nerven kosten. Ich finde es nur fair, wenn du mich dafür entschädigst.« Sie würde den Kerl ohnehin nicht loswerden und wenn er ihr schon folgte, konnte sie ihn auch unter ihre Fittiche nehmen. Allerdings nicht umsonst. Sie brauchte das Geld dringend, immerhin hatte sie gerade eine beträchtliche Summe in dem Gasthaus gelassen und stand nun ziemlich mittellos da – dass sie es aber auch nie schaffte, sparsam zu sein …

»Ich biete dir fünfhundert Gulden an«, schlug er eifrig vor. »Dafür darf ich mindestens vier Monate mit dir ziehen.«

Fünfhundert war wirklich nicht gerade wenig …

»Sagen wir tausend«, schlug sie vor. So sehr, wie der Kerl von seiner Idee überzeugt war, würde er sicher noch mehr bezahlen und allem Anschein nach hatte er ja genug.

»Das ist ziemlich viel«, murmelte er und schien im Geiste seine Finanzen durchzugehen.

Sie zuckte mit den Schultern. »Wie du meinst, ich habe dir meinen Preis genannt. Entscheiden musst du.« Damit tat sie ein paar Schritte und hörte ihn sogleich rufen: »Warte! Ich bin einverstanden.«

»Gut!« Sie ließ sich die Münzen abzählen und steckte sie sogleich in das lederne Säckchen, in dem sie ihr Geld aufbewahrte. Anschließend reichte sie ihm die Hand. »Mein Name ist Alice.«

»Vince. Ich freue mich auf die Zeit mit dir.«

»Das kannst du auch«, erwiderte sie und grinste. Nur einen kurzen Moment überkam sie der Anflug eines schlechten Gewissens. Immerhin hatte sie ihm mehrfach gesagt, dass sie keine Magierin war. Zu der Erkenntnis würde er früh genug selbst kommen. Bezahlt hatte er sie nur dafür, dass sie ihn mitkommen ließ. Und so nervig wie sie diesen Vince einschätzte, hätte sie vermutlich noch mehr verlangen sollen …

Kapitel 3

Alice blickte über ihre Schulter und runzelte ungehalten die Stirn. Laut keuchend versuchte Vince, mit ihr Schritt zu halten, und stellte sich dabei nicht gerade geschickt an. Sein großer Rucksack schien ihn regelrecht zu erdrücken, denn er ging bereits leicht nach vorne gebeugt. Er versuchte das große Gepäckstück immer wieder anders zu positionieren, wozu er stehen bleiben musste.

»Allem Anschein nach bist du lange Märsche nicht gewohnt«, stellte Alice fest.

Er bemühte sich, ein Lächeln zustande zu bringen, und winkte ab. »Ach was, das bisschen Laufen macht mir nichts aus. Ich bin hart im Nehmen, keine Sorge.«

»Das sieht man.«

Seit einem Tag hatte sie diesen Kerl nun schon an ihrer Seite und Alice bereute ihre Entscheidung Stunde um Stunde. Er hielt sie nur auf, hatte ständig Hunger oder Durst, nachts schnarchte er so laut, dass man glauben konnte, ein bengalisches Schaf hätte sich in ihrem Lager breitgemacht, und außerdem war er unglaublich nervig. Der Kerl konnte kaum eine Minute den Mund halten und hatte einen unglaublichen Redebedarf.

»Sagst du mir jetzt endlich, wohin wir gehen?«, fragte er unter lautem Schnauben.

»Jetzt, wo ich wieder Geld habe, ist es an der Zeit, es mir gut gehen zu lassen«, erklärte sie unumwunden.

Vince runzelte fragend die Stirn.

»Ich gehe in die nächste Stadt, werde mir dort ein schönes Gasthaus suchen und die Füße hochlegen.«

»Was?! Du willst einfach nur rumliegen und nichts tun?«

Sie nickte. »Das ist der wahre Luxus im Leben. So wie du aussiehst, hast du noch nie wirklich hart arbeiten müssen und weißt es nicht zu schätzen, nach vollendetem Werk die Auszeit zu genießen.«

»Du willst mir nicht weismachen, dass ich dir tausend Gulden dafür gezahlt habe, dass ich dir beim Schlafen zuschauen darf? Ich möchte von dir lernen, etwas über Magie erfahren, dich beim Zaubern beobachten.«

»Und jetzt lernst du als Erstes, wie wichtig es ist, einen gut gefüllten Geldbeutel zu haben, damit man sich ein angenehmes Leben verschaffen kann. Glaub mir, das ist eine der wichtigsten Lektionen überhaupt. Irgendwann wirst du dir die Annehmlichkeiten deines behüteten Elternhauses zurückwünschen.«

»Das wird auf keinen Fall geschehen«, behauptete er mit einer Kälte in seiner Stimme, die Alice ihm so nicht zugetraut hätte. Da habe ich wohl einen wunden Punkt getroffen, ging es ihr durch den Kopf.

Seine schlechte Stimmung hielt jedoch nicht lange vor. Mit großen, eifrigen Schritten ging er neben ihr her und musterte sie, als sei sie ein übernatürliches Wesen, das man anbeten musste.

»Wann hast du es das erste Mal gemerkt, dass du über Zauberkräfte verfügst?«, fragte er. »Sind sie plötzlich aufgetaucht oder eher langsam erwacht?«

Alice war drauf und dran, in ihre alte Litanei zu verfallen und ihm erneut zu erklären, dass sie keine Magierin war, sah aber schnell ein, dass sie da wohl weiterhin auf taube Ohren stoßen würde. Und im Prinzip verfügte sie ja über magische Fähigkeiten …

»Nun, sagen wir mal, sie kamen sehr plötzlich« – nämlich genau dann, als Mylo ihr den Armreif umgelegt und ihr damit auch die Kräfte verliehen hatte.

Vince nickte eifrig, als wisse er genau, wovon sie sprach. »Man hört immer wieder, dass sie ohne jede Vorwarnung erwachen. Selbst bei Erwachsenen soll es schon vorgekommen sein.«

Sie zog die Brauen hoch. »Du hoffst nun aber nicht wirklich darauf, dass das bei dir auch noch geschieht, oder?«

Sein Blick huschte kurz in Richtung Dickicht, als hätte er dort etwas Interessantes gesehen, und antwortete: »Nein, natürlich nicht. Das wäre ja lächerlich. Ich bin aber fest davon überzeugt, dass man mit einem eisernen Willen alles erreichen kann. Ich muss nur hart genug an mir arbeiten und fest entschlossen sein, dann werde ich auch meinen größten Traum erfüllen können.« Er war so ernst dabei und hatte zugleich einen solch hoffnungsvollen Blick, dass er einem fast leidtun konnte.

Ihr lag bereits eine Antwort auf der Zunge, die ihn auf den Boden der Tatsachen zurückholen sollte, denn Magie war angeboren – entweder man trug sie in sich oder eben nicht. Dieses ganze Gerede, dass magische Kräfte auch noch im Alter erwachen konnten, war absoluter Blödsinn. Ein Magier würde aus Vince demnach nie werden. Doch behielt sie die Worte für sich.

»War es sehr schwer zu lernen, mit deinen Kräften umzugehen?«, fragte Vince.

Sie schüttelte den Kopf. »Der ein oder andere mag damit wohl Probleme haben, bei mir ging jedoch alles recht schnell«, erinnerte sie sich an die Zeit zurück, als sie ihre Arbeit als Feiy aufgenommen und ihre Zauberkräfte ausgetestet sowie zu kontrollieren gelernt hatte.

Noch immer schaute Vince sie mit diesem strahlenden Blick an, der so voller Bewunderung war, dass Alice beinahe übel wurde. So sollte er sie nicht ansehen …

»Es muss unglaublich sein, wenn man plötzlich über derartige Fähigkeiten verfügt. Man kann über Feuer gebieten, Eis beherrschen, ganze Stürme herbeirufen.« Er grinste kurz. »Keine Sorge, ich weiß, dass jeder Magier nur über ein Element gebieten kann. Ich für meinen Teil würde mich am meisten für die Kraft des Feuers interessieren, wobei Wind auch nicht zu verachten ist.« Er winkte lachend ab. »Ach, ganz egal, Hauptsache, ich kann überhaupt über eine derartige Kraft verfügen, die man einsetzen kann, um die Welt zu verändern.«

»Oder Menschen zu verletzen«, wandte Alice ein.

Für einen Moment huschte ein dunkler Zug über Vince' Gesicht und der fröhliche Klang verschwand aus seiner Stimme. Er nickte betrübt. »Ja, leider gibt es auch Magier, die ihre Kräfte nur dafür einsetzen, um ihre eigene Macht und ihren Reichtum zu vergrößern. Ich habe auch schon Geschichten von ihnen gehört …«

»Es gibt viel mehr von denen, als du denkst, die nur auf ihren eigenen Vorteil bedacht und bereit sind, dafür über Leichen zu gehen. Sie nutzen jegliche Chance, um ihre Macht zu vergrößern. Benutzen Artefakte, Tränke, Talismane und auch Lebenslichter, nur um stärker zu werden.«

»Lebenslicht?«, hakte Vince überrascht nach. »Soll das nicht dieses innere Leuchten sein, in dem all unsere Gefühle und Empfindungen ruhen? Hinter denen sollen doch die Feiys her sein.«

Sie nickte überrascht. »Woher weißt du davon?« Fast niemand hatte Kenntnis von der Existenz der Feiys und ihrer Aufgabe.

Er grinste breit. »Ich habe eine Menge Bücher gewälzt. Meine Eltern besitzen eine große Bibliothek und ich bin mit ihnen viel auf Reisen gewesen, wo ich mich ebenfalls nach interessanter Literatur umgeschaut habe.«

»Nun ja«, versuchte Alice das unangenehme Thema zu wechseln, »Magier genießen trotz allem einen guten Ruf, sind sehr angesehene Leute und das, obwohl sie schreckliche Dinge tun. Aber so ist es eben. Die meisten Menschen wissen über ihre Machenschaften nicht Bescheid.«

»Aber es wird doch von diesen Städten und Dörfern erzählt, wo plötzlich alle Bewohner umgebracht wurden«, wandte Vince mit einem Wispern ein, als habe er Angst, ein Fremder könnte sie hier, inmitten des Waldes, belauschen. »Hast du auch schon von diesen Geschichten gehört? Man sagt, es soll ein grausamer Magier sein, der seine Macht unter Beweis stellen will.«

Eine eisige Gänsehaut rann Alices Rücken hinab, ihre Hände verkrampften sich und ihr Puls jagte heißes Adrenalin durch ihre Adern.

Sie nickte langsam.

»Schrecklich, oder?«, fuhr Vince fort. »Von einem Tag auf den anderen waren alle Leute tot – grauenvoll hingeschlachtet. Den Verletzungen nach wurden keine Waffen verwendet. Am seltsamsten ist jedoch der schwarze Staub, der zurückgeblieben ist. Kalt soll er gewesen sein … Ich frage mich, was das für eine Art von Magie ist.«

»Eine sehr alte«, erklärte Alice leise. »Und sie stammt nicht von Magiern.«

Vince riss die Augen auf, doch Alice beschleunigte ihre Schritte. »Wie meinst du das?«, hakte er nach. »Warst du an einem dieser Orte? Was weißt du darüber?«

»Gar nichts«, erklärte sie leise und in dunklem Tonfall, der klarmachte, dass sie nicht weiter darüber reden würde. Doch das Wort Nekromant wurde in ihrem Kopf immer lauter und ließ sie nicht mehr los.

Vince verstummte; Alice spürte noch immer seinen fragenden Blick in ihrem Rücken.

Kapitel 4

Alice lief durch die Gassen, hörte die lauten Stimmen der Passanten und drängte sich immer wieder an ein paar Umstehenden vorbei. Ihr war, als würde sie beobachtet werden, als hingen ein paar Blicke an ihr, die sich in ihren Rücken bohrten. Seltsamerweise war ihr dies nicht unangenehm. Einzig und allein ein Verlangen herrschte in ihr: denjenigen zu finden. Es war unerlässlich, dass sie ihn ausfindig machte und ihm in die Augen sah.

Ein innerer Drang trieb sie voran, scheuchte sie durch die Menge, ließ sie immer schneller gehen und sich an den Leuten vorbeizwängen. So viele fremde Gesichter. Nirgends waren die bekannten blauen Augen …

Ein Schauer überkam sie, als sie eine Stimme hinter sich hörte: »Alice.« Sie klang tiefer, erwachsener und dennoch vollkommen vertraut. Er sagte nur dieses eine Wort und sofort schlug ihr Herz bis zum Hals. Die Menschen traten wie auf einen lautlosen Befehl beiseite, machten den Weg für sie frei, damit sie zu der Person gelangen konnte, die nur wenige Meter von ihr entfernt stand. Das Gesicht lag im Schatten, sodass sie es nicht erkennen konnte, dennoch erahnte sie das Lächeln, das auf seinen Lippen ruhte.

Tränen traten ihr in die Augen und eine Sehnsucht kam in ihr auf, die sie entzweizureißen drohte. Sie rannte los, wollte seine Arme um sich spüren, seinen vertrauten Duft riechen und die Wärme seiner Hände, die ihr so oft Trost gespendet hatten.

Noch einmal hörte sie ihn rufen: »Alice.« Dann spürte sie auch schon seine Arme auf sich – sie rüttelten hart an ihrer Schulter. Erschrocken riss sie die Augen auf und schrie fast auf vor Schreck, als sie Vince vor sich erblickte.

»Mann, musst du mich so erschrecken«, fuhr sie ihn an und schob seine Hände von sich.

»Entschuldige, aber es ist schon hell und du sagtest, wir wollten bei Sonnenaufgang los.«

Die Bäume um sie herum rauschten im Wind, Vogelgezwitscher war zu vernehmen und die Sonne schob sich allmählich in die Höhe.

»So genau musst du es nun auch wieder nicht nehmen«, erwiderte sie knurrend und begann, sich für den Tag zurechtzumachen, was nicht lange dauerte. Nach einer kurzen Wäsche packte sie ihre Sachen zusammen und aß unterwegs eine Kleinigkeit.

Nur zwei Stunden später erblickten sie die Dächer von Alltal. Die Stadt lag direkt an der All – einem großen Fluss –, sodass Fischerei und Schifffahrt einen großen Stellenwert hatten. Die Innenstadt war umtriebig, überall wuselten Leute umher und inmitten dieses Gedränges hatten sich Vince und Alice begeben. Für einen Moment fühlte sie sich in ihren Traum zurückversetzt und musste mehrfach über ihre Schulter schauen, um sich zu vergewissern, dass Allac nicht plötzlich hinter ihr auftauchte. Ob sie ihn nach all den Jahren überhaupt erkennen würde? Hastig schob sie den Gedanken beiseite und verbot sich – wie sie es meistens tat – jeden weiteren an ihre Vergangenheit oder eine unbestimmte Zukunft.

»Welche Art von Gasthaus schwebt dir nun vor?«, wandte sich Vince an sie.

»Wie ich schon sagte, ich will es mir gut gehen lassen.«

»Das wird man ja auch in einem machen können, das kein Vermögen kostet.«

Alice hob die Brauen und schenkte ihm einen empörten Blick. »Gerade du solltest wissen, dass ein angenehmes Leben nicht billig ist. Darum sehen wir uns auch in diesem Stadtteil um.«

Sie befanden sich in der Nähe des Marktplatzes, wo es besonders viele Leute hinzog. An so einem zentralen Ort fand man meist die besten Unterkünfte – so auch hier.

Alice ließ ihren Blick über die einzelnen Gebäude schweifen. Sie waren noch zu klein und wirkten nicht besonders prachtvoll, also ging sie erst einmal weiter.

»Ich verstehe nicht, wie du dein ganzes Geld für ein paar angenehme Nächte aus dem Fenster werfen kannst!«, beschwerte sich Vince erneut. »Und vor allem muss ich nun ebenfalls so eine teure Unterkunft wählen.«

Alice drehte sich zu ihm um und meinte: »Es steht dir frei, dir etwas anderes zu suchen. Niemand sagt, dass du mir auf Schritt und Tritt folgen musst. Ein wenig Abstand täte uns beiden sicher gut.«

»Ich habe dafür bezahlt, dass ich dich begleiten und mehr über das Leben eines Magiers erfahren darf. Aus diesem Grund will ich keine Minute verpassen.«

»Ich hoffe, du kommst bislang auf deine Kosten«, erwiderte sie in ironischem Tonfall.

In diesem Augenblick sah sie das Gesicht einer jungen Frau, die hinter Vince stand. Die Haare wirkten im Sonnenlicht fast weiß, ihre Miene war hoch konzentriert und die stahlblauen Augen schienen auf ein ganz bestimmtes Ziel gerichtet zu sein. Ein ungutes Gefühl beschlich Alice, das sie zunächst nicht bestimmen konnte. Dann trafen sich ihre Blicke. Für einen kurzen Moment schauten sie sich an, dann verschwand die Fremde in der Menge.

Blitzartig durchzuckte es Alice siedend heiß und sie wandte sich hastig an Vince: »Wo ist deine Geldbörse? Hast du sie noch?«

Er wirkte ein wenig überrascht, tastete dann schnell zu dem Rucksack, den er über dem Rücken trug, und kramte darin herum. Immer schneller wurden seine Hände und Panik machte sich in seinem Gesicht breit. »Es ist weg. Mein ganzes Geld.«

Kaum hatte er zu Ende gesprochen, rannte Alice auch schon los. Sie versuchte die Frau in der Menge auszumachen, suchte nach dem weißen Haar. Kurz meinte sie, etwas Helles zu erkennen, und hetzte in die Richtung. Ja, tatsächlich! Das musste sie sein. Sie rannte nun, so schnell sie konnte, den Blick ununterbrochen auf ihr Ziel gerichtet. Da prallte sie plötzlich so hart gegen etwas, dass es ihr kurz die Luft nahm.

Alice schaute auf und sah in smaragdgrüne Augen, deren Farbe so intensiv war, wie sie es nie zuvor gesehen hatte. Es war aber vor allem die Tiefe und dieses Glänzen darin, das sie sprachlos machte. Zum Glück rief der Rest ihres Verstandes sie zur Vernunft und so entschuldigte sie sich bei dem jungen Mann, in den sie hineingelaufen war.

»Tut mir leid, das war keine Absicht«, sagte sie und sah in dieses Gesicht, das man nur als überaus schön bezeichnen konnte. Perfekt geschwungene Brauen, eine gerade Nase, volle Lippen, auf denen ein amüsiertes Lächeln tanzte. Das mahagonifarbene Haar war ein wenig zerzaust und verlieh ihm einen leicht verwegenen Ausdruck. Keine Frage, dieser Kerl war mit einem außergewöhnlich guten Aussehen bedacht worden.

»Alles in Ordnung? Haben Sie sich etwas getan?« Seine Stimme war melodisch und hatte einen weichen Klang. Plötzlich fühlte sie sich seltsam unruhig und musste seinem Blick ausweichen. Warum nur raste ihr Herz so schnell? Seit wann brachten irgendwelche Kerle sie aus dem Konzept? Hastig besann sie sich auf ihr eigentliches Ziel zurück.

»Alles bestens«, erklärte sie. »Aber danke für Ihre Sorge. Ich muss weiter«, fuhr sie halb im Laufen fort, wandte sich ein letztes Mal um und spürte, wie sich die Frequenz ihres Herzschlages noch einmal erhöhte. Er lächelte ihr auf eine atemberaubende Weise zu, wie es eigentlich keinem Menschen vergönnt sein durfte.

Einige hundert Meter eilte Alice noch durch die Straßen, doch nach ihrem Zusammenprall hatte sie nicht mehr viel Hoffnung.

Und so kam es nun auch: Sie hatte die Frau aus den Augen verloren …

»Wie kann man seine Geldbörse nur so achtlos mit sich herumtragen«, schimpfte Alice, während Vince sichtlich geknickt neben ihr herging. »Damit warst du ein gefundenes Fressen für jeden dahergelaufenen Dieb.«

Stundenlang waren sie durch die Gassen gerannt, um vielleicht doch noch eine Spur von der Frau zu finden, aber vergeblich.

»Glaubst du, ich ärgere mich nicht maßlos?!«, empörte sich Vince. »Immerhin war das der Großteil meines Geldes. Ich habe nur noch ein paar Münzen, die ich griffbereit in meine Hosentasche gesteckt habe.«

»Ich dachte, du wolltest mich von deinen Qualitäten überzeugen, so wird dir das jedenfalls ganz sicher nicht gelingen.«

Er grummelte leise: »Das hat nichts mit meiner Eignung als Magier zu tun …«

Alice schnaubte. Sie kochte noch immer vor Wut. Wie konnte man nur so unvorsichtig sein?! Ihr eigentlicher Ärger richtete sich aber vor allem auf die junge Frau, die nun im Besitz einer wohl recht ordentlichen Summe war. Mit Sicherheit war sie eine Straßendiebin, so geschickt, wie sie sich angestellt hatte, und so schnell, wie sie verschwunden war. Und da war noch etwas, das Alices Wut weiter schürte: Ihr war es nicht gelungen, die Fremde zu fassen.

Sie seufzte und stemmte die Hände in die Hüfte. »Wir werden uns nun erst mal einen Gasthof für die Nacht suchen und dann überlegen, wie es weitergehen soll.« Immerhin besaß sie noch das Geld, das ihr Vince gezahlt hatte. Er hingegen war so gut wie pleite und Alice hatte keine Lust, ihm etwas von der Bezahlung zurückzugeben.

»Denk aber bitte daran. Ein allzu gutes Gasthaus kann ich mir nun nicht mehr leisten«, wandte Vince ein.

Noch einmal schnaubte sie wütend und schaute sich die nicht ganz so herrschaftlichen Unterkünfte an. Ihr widerstrebte es aus ganzem Herzen, für so eine Herberge Geld auszugeben, aber was blieb ihr anderes übrig?

»Dann lass uns hier eines aussuchen und erst mal unsere Sachen aufs Zimmer bringen«, schlug sie wenig erfreut vor.

Vince musterte die umstehenden Häuser mit kritischer Miene. »Ich glaube fast, die könnten noch immer zu teuer sein.«

»Ich sehe aber nicht ein, dass …« Sie wandte sich zu ihm um und erstarrte mitten in der Bewegung. Sie befanden sich direkt neben einem der Gasthäuser und Alice konnte durch die leicht verschmutzten Scheiben eine Gestalt in einer der Ecken sitzen sehen. Kurz war sie vollkommen fassungslos, dann wurde der Zorn auch schon übermächtig. Ein kühles Lächeln stahl sich auf ihre Lippen. »Das nenne ich mal Glück – zumindest für uns. Die Kleine wird den Tag noch verfluchen, an dem sie uns über den Weg gelaufen ist.«

Vince schaute sie verständnislos an, folgte ihrem Blick ins Innere des Gastraumes und fragte dann: »Von wem sprichst du? Was ist denn eigentlich los?«

Kein Wunder, dass er die Diebin nicht erkannte, die es sich bei einem Krug Wein und einem Teller mit Braten und Knödel gut gehen ließ. Vince hatte die junge Frau nicht gesehen, als er von ihr bestohlen worden war.

Mit schnellen Schritten stapfte Alice in das Wirtshaus und betrat den Gastraum. Eine angenehme Wärme schlug ihr entgegen. Von den wenigen Gästen schenkte ihr keiner Beachtung und auch die junge Frau schien sie noch nicht bemerkt zu haben. Es gab keinen Zweifel daran, dass es sich bei ihr um die gesuchte Diebin handelte. Ihr verräterisches fast weißes Haar und die blauen Augen waren unverkennbar. Sie hatte den Mantel ausgezogen und trug ein schwarzes Hemd, das nicht allzu kostspielig wirkte, aber dennoch von guter Qualität war. Lediglich ihre abgewetzten, fast schon kaputten Stiefel, die Alice unter dem Tisch sehen konnte, hatten wohl die besten Tage bereits hinter sich.

»Die wird sich noch wünschen, uns nie getroffen zu haben«, murmelte Alice leise, während sie nun zielstrebig auf den Tisch zuhielt.

Die Frau mit den schneeweißen Haaren nahm gerade einen Schluck aus ihrem Becher und ließ ihn beinahe vor Schreck fallen – ein eindeutiges Zeichen, wie Alice fand.

»Wie ich sehe, erkennst du uns«, begann sie und verzichtete auf jegliche Höflichkeitsformen. »Wir hatten ja nur kurz das Vergnügen. Umso mehr freue ich mich, dass wir nun Zeit haben, uns richtig kennenzulernen.« Allein der Klang ihrer Stimme war eine Drohung, doch sie ließ auch ihre Blicke Bände sprechen und baute sich ganz dicht neben der Fremden auf.

»Ich weiß nicht, wovon Sie sprechen«, versuchte es die Angesprochene dennoch.

»Spar dir die Mühe! Wir wissen beide ganz genau, was du getan hast.« Sie streckte die Hand aus. »Und nun gib uns das Geld zurück oder du wirst mich kennenlernen!«

Die Fremde hatte eine Unschuldsmiene aufgesetzt, aber ihr Blick flackerte unruhig.

»… hast mich also bestohlen?!« Vince' Stimme überschlug sich schier und er ließ seine Hände laut auf den Tisch knallen, wo er sich nun abstützte. »Ich werde dafür sorgen, dass dir das Handwerk gelegt wird. So einfach kommst du mir nicht davon!«

Mittlerweile richteten sich einige Augenpaare auf sie und die ersten Gäste begannen aufgeregt miteinander zu tuscheln.

Die junge Frau fühlte sich sichtlich unwohl. »Ich werde mir das nicht länger anhören! Solche Unterstellungen! Wie können Sie es wagen?!« Sie warf die Serviette auf den Tisch, stand auf und wollte sich an Alice und Vince vorbeischieben, aber der hielt sie fest.

»Nichts da, du bleibst schön hier!«

»Gib uns das Geld zurück«, verlangte Alice, »oder sollen wir nachschauen, was du noch alles in den Taschen hast? Ich bin mir sicher, da ist so einiges zu finden.«

Die Frau zögerte, bemerkte die vielen Blicke auf sich, biss sich kurz auf die Unterlippe und meinte dann: »Wie ihr wollt. Da, bitte!« Sie griff in ihre Tasche und zog einen Beutel hervor.

»Meine Geldbörse«, freute sich Vince und nahm sie an sich.

»Es war ohnehin nur ein kleiner Zeitvertreib«, sagte die junge Frau schnippisch. »Mir winkt gerade ein sehr viel lukratıveres Geschäft. Auf das bisschen Geld bin ich gar nicht angewiesen.«

»Wie schön für dich«, stellte Alice fest. »Dann hoffe ich, dass du beim nächsten Versuch, dein Adrenalin in die Höhe schnellen zu lassen, an jemanden gerätst, der dich erst mal für längere Zeit in einem Kerker schmoren lässt.«

Die Fremde schnaubte laut, schenkte den beiden ein seltsam kühles Lächeln und raunte im Gehen etwas wie: »Ihr werdet mich noch kennenlernen.« Während ihre Worte langsam verklangen, verließ sie den Raum.

Alice und Vince verharrten einen Moment, jeder für sich fühlte der Erleichterung nach, die sie in diesem Augenblick überkam.

Vince war der Erste, der die Sprache wiederfand. »Ich bin dir unendlich dankbar.« Sein Blick wanderte zu Alice und ein warmer Ausdruck lag darin. »Du hast mir wirklich sehr geholfen und das werde ich dir nie vergessen. Danke, dass du mir beigestanden hast, das hätte sicher nicht jeder getan.«

Sie wich seinen Augen aus, die weiterhin mit diesem dankbaren Ausdruck auf ihr ruhten, und murmelte ein: »Keine große Sache.«

Auch nachdem sie das Gasthaus verlassen hatten, zeigte sich Vince weiter erleichtert, ob all der Sorgen und Ängste, die nun von ihm abgefallen waren. »Ich weiß ehrlich nicht, wie es hätte weitergehen sollen, wenn wir das Geld nicht zurückbekommen hätten. Ich habe mich schon auf der Straße betteln sehen.« Er schluckte schwer.

»Wäre es da nicht besser gewesen, eher zu deiner Familie zurückzukehren?«, fragte sie. »Sie hätte dir doch sicher geholfen.«

Ein dunkler Ausdruck legte sich in seine Miene und ließ seine Augen zornig aufblitzen. »Bevor ich dort angekrochen komme und um Hilfe bitte, sterbe ich lieber.«

Alice hob überrascht eine Braue hoch. »Ihr habt offenbar kein gutes Verhältnis, wenn du so darüber denkst.«

»So kann man es wohl ausdrücken«, war alles, was er daraufhin entgegnete.

Nur Augenblicke später erhellte sich seine Miene wieder und er versuchte die Gedanken an sein Elternhaus offensichtlich beiseitezuschieben.

»Jetzt, wo auch ich wieder Geld habe, können wir uns eine bessere Unterkunft leisten. Also«, er machte eine schwungvolle Handbewegung, die die umliegenden Gasthäuser einschloss: »Welches darf es sein?«

Kapitel 5

Alice sog den Duft der vielen fremdartigen Gewürze ein und lauschte dem Stimmengewirr der Händler, die überall von ihren Ständen aus ihre Waren anpriesen. Es herrschte hektisches Treiben und der Platz war ziemlich überfüllt. Zu manchen Ständen wie dem des Bäckers war gerade kein Durchkommen.

Vince schaute sich ebenfalls interessiert die ausliegenden Waren an und erstand das ein oder andere, wie einen wärmeren Mantel, ein paar Handschuhe, eine dicke Scheibe Speck sowie ein kleines Rad Käse. Auch Alice hatte sich mit dem Geld, das sie von Vince erhalten hatte, einen neuen Mantel gekauft und ein gutes Paar Stiefel. Sie würde es zwar mit allen Mitteln zu verhindern suchen, dass Vince ihr ihren Verdienst wieder abnahm, wenn er erst herausfand, dass sie keine Magierin war, aber sicher war es besser, wenn sie bis dahin einiges ausgegeben und sich ein paar neue Sachen dafür gegönnt hatte.

»Das sollte für die nächste Zeit reichen«, meinte er grinsend und klopfte auf den Rucksack, in dem er seine Einkäufe untergebracht hatte.

»Hauptsache, du wirst nicht wieder bestohlen«, meinte Alice und schaute sich zugleich zum wiederholten Male prüfend um. Sie wollte nicht noch einmal so unvorsichtig sein und ihre Umgebung aus den Augen lassen.

»Ich lerne aus meinen Fehlern, keine Angst.«

Für einen kurzen Moment hielt Alice inne. War er das gewesen? Dieses mahagonifarbene Haar, die breiten Schultern … Sie blickte in die Menge und ließ ihre Augen suchend umherwandern. Noch immer war sie mit der Frage beschäftigt, ob sie sich geirrt oder tatsächlich den jungen Mann gesehen hatte, in den sie erst vor wenigen Stunden hineingerannt war.

Sie lächelte und schüttelte amüsiert den Kopf. Selbst wenn, was sollte sie das überhaupt interessieren?

»Brauchst du noch etwas oder sollen wir allmählich zurückgehen?«, fragte sie Vince.

Alice sehnte sich nach dem wundervollen Hotelzimmer, das sie inzwischen bezogen hatte. Viel zu kurz hatte sie das weiche Bett und die wundervolle Stille genießen sowie den geschmackvoll eingerichteten Raum bewundern können. Leider hatte Vince sofort losgehen wollen, um noch Proviant und Kleidung zu kaufen. Nun, da auch sie ihre Besorgungen beendet hatte, wollte sie nichts mehr, als ein schönes heißes Bad nehmen, ein opulentes Mahl genießen und anschließend in ihr Bett fallen.

»Ich habe so weit alles erledigt. Wir können gern zurückgehen und etwas essen«, meinte Vince.

Noch während sie den Rückweg antraten, überkam Alice ein ungutes Gefühl. Sie konnte nicht genau sagen, woher es stammte, aber sie musste immer wieder an das Lächeln der jungen Frau denken. Sie hatte überhaupt nicht schuldbewusst oder reumütig gewirkt – eher entschlossen und kämpferisch. Warum hatte sie so schnell klein beigegeben? Hatte sie wirklich Angst gehabt, man hätte sie am Ende einsperren können?

Vince redete derweil unentwegt auf Alice ein, erzählte ihr wie so oft von seinen Zukunftsplänen, dass er alles von ihr lernen wollte, wenn sie sich endlich bereit erklärte, ihn auszubilden. Er würde ihr nicht viel zahlen können, aber ihr mit allem helfen … Sie hörte nur mit halbem Ohr zu.

Sie erreichten das Gasthaus und gingen die Treppe zu ihren Zimmern hinauf.

Noch bevor Alice die Tür zu ihrem Gästezimmer geöffnet hatte, vernahm sie auch schon den Schrei: »Verdammter Mist, das kann nicht wahr sein!«

Sie sah Vince nicht, hörte ihn aber aus seinem offen stehenden Zimmer heraus brüllen: »Es ist weg! Alles weg.«

Mit einem unguten Gefühl im Magen steckte Alice den Schlüssel ins Schloss und bemerkte dabei die Kratzspuren an der Seite des Türblatts. Sie riss die Tür auf und schaute in ein heilloses Durcheinander. Die Bettdecke war auf den Boden geworfen worden, Kissen lagen herum, dazwischen fanden sich Kleidungsstücke von Alice, die achtlos herumgeworfen worden waren. Schranktüren und Schubladen standen offen. Es war eindeutig: Jemand hatte alles auf der Suche nach Wertgegenständen durchwühlt.

Alice war sich sicher, dass derjenige auch fündig geworden war. Dennoch ging sie hinein, um sich selbst davon zu überzeugen. Sie fühlte hinter dem großen Bild nach, das neben dem Bett hing: Ihr Geld war weg.

Sie ächzte leise und spürte eine gleißende Wut in sich aufkommen. Sie konnte sich sehr genau vorstellen, von wem sie ausgeraubt worden waren – schon wieder.

Jetzt verstand Alice auch, warum die junge Frau das Geld so bereitwillig zurückgegeben hatte. Sie musste da schon vorgehabt haben, es sich zurückzuholen und sich gleich auch noch mehr zu schnappen, nämlich das Geld von Alice!

Dafür hatte sie den beiden nur nachschleichen müssen, um zu sehen, in welchem Gasthaus sie untergekommen waren. Sie hatten es ihr auch noch verdammt leicht gemacht, indem sie sofort losgezogen waren, um ihre Besorgungen zu machen.

Vince tauchte plötzlich hinter Alice auf. »Mein ganzes Geld, es ist …« Er hielt inne, als er das Chaos sah. »Bei dir also auch?«

Sie nickte kurz. »Ich habe nur noch die paar Münzen, die ich mit zum Markt genommen habe.«

»Geht mir genauso«, gab Vince leise zu. »Meinst du, es war die Frau, die mich schon zuvor bestohlen hat?«

»Da bin ich ganz sicher«, antwortete sie vollkommen überzeugt.

»Und was machen wir jetzt?«

»Wir geben die neu gekaufte Ware wieder zurück oder hoffen, sie an einem anderen Stand verkaufen zu können. Immerhin müssen wir irgendwie dieses Hotel bezahlen und es schaffen, die nächste Zeit über die Runden zu kommen.«

Es würde nicht einfach werden, das war ihr bewusst. Sie mussten ganz dringend Geld verdienen. Sie fühlte das silberne Kästchen in der Tasche ihres Mantels, in dem noch immer das Lebenslicht lag, das sie zuletzt erbeutet hatte. Immerhin war ihr dieses geblieben. Wenn sie es Mylo brachte, würde sie eine kleinere Summe dafür bekommen. Aber viel wäre es nicht. Hoffentlich reichten ihre wenigen Münzen und das, was sie für die neu gekauften Sachen bekommen würden, um sich bis dahin über Wasser zu halten. Sie konnte unmöglich in Vince' Gegenwart weitere Verträge abschließen. Er durfte auf keinen Fall in Erfahrung bringen, was sie war. Es blieb ihr aber gar keine andere Wahl, als mit ihm nach Marein zu reisen, wo Mylo lebte. Sie musste zumindest dieses eine Lebenslicht veräußern. Mit einem unsicheren Seitenblick schaute sie zu Vince. Sie würde schon dafür sorgen, dass sie in Marein alleine zu Mylo gehen konnte.

Kapitel 6

Drei Tage waren vergangen, seitdem sie Alltal verlassen hatten und nun ziemlich mittellos dastanden. Sie hatten noch versucht, die Diebin in der Stadt ausfindig zu machen, aber ein zweites Mal war ihnen nicht so viel Glück vergönnt gewesen.

Alice fröstelte ein wenig und rieb sich die Arme. Wie gern hätte sie jetzt ihren warmen neuen Mantel angezogen, der so wundervoll gefüttert war. Natürlich hatte der Händler ihn nicht mehr zurücknehmen wollen. Ihnen war nichts anderes übrig geblieben, als es bei anderen Ständen zu versuchen. Die Summe, die sie letztendlich dafür bekommen hatten, war beträchtlich kleiner gewesen als der ursprüngliche Preis.

Noch immer dachte Alice mit blanker Wut an diese kleine Diebin!

Vince saß ihr gegenüber und kaute lustlos auf einer trockenen Kante Brot herum. »Wie gern hätte ich jetzt ein Stück saftigen Braten«, murmelte er.

»Auf den wirst du wohl eine Weile verzichten müssen«, erwiderte Alice.

Sie hatten es sich auf einer kleinen Lichtung bequem gemacht – die hohen Tannen, die dunkel ihre Äste in die Höhe streckten, umringten sie und verschluckten den größten Teil des Sonnenlichts. Schweigsam hingen sie nun eine Weile ihren Gedanken nach.

Plötzlich fragte Vince: »Und dieser Bekannte, den du in Marein hast, der ist wirklich bereit, dir zu helfen?«

Alice blieb ihm eine Antwort schuldig. Sie hatte ihn anlügen müssen, denn dass Mylo in Wahrheit ihr Talim war, durfte er nie erfahren. Und ganz sicher würde Mylo ihnen auch nicht aus der Patsche helfen.

Vince steckte das restliche Brot mit unzufriedener Miene ein und begann neben dem Fels, auf dem er saß, gedankenversunken in der Erde herumzustochern. »Du willst mich nicht wirklich in deine Geheimnisse einweihen, habe ich recht?« Er hob den Blick und schaute sie fast traurig an. »Bisher hast du noch nie vor mir gezaubert und weichst auch meinen Fragen aus.«

»Ich habe es dir schon zigmal gesagt, dass ich keine Magierin bin«, wiederholte sie ihre alte Litanei, mit der sie bei Vince bislang auf taube Ohren gestoßen war. »Aus diesem Grund habe ich auch nicht vor, irgendwelche Zauber vor dir durchzuführen oder dir irgendeinen Schwank aus meinem Leben zu erzählen. Keine Ahnung, was du dir einbildest, aber bezahlt hast du dafür, dass du an meiner Seite sein darfst.«

»Ja, und dafür, dass ich auf diese Weise etwas von dir lerne«, beharrte er und fügte mit deutlich mehr Entschlossenheit hinzu: »Auch wenn so gut wie unser ganzes Geld weg ist, bestehe ich darauf, dass du dein Versprechen einhältst. So schnell wirst du mich nicht los! Ich werde mich dir beweisen, dann wirst du auch zustimmen, mich in die Lehre zu nehmen.«

Alice seufzte. Diese Diskussion war ihr jetzt schon viel zu anstrengend …

»Die Hauptsache ist ja wohl, dass ich nicht vorhabe, dich einfach irgendwo mitten in der Wildnis stehen zu lassen. Du würdest so ganz ohne Geld auch kaum lange überleben und deinen Tod kann ich ja schlecht verantworten.«

»Ich bin doch kein Kleinkind«, erwiderte er und stocherte weiter in dem Boden herum. »Hoffentlich beginnst du mir bald etwas mehr Vertrauen zu schenken und offenbarst mir ein wenig deiner Kraft.« Er schenkte ihr ein freundliches Lächeln und wandte sich dann erneut dem Untergrund zu.

Plötzlich begannen sich seine Finger schneller zu bewegen, sie gruben nach irgendetwas.

»Sieh dir das an«, sagte er schließlich. »Auf diesem Fels sind Daten eingraviert und irgendein Eisenteil ist auch noch dabei.«

Sofort sprang Alice auf und besah sich den Stein genauer. Ein Datum: 20. 1. 1489, außerdem etwas, das wohl ein Kreuz darstellte.

»Wir sind auf einem ehemaligen Friedhof gelandet«, stellte Alice mit Entsetzen fest und schaute sich sogleich um. Überall lagen Steine, die halb in den Erdboden eingesunken waren. Auf den ersten Blick deutete nichts auf diese Ruhestätte hin, doch wenn man es wusste …

Sie packte ihre Sachen zusammen und meinte: »Los, wir sollten so schnell wie möglich von hier verschwinden.«

Ein Schmunzeln machte sich auf Vince' Lippen breit, während er ihrer Aufforderung nachkam. »Sag bloß, du glaubst an Abbilder?«

Sie schenkte ihm einen Blick, der Antwort genug war. Dennoch fügte sie hinzu: »In dieser Welt gibt es mehr unheimliche und schreckliche Dinge, als du dir vorstellen kannst. Und diese Wesen verharren oftmals an Stellen, die mit dem Tod in Verbindung stehen – erst recht, wenn diese sehr alt sind.«

»Ja, aber Abbilder?! Denkst du wirklich, dass etwas von Verstorbenen zurückbleibt, das durch die Welt streift und unter Umständen geweckt wird?« Er lachte. »Am Ende hältst du es auch noch für bare Münze, dass Nekromanten diese Wesen beschwören können.«

Alice kannte die Antwort nur zu gut, sparte sich aber weitere Erklärungen. So sagte sie nur: »Ich hoffe für dich, dass du niemals herausfinden musst, was sich alles in dieser Welt unbeachtet von den meisten Menschen aufhält.«

»HILFE!«, wurde Alice plötzlich von einer Stimme unterbrochen, die lautstark durch den Wald schallte. »Bitte, helft mir.«

Die beiden verharrten noch einen Moment. Sie schauten einander an, dann meinte Vince: »Denkst du, das könnte irgendeine Falle sein?«

Sie hob erstaunt die Brauen. »Du meinst, ein Räuber ist auf die glorreiche Idee gekommen, nach Hilfe zu rufen, um hier mitten im Wald, wo eigentlich niemand ist, Menschen zu sich zu locken, um sie ausrauben zu können?« Sie schüttelte amüsiert den Kopf. »Eher unwahrscheinlich. Nein, ich denke vielmehr, dass da tatsächlich jemand in Schwierigkeiten steckt.«

Sie stapfte augenblicklich in Richtung der Rufe.

Vince ächzte. »Und was, wenn es doch ein Räuber ist? Wirst du dich dann mit einem Zauber zur Wehr setzen?«

Sie winkte ab. »Wenn irgendwer versuchen sollte, auf uns loszugehen, dann wird er sich sehr schnell wünschen, er wäre uns nie begegnet. Du kannst dich in solch einem Fall also schon mal freuen.«

Erneut erklangen die Schreie, sie hörten sich wirklich verzweifelt an. Die Stimme schien die eines Mannes zu sein und mutete kratzig, fast schon ein wenig heiser an. Wenn das tatsächlich eine Falle sein sollte und derjenige nur spielte, dann machte er seine Arbeit verdammt gut.

Alice sprang über einen umgestürzten Baumstamm, schob einige Blätter eines dichten Gebüschs beiseite und sah schließlich im hohen Gras vor einer großen Buche eine Gestalt liegen.

Die Haare waren zerzaust, das Gesicht von Dreck, Schweiß und getrocknetem Blut verschmiert. Verzweiflung flackerte in den Augen, in denen unverkennbar die Hitze von Fieber tanzte. Der Kerl brachte bei ihrem Anblick dennoch ein erleichtertes, fast hoffnungsvolles Grinsen zustande. Er streckte seine dünnen Arme nach Alice aus und meinte: »Ein Glück! Sie haben mich gehört. Ich bitte Sie, helfen Sie mir!«

Ihr Blick glitt weiter über seine zerlumpte Kleidung, das schmutzige Hemd, die löchrige Hose und zu seinem rechten Bein, das in einer Wolfsfalle steckte. Die Zähne des Fangeisens hatten sich tief in sein Fleisch gebissen. Der Stoff starrte an der Stelle, wo das Blut getrocknet war, und Fliegen schwirrten um das Bein herum – das erklärte auch das Fieber. Offensichtlich hatte sich die Wunde entzündet und das Fleisch faulte bereits.

»Bitte, Sie müssen mich befreien«, flehte er und streckte hoffnungsvoll die Arme in ihre Richtung.

Vince trat sogleich einen Schritt vor und wollte dem Mann beistehen, doch Alice hielt ihn auf. Erschrocken sah er sie an. »Das ist doch nicht dein Ernst, oder?«

Ohne den Blick von dem Gefangenen zu nehmen, erklärte sie: »Er hat bereits Fieber; Fliegen schwirren herum, sitzen an seiner Wunde und wenn man genau darauf achtet, riecht man es auch: Die Verletzung ist brandig geworden. Wir können das Eisen von seinem Fuß lösen, doch es würde nichts nützen. Er wird an seiner Wunde sterben.«

Der Mann schluckte schwer; Angst stand ihm ins Gesicht geschrieben und dennoch sah er nicht überrascht aus.

»Bitte helfen Sie mir«, jammerte er leise weiter. »Ich muss nach Hause. Meine Frau und meine Tochter warten auf mich. Wenn ich sterbe …«, er stockte, »dann haben sie niemanden mehr. Keiner wird für sie sorgen, sie werden auf der Straße landen.« Tränen rannen seine schmutzigen Wangen hinab und hinterließen helle Streifen darauf. »Es ist alles meine Schuld. Warum habe ich nur nicht aufgepasst.«

Alice sah den Schmerz und die Qual in seinem Gesicht, die aber nicht von der Verletzung, sondern vor allem von der Sorge um seine Familie herrührten.

Eigentlich hatte sie dies auf jeden Fall verhindern wollen. So wenige Menschen wie möglich sollten von der Existenz der Feiys wissen, doch ließ ihr die Situation keine andere Wahl. Der Mann hatte nur eine Chance, wenn er leben wollte.

Alice trat auf ihn zu und ließ sich neben ihm nieder. »Sie werden an dieser Verletzung sterben und das wissen Sie. Es gibt nur noch eines, das ich für Sie tun kann: Willigen Sie ein, mir Ihr Lebenslicht zu geben, dann kann ich Ihnen den Wunsch erfüllen und Sie werden wieder gesund.«

Aus den Augenwinkeln bemerkte sie, wie ein Rucken durch Vince ging und er erstaunt die Brauen hob.

Der Verletzte schaute Alice unsicher mit fiebrigem Blick an. Er zögerte nur kurz, dann nickte er. »Ich gebe Ihnen alles, was Sie wollen, wenn Sie mir dafür nur das Leben retten, damit ich meine Familie weiterhin versorgen kann.«

»Dann ist es abgemacht.« Alice reichte ihm die Hand, die er nahm und damit den Vertrag besiegelte. Sogleich sandte sie einen Teil ihrer Kraft in dessen Körper, spürte dem Licht nach, das sie vorsichtig zu sich zog. Ganz langsam verließ es den Körper, tropfte an ihren Fingern hinab und formte dort die gleißend blaue Kugel.

Nun sog Vince hörbar laut Luft ein und taumelte ein paar Schritte rückwärts. Der Mann hingegen wurde ganz ruhig, sein Blick verlor jeglichen Glanz, wurde vollkommen leer.

»Hilf mir mal«, forderte Alice Vince auf, der daraufhin zögerlich auf sie zukam, sich aber letztendlich neben ihr niederließ und seine Hände an das Fangeisen legte.

»Sie werden nichts mehr spüren«, meinte sie und zog an dem rechten Bügel, während Vince den anderen umklammert hielt.

Tatsächlich kam kein Laut über die Lippen des Mannes. Er saß vollkommen ungerührt vor ihnen, als ginge ihn das alles nichts an. Sie zog sein Bein aus der Falle und gab Vince dann ein Zeichen, das Eisen loszulassen, das daraufhin wieder laut zuschnappte.

Er musterte den Mann, der mit leerem Blick dreinschaute. Ein erschreckendes Bild, denn man konnte deutlich erkennen, dass da keine Emotion mehr in ihm war.

»Unglaublich«, murmelte Vince. »Wie geht es Ihnen?«, fragte er den Verletzten.

Er nickte vage. »Ich bin nicht sicher … Zumindest … sind die Schmerzen weg.«

Alice legte ihm die Hand auf die Schulter. »Sie werden wieder gesund, das war Teil unserer Abmachung.«

»Das ist gut«, hauchte er leise, ohne einen Anflug von Gefühl in der Stimme.

Obwohl er noch immer verletzt war, schaffte er es jetzt auf die Beine – kein Wunder, fühlte er doch keine Schmerzen mehr.

»Komm, lass uns weitergehen«, forderte sie Vince auf.

Der zögerte kurz, sah dann aber ein, dass er wohl nichts mehr für den Mann würde tun können. Schweigend folgte er Alice, die nur darauf wartete, dass er seiner Wut gleich Ausdruck verleihen würde.

Kapitel 7

Zu ihrer Überraschung blieb Vince vollkommen ruhig. »Du bist also tatsächlich keine Magierin«, stellte er fest. »Du bist eine Feiy. Ich hätte nie gedacht, dass ich jemandem wie dir einmal gegenüberstehe.«

Alice war erstaunt, dass er sofort erkannt hatte, was sie in Wahrheit war, ließ sich aber nichts anmerken. »Kein Wunder, die wenigsten wissen von unserer Existenz. Sie halten uns für Feen, die Wünsche erfüllen, haben jedoch keine Ahnung, dass das einen hohen Preis kostet. Für uns ist es natürlich besser, wenn das auch so bleibt«, fügte sie schnell hinzu.

»Nun ja, ich gehe davon aus, dass vieles, was ich über euch gelesen habe, nicht stimmt«, fuhr Vince fort. »Aber es gibt Quellen, die recht glaubwürdig erscheinen und die davon erzählen, dass man nicht als Feiy geboren wird. Man erhält die Kräfte von einer höheren Macht. Damit ist man dann in der Lage, Zauber verschiedener Elemente zu beherrschen.«

Alice schmunzelte bei seinen Worten … eine höhere Macht, das würde Mylo gefallen.

»Je stärker die innere Kraft einer Feiy ist, desto mächtiger ist auch ihre Magie«, fuhr er fort. »Sie sind dazu bestimmt, in der

Welt umherzuziehen und Wünsche zu erfüllen. Dafür nehmen sie einem das Lebenslicht.«

Alice horchte verwundert auf. »Du bist ziemlich gut informiert.«

Er nickte. »Jeder von euch arbeitet für einen Talim, von dem ihr auch die Kräfte bekommen habt und an den ihr das Licht übergebt, das dieser dann weiterverkauft.«

Die Überraschung musste ihr ins Gesicht geschrieben stehen, denn ein triumphierendes Grinsen erschien auf Vince' Gesicht. »Damit hast du wohl nicht gerechnet, aber ich sagte ja schon, dass ich viel gelesen habe.«

»Da musst du wirklich eine Menge Bücher durchforstet haben, um darauf zu stoßen«, knurrte sie zurück.

»Allerdings.«

»Das heißt aber noch lange nicht, dass du auch weißt, was es bedeutet. Es ist eine Sache, darüber informiert zu sein, was Feiys machen, eine ganz andere, es mit anzusehen oder gar selbst zu tun.«

»Mag sein«, räumte er ein. »Ich muss auch zugeben, dass mich das alles ziemlich durcheinanderbringt. In meinen Augen waren Feiys immer gewissenlose Wesen …«

Alice spürte seinen Blick in ihrem Rücken, dann wechselte er hastig das Thema.

»Was geschieht nun mit dem Mann?«, fragte er.

Sie zuckte mit den Schultern. »Das kommt auf ihn an. Aber an seiner Verletzung wird er jedenfalls nicht sterben.«

»Du meinst, er wird einfach wieder gesund?«

»Ja, aber es wird nicht auf der Stelle geschehen«, gab sie zu. »Um einen Wunsch zu erfüllen, braucht es magische Kraft und dazu wird die der Feiy benutzt, mit der er den Vertrag geschlossen hat. Aus diesem Grund haben wir unsere Magie überhaupt erst erhalten – um Wünsche erfüllen zu können. Allerdings können wir sie auch anwenden, um Zauber durchzuführen und uns somit zu verteidigen. Unser Vorteil ist, dass wir im Gegensatz zu Magiern dabei nicht an ein einzelnes Element gebunden sind.«

»Und was geschieht mit seinem Lebenslicht?«

»Ich will es nach Marein zu meinem Talim bringen. Er gibt mir Geld dafür und verkauft es weiter.«

Vince runzelte erstaunt die Stirn. »Und diese Abnehmer sind die Magier, von denen du bereits gesprochen hast?«

»Unter anderem, ja. Es gibt aber auch Alchemisten, die damit ihre Tränke verstärken. Sogar manche Ärzte und Apotheker wenden sie an, um Schwerstkranke zu heilen. Das alles geschieht aber ganz im Verborgenen.«

Vince schien einen Moment zu brauchen, um die Informationen zu verarbeiten, dann schaffte er es, die Frage herauszubringen, die ihm wohl unangenehm auf der Zunge lag: »Wirst du viel für das Lebenslicht bekommen?«

Sie schüttelte vage den Kopf. »Es war ziemlich klein. Aber es ist schwer, jemanden zu finden, der über große innere Kraft verfügt.«

»Ich habe von ihnen gelesen«, wandte Vince ein. »Du meinst diejenigen, die ein so starkes Lebenslicht besitzen, dass dessen Schein selbst von außen zu sehen ist.«

Alice lachte und schüttelte amüsiert den Kopf. »Ja, diese Geschichten kenne ich auch. Angeblich ist das Lebenslicht so kraftvoll, dass eine Feiy es mit bloßem Blick sehen kann – es scheint regelrecht aus dem Körper der Person heraus. Aber glaub mir, ich habe noch nie von jemandem gehört, der so jemandem auch nur begegnet ist, und ich selbst habe ebenfalls niemals einen Menschen gesehen, der über eine derartige Kraft verfügt. Da muss ich dich leider enttäuschen. Ich fürchte, das ist nichts weiter als ein Märchen.«

Vince wirkte in der Tat ein wenig enttäuscht.

»Ich weiß, dass dich das alles ziemlich überrascht haben muss«, sagte sie darum sanft. »Es ist kein schöner Anblick, aber das ist nun mal unsere Aufgabe. Wir nehmen Menschen das Einzige, was wirklich wichtig für sie ist – auch wenn sie das meistens erst hinterher begreifen. Dieser Mann wird nun nie wieder in der Lage sein, etwas zu fühlen. Er ist nur noch eine Hülle.«

»Aber immerhin am Leben. Er kann seiner Arbeit nachgehen und seine Familie unterstützen«, stellte Vince klar und nahm Alice damit allen Wind aus den Segeln. Mit so einer Reaktion hatte sie nicht gerechnet.

»Keiner hätte ihn mehr retten können«, fuhr er fort. »Ohne dich wäre er heute gestorben. Er wird zwar nie wieder derselbe sein, aber immerhin weilt er noch unter den Lebenden. Auch wenn er selbst vielleicht keine große Freude mehr daran hat, ich bin mir sicher, dass seine Familie und Freunde froh sein werden, dass es ihn noch gibt.«

Der Kerl hatte doch wirklich den Verstand verloren! Wie konnte er nur etwas Gutes in dieser Arbeit sehen?!

»Kann ich diesen Mylo, deinen Talim, einmal kennenlernen?«, fragte er plötzlich.

Alice sah ihn verdutzt an und strich automatisch über den Armreif, der sich an ihrem linken Handgelenk befand. »Wieso solltest du das wollen?« Sie ahnte nichts Gutes …

»Weil ich ihn fragen will, ob ich für ihn arbeiten kann. Ich will ein Feiy werden.«

Schweigen trat ein. Jetzt war er vollkommen übergeschnappt!

»Hast du eigentlich irgendeine Ahnung, was du da redest?! Nicht nur, dass diese Arbeit alles andere als angesehen ist – sie ist auch äußerst hart. Glaubst du denn tatsächlich, du könntest mit irgendwelchen Menschen Verträge abschließen und ihnen die Lebenslichter nehmen? Du hast selbst gesehen, was es mit diesem Mann gemacht hat.«

»Ich habe gesehen, dass du einem Todgeweihten das Leben gerettet hast. Ich bin mir sicher, dass nicht einmal ein Magier noch etwas für ihn hätte tun können. Aber dank dir wird er nun leben und zu seiner Frau und Tochter zurückkehren können.«

»Ja, und sie werden auch verdammt viel von diesem Schatten ihres Mannes und Vaters haben.«

»Sie werden erleichtert sein, dass er überhaupt noch da ist und sie nicht auf der Straße stehen.« Vince seufzte laut. »Ganz gleich, was du auch sagst. Ich habe mich entschieden. Ich will als Feiy arbeiten und magische Kräfte erhalten. Dafür bin ich bereit, alles zu tun.«

»Ich glaube nicht, dass du tatsächlich unschuldigen Menschen das Lebenslicht nehmen willst«, sagte Alice leise.

»Nein, Unschuldigen sicher nicht. Aber ich will genau wie du denjenigen helfen, die darum bitten«, entgegnete er.

Sie lachte trocken auf. »Dann wirst du aber ganz schnell verhungern. Außerdem kann dir dein Talim deinen Reif und die damit verbundenen Kräfte jederzeit wieder nehmen. Du musst ihm also regelmäßig Lichter bringen.«

Sein Blick lag noch immer auf ihr, war ungebrochen und voller Entschlossenheit.

Sie startete einen letzten Versuch. »Warum ist es dir so wichtig, Zauberkräfte zu erlangen? Es sind so große Opfer, die du bringen musst, um sie zu erhalten.«

»Es war schon immer mein Traum und ich werde mich durch nichts und niemand davon abhalten lassen – ganz gleich wie sehr man auch versuchen wird, mir mein Vorhaben auszureden.« Seine Stimme nahm an Festigkeit zu und es schwang eine Spur Wut darin mit.

Da schien sie auf einen wunden Punkt gestoßen zu sein. Offenbar hatte man ihm bereits mehrfach gesagt, er solle seine Träumereien vergessen und auf den Boden der Tatsachen zurückkehren. Zu schade, dass er auf seinem Starrsinn beharrte. Es wäre sicher besser für ihn gewesen, er hätte auf diejenigen gehört.

»Deine Eltern haben sicher nur das Beste für dich gewollt und darum versucht, dich davon abzuhalten, ein Magier zu werden.« Es war nur eine Vermutung, dass besonders seine Eltern auf ihn eingeredet hatten, aber offenbar hatte sie damit ins Schwarze getroffen.

»Sie haben keine Ahnung, was alles in mir steckt. Ich weiß einfach, dass ich für ein anderes Leben bestimmt bin als das, was sie für mich ausgewählt haben. Ich werde meinen eigenen Weg gehen und es allen beweisen. Sie kennen mich nicht, haben mich nie gekannt«, knurrte er voller Zorn und flüsterte vor sich hin: »Ich werde ihnen nie verzeihen …«

»Trotz allem. Glaub mir, das Leben als Feiy ist nichts für dich.«

Seine Wut glomm erneut in seinen Augen auf. »Ach ja? Ich werde dir das Gegenteil beweisen!«

»Ich verstehe jedenfalls nicht, wie du etwas werden willst, von dem du nicht die geringste Ahnung hast. Das Dasein als Feiy ist hart. Das Sammeln der Lebenslichter ist nicht schön. Man nimmt einem Menschen damit das Wertvollste, das er besitzt. Wir Feiys können zwar auch einem gerade Verstorbenen noch das Licht nehmen«, sie schüttelte angewidert den Kopf, »aber glaub mir, das willst du nicht. Es ist grauenhaft und sehr gefährlich. Zudem muss man sich mit allerlei Gesindel herumschlagen, viele Nächte im Wald unter freiem Himmel verbringen. Man weiß nie, ob man genug Geld verdienen wird. Hinzu kommen die ganzen Gefahren und dass man an diesen Berufsstand gebunden ist.«

Gedankenverloren berührte Alice den breiten goldenen Armreif, den sie um ihr linkes Handgelenk trug.

»Bereust du es etwa?«, kam Vince' Frage nun deutlich leiser und sanfter.

Tat sie das? Vor so vielen Jahren hatte sie diese Entscheidung getroffen und dieses Leben gewählt. Damals hatte sie keine andere Chance für sich gesehen, sie hatte ganz neu anfangen und vielleicht auch vor ihrem alten Dasein weglaufen wollen.

Sie schüttelte den Kopf. »Nein, ich bereue es nicht. Auch wenn es nicht einfach ist, liebe ich die Freiheit, die ich nun habe. Und eigentlich mag ich auch meine Arbeit. Allerdings«, nun sah sie ihn wieder an, »ist nicht jeder dafür geschaffen. Ich habe ehrlich Zweifel, dass du es bist.«

Alice hielt nun den Arm mit dem Reif hoch und meinte: »Du wirst für immer daran gefesselt sein. Einmal angelegt, kann dieses Armband nicht mehr entfernt werden, es ist quasi mit deinem Körper verwachsen. Für manche ist es eine Auszeichnung, der ein oder andere mag darin aber auch eine Fessel sehen. Mit diesem Armreif erhältst du von deinem Talim die magischen Kräfte. Je stärker dein Lebenslicht ist, desto größer ist auch deine Magie. Dieses Schmuckstück überträgt einen Teil der Macht deines Talims auf dich, verstärkt so deine innere Kraft und bringt sie zum Vorschein. Aber es bindet dich auch für immer an deinen Talim. Ein jeder von ihnen hat seine eigene Art von Reif, damit ist es ausgeschlossen, dass du je von einem anderen angenommen wirst. Du solltest dir also ganz genau überlegen, für wen du arbeiten willst.«

»Und wie ist dieser Mylo?«, fragte Vince neugierig. »Er muss doch gut sein, wenn du dich für ihn entschieden hast.«

Das Bild Mylos erschien vor Alices Augen und sie musste schmunzeln. Er verfügte über gewisse Stärken, wusste genau, was er wollte, und war äußerst zielstrebig. Aber im Grunde dachte er auch wie all die anderen an erster Stelle nur an sich. Alle Talims waren irgendwo zwielichtige Gestalten, das durfte man nie vergessen.

»Er ist nicht besser oder schlechter als andere. Aber er hat gute Kontakte und hintergeht einen nicht, was die Bezahlung anbelangt.«

»Das klingt doch ganz gut«, meinte Vince. »Dann lass uns weitergehen und ihn aufsuchen. Du verkaufst die Lebenslichter an ihn und ich werde ihn darum bitten, mich für ihn als Feiy arbeiten zu lassen.«

»Die Frage ist eher, ob er es auch tun wird. Er sucht sich die Leute sehr genau aus, die er mit dieser Gabe auszeichnet.«

»Ich bin vielleicht nicht der Stärkste oder Ausdauerndste, aber was mir an Kraft und Kampfgeschick fehlt, mache ich mit eisernem Willen wett.«

Alice schüttelte verzweifelt den Kopf. »Ich werde mich lächerlich machen, sollte ich dich zu Mylo bringen. Er würde mir den Kopf abreißen.«

Vince schenkte ihr ein aufmunterndes Lächeln. »Ich werde ihn schon überzeugen, glaub mir. Er wird mich nicht los, ganz gleich, was er sagt.«

»Ich denke nicht, dass er viel mit dir reden wird«, wandte sie ein. »Er ist eher ein Mann der schnellen Tat, wenn du verstehst, was ich meine.«

Offenbar verstand er nicht, denn er winkte ab. »Umso besser, dann werden wir uns sicher einig. Außerdem darfst du nicht vergessen, dass ich dir bereits eine große Summe Geld gezahlt habe. Es wäre doch nur fair, wenn du mir nun beistehst, wo wir jetzt ohnehin denselben Weg haben.«

Er lächelte süffisant und Alice schüttelte fassungslos den Kopf. Sie hätte ihn am besten einfach stehen lassen und ohne ihn weitergehen sollen. Allerdings war sie sich sicher, dass er sich auch davon nicht von seinem Vorhaben würde abbringen lassen. Irgendwie würde er zu Mylo gelangen. Bis dahin sollte sie ihm die Augen öffnen, damit er einsah, welch Wahnsinnstat er vorhatte. Und sie wusste schon genau, wie sie das anstellen musste …

Kapitel 8

Calvest war eine kleine Gemeinde, in der Handelsleute oftmals auf ihrem Weg nach Grünsteig Halt machten, um Kräfte für den letzten Abschnitt zu sammeln. Die Einwohner waren Fremden gegenüber aufgeschlossen, grüßten einen jeden freundlich mit ein paar Worten und der ein oder andere nutzte auch gleich die Gelegenheit, um seine Waren anzubieten.

Als Alice und Vince am späten Nachmittag das Städtchen erreichten, herrschte noch viel Betrieb in den Straßen. Verkaufsstände waren aufgebaut, vor denen Kunden mit den Händlern feilschten und Passanten sich ihren Weg durch die engen Gassen bahnten.

»Ganz schön was los«, stellte Vince fest, während sich gerade ein etwas untersetzter Mann grob an ihm vorbeizwängte.

»Wir sollten uns erst einmal nach einer Unterkunft für heute Nacht umschauen«, schlug Alice vor.

»Ich dachte, du willst mir mehr von deiner Arbeit zeigen, um es mir am Ende auszureden. Warum müssen wir dann hier übernachten? Du weißt, dass wir kaum noch Geld haben und sorgsam damit umgehen sollten. Ohnehin wäre es verschwendet, weil ich mich längst entschieden habe. Du wirst mich nicht mehr von meinem Vorhaben abbringen können.«

»Beweis dich erst mal und hilf mir, einen Vertrag abzuschließen. Dann sehen wir weiter.«

»Das mache ich nur zu gern«, erwiderte er grinsend.

Während sie die Straßen entlanggingen, hielt Alice unentwegt Ausschau nach einem geeigneten Gasthaus. Es gab eine ganze Reihe von kleineren Herbergen, allerdings machten sie bereits von außen einen so schäbigen Eindruck, dass sie erst gar keinen Fuß hineinsetzen wollte. Es widerstrebte ihr aus tiefstem Herzen, in einem dieser Löcher übernachten zu müssen.

»Wie wäre es mit diesem Gasthaus?«, fragte Vince schließlich und deutete nach rechts, wo ein besonders heruntergekommenes Wirtshaus lag. Die Fensterläden hingen schief in den Angeln und quietschten jedes Mal aufs Neue, wenn sie vom Wind erfasst wurden. Die Scheiben starrten nur so vor Dreck und man konnte kaum hindurchsehen. Die Fassade musste einmal weiß gewesen sein, nun war sie in dunkles Grau gekleidet, das hier und da von ein paar stärkeren Schmutzflecken überdeckt war.

Vince stieg die schiefe Treppe hinauf und griff nach der Türklinke.

»Du willst doch nicht ernsthaft hier übernachten, oder?«, hakte Alice entsetzt nach. »Auch wenn wir nur noch wenig Geld haben, so tief müssen wir nicht sinken.«

»Ab und zu muss man in den sauren Apfel beißen«, erwiderte er und zog die Tür auf.

Ein miefiger Geruch nach alter Wäsche, feuchten Räumen und altem Kohl schlug ihnen unangenehm entgegen. Der Flur lag dunkel vor ihnen, dennoch genügte das schummrige Licht, um die Stockflecken an den Wänden sehen zu können.

»Wie das hier riecht«, ächzte Vince.

»Den Wänden nach scheinen sie hier mit Feuchtigkeit ein echtes Problem zu haben. Ich hoffe, dass wenigstens die Betten trocken sind«, meinte Alice.

»So wie das aussieht, habe ich da echt meine Zweifel.«

Vince' Miene wurde immer finsterer, je weiter sie in das Innere vordrangen. Der Boden starrte vor Dreck und knirschte bei jedem Schritt. An der Rezeption saß eine dickliche Frau, die sich gedankenverloren mit dem Nagel ihres Zeigefingers zwischen den Zähnen herumstocherte.

»Sehr einladend«, flüsterte er.

In diesem Moment huschte ein kleiner schwarzer Schatten quiekend über den Flur. Vince schrie erschrocken auf. »War das etwa eine Maus?«

Alice blickte nachdenklich in die Richtung, in die das Tier verschwunden war. »Könnte auch eine Ratte gewesen sein, das Vieh war verdammt groß.« Sie schaute zur Decke, wo sich einige Wasserflecken abzeichneten. »Würde mich nicht wundern, wenn sie hier auch Ungeziefer hätten.«

»Okay, das reicht!«, entschied Vince und machte auf der Stelle kehrt. »Am Ende gibt es hier noch Kakerlaken oder so was.« So schnell er konnte, verließ er das Gebäude und Alice folgte ihm schmunzelnd.

»Was hast du jetzt vor?«, fragte sie möglichst unschuldig.

»Na, was schon? Ein besseres Hotel suchen!«

»Ich habe dort vorne ein Gasthaus gesehen, das einen deutlich besseren Eindruck macht«, schlug sie vor und bog rechts ab. Es war ein recht großes Gebäude mit weißer, schmucker Fassade, an der sich Efeu entlangschlängelte, und großen, sauberen Fenstern. Es war mit Sicherheit nicht die beste Adresse der Stadt, würde sie vom Preis her aber auch nicht in den finanziellen Ruin treiben.

Alice öffnete die Tür und betrat den sauberen hellen Flur. An der Rezeption saß ein älterer Herr, der seine Brille zurechtrückte, als er die beiden kommen sah. Seine Miene verriet allzu deutliches Missfallen – die beiden sahen wohl nicht wie zahlungskräftige Kunden aus.

Alice lehnte sich mit den Armen auf die Rezeption, doch der Mann war noch mit ein paar Unterlagen beschäftigt.

Sie zögerte nicht und schlug mit aller Gewalt auf die kleine Glocke, die auf dem Tresen stand. Das schrille Läuten ließ den Rezeptionisten erschrocken zusammenfahren. Allem Anschein nach hatte er vorgehabt, die beiden noch eine Weile zu ignorieren, doch mit Alices Läuten schien er nicht gerechnet zu haben.

Er nahm die Klingel beiseite, bevor Alice noch einmal darauf hauen konnte, und schaute sie fragend an. »Sie wünschen?«

»Wir hätten gern zwei Zimmer für heute Nacht«, erklärte sie ohne Umschweife.

Ehe er etwas sagte, wanderte sein Blick prüfend an den beiden auf und ab.

»Keine Sorge, wir bezahlen gleich. Wie viel macht das?«, wollte Alice wissen.

»Einhundertzwanzig zusammen«, sagte der Mann, woraufhin Alice und Vince die Münzen auf den Tresen legten.

Der Rezeptionist nahm nun die Schlüssel und meinte: »Wenn Sie mir bitte folgen möchten.« Damit geleitete er sie eine mit Teppich belegte Treppe hinauf.

»Das hier wäre das erste Zimmer«, sagte er und Alice nahm ihm den Schlüssel ab.

Der Angestellte trat diskret ein Stück zurück, sodass sie in Ruhe aufschließen konnte. Sie wandte sich an Vince, der neben ihr stand: »Ich werde erst mal duschen gehen und mich frisch machen. Wir sehen uns gleich beim Abendessen.«

»Das auch noch?«, erwiderte er leise. »Wenn das so weitergeht, stehen wir schneller bankrott auf der Straße, als uns lieb ist.«

»Du hast ja keine Ahnung. Beim Essen lässt sich immer am besten übers Geschäft sprechen und man kann in ruhiger, entspannter Atmosphäre leichter Kunden akquirieren.«

Vince verstand wohl und nickte langsam.

»Dann bis nachher«, sagte Alice, hob noch einmal die Hand zum Abschied und knallte ihm die Tür vor der Nase zu.

Zufrieden lehnte sie sich an die Wand und ließ das Zimmer erst einmal auf sich wirken. Ein flauschiger Teppich bedeckte den Boden, der den Raum gleich gemütlich wirken ließ. Das Bett war breit und mit heller Wäsche bezogen. Ein Nachttisch fand sich daneben, auf dem eine hübsche helle Lampe stand. Außerdem gab es einen geräumigen Schrank mit Spiegel sowie einen kleinen Schreibtisch. Auch das Badezimmer war schön gestaltet und hatte sogar eine große Wanne. Alles in allem nett und zweckdienlich gehalten.

Als Erstes ließ sie sich ein Bad ein und stieg in die warmen Fluten. Es tat so gut, das Wasser um sich zu spüren. Sofort entspannten sich all ihre Muskeln. Alice gab ordentlich Seife hinein, schrubbte den Schmutz von sich herunter und genoss den wohligen Duft.

Sie ließ sich noch tiefer ins Wasser sinken und schloss zufrieden die Augen. Zu schade, dass sie sich eine solche Erholung nur so selten leisten konnte.

Ein Rumpeln drang an ihr Ohr und sie blickte nach oben. Die Zimmer schienen ziemlich hellhörig zu sein. Wieder polterte und scharrte es, ganz so, als würden Möbel über ihr verschoben werden. Was trieben diese Gäste nur? Konnten die sich nicht ein wenig zusammenreißen?

Ein kratzendes Geräusch erklang. Toll, wirklich toll. Überall diese Störenfriede!

»Geht's vielleicht noch lauter?!«, brüllte sie. Eine Antwort blieb aus, aber dafür verstummte nun auch der Lärm.

Zufrieden lehnte sie sich in der Wanne zurück und genoss ihr Bad. Als das Wasser kalt zu werden begann, stieg sie hinaus, trocknete sich ab und zog saubere Sachen an. Ein Blick auf die

Uhr verriet, dass bereits über eine Stunde vergangen war. Zeit, etwas zu essen und Vince endlich die Augen zu öffnen …

Als Alice den Gastraum betrat, schlug ihr eine angenehme Wärme entgegen, die von köstlichen Essensdüften begleitet wurde. Sofort machte sich ihr Magen bemerkbar und als sie die saftigen Bratenstücke, die Knödel und die süßen Tartes, die mit Nüssen gefüllt waren, entdeckte, lief ihr regelrecht das Wasser im Mund zusammen.

Vince saß bereits an einem Tisch und wartete auf sie.

»Du hast dir ja Zeit gelassen«, murrte er, während er einen Schluck aus seinem Becher mit Wasser nahm.

»Wenn wir schon für diese Zimmer unser letztes Geld ausgeben, dann sollte man sie auch genießen«, erwiderte sie und setzte sich.

Eine junge Kellnerin mit langen Zöpfen kam herbeigeeilt, um die Bestellung aufzunehmen. Sie schenkte ihnen ein freundliches Lächeln und wandte sich an Alice. »Was darf ich Ihnen bringen?«

»Einen Tee, bitte. Und zwei von den kleinen Nuss-Tartes. Danach nehme ich den Braten und die Knödel.«

Die Kellnerin schrieb sich alles auf, auch wenn sie ihrer verdutzten Miene nach etwas über die Reihenfolge überrascht war. Dann schaute sie Vince an.

»Nur eine Suppe, bitte«, sagte der.

Sie nickte und verließ die beiden.

»Dir scheint ja echt der Appetit vergangen zu sein«, stellte Alice fest.

»Irgendwer muss ja aufs Geld achten.«

Sie lehnte sich derweil zurück und freute sich aufs Essen. »Ach, es geht einfach nichts über Kuchen und Süßspeisen. Ich kann es kaum erwarten.«

»Schön, dass du so sorglos sein kannst, während ich mir den Kopf ums Geld zerbreche«, murrte Vince weiter.

»Wenn du tatsächlich ein Leben als Feiy wählst, wirst du noch oft genug in Geldnöte kommen. Wenn du dich jedes Mal so sehr darüber aufregst, wirst du das nicht lange durchhalten. Du musst die Finanzen nehmen, wie sie eben sind, und das Beste daraus machen. Also genieß den Abend und nutz die Zeit, die wir hier sind, lieber sinnvoller. Schau dich nach einem geeigneten Vertragspartner um. Wollen wir doch mal sehen, ob du einen guten Blick hast.«

Er kam ihrer Aufforderung sogleich nach und schaute sich in dem Raum um. Es waren nicht viele Gäste anwesend. Ein älteres Ehepaar, das vor einer Schüssel Suppe saß. Drei Männer, die noch ihre Reisemäntel umhatten und es sich bei Wein gut gehen ließen. Ein weiterer Mann saß alleine an einem Tisch und aß von seinem Braten. Ein anderer junger Mann hatte sich einen Platz in einer der Ecken gesucht, wo er in einigen Papieren las und zwischendurch ein paar Happen von seinem Teller nahm.

»Wie wäre es mit dem jungen Mann?«, schlug Vince vor. »Er scheint nicht vorzuhaben, gleich aufzubrechen, und er wartet wohl auch auf niemanden.«

Sie schüttelte den Kopf. »Keine gute Wahl. So sehr, wie er in die Papiere vertieft ist, macht er recht deutlich, dass er keinen Wert auf Gesellschaft legt. Aber das Wichtigste: Schau dir sein Gesicht an! Darin glimmt Eifer und Lebensfreude. Er ist zufrieden und braucht niemanden, der ihm zu weiterem Glück verhilft. Das will er ganz alleine schaffen.«

Vince nickte langsam und schien verstanden zu haben. In diesem Moment brachte die Kellnerin ihnen das Essen und Alice wandte sich ihren Tartes zu. »Also, nächster Versuch.«

Er blickte sich erneut im Raum um und nickte dann zu dem älteren Pärchen. »Man könnte es bei den beiden versuchen. Ihren Gesichtern nach scheinen sie jedenfalls nicht besonders glücklich zu sein und so wie sie sich anschweigen, wissen sie einander auch nicht mehr viel zu sagen.«

»Ebenfalls keine gute Idee«, erklärte Alice. »Man sollte Gruppen und mehrere Personen stets meiden. Es kommt zu oft vor, dass eine davon versucht, dem anderen diese Idee auszureden. Allerdings stimme ich dir in einem Punkt zu: Die beiden wären vielleicht nicht abgeneigt, sie scheinen mit ihren Leben nicht sonderlich zufrieden zu sein und das liegt mitunter an ihrem Partner. Ich möchte jedenfalls nicht dafür sorgen, dass einer von ihnen stirbt, um damit den Wunsch des anderen zu erfüllen.«

»Denkst du wirklich, sie würden so weit gehen?«

»Würde mich jedenfalls nicht wundern.«

Vince seufzte langsam. »Wenn du mit keinem meiner Vorschläge einverstanden bist, wen würdest du denn wählen?«

Sie nickte sogleich zu dem Mann, der alleine an seinem Tisch saß und in seinem Essen herumstocherte. »Er ist gedankenverloren, hat keinen rechten Appetit und offenbar beschäftigt ihn etwas Schwerwiegendes. Er scheint Probleme zu haben, die ihn nicht loslassen.«

»Und wie willst du mit ihm ins Gespräch kommen?«, wollte Vince wissen.

»Lass mich nur machen«, meinte sie, stand auf und schlenderte zu seinem Tisch.

Sie tat zunächst so, als wolle sie zur Theke gehen, dann blickte sie in Richtung des Herrn und blieb erstaunt stehen.

»Sagen Sie, ist das etwa ein Mantel aus Mailid?«

Der Fremde sah zu ihr auf, setzte ein schüchternes Lächeln auf und nickte. »Meine Frau hat ihn für mich anfertigen lassen. Es war ein Geschenk.«

»Wirklich wunderschön. Mein Begleiter und ich sind Händler aus dem Norden.« Ohne großes Aufheben davon zu machen, ließ sie sich auf den freien Stuhl an seinem Tisch sinken. »Sie haben nicht vor, diesen Mantel zu verkaufen, oder besitzen vielleicht noch andere derartige Stücke?«

Er sah auf seinen Mantel und zwirbelte ein wenig nachdenklich an dem Stoff herum. Diesen Moment nutzte Alice und winkte Vince zu sich heran, der aufstand und etwas unsicher bei ihnen Platz nahm.

»Nun ja, ich denke, meine Frau hätte nichts dagegen. Wir könnten das Geld gut gebrauchen«, sagte der Mann schließlich.

»Wir würden Ihnen ein gutes Angebot machen und gerade, wenn man finanzielle Engpässe hat, kommt so etwas natürlich sehr gelegen«, erwiderte sie einschmeichelnd.

»Ganz so schlimm ist es nicht«, korrigierte er sie und strich sich nachdenklich durch das graue, schüttere Haar. »Es ist eher so, dass ich versuche, die Mitgift meiner Tochter noch ein wenig aufzustocken. Sie soll heiraten, aber es ist schwierig, einen geeigneten Kandidaten zu finden.«

Alice nickte verständnisvoll. »Das ist natürlich auch eine sehr schwere Entscheidung, die wohlüberlegt sein will.«

Der Mann nickte traurig. »Erst recht, wenn die Tochter partout nicht heiraten möchte.«

Vince runzelte erstaunt die Stirn. »Vielleicht lassen Sie ihr noch ein wenig Zeit, sich an den Gedanken zu gewöhnen ...«

Der Fremde schüttelte den Kopf. »Das ist es nicht. Sie ist bereits achtundzwanzig, sieht sich aber nicht als Ehefrau und Mutter. Sie ist sehr speziell, hat mehrere Sprachen gelernt und ist ständig in irgendwelche Texte vertieft. Am liebsten möchte sie zum Turm, um dort die seltenen Schriftstücke und Bücher zu studieren. Aber das können wir uns nun wirklich nicht leisten.« Er seufzte tief.

»Aber gibt es denn keine Möglichkeit, ihr diesen Wunsch zu erfüllen?«, hakte Vince nach. »Wenn es ihr so wichtig ist, zum Regierungssitz zu reisen und dort zu lernen, dann sollte man es sie versuchen lassen.«

»Sie wissen sicher«, entgegnete der Herr gereizt, »dass man einer hochrangigen Familie angehören muss, um die Hallen dort betreten zu dürfen, oder man muss über viel Geld verfügen. Was hätte ich am Ende davon, wenn ich die Summe tatsächlich zusammenbekäme, mich dafür verschulde und eine Tochter hätte, die lieber Texte liest, als einen Mann zu finden, der meinen Betrieb fortführen kann, und mir Erben zu schenken?«

»Sie hätten eine glückliche Tochter«, wandte Vince ein.

Alice sah bereits, worauf das hinauslief, und war alles andere als glücklich. Hastig sprang sie ein und legte Vince beruhigend den Arm auf die Schulter. »Mein Freund ist ein wenig hitzig, er hatte schon das ein oder andere Bier. Natürlich kann er Ihre Sorge im Grunde verstehen. Sie wollen nur, dass Ihre Tochter versorgt ist und es ihr gut geht.«

Der Fremde nickte und wirkte wieder etwas versöhnlicher. »So ist es«, seufzte er erneut und meinte: »Aber sie ist so starrsinnig, dabei will ich nur das Beste für sie. Ich würde wirklich alles dafür geben, wenn sie endlich ein Einsehen hätte.«

»Das hört sich sehr vernünftig an und vielleicht kann ich Ihnen …«

In diesem Moment lehnte sich Vince nach vorne und unterbrach Alice. »Meinen Sie nicht, Sie machen es sich ein wenig zu einfach? Wollen Sie Ihrer Tochter wirklich ein Leben aufzwingen, mit dem sie offensichtlich unglücklich ist? Sehen Sie lieber, wie besonders sie ist und was sie dieser Welt vielleicht zurückgeben kann. Nicht jeder muss heiraten, Kinder bekommen und ein sittsames Leben führen. Vielleicht ist sie für etwas ganz anderes bestimmt.«

Die Miene des Mannes wurde immer grimmiger. Nun funkelte er Vince zornig an. »Wie können Sie es wagen?! Sie haben nicht die geringste Ahnung, von was Sie da sprechen!«

»Und ob ich das habe!«, fuhr Vince ihn ziemlich laut an. »Ich kenne Leute wie Sie nur zu gut, die lediglich einen Weg sehen können und einfach keinen Weitblick haben.«

»So ist das doch nicht«, versuchte Alice zu retten, was längst verloren war. »Ich bin mir sicher, dass der gute Mann …«

»Was?«, brüllte nun Vince. »Nur das Beste für seine Tochter will?! Ganz sicher nicht, denn dann würde er ihr nur ein einziges Mal zuhören und nicht versuchen, sie in etwas zu zwingen, was sie nicht möchte. Sie will frei sein, ihren eigenen Weg gehen können, ist das denn so schwer zu begreifen?!«

Der Mann hatte nun endgültig genug. Mit einem schnellen Ruck schob er seinen Stuhl zurück und stand auf. »Das muss ich mir nicht länger anhören! So eine Unverschämtheit!«

Alice versuchte ihn noch aufzuhalten, sah aber schnell ein, dass es keinen Wert mehr hatte.

»Sie sollten wirklich mehr darauf achten, mit welchen Leuten Sie sich umgeben!«, fuhr er sie an und verließ anschließend den Raum.

»Du hast den Deal versaut, das ist dir hoffentlich klar«, beschwerte sich Alice bei Vince.

»Ja, das ist auch gut so. Ansonsten wäre seine Tochter in ihr Unglück gerannt.«

»Das kümmert uns aber nicht, verstehst du?! Das gehört zu unserer Arbeit. Es geht uns nichts an, was mit den Wünschen passiert. Wir stellen nur unsere Kraft bereit, damit sie erfüllt werden können, was danach geschieht, ist nicht unser Problem.«

»Du machst es dir ja sehr einfach«, erwiderte er und erhob sich.

»Nein«, zischte sie. »Das mache ich nicht. Ich sehe nur, was unsere Aufgabe ist, und wollte, dass dir das ebenfalls klar wird. Es ist nicht immer schön. Gewöhn dich dran oder lass es. Und nun«, sie stand ebenfalls auf, »esse ich in Ruhe und gehe anschließend ins Bett. Überleg dir lieber, ob du an deinem Vorhaben festhalten willst.«

Seine Miene schwankte zwischen Wut und Enttäuschung. Offenbar hatte er eine Menge, über das er würde nachdenken müssen.

»Ich geh schlafen, bis morgen früh«, sagte er und verließ den Raum.

Alice sah ihm einen Moment nach. Er war einfach nicht für diese Arbeit geschaffen, das hatte sie von Anfang an gewusst …

Kapitel 9

Alice strich sich über ihren Bauch, der nun ziemlich spannte. Sie hatte eindeutig zu viel gegessen. Es ärgerte sie, dass der Vertrag mit dem Kerl nicht zustande gekommen war. Auch wenn es ihr für dessen Tochter leidgetan hätte – Alice brauchte dringend mehr Lebenslichter! Sie hatte kaum noch Geld und musste schauen, dass sie Mylo mehr als nur zwei Lichter anzubieten hatte.

Ihre Gedanken wanderten zu Vince. Aus ihm würde niemals ein Feiy werden. Nach diesem Erlebnis würde er seinen Wunschtraum mit Sicherheit begraben.

Sie seufzte tief, als sie die Treppe hinaufstieg und anschließend die Tür zu ihrem Zimmer aufschloss. Sie ging direkt ins Bad, um sich fürs Bett fertig zu machen. Immerhin hob sich ihre Laune ein wenig, als sie an die geruhsame Nacht dachte. Wie sehr sie es hasste, draußen übernachten zu müssen … Aber nun hatte sie gut gegessen, würde Vince aus ihren Gedanken vertreiben und friedlich schlafen. Das hatte sie sich redlich verdient.

Wären nur diese Bewohner über ihr nicht so schrecklich laut gewesen. Verärgert blickte sie zur Decke, wo erneut ein

Kratzen und etwas, das Schritte sein mochten, zu vernehmen war. Alice mahnte sich zur Ruhe. Sie würde diesen Idioten noch zehn Minuten geben, sollten sie dann weiterhin nicht still sein, würde sie sich ihnen einmal vorstellen müssen …

In diesem Moment kehrte Ruhe ein und sie entspannte sich ein wenig. Endlich konnte die erholsame Nacht beginnen. Sie legte sich in ihr Bett, deckte sich zu und genoss das herrliche Gefühl der weichen Bettwäsche und der wohligen Wärme. So ließ es sich leben … Sie schloss die Augen, atmete entspannt durch und fiel in einen traumlosen Schlaf.

Etwas rumpelte unüberhörbar laut, sodass Alice die Augen aufriss und sich erst einmal verwirrt umschaute. Bald wurde ihr klar, wo sie war und vor allem, dass sie dieses nervtötende Geräusch schon wieder vernahm. Es war mitten in der Nacht, wahrscheinlich war der neue Morgen nicht mehr fern und sie wurde um ihre letzten kostbaren Stunden Schlaf gebracht. Langsam zählte sie bis zehn, doch das Rumoren wurde eher lauter.

Mit einem Mal richtete sich Alice derart auf, dass sie senkrecht im Bett saß. Den Blick an die Decke geheftet, rief sie laut: »Es reicht! Hier wollen Leute schlafen. Wenn nicht gleich Ruhe herrscht, komme ich gern mal oben vorbei und helfe nach!«

Sie wartete ein paar Sekunden, ob ihr Schreien etwas gebracht hatte. Kurz war es still, dann vernahm man wieder ein Kratzen. Alice sprang aus dem Bett und lauschte ganz genau darauf, aus welcher Richtung die Laute kamen, damit sie das Zimmer gleich ausfindig machen konnte. Sie konzentrierte sich angestrengt, hörte das Rascheln und Kratzen, das viel näher klang, als es eigentlich möglich war. Woher kamen diese Geräusche nur?

Langsam ging sie in ihrem Zimmer umher, immer darauf konzentriert, den Geräuschen zu folgen. Offenbar bewegten sie sich … Vorsichtig legte sie ihr Ohr an die Wand neben ihrem Bett, sodass sie das Kratzen nun unverkennbar wahrnahm.

»Das gibt es doch nicht«, murmelte sie. Da war etwas in der Wand und sie war sich nur allzu sicher, dass es sich dabei nicht um eine Maus oder dergleichen handeln konnte. Sie streckte den Arm aus und malte einige Zeichen auf die Wand, dann legte sie ihre rechte Hand darauf und die Symbole glühten grün auf.

»Zeig dich!«, verlangte sie und das Licht fraß sich in das Mauerwerk hinein, ließ das Gemäuer zittern, sodass sich bereits ein wenig Verputz von der Decke löste und auf sie herabrieselte.

In diesem Moment schoss ein dunkler Schatten aus der Wand heraus. Die Arme waren dürr, Rippen stachen aus dem eingefallenen Brustkorb hervor, das Schlüsselbein war nur noch halb mit Fleisch bedeckt, ansonsten sah man den bloßen Knochen. Das Gesicht war hohlwangig, die Augen groß und schwarz. Langes, wirres Haar hing der Gestalt am Kopf herunter.

Alice wusste sofort, was sie da vor sich hatte: das Abbild eines Toten. Sie hängten sich oftmals an Lebende, verfolgten sie und trieben sie in den Wahnsinn oder griffen sogar an. Alices Befürchtungen waren also eingetreten: Sie hatten auf dem verlassenen Friedhof etwas geweckt …

Sie rief einen Zauber, der sich als rotes Licht in ihrer Hand manifestierte, und warf ihn der Kreatur nach. Die duckte sich schnell, sodass der Spruch vorbeizischte und in der Wand einschlug, wo er ein ordentliches Loch samt Brandfleck hinterließ.

»Bleib gefälligst stehen!«, verlangte sie und nahm die Verfolgung der Gestalt auf, die nun durch die Zimmertür tauchte und dahinter verschwand.

Alice riss sie auf und stürmte in den Flur hinaus. Wieder verschwand das Abbild in einer der Wände, doch Alice warf erneut den Zauber. Steine flogen umher, ein Teil der Wand brach zusammen, doch die Kreatur wurde von dem Spruch tatsächlich erfasst und ein Stück zurückgeworfen.

Da hob die Gestalt ihren knochigen Arm und ein schwarzer Nebel jagte auf Alice zu. Sie konnte nicht ausweichen, wurde erfasst und mit enormer Wucht derart zu Boden geworfen, dass Dielen heraussprangen und Holzstücke durch die Luft flogen.

Inzwischen öffneten sich immer mehr Türen und ängstliche Gesichter schauten auf den Flur hinaus, um zu sehen, woher der Lärm kam. Alice ließ sich davon nicht beirren und lief dem Wesen nach. Immer wieder warf sie Zauber nach ihm, doch es wich geschickt aus. Ein ums andere Mal fiel ein Spruch krachend in eine Wand; eine Frau schaffte es gerade noch, den Kopf einzuziehen, als sie auf den Flur lugte und ihr das rote Licht entgegenkam.

»Weg da!«, schrie Alice, als ein Mann um die Ecke bog. Mit erschrockenem Gesichtsausdruck sprang er ihr aus dem Weg, während sie weiter dem Abbild nachjagte.

Alice hob erneut die Hand und warf dem Wesen den Zauber hinterher. Wieder wich die Kreatur aus – sie war verdammt schnell. Aber irgendwann würde sie das Abbild schon erwischen, sie hatte keine Lust, dass dieses Wesen ihr nun für immer nachschlich. Hatte es sich nämlich erst einmal auf eine Person eingeschossen, dann wurde man diese Viecher kaum wieder los. So wollte sie ihm lieber ein schnelles Ende bereiten.

Sie bog in den nächsten Korridor, wo sich ebenfalls Leute versammelt hatten und ängstlich schauten. Als sie den nächsten Zauber warf, traf sie erneut eine Wand, die mit lautem Knall zersplitterte; Staub und kleine Steinbrocken fielen in den Flur.

Ein Gast schrie erschrocken auf und zog den Kopf ein, als Verputz auf ihn herabrieselte.

»Was ist denn hier …« Weiter kam der junge Mann nicht, der gerade auf den Gang trat.

Alice stieß ihn rüde beiseite, registrierte das Gesicht nur am Rande. »Steh mir nicht im Weg rum«, maulte sie Vince an, der ihr verdutzt nachsah und dann das Abbild entdeckte.

»Das gibt's doch nicht!«, ächzte er und rannte den beiden nach. »Wo kommt denn dieses Vieh her? Und was ist das überhaupt?«, rief er Alice zu.

»Nicht jetzt!«, brüllte sie zurück und schaute wieder nach vorne, wo sich der Weg teilte.

Sie warf gleich mehrere Zauber, einige davon lenkte sie jedoch nicht direkt auf die Kreatur, sondern zur Decke, wo sie sie verharren ließ. Das Wesen wich wie erwartet aus und versuchte sich in den rechten Gang zu flüchten. Genau das hatte sie gehofft und ließ nun die an der Decke wartenden Lichter auf das Abbild niederfahren. Fünf grüne Lichtkugeln rasten von allen Seiten auf die Kreatur zu, zweien konnte sie noch knapp entkommen, die restlichen fanden schließlich ihr Ziel. Das Gebäude bebte, Lampen stürzten herab, als die Zauber explodierten. Sie rissen ein riesiges Loch in den Boden, auch ein Teil der Wände stürzte ein; der Rest, der noch heil geblieben war, war vollkommen verbrannt.

»Na also, wer sagt's denn?!«, jubelte Alice, als sie auf die Überreste des Abbildes blickte.

Stille lag in dem Flur, für einige Sekunden rührte sich keiner der Gäste. Dann brach Chaos aus:

»Was war das?«

»Du meine Güte, seht euch das an!«

»Hier wurde gekämpft und alles zerstört.«

»Ist diese Frau irre geworden?!«

Alice ignorierte die Rufe und wandte sich Vince zu, der neben ihr ankam und auf die zerfetzte Gestalt am Boden schaute.

»Was ist hier eigentlich los?«, fragte er entsetzt.

»Das ist ein Abbild eines Toten«, erklärte sie ohne Umschweife.

»Aber … aber, diese Wesen existieren doch gar nicht«, murmelte Vince fassungslos.

»Wie du siehst, tun sie das wohl doch.«

Vince starrte noch immer gebannt auf die Überreste vor sich, als könnte er das alles nicht begreifen.

»Nein! Du meine Güte! Das darf nicht wahr sein. Was ist denn hier passiert?!« Ein Mann in schwarzem Anzug erschien. Offenbar einer der Hotelangestellten.

Er musterte die seltsame Gestalt, die tot auf dem Boden lag, und stieß einen entsetzten Schrei aus.

»Was ist das?« Sein Blick schweifte umher und langsam schob sich immer deutlicher die Zerstörung in sein Bewusstsein.

»Mein Hotel!« Es handelte sich wohl doch eher um den Besitzer, der nun ziemlich aus der Fassung geriet.

»Was ist hier passiert?«

Ein Gast zeigte sofort mit dem Finger auf Alice. »Sie war es. Sie hat hier mit irgendwelchen Zaubern um sich geworfen, um dieses Wesen da zu fangen, und dabei alles beschädigt.«

Alice rümpfte die Nase. »Sie sollten mir dankbar sein. Das war ein Abbild eines Toten. Seien Sie froh, dass ich mich darum gekümmert habe, bevor diese Kreatur alle Ihre Gäste in Angst und Schrecken versetzen konnte.«

»Nun, das haben Sie ja an dessen Stelle geschafft.« Er blitzte sie voller Wut an und ließ seinen Blick über den zerstörten Flur, die Wände, Decken und Böden gleiten. »Das bezahlen Sie mir, haben Sie verstanden?!«

»Ich denke nicht daran, immerhin habe ich …«

»Dieses Ding ist aus ihrem Zimmer gekommen und vor ihr weggelaufen, sicher hat sie es erst hierhergebracht«, mischte sich eine dickliche Frau ein.

»Was soll das denn heißen! Sie sollten erleichtert sein, dass ich überhaupt da war …«

Der Hotelbesitzer hielt sie nun fest am Arm gepackt. »Sie kommen für den Schaden auf, ansonsten werde ich Sie einsperren lassen.«

Vince schüttelte den Kopf, als könnte er ihre Gedanken lesen. Alice seufzte tief, sie hatte wohl keine andere Wahl …

»Jetzt sind wir wirklich vollkommen pleite«, jammerte Alice, nachdem sie das Hotel verlassen hatten. Nicht nur, dass sie ihr letztes Geld hatten ausgeben müssen, um den Schaden zu bezahlen, Vince hatte auch noch seinen Ring verkaufen müssen, der wohl ein Erinnerungsstück an seine Eltern gewesen war. Trotz des schlechten Verhältnisses war es ihm nicht leichtgefallen, das Schmuckstück wegzugeben.

Noch einmal wandte sie sich in Richtung des Gebäudes um und schrie: »Halsabschneider! Glauben Sie bloß nicht, dass ich je wieder zu Ihnen komme und Ihnen den Hintern rette. Das nächste Mal können Sie sich um irgendwelche Angreifer selbst kümmern.«

»Aber das Wesen hat sich doch wirklich an uns gehängt und ist uns gefolgt«, mischte sich Vince ein.

Sie winkte ab und zischte: »Das müssen die ja nicht wissen. Fakt ist, dass ich die Sache erledigt habe und dafür auch noch bestraft worden bin … Verfluchtes, undankbares Pack!«

»Lass gut sein«, versuchte Vince sie zu beruhigen.

»Wie kann man da ruhig bleiben?! Jetzt stehen wir ganz ohne was da.«

»Dann müssen wir wohl erst wieder ein paar Verträge abschließen, was meinst du?«, fragte er und schenkte ihr ein leichtes Grinsen.

»Wie bitte? Ich dachte, der gestrige Abend sei dir eine Lehre gewesen. Das Leben als Feiy ist nichts für dich! Du kannst deinen eigenen Empfindungen bei deiner Arbeit keinen Platz einräumen. Es geht einzig und allein ums Geschäft. Was du über die Leute, deren Wünsche und ihre Absichten denkst, das spielt gar keine Rolle.« Sie legte ihm nun tröstend den Arm um die Schulter. »Ich weiß, dass es schwer ist, aber manchmal ist es besser, gleich zu erkennen, dass man einen anderen Weg einschlagen sollte. Jetzt ist es noch nicht zu spät, Vernunft anzunehmen.«

Vince senkte ein wenig den Kopf, offenbar dachte er über ihre Worte nach und nahm sie sich sehr zu Herzen.

»Ich sehe keinen Grund aufzugeben«, erklärte er nun und machte Alice damit einen Moment lang sprachlos.

»Was soll das heißen?«, hakte sie ungläubig nach. »Ich meine, du musst doch begriffen haben, dass die Arbeit als Feiy nichts für dich ist, so wie du gestern Abend ausgeflippt bist ...«

»Ich habe wirklich viel darüber nachgedacht und bin zu einem ganz einfachen Entschluss gekommen. Du suchst dir die Leute auch selbst aus, mit denen du versuchst, ins Geschäft zu kommen. So werde ich es ebenfalls handhaben. Wenn ich merke, dass mir mein Gegenüber nicht passt, dann gehe ich einfach wieder.«

Alice biss sich auf die Unterlippe. »Dann wirst du aber verdammt viele Fehlschläge in Kauf nehmen müssen.«

Er zuckte unbekümmert mit den Schultern. »Dann werde ich eben etwas sparsamer sein müssen und mir mein Geld gut einteilen, aber dafür bin ich nicht darauf angewiesen, mit jedem Menschen, der mir nicht gefällt, einen Handel abzuschließen. So ist das Problem jedenfalls aus der Welt geschafft und ich kann weiterhin mit dir gehen.«

Alice konnte es kaum fassen, war Vince denn vollkommen verrückt geworden?! Er konnte doch nicht ständig irgendwelche Leute ablehnen. Er hatte keine Vorstellung davon, wie schwierig es teilweise war, an ein Lebenslicht zu kommen, und wie lange man manchmal auf einen neuen möglichen Handelspartner warten musste. Aber sie sah schnell ein, dass er zu allem entschlossen war und erst einmal nicht aufgeben würde. Sie seufzte tief, das konnte ja noch heiter werden …

Kapitel 10

Alice blickte hinauf in den Himmel, wo die Sonne gerade ihren Höchststand erreicht hatte. Durch den Wald strich eine angenehme Brise, die die Blätter um sie herum rascheln ließ. Durch die Baumwipfel konnte Alice den wolkenlosen Himmel erkennen, der strahlender nicht hätte sein können.

Obwohl sie und Vince seit Stunden unterwegs waren, fühlte sie die Anstrengung kaum. Immerhin war sie die langen Märsche gewohnt. Ganz im Gegensatz zu Vince, der ein paar Schritte hinter ihr herging und darum rang, sich von seiner Müdigkeit nichts anmerken zu lassen. Ein wenig legte sie es auch darauf an, ihn an seine Grenzen zu bringen. Sie hoffte, dass er so vielleicht doch noch von seinem Vorhaben abzubringen war.

Seit einer halben Stunde meldete sich lautstark sein Magen und auch Alice hätte nichts gegen eine kleine Mahlzeit einzuwenden gehabt. Irgendwann würden sie ohnehin Rast machen müssen … Schweren Herzen wandte sie sich darum an ihn: »Lass uns eine Pause machen und etwas essen.«

Er nickte erleichtert, ließ sich sogleich an einem Baumstamm sinken und nahm tiefe Züge aus seiner Trinkflasche, um danach auf einem alten Brot herumzukauen.

Vielleicht sollte sie Vince doch einfach zu Mylo bringen, der würde ihm schon seine Flausen austreiben. Niemals würde er aus einem wie ihm einen Feiy machen. Allerdings wäre es Alice, die ihn zu dem Talim begleitete, und daher konnte es gut sein, dass er seinen Frust an ihr ausließ … Nachdenklich spielte sie an ihrem Armreif herum. Plötzlich zuckte sie zusammen. Hatte sie da nicht gerade etwas zwischen den Bäumen hervorblitzen sehen? Einen hellgrauen Fleck?

»Was ist los?«, wollte Vince wissen, der sich nun ebenso wie Alice alarmiert umsah.

»Ich glaube, da ist etwas …« Sie brach ab und schaute zwischen den Bäumen hindurch, auf der Suche nach irgendeinem Zeichen, das ihr verriet, wer sich hier herumtrieb.

In diesem Moment sah sie die Gefahr kommen. Ganz langsam griff sie zu ihrem Bogen, ohne die Gestalt aus den Augen zu lassen, die auf sie zuhielt.

»Kannst du mir vielleicht mal sagen, was hier los ist?«, verlangte Vince, der nun zunehmend nervös wurde.

Sie schwieg, behielt ihr Ziel ganz genau im Auge und ließ die Sehne in dem Moment los, als sie kurz freie Schusslinie hatte. Der Pfeil sauste durch die Luft, zischte an Bäumen und Büschen vorbei. Sogleich schrie das Wesen brüllend auf, während es mit einer schnellen Armbewegung den Pfeil beiseitewischte, als sei er nichts weiter als ein harmloses Spielzeug.

Alice biss sich auf die Unterlippe, sie hatte nicht wirklich damit gerechnet, dass es funktionieren würde, und dennoch hatte sie es zumindest versuchen müssen.

Sie legte einen weiteren Pfeil ein, vielleicht, wenn es ihr gelang, die Beine zu treffen … möglicherweise konnte sie ihn zumindest so lange aufhalten, dass sie Zeit hatten wegzulaufen. Sie ließ die Sehne los und ließ drei weitere Pfeile schnell hintereinander folgen. Zwei fanden tatsächlich ihr Ziel, doch donnerte ihnen das Geschöpf noch immer ungehindert entgegen.

»Mist!«, zischte Alice.

»Jetzt sag endlich, was los ist«, verlangte Vince, dem nun nackte Angst ins Gesicht geschrieben stand. Er schaute sie an, schließlich folgte er ihrem Blick und nun war das Wesen nah genug, dass auch er es erkennen konnte: eine hochgewachsene, breitschultrige Gestalt. Der Kopf war bullig, die Ohren lang und teilweise ausgefranst. Die Stirn war ein wenig nach vorne gewölbt, was diese Kreaturen immer irgendwie dümmlich erscheinen ließ, doch allein an ihrem Blick, der nur so vor Blutdurst funkelte, erkannte man, dass diese Wesen nicht zu unterschätzen waren.

Das Maul war zum Angriffsschrei geöffnet, kurze, spitze Zähne waren darin zu sehen. Der rechte Arm, der wie der Rest des Körpers vor Muskeln strotzte, war erhoben und hielt eine Axt. Der Oberkörper war unbekleidet und wie die ganze Gestalt von einer gräulichen Farbe, die schon leicht ins Blau überging. Eine zerfranste Hose bedeckte die stämmigen Beine, deren Muskeln sich beim Laufen angriffslustig spannten.

»Was ist das?«, murmelte Vince voller Entsetzen.

»Ein Odim«, antwortete Alice, während sie sich für den Angriff bereitmachte.

Die Kreatur war verdammt schnell und ließ die beiden keinen Moment aus den Augen. Es war unverkennbar, dass sie nicht aufgeben würde, ehe sie bekommen hatte, was sie wollte. Mit einem lauten Schrei sprang sie auf sie zu, riss die Axt in die Luft und ließ sie auf Alice niedersausen.

Sie warf sich zur Seite und rief Vince gleichzeitig zu: »Hau ab! Mach, dass du wegkommst, solange du noch kannst.«

Er wirkte jedoch wie erstarrt, sah immer wieder von ihr zu dem Wesen.

Der Odim lachte gellend. »Oh, keine Sorge, zuerst kümmere ich mich um dich. Den Kerl hier schnappe ich mir danach.«

»Das werden wir ja sehen«, zischte sie und malte hastig mit ihrer Hand ein paar unsichtbare Zeichen auf ihren rechten Handteller.

»Och, spar dir das besser, Kleines«, höhnte er. »Du kannst es uns allen leicht machen und es uns schnell hinter uns bringen lassen.«

Alice ging darauf gar nicht erst ein. Während der Odim auf sie zutrat, stieß sie die Hand auf den Boden und schlagartig bohrte sich eine gleißende Feuersäule daraus empor. Sie schraubte sich in die Luft, verspritzte heiße Lavafunken, die sich durch Blätter, Äste und Gras fraßen und kleine, lodernde Feuer hinterließen.

Der Odim hob die Hand, ein Wirbel aus Eiskristallen und Wind stob auf, der sich der Feuersäule entgegenstellte, woraufhin sie mit einem Mal erlosch.

Alice sprang derweil auf die Beine und versuchte, ein wenig Abstand zwischen sich und den Angreifer zu bringen. Hastig legte sie einen Pfeil in den Bogen ein, was ihrem Gegner nur ein müdes Lachen entlockte. »Willst du das tatsächlich noch einmal versuchen? Hast du nicht gerade gesehen, dass das rein gar nichts bewirkt? Du musst ganz schön dämlich sein.«

Sie reagierte nicht auf die Worte und schoss blitzschnell drei Pfeile hintereinander ab. Noch ehe sie ihr Ziel trafen, zeichnete Alice Symbole in die Luft. Sie glühten grün auf, sausten nach vorne und legten sich als gleißendes Licht um die Pfeile. Sie fanden ihr Ziel und drangen in die Brust des Gegners – ein Zischen erklang, als sie sich durch das Fleisch fraßen und grüner Rauch aus den Wunden trat.

Der Odim fluchte: »Du Elendige …«

Weiter kam er jedoch nicht, denn Alice rief einen weiteren Spruch, der als greller Blitz direkt auf ihn niederging. Der Odim sackte kurz zusammen, stützte sich mit den Händen ab, rang nach Atem. Dann spannte sich seine Nackenmuskulatur an und er griff mit der rechten Hand nach einem der Pfeile, der aus seiner Brust ragte. Mit einem lauten Ächzen riss er sich diesen heraus; grüne Flüssigkeit, die von dem Zauber stammte, troff daran herab. Dann nahm er sich das nächste Geschoss vor und befreite sich auch von diesem. Langsam stand er auf, blitzte Alice mit seinen schwarzen Augen an und zog sich auch den letzten Pfeil aus seinem Körper.

»War das etwa schon alles, kleine Feiy?« Er lachte, legte den Kopf leicht schief und brummte: »Das habe ich mir gedacht.«

Damit stürmte er nach vorne. Alice ließ ihn nicht aus dem Blick und fluchte innerlich. Insgeheim hatte sie gehofft, der Giftregenzauber hätte ihn zumindest ein wenig geschwächt, doch davon war nichts zu sehen.

Der Kerl wirbelte die Axt durch die Luft und ließ sie auf Alice niederfahren. Sie sprang zur Seite, rollte über den Boden und sah gerade noch, wie er erneut zum Schlag ausholte und die Waffe auf sie niederfuhr. Haarscharf gelang es ihr noch einmal auszuweichen.

»Verdammt! Alice, pass auf!«, schrie Vince ihr zu, doch sie sah den Felsen selbst, der ihr den Weg versperrte, und vernahm das Zischen der Axt, als diese auf sie zuhielt.

»Wenn ich dich erst mal umgebracht habe, nehme ich mir die Lebenslichter von dir!«, tönte der Odim.

Alice sah den Hieb kommen, suchte im Geiste nach irgendeinem Spruch, mit dem sie sich würde retten können. Dann riss sie die Augen auf und konnte nicht glauben, was sie sah: Vince war plötzlich hinter ihrem Gegner, sprang mit voller Wucht auf das Wesen zu und rammte ihm die Schulter in den Rücken, sodass es ins Taumeln geriet und ein paar Schritte vorwärts tun musste, um den Schwung abzufangen.

Wütend drehte der Odim sich nach Vince um. »Du verfluchter, kleiner Mistkerl!«

Alice hob den Arm; rote Zeichen glommen um das Wesen herum auf. Sie wurden immer heller und senkten sich dann wie glühende Sterne auf den Feind. Der schrie und ließ für einen Moment von Vince ab, sodass er mit ein paar schnellen Schritten davoneilen konnte. Doch der Spruch hielt das Wesen nicht lange auf.

Voller Wut drehte es sich zu Alice um, packte sie am Hals und riss sie von den Füßen. »Ihr verdammten, kleinen Feiys. Müsst ihr uns immer in die Quere kommen und uns im Weg stehen?!« Ein süffisantes Grinsen erschien auf seinen Lippen, als es den Arm ausstreckte und ein blaues Licht darin entstehen ließ. »Andererseits, wo bliebe dann der Spaß?«

»Verschwinde endlich!«, schrie Vince und der Odim zuckte zusammen, als er von etwas direkt am Kopf getroffen wurde. Er sah zu Boden, wo das Wurfgeschoss lag, und drehte sich dann zornentbrannt zu Vince um, der seinen zweiten Stiefel in der Hand hielt – bereit, auch diesen auf die Kreatur zu werfen.

»Hast du mich gerade mit deinem Schuh beworfen?«, hakte der Odim, außer sich vor Zorn, nach.

»Nun ja, eigentlich war es einer meiner Stiefel und ich sollte noch dazusagen, dass sie verdammt teuer waren. Ich hoffe, du hast die Stahlkappe gespürt …«

»Ich lass dich gleich was ganz anderes spüren!«, schrie das Wesen, ließ Alice los und rannte auf Vince zu.

Alice war sofort auf den Füßen, schoss einen Pfeil auf das Wesen ab und malte mehrere Zeichen blitzschnell um sich. Sie hoffte, dass Vince rechtzeitig würde ausweichen können, aber es war ihre einzige Chance. Rote und blaue Zeichen erschienen in der Luft, begannen sich zu bewegen, kleiner und größer zu werden. Alice streckte die rechte Hand nach vorne und die roten Zeichen legten sich um den Pfeil. Wie ein Blitz raste er auf das Wesen zu, drang genau in dessen Rücken ein und trat aus der Brust wieder aus. Nun ließ Alice ihre Hand erneut durch die Luft fahren und das Licht der blauen Symbole erlosch. Sie wurden schwarz wie die Nacht und verbanden sich zu einem dunklen Strahl, der durch die Wunde des Pfeils trat und darin verschwand. Der Odim blieb stehen, Muskeln begannen in seinem Gesicht zu zucken, er gab mehrere kurze Atemstöße von sich, dann sackte er auf sein rechtes Bein.

»Geh in Deckung«, schrie Alice, was sich Vince nicht zweimal sagen ließ. Er hechtete nach vorne, als der Odim von dem Zauber zerrissen und in Tausende Stücke zerfetzt wurde.

Vince wurde von einem kleinen Teil der Kraft noch erfasst und von den Füßen gerissen, doch schien er unverletzt geblieben zu sein. Es dauerte nur wenige Sekunden, da rappelte er sich auch schon wieder auf und sah zu den Überresten der Kreatur.

»Unglaublich«, brachte er noch voller Unglauben heraus, während Alice umherlief und den Boden nach etwas absuchte.

»Du sagtest, das war ein Odim. Ich habe von diesen Wesen noch nie gehört. Und was treibst du da eigentlich?«, fügte er hinzu, während er Alice beobachtete.

»Odims sind uns Feiys nicht ganz unähnlich«, erklärte sie, ohne den Untergrund aus den Augen zu lassen. »Wie du siehst, sind sie verdammt gefährlich und ziemlich stark. Als Feiy wirst du leider hin und wieder mit ihnen zu tun bekommen, denn auch sie sind hinter Lebenslichtern her. Aus diesem Grund mögen wir uns nicht besonders.«

Sie lächelte, dann bückte sie sich und hob etwas auf. »Tja, nicht schlecht. Zwar nicht die allergrößten, aber immerhin.« In ihrer Hand hielt sie drei kleine blaue Kugeln.

»Er hatte Lebenslichter bei sich …«, stellte Vince ungläubig fest.

»Allerdings«, bestätigte sie. »Diese Viecher sind ganz erpicht darauf, Feiys zu finden, immer in der Hoffnung, deren gesammelte Lebenslichter an sich nehmen zu können. Aber nun ist er an die Falsche geraten.« Sie grinste breit, trat auf Vince zu und reichte ihm ihre Hand, um ihm aufzuhelfen. »Du hast mir heute mehr oder weniger das Leben gerettet. Auf jeden Fall hast du mir beigestanden und das, obwohl du auch einfach hättest fliehen können. Ich nehme mal an – und glaub mir, das fällt mir nicht leicht zu sagen –, dass ich dir etwas schuldig bin. Wenn du es also noch immer willst, dann helfe ich dir, bringe dich zu Mylo und lege ein gutes Wort für dich ein.«

Ein breites Grinsen erschien auf Vince' Gesicht. Er sprang auf und war drauf und dran, Alice zu umarmen, die einen Schritt zurückwich und den Finger hob. »Das heißt noch lange nichts. Ich entscheide da gar nichts und kann für nichts garantieren. Mylo ist, wie gesagt, streng bei seiner Auswahl und ich glaube nicht …«

»Danke, danke, danke«, brabbelte er immer wieder vor sich hin, während er Alice fest an sich zog.

»Oh Mann«, ächzte sie. »Noch bist du kein Feiy, also freu dich nicht zu früh.«

Sie hatte noch immer kein gutes Gefühl dabei, ihn bei der Umsetzung seines Wunsches zu unterstützen. Andererseits brannte er so sehr dafür … Und wer wusste schon, ob Mylo ihn nicht auf der Stelle davonjagen würde …

Kapitel 11

»Wenn ich deinem Talim gegenüberstehe, muss ich da auf irgendetwas achten? Muss ich mich verbeugen oder so?«, fragte Vince, während er sich mit Alice durch dichtes Gestrüpp zwängte.

Vier Tage waren inzwischen vergangen, seitdem sie die Begegnung mit dem Odim überstanden hatten, und seither war Vince noch entschlossener als je zuvor.

»Wenn du dich lächerlich machen willst, tu dir keinen Zwang an«, erwiderte Alice auf seine Frage hin.

»Ich verhalte mich also ganz normal und führe ihm meine Vorzüge auf. Ich werde ihm erzählen, dass ich dabei geholfen habe, einen Odim zu töten. Das muss ihn ganz einfach beeindrucken.«

»Wie gesagt, freu dich nicht zu früh, ich kann dir nichts versprechen und Mylo kann recht schwierig sein.« Sie blickte zu Vince, in dessen Augen noch immer dieser entschlossene Ausdruck brannte. Nicht zum ersten Mal fragte sie sich, warum er so versessen auf dieses Dasein war.

»Du machst das wegen deiner Familie, habe ich recht?«, hakte sie nach. »Du willst ihnen irgendetwas beweisen.«

Seine Miene trübte sich ein wenig, doch in seinen Augen flammte ein kalter Ausdruck auf. »Und was ist mit dir? Warum bist du eine Feiy geworden? Deine Familie hatte doch sicher etwas dagegen, dass du sie verlässt und dieser Arbeit nachgehst, oder?«

Sie schüttelte den Kopf und schob ein paar Äste beiseite, die ihr den Weg versperrten. »Meine Eltern sind beide tot, ich bin also schon eine ganze Weile auf mich allein gestellt.«

»Wie alt warst du?«, wollte er wissen und schenkte ihr einen mitfühlenden Blick.

»Ich war vierzehn, als mein Vater gestorben ist. Meine Mutter ist ein paar Jahre zuvor von uns gegangen. Auch wenn die erste Zeit nicht einfach war, ich komme gut zurecht. Das Leben als Feiy hat mich damals gerettet, mir eine Möglichkeit gegeben, mein eigenes Geld zu verdienen und überleben zu können.«

»Als so junges Mädchen war das sicher nicht einfach«, wandte er ein.

Sie zuckte mit den Schultern. »Man lernt klarzukommen und sich durchzusetzen.«

»Und wie bist du auf Mylo gestoßen?«

»Es war reiner Zufall. Er hat mich beobachtet, wie ich einem fetten Kerl die Geldbörse aus der Tasche geklaut habe und das, obwohl ein paar Wachen nur wenige Meter entfernt standen. Aber ich wusste, dass sich das Risiko lohnen würde. Jedenfalls ist er mir gefolgt und in einer Gasse, wo ich gerade meine Beute zählte, auf mich zugekommen. Erst dachte ich, er würde mich anzeigen wollen, aber dann hat er mir diesen Vorschlag gemacht. Ich habe keinen Augenblick gezögert und sein Angebot angenommen. Alles war besser, als weiter so leben zu müssen. Und es hat sich gelohnt, ich bin um jeden Tag dankbar, den ich nicht auf der Straße frierend und hungernd verbringen muss, während ich darüber nachdenke, wie ich an Geld komme.«

»Dieser Mylo scheint doch irgendwo ein gutes Herz zu haben«, meinte Vince. »Immerhin hat er dir eine Zukunft geschenkt.«

Alice lachte und schüttelte den Kopf, während sie sich von ein paar Dornenzweigen befreite, die sich in den Stoff ihres Shirts gefressen hatten. »Nein, besonders wohltätig ist er nicht. Er hat einfach eine Chance für sich gesehen und die hat er genutzt. Das hatte rein gar nichts mit mir zu tun.«

In diesem Moment durchbrachen sie das dichte Gestrüpp und blieben kurz wie angewurzelt stehen. Alice konnte kaum glauben, was sie sah, und auch Vince ließ vollkommen überrascht den Blick schweifen.

»Was ist hier passiert?«, wisperte er leise, doch Alice musste den Kopf schütteln.

»Ich weiß es nicht«, gestand sie. Allerdings hatte sie eine Vermutung.

In einem Umkreis von zwanzig Metern befand sich inmitten des Waldes kein einziger Baum mehr, kein Strauch, nicht einmal mehr ein einzelner Grashalm war zu finden. Stattdessen lag schwarze Erde vor ihnen, als hätte hier ein abscheuliches Feuer gewütet.

Alice tat einige Schritte auf dem dunklen Untergrund und schaute sich prüfend um. Sie entdeckte ein paar dunkle Erhebungen, die etwas wie Körper hätten sein können. Als sie näher trat und sich diese genauer besah, erkannte sie, dass es sich um Überreste handeln musste. Sie untersuchte sie genauer und konnte schwere Pfoten ausmachen, auch einen großen, breiten Kopf; sie fand sogar noch ein paar Reißzähne, die in einem Schädel steckten.

»Berglöwen«, erklärte Alice. »Irgendetwas hat sie allesamt getötet.«

Sie streckte die Hand aus und nahm ein wenig von der dunklen Erde zwischen die Finger. Wenn sie den schwarzen Staub zerrieb, blieben keine dunklen Reste zurück, wie es bei Asche der Fall gewesen wäre. Auch war er nicht mehr warm, sondern kalt, als würde sie in Eiswasser fassen.

Schnell stand Alice auf. »Ich muss mich weiter umsehen, vielleicht ist es noch nicht zu spät«, sagte sie und drehte sich zu Vince um.

In diesem Moment sah sie, wie sich Zweige eines Buschs bewegten und eine Gestalt dahinter verschwand. Konnte das sein oder hatte sie sich das nur eingebildet?

Sogleich hastete sie los. Wenn hier wirklich das geschehen war, was sie annahm, dann würde sich heute alles entscheiden. Sie stand so kurz davor … All die Jahre …

»Was ist los? Weißt du, was hier passiert ist?«, wollte Vince wissen, der ihr nachhetzte.

»Nicht genau«, erwiderte sie und blieb stehen. Mittlerweile war nur noch dichter Wald um sie herum. Alice bückte sich, suchte den Untergrund ab – nichts.

Vince stand hinter ihr und legte nun den Arm auf ihre Schulter. »Aber du hast eine Ahnung, stimmt's? Was weißt du hierüber?«

Sie schaute an ihm vorbei, zurück zu dem Feld, das so verwüstet war. Der Wind strich darüber hinweg, wirbelte kleine, dunkle Staubwolken vor sich her.

»Ich bin mir sicher, dass hier ein Nekromant gekämpft hat.«

Vince sog hörbar Luft ein. »Das ist nicht dein Ernst!« Er schaute sie an, als habe sie den Verstand verloren. »Diese Wesen existieren nicht, all die Geschichten über sie sind nichts als Legenden.«

»Das denken die meisten über uns Feiys auch«, erwiderte Alice und erhob sich. Noch immer suchte sie nach einer Fährte und biss sich wütend auf die Unterlippe. Sosehr sie sich auch anstrengte, sie konnte nichts finden. Wieder einmal hatte sich eine Spur im Nichts verloren.

»Bist du schon mal einem begegnet?«, wollte Vince weiter wissen.

Sie schüttelte verneinend den Kopf. »Aber dennoch weiß ich, dass sie existieren.«

»Woher?«, drängte er weiter, aber sie antwortete nicht. Die alten Erinnerungen zwängten sich an die Oberfläche, brachten Schmerz und diesen unheimlichen Zorn mit sich …

»Nicht jetzt«, sagte sie leise und der Klang ihrer Stimme ließ Vince innehalten.

»Aber irgendwann wirst du mir antworten.«

Es war keine Bitte, keine Frage – vielmehr eine Feststellung und Alice nickte. Irgendwann würde sie ihm vielleicht tatsächlich zumindest einen Teil ihres Lebens offenbaren können …

Kapitel 12

Schon bald vernahmen sie die ersten vertrauten Geräusche, die mit dem Leben in einer Stadt einhergingen: das Schlagen eines Schmiedehammers, das Rumpeln von Kutschen, das Wiehern der Pferde …

»Das ist also Marein«, stellte Vince bewundernd fest, nachdem sie nur eine Stunde später ihr Ziel erreichten.

Marein war eine der größten Städte im Land. Aufgrund seiner Meereslage florierte hier der Handel und führte auch viele ausländische Besucher her, die ihren Geschäften nachgingen oder auf der Durchreise waren. Mylo lebte als Talim nicht umsonst an diesem Ort. Zum einen bekam er so Informationen aus aller Welt, zum anderen hatte man in all dem umtriebigen Leben kein allzu genaues Auge auf ihn und sein Geschäft, was unabdingbar für ihn war.

»Wenn wir zu Mylo kommen, lass mich zuerst mit ihm sprechen«, erklärte Alice. »Halt du einfach den Mund und sag am besten kein Wort.«

»Ich würde mich aber schon gern selbst vorstellen und ihm mein Anliegen vortragen.«

»Das wirst du auch noch, aber er mag es nicht, wenn man Fremde zu ihm bringt. Also werde ich ihm alles vorsichtig zu erklären versuchen.«

Vince nickte, wirkte aber nicht besonders erfreut.

Sie gingen über das holprige Kopfsteinpflaster einer breiten Hauptstraße, an deren Rand sich Haus an Haus reihte. Diese waren allesamt groß, mit Fassaden, die in Gelbtönen gehalten waren – eine Farbe, die an Gold erinnern sollte und in dieser Stadt nur den Reichen vorbehalten war. Aber auch so hätte man allein an der wundervollen Gestaltung der Gebäude erkannt, dass hier sehr wohlhabende Leute lebten. Erker säumten die Fassaden, hohe Giebel und Steinfiguren verzierten den Eingangsbereich. Manch einer hatte sogar Bilder an die Hauswände malen lassen, die Naturszenen zeigten oder von dem Handwerk erzählten, dem die Hausbewohner nachgingen.

»Und wo finden wir Mylo nun? Lebt er am Rand der Stadt?«, fragte Vince ungeduldig.

»Wie kommst du denn darauf?«, hakte Alice überrascht nach. »Er macht viele Geschäfte mit Handelsreisenden aus anderen Ländern und könnte denen dort wohl kaum begegnen. Nein, er lebt dort vorne.«

Sie deutete auf ein schmuckes Haus in sonnengelbem Ton, vor dem zwei Putten standen – die eine hielt eine Flöte in der Hand, die andere eine kleine Trompete. In dem Garten befanden sich mehrere Blumenbeete, deren Pflanzen in allen Farben blühten. Dazwischen lagen einige Büsche, die kunstvoll zu runden Kugeln geschnitten worden waren.

»Wer hätte gedacht, dass er in so einem prächtigen Haus wohnt«, murmelte Vince überrascht.

»Hast du etwa angenommen, er würde sich irgendwo in einem schummrigen Hinterhof verstecken und dort den ein oder anderen finsteren Gesellen empfangen, um diesem Lebenslichter zu verkaufen?« Sie schüttelte amüsiert den Kopf. »Du hast keine Ahnung.«

Sie öffnete die kleine Pforte, die zu dem weißen Kiesweg führte, und drückte die breite Eingangstür auf. Aus den Augenwinkeln sah sie, wie Vince ihr in den großen Raum folgte und überrascht stehen blieb. Es fehlte nicht viel und ihm wäre glatt der Mund aufgeklappt.

In dem Zimmer befanden sich eine Menge Spiegel, vor denen je ein Stuhl aufgebaut war. Fast jeder Platz war besetzt und eifrige Angestellte standen neben oder hinter ihren Kunden, um diese zu bedienen. Sie berieten sie in Farbfragen, schnitten oder wuschen Haare.

»Ein Frisörsalon?!«, murmelte Vince fassungslos und schien seinen Augen nicht trauen zu wollen.

»Jeder Talim geht offiziell einem ganz legalen Beruf nach. Ist ja wohl klar, immerhin sollen so wenige wie möglich von uns Feiys und den Talims wissen. Außerdem brauchen sie auch irgendetwas, womit sie das Geld waschen können, oder was denkst du, wie sie ansonsten ihre Einnahmen rechtfertigen könnten?«

Alice ging, ohne zu zögern, an den Angestellten vorbei, die die Haare ihrer Kunden in Form brachten und dabei den ein oder anderen Plausch hielten. Der Frisörsalon von Mylo war einer der besten der Stadt und damit auch einer der teuersten. Nur die Oberschicht ließ sich hier blicken und Alice wusste, dass es eine Menge Frauen gab, die vor allem zum Schwatzen herkamen und tatsächlich Geld bezahlten, um sich jeden Tag die Haare waschen und anschließend stylen zu lassen. Jedes Mal aufs Neue wunderte sie sich über diese Geldverschwendung.

Wie selbstverständlich lehnte sie sich an den weißen Tresen, hinter dem eine junge Frau saß, die sich sichtlich ein Lächeln abzuringen versuchte.

Mit gezwungen freundlicher Stimme fragte diese: »Was kann ich für Sie tun?«

Offenbar entsprach Alice mit ihren von der Reise verschmutzten Klamotten nicht ganz dem Bild eines Kunden, den man hier gern sah. Aber das war Alice bereits gewohnt. Mylo hatte die Angewohnheit, seine Angestellten oft zu wechseln – eine weitere Sicherheitsmaßnahme, damit keiner von ihnen herausfand, welchem Gewerbe er eigentlich nachging. Es war also kein Wunder, dass die junge Frau Alice nicht kannte.

»Ich möchte zu Mylo«, erklärte sie ohne Umschweife.

»Ich muss Sie leider enttäuschen, aber er ist beschäftigt und kann gerade niemanden empfangen.«

»Ja, ja, sagen Sie ihm, dass Alice hier ist und ihn dringend sprechen will. Er weiß dann Bescheid.«

Sie wandte sich um und schritt zu der kleinen Sitzgruppe, die neben dem Tresen stand und als Sitzgelegenheit für die wartenden Kunden diente. Sie ließ sich nieder, legte ihre Beine auf den kleinen Glastisch und meinte: »Normalerweise stehen hier immer ein paar Kekse. Wäre nett, wenn Sie mir davon ein paar bringen könnten.«

Nicht nur die Angestellte schaute sie an, als habe sie den Verstand verloren. Auch etliche Kunden und weitere Frisöre waren auf sie aufmerksam geworden.

»Ich dachte, du wolltest Mylo nicht verärgern, damit er in guter Stimmung ist, um mich anzuhören«, wisperte Vince besorgt, der sich nun ebenfalls in einen der weißen Sessel sinken ließ.

Alice winkte ab. »Mach dir deswegen keine Gedanken. Er kennt das von mir und so beeilt er sich wenigstens.«

Tatsächlich öffnete sich nur Sekunden später eine Tür im hinteren Bereich und ein kleiner Mann kam herbeigeeilt. Er trug einen dunklen Mantel, der im Licht einen bläulichen

Schimmer aufwies. Mylo war auf den ersten Blick keine imposante Gestalt und sicher hätte niemand vermutet, welch mächtige Person er doch war. Er war recht dünn, die Arme und Beine geradezu dürr, sodass sie einen an Äste eines alten Baumes erinnerten. Hinzu kam seine bucklige Haltung, die ihn noch kleiner wirken ließ. Sein Gesicht war faltendurchfurcht, die Lippen meist wie jetzt zu dünnen, strengen Strichen verzogen. Seine dunklen Augen blitzten wütend – ein Umstand, den Alice nur zu gut kannte.

Mit kleinen, schnellen Schritten hastete er zu ihr, packte sie am Arm und zog sie in Richtung der Tür, aus der er gerade gekommen war. »Wie oft habe ich dir schon gesagt, du sollst nicht durch den Vordereingang kommen?! Mit deinen vom Straßenstaub verdreckten Klamotten erregst du nur Aufsehen. Die anderen Feiys kapieren das doch auch, warum muss ich es nur dir immer und immer wieder sagen?!«

Vince war den beiden in einigem Abstand gefolgt und trat nun zu ihnen in das geräumige Hinterzimmer, wo Alice sich auf einen teuren Mahagonitisch abstützte und sich nichts aus Mylos Worten machte.

»Ich liebe es einfach, wenn du extra wegen mir angerauscht kommst«, meinte sie in sarkastischem Tonfall und spielte an einem Füllfederhalter herum, der auf dem Tisch lag.

Der Talim packte ihre Hand und entwand ihn ihr. »Das ist ein verdammt teures Stück, also lass das bitte.« Er rümpfte die Nase. »Und in Zukunft nimmst du wie jede Feiy auch die Hintertür.«

»Ja, ja«, winkte sie ab.

In diesem Moment fiel Mylos Blick auf Vince und verdüsterte sich noch mehr.

»Wer ist das?«, knurrte er wenig erfreut.

»Das ist Vince. Ein junger Mann, der sich dir unbedingt vorstellen will. Er beabsichtigt, dich um die Kräfte eines Feiys zu bitten, und möchte für dich arbeiten.«

Der Talim legte nachdenklich die Hand ans Kinn und musterte sein Gegenüber eingehend. »Darf ich fragen, wie es sein kann, dass er von der Existenz der Feiys weiß?« Sein Blick legte sich anklagend auf Alice. »Hast du mal wieder Aufsehen erregt? Aus Versehen mit einem Zauber ein Haus abgefackelt, auf einem Dorfplatz mit Elementsprüchen um dich geworfen oder gleich eine ganze Stadt dem Erdboden gleichgemacht?« Er schüttelte den Kopf und seufzte. »Es ist wirklich eine Schande. Du verfügst über solch starke Kräfte und schaffst es immer wieder, dich und uns alle damit in Gefahr zu bringen.«

Alice ächzte. »Spar dir deine Moralpredigt. So war es nicht. Er hat über uns gelesen und mich heimlich dabei beobachtet, wie ich einen Tarnzauber gesprochen habe«, bog sie die Wahrheit ein wenig zurecht.

Damit schien er sich fürs Erste zufriedenzugeben und wandte sich erneut Vince zu. »Und du willst also für mich arbeiten?«

Er nickte heftig. »Ich wünsche mir nichts sehnlicher, als ein Feiy zu werden, und wenn Sie mir die Chance geben, werde ich Sie ganz sicher nicht enttäuschen.«

»Dir geht es doch nur um die Macht, die damit einhergeht«, entgegnete Mylo kühl. »Das ist bei den meisten so. Doch ich brauche Leute, die ernsthaft dahinterstehen und die mit dieser Aufgabe ihren Lebensunterhalt verdienen möchten. Nur dann brennen sie genug für diesen Job und bringen mir auch genügend Lebenslichter.« Er wedelte abwertend mit der Hand durch die Luft, als sei Vince nichts anderes als ein bedeutungsloses Insekt. »So jemanden wie dich kann ich nicht gebrauchen.

Man sieht dir auf den ersten Blick an, dass du nicht zu kämpfen gewohnt und schwach bist. Einem Odim würdest du jedenfalls sofort unterliegen.«

Alice schaute Vince an. Habe ich es dir nicht gesagt, lag in dem Ausdruck. Aber so schnell wollte er sich wohl nicht geschlagen geben.

»Ich bin bereits einem Odim begegnet und wie Sie sehen, lebe ich noch.«

Mylo hob erstaunt die Braue, etwas wie Interesse, aber vor allem Unglauben tauchte in seinen Augen auf. »Du willst mir weismachen, dass du gegen einen Odim gekämpft hast?«

»In der Tat«, bestätigte er. Dass er dafür einen Schuh als Waffe benutzt hatte, verschwieg er geflissentlich.

Erneut wanderte Mylos Hand nachdenklich an sein Kinn. »Immerhin hast du überlebt, kein schlechtes Zeichen.«

»Er hat sich in der Tat wacker geschlagen und mir geholfen«, ergriff nun Alice Partei für ihn.

Der Talim schwieg einen Moment, musterte Vince von oben bis unten. »Es genügt nicht, dass du gegen einen Odim gekämpft hast. Das zeigt zwar, dass du nicht so schwach bist, wie ich dachte, aber es beweist am Ende gar nichts. Ich will sichergehen, dass du aus dem richtigen Holz geschnitzt bist. Und ich weiß auch genau die richtige Aufgabe dafür.« Ein kaltes Grinsen erschien auf seinen Lippen. »Du weißt, dass ich meine Ohren überall habe«, wandte er sich an Alice, »und gerade war ein Mittelsmann bei mir, der für seinen Auftraggeber nach jemandem sucht, der einen bestimmten Schatz für ihn birgt. Er ist dafür bereit, eine Menge zu bezahlen.«

Alice spielte mittlerweile mit einer vergoldeten Schreibfeder herum. »Und warum schickt dieser ominöse Auftraggeber lieber jemand anderen, als selbst diese Kunde an die Leute zu bringen?«

»Das ist nicht sonderlich ungewöhnlich. Oftmals handelt es sich dabei um Magier, die sich bereits einen Namen gemacht haben und nicht wollen, dass jeder in Erfahrung bringt, wie sie ihre Macht zu vergrößern gedenken. Am Ende spielt es ohnehin keine Rolle: Hauptsache, die Bezahlung stimmt.«

»Dann sag es doch einfach ganz klar: Was springt dabei für dich heraus und was für uns?«

»Na ja«, begann Mylo und wand nun auch die Schreibfeder aus Alices Händen. »Für mich würden, wie du es so schön nennst, ein paar wertvolle Tränke herausspringen sowie seltene Zutaten wie Eisenkraut und Nimbuswurz. Das Geld von fünfzehntausend Gulden interessiert mich gar nicht. Das würde ich komplett euch überlassen.« Er schaute nun zu Vince und grinste breit. »Und falls es euch gelingen sollte, diesen besonderen Schatz zu finden, dann würde ich dich als Feiy anstellen und dir die Kräfte verleihen.«

»Und was soll das für ein wertvolles Stück sein?«, fragte Alice. »Wo ist es überhaupt zu finden? Ich habe keine Lust, Jahre mit der Suche zu verschwenden oder an irgendeinen Ort zu müssen, wo ich am Ende draufgehe.«

»Ich mach's«, verkündete Vince sogleich und erntete von Alice dafür einen strafenden Blick. »Wenn das der Preis dafür ist, dass ich die Kräfte eines Feiys bekomme …«

»Natürlich ist es in gewissem Maße gefährlich, nicht umsonst ist der Lohn dafür auch so hoch«, erklärte Mylo. »Gerade darum biete ich diesen Auftrag auch dir an.« Er musterte Alice scharf. »Du kannst das Geld doch sicher gebrauchen oder hast du ein paar Lebenslichter für mich?«

Sie holte die silberne Schatulle aus ihrer Manteltasche und reichte ihm die Lebenslichter. Kurz begutachtete Mylo diese, dann öffnete er eine versteckte Schublade im Schreibtisch, zählte ein paar Münzen ab und hielt sie ihr entgegen.

»Sie sind leider nicht besonders stark, wie du sicher selbst erkannt hast«, sagte er.

Alice betrachtete das Geld und fuhr den Talim wütend an. »Nur fünfhundert?! Das ist viel zu wenig.«

Mylo zuckte ungerührt mit den Schultern. »Mehr ist nicht drin. Du weißt selbst, dass diese Lichter nicht viel wert waren, und der Kurs für so schwache ist momentan nicht sehr hoch. Bring mir demnächst bessere, dann erhältst du auch mehr Geld.«

Alice schnaubte. »Das ist den Aufwand nun wirklich nicht wert gewesen.« Aber sie brauchte das Geld und konnte die Lebenslichter ohnehin nicht bei einem anderen Talim verkaufen. »Also gut, gib mir das Geld«, murrte sie darum und nahm die Münzen entgegen.

»Wie gesagt, wenn du mehr verdienen willst, das wäre eine gute Gelegenheit. Außerdem will dein Freund hier doch unbedingt für mich arbeiten und das ist meine Bedingung.«

»Nun komm schon«, versuchte Vince sie zu überreden. »Wenn wir diesen Auftrag zusammen erledigen, verspreche ich dir, dass du das ganze Geld für dich haben kannst.«

Alice überlegte kurz. In der Tat war die Bezahlung äußerst gut und sie würde für eine Weile keine neuen Verträge abschließen müssen …

»Sag mir erst, wo wir diesen Schatz finden sollen und um was es sich dabei überhaupt handelt.«

»Nun ja«, begann Mylo zögerlich, nahm Papier und Stift und zeichnete eine kleine Skizze. »Ich weiß nur, dass der Schatz Blaue Träne genannt wird. Wo er sich befindet, kann ich dir nicht sagen, ihn zu finden ist Teil des Auftrags und aus diesem Grund ist die Belohnung auch so exorbitant.« Er zeichnete weitere Linien auf das Blatt, sodass man erkannte, dass es sich um die grobe Skizze einer Karte handelte. »Ich habe allerdings von etwas gehört, das euch helfen könnte. Im Kyphas-Berg soll vor einigen Jahren ein Hunter verschollen sein. Den Gerüchten nach hat er eine Karte angefertigt, auf der eine Menge Schätze eingezeichnet sein sollen, von denen er erfahren hat. Unter anderem eben auch die Blaue Träne.«

»Vergiss es«, winkte Alice ab. »Niemand ist so dämlich und geht freiwillig auch nur in die Nähe dieses Berges, geschweige denn hinein. Der Wald ist gefährlich und im Inneren des Gebirges sollen grauenhafte Kreaturen hausen, wie sie sonst nirgends in der Welt zu finden sind. Ich bin doch nicht so blöd und lasse mich freiwillig umbringen.«

»Seit wann fürchtest du dich vor irgendwelchen Wesen? Erst recht, wenn ein Schatz von solchem Lohn winkt?«, hakte Mylo nach.

»Lass es uns versuchen«, forderte Vince sie auf. »Wir gehen da rein, holen die Aufzeichnungen und verschwinden wieder. Denk daran, wie viel Geld danach auf dich wartet. Du könntest dir ein angenehmes Leben machen.«

Alice biss sich nachdenklich auf die Lippen. Der Betrag war wirklich hoch, dafür konnte sie sich monatelang in einem sehr guten Hotel einquartieren. Sie würde nicht mehr ständig umherwandern müssen, konnte es sich gut gehen lassen und die Zeit genießen. Aber warum musste es ausgerechnet dieser Berg sein?

»Dieser Mittelsmann hat den Auftrag an etliche Leute weitergegeben. Sicher wissen längst auch zig Hunter Bescheid. Wenn du ihn also nicht findest, wird es gewiss ein anderer tun«, erklärte Mylo weiter und reichte ihr die Karte. »Ich habe dir den Weg zum Berg aufgezeichnet und einige Stellen markiert, wo man vermutet, dass der Hunter diese Strecken gegangen sein könnte. Versuch es oder lass es. Ich werde auf jeden Fall noch Zora und Marlo fragen, ob sie sich an diesem Auftrag versuchen wollen.«

Sie riss ihm das Blatt Papier aus der Hand und sagte: »Ich mach's und wag es nicht, noch irgendwen anders darauf anzusetzen. Ich bringe dir diesen Schatz.«

Damit wandte sie sich um, hob zum Abschied die Hand und sagte: »Wir sehen uns bald wieder.«

Sie hörte, wie ihr Vince nacheilte, und konnte sich dessen Grinsen, das nun sicher kaum breiter hätte sein können, nur allzu gut vorstellen. Hoffentlich fanden sie diesen Schatz, ohne dabei draufzugehen …

Kapitel 13

Einige Stunden hatten Alice und Vince noch in Marein verbracht, um sich mit neuem Proviant auszustatten. Sie hatten keine Zeit zu verlieren, wenn tatsächlich auch andere Feiys, Hunter und wer wusste, wen der Mittelsmann noch alles auf den Schatz angesetzt hatte, hinter diesem her waren.

Anschließend verließen sie auf schnellstem Wege die Stadt.

»Woher kennst du dieses Gebirge eigentlich?«, wollte Vince wissen, der ein paar Meter hinter Alice lief.

»Ich komme bei meiner Arbeit viel rum und höre dementsprechend auch einiges. Die Geschichten, die man sich über diesen Berg erzählt, sind jedenfalls nicht sehr erfreulich. Wenn sich tatsächlich jemand dort hineinwagt, kommt er meist nicht wieder heraus. Erst recht nicht, wenn man zu tief hineingerät. Dort sollen ganz schreckliche Wesen hausen, für die es noch gar keine Namen gibt. Sie lassen niemanden entkommen, der sich zu ihnen verirrt, und ziehen einen in die Tiefen des Berges. Viele erzählen, dass man selbst im angrenzenden Wald noch die grauenhaften Schreie der Leute hören kann, die darin gefangen sind.«

»Denkst du tatsächlich, dass dort irgendwelche Wesen hausen?«, hakte Vince ein klein wenig beunruhigt nach.

»Ich bin mir nicht sicher«, murmelte sie nachdenklich. »Ich weiß nur, dass dieser Berg sehr alt ist. Über das Kyphas-Gebirge heißt es, die Götter hätten einst darin gelebt und von dort aus die Welt erschaffen.«

Vince trat neben sie und runzelte die Stirn. »Du willst mir doch nicht wirklich weismachen, dass du neben Nekromanten auch noch an diese Legende glaubst.« Er stutzte kurz und fuhr fort: »Außerdem ergibt das nicht gerade viel Sinn, oder? Von den Bergen aus haben sie die Welt erschaffen … und wo waren diese Berge dann?«

Sie blickte ihn nicht an, sondern schaute stattdessen in den Himmel hinauf und zuckte mit den Schultern. »Keine Ahnung, und nein, ich glaube nicht an Götter, aber dennoch hält diese Welt viele Überraschungen bereit, sodass man sich nicht sicher sein kann. Ich weiß jedenfalls nicht, was uns dort erwartet, und das macht mir Sorge …«

Vince zuckte erschrocken zusammen, als über ihnen das Grollen von Donner zu hören war.

»Dachte ich es mir«, murmelte Alice, als die ersten Regentropfen auf sie herabfielen. »Es sah ganz danach aus, als würde es noch ein Gewitter geben.«

»Hast du das etwa schon in der Stadt erkannt?«, brummte Vince und zog den Kragen seines Mantels höher, um sich vor dem Regen zu schützen. »Falls ja, hättest du das ruhig sagen können, dann hätten wir besser im Trockenen abgewartet, bis es vorübergezogen wäre.«

»Wir haben es eilig. Jetzt, wo ich mich dazu entschlossen habe, diese Blaue Träne zu suchen, werde auch ich es sein, die sie findet. Ich werde nicht zulassen, dass mir jemand zuvorkommt, also müssen wir uns ranhalten.«

»Trotzdem gibt es deutlich angenehmeres Reisewetter«, sagte er und strich sich einige Tropfen aus dem Gesicht, die ihm daran herabliefen.

Wieder donnerte es und grelle Blitze zuckten über ihnen. Als einer davon nicht weit von ihnen in einen Baum einschlug, fuhr Vince erschrocken zusammen. »Das war ziemlich nah. Meinst du nicht, es ist besser, sich irgendwo unterzustellen und Schutz zu suchen? Ich bin schon vollkommen durchnässt und würde ungern von einem Blitz erschlagen werden.«

»Dafür stehen die Chancen nun wirklich nicht besonders hoch«, meinte Alice.

Der Regen war inzwischen ziemlich stark, sodass auch sie bis auf die Haut durchnässt war.

»Ich habe das Gefühl, dieses Unwetter wird immer schlimmer«, stellte Vince fest und strich sich sein nasses Haar zurück.

»Schon gut«, meinte Alice. »Bevor du stundenlang herumjammerst, suchen wir uns eben etwas, wo wir uns unterstellen können.«

Jeder ihrer Schritte verursachte ein pflatschendes Geräusch, das vom lauten Rauschen des Regens begleitet wurde, der auf die Blätter der Bäume und auf sie herabrann. Sie beeilten sich, während der Donner an Intensität zunahm.

»Ein ganz schön heftiges Unwetter«, murmelte Alice.

Vince, der neben ihr herrannte, nickte. »Meine Schwester hat Gewitter gehasst. Sie hatte immer schreckliche Angst davor.« Er schaute nun zu Alice und fragte: »Hast du Geschwister?«

Sie schüttelte verneinend den Kopf. »Ab und an gab es Zeiten, wo ich mir welche gewünscht hätte. Im Endeffekt war es aber sicher besser, dass da nicht noch andere waren.«

»Das klingt aber hart.«

»Meine Eltern hatten nur sehr wenig Zeit und dann sind beide ja auch bereits so früh gestorben. Es ist gut, dass ich mich anschließend nur um mich selbst und nicht noch um jemand anderen kümmern musste.«

»Kann ich gut verstehen«, meinte Vince. »Als meine Schwester zur Welt kam, war ich zunächst ganz begeistert von ihr. Meine Eltern haben sich wirklich viel um sie gekümmert und ich fühlte mich ab und zu ein wenig zurückgesetzt. Ich dachte aber, dass es mit der Zeit wieder besser werden würde, immerhin war sie noch ein Baby, das viel Zuwendung brauchte. Aber je älter sie wurde, desto mehr wurde mir vor Augen gehalten, in was ich ihr alles nachstehe. Sie hat eine wunderbare Stimme, kann unglaublich schön singen. Sie ist äußerst hübsch, weiß immer das Richtige zu sagen, ist bei allen beliebt. Mit der Zeit wurde mir klar, dass ich das schwarze Schaf der Familie bin, aber dennoch denke ich oft an alle. Besonders meine Schwester fehlt mir, wir hatten trotz allem immer ein gutes Verhältnis.« Er schmunzelte nun und erzählte: »Wenn es nachts gewittert hat, ist sie stets zu mir gekommen, nie zu unseren Eltern. Sie hing ohnehin sehr an mir. Ich war eben ihr großer Bruder, zu dem sie aufgesehen hat.«

»Und denkst du, sie ist stolz auf dich, wenn du die Kräfte eines Feiys bekommst?«, hakte Alice nach.

Er schüttelte den Kopf. »Ihr ist es ganz gleich, was ich arbeite oder wie stark ich bin. In ihren Augen bin ich immer etwas Besonderes gewesen.«

»Und dennoch bist du gegangen und hast sie allein gelassen«, stellte sie fest.

Er nickte traurig. »Manchmal geht es nicht anders, auch wenn man es sich wünschen würde.«

Wieder grollte der Donner über ihnen und ein Blitz zuckte am dunklen Himmel.

»Mann, das war schon wieder so nah«, meinte Vince, doch Alice hob die Hand, um ihn zum Schweigen zu bringen. Beunruhigt musterte er sie. »Was ist los?«

»Ich hatte eigentlich vor, nach Steinstätt zu laufen. Es ist ein kleines Dorf nicht weit von Marein«, erklärte sie leise, ohne eine ganz bestimmte Stelle vor sich aus den Augen zu lassen.

Vince zuckte mit den Schultern. »Ja, und?«

»Siehst du es denn nicht?«, fragte sie ihn. Ihre Stimme nahm einen rauen Klang an. »Da ist nichts mehr.«

Ein Rucken ging durch ihn, als er nach vorne blickte und in die Dunkelheit spähte.

Langsam setzte Alice ihren Weg fort, strich Zweige eines Buschs beiseite und sah auf den Ort, wo einst das Dorf gelegen hatte. Nun war nichts mehr davon zu sehen als schwarzer Staub, der vom Regen langsam fortgewaschen wurde.

»Wie ist das möglich?«, fragte Vince, der ihr gefolgt war.

Alice bückte sich und nahm eine Handvoll des durchnässten schwarzen Untergrunds, um ihn zwischen ihren Fingern zu zerreiben. Er fühlte sich eiskalt an, viel kälter, als er eigentlich hätte sein dürfen.

»Du glaubst, das war ein Nekromant?«, sprach Vince Alices Gedanken aus.

Sie nickte langsam. »Offenbar ist zumindest einer hier gewesen und hat dieses Dorf dem Erdboden gleichgemacht.« Noch einmal flog ihr Blick über die Ebene. »Ich habe es immer kommen sehen und jetzt ist es so weit: Sie greifen uns an.«

Ein lautes Knacken erklang, das selbst durch den prasselnden Regen zu vernehmen war. Alice hob bereits die Hand, bereit, sich gegen einen Angriff zu verteidigen. Ihr Herz klopfte so wild – wie lange hatte sie auf diesen Moment gewartet, und nun war er gekommen …

Ganz langsam bahnte sie sich ihren Weg durch das Dickicht. Vince folgte ihr angespannt auf dem Fuß. Sein Atem ging stoßweise und sie konnte seine Angst förmlich spüren. Dennoch folgte er ihr und zuckte erschrocken zusammen, als erneut das Knacken eines Astes zu hören war.

Alice strich die Zweige eines Buschs beiseite, dann sah sie ihn. Voller Entsetzen starrte sie auf die Gestalt am Boden – dann ließ sie ihre Hand sinken und kniete sich neben den schwer verletzten Mann.

Er bewegte sich, versuchte vorwärts zu kriechen, wollte offenbar um jeden Preis von diesem Ort verschwinden und ließ dabei immer wieder alte Zweige knacken, die unter ihm brachen.

»Warten Sie, wir helfen Ihnen!«, stieß Vince bestürzt aus, als er den Mann erblickte und zu ihm eilte. »Was ist geschehen?«

Der Verwundete drehte den Kopf in ihre Richtung und schaute sie mit dunklen, weit aufgerissenen Augen an. »Sie waren hier, standen einfach plötzlich da und sind über uns hergefallen. Alles und jeden haben sie erbarmungslos abgeschlachtet. Es gab kein Entrinnen.«

Seine Stimme zitterte, während Blut aus seinem Mund sickerte. Er sah schrecklich aus; es schien keine Stelle an seinem Körper zu geben, die nicht eine offene Wunde war. Wie er überhaupt noch am Leben sein konnte, war Alice ein Rätsel.

»Sie sind auf mich losgegangen, als ich versucht habe, meine Frau und meine Kinder zu schützen«, fuhr er fort. »Zwei dieser grauenhaften Gestalten sind über mich hergefallen. Ich sehe noch immer ihre toten Augen, ihre langen Klauen, die nach mir greifen.« Er schluchzte leise. »Ich musste zusehen, wie meine Familie starb, hörte die Schreie meiner Nachbarn und Freunde, die ganz langsam verstummten. Immer wieder wurde ich vor Schmerzen bewusstlos, harrte bei meiner Familie aus, doch dann packte mich der Zorn und ich hievte mich nach draußen. Ich wollte wenigstens einem von ihnen Schaden zufügen.« Tränen flossen seine Wangen hinab. »Ich sah sie dort stehen, mit ihren langen Krallen, an denen Blut herabfloss. Ich sah, wie sich der Boden unter ihnen schwarz verfärbte. Überall lag Eis.« Seine Stimme zitterte und er leckte sich über seine trockenen Lippen. »Ich bekam es mit der Angst zu tun – ich war ein Feigling und konnte nicht anders. Ich bin geflohen.« Nun weinte er leise und seine Hände krallten sich in die nasse Erde. »Ich habe sie alle zurückgelassen, und als ich das nächste Mal zu unserem Dorf schaute, war da nichts mehr. Kein Haus, keine Leiche und auch keines dieser Monster mehr.« Ein Wimmern kam über seine Lippen. »Ich möchte das alles nur noch vergessen. Immerzu höre ich die Schreie, sehe ihre Gesichter. Ich ertrage das nicht.« Hilfesuchend streckte er die Hand nach Alice und Vince aus. »Bitte töten Sie mich, machen Sie, dass das alles ein Ende hat. Ich flehe Sie an!«

Vince schaute den Mann entsetzt an, dann wurde er plötzlich vollkommen ruhig. Langsam griff er nach Alices Arm – in seinen Augen lag ein Ausdruck von Entschlossenheit, der keinen Widerspruch duldete.

»Hilf ihm. Du bist die Einzige, die das kann. Schließ einen Vertrag mit ihm ab, nimm ihm so seine Gefühle und den damit verbundenen Schmerz.«

Alice biss sich auf die Unterlippe. Sie konnte nicht genau sagen, ob der Mann seinen Verletzungen nicht letztendlich erliegen würde, doch allem Anschein nach sollte das nicht in den nächsten Stunden geschehen, und so würde er sich in seinem Schmerz vorerst weiter quälen müssen. Nahm sie ihm die Erinnerungen an das grauenvolle Geschehen, an seine Familie, dann hätte er es mit Sicherheit leichter. Ihm einen Handel anzubieten, der ihn wieder gesundmachte, lohnte sich nicht. In seinem jetzigen Zustand würde er dem niemals zustimmen, zu sehr trauerte er noch um seine Familie. Sie nickte also – immerhin ersparte sie ihm so zusätzliches Leid.

»Wenn Sie bereit sind, mir Ihr Lebenslicht zu geben, werde ich dafür sorgen, dass Sie vergessen, was mit Ihrer Familie und dem Dorf geschehen ist.« Es war ein schwacher Lohn, der ihm im Endeffekt nichts brachte, da er ohne Lebenslicht ohnehin mit diesen Erinnerungen zurechtkommen würde. Das konnte er aber nicht wissen und hätte es wohl auch kaum geglaubt. Darum machte sie ihm dieses Angebot.

Tränen der Erleichterung rannen seine Wangen hinab. »Ich danke Ihnen. Bitte nehmen Sie mir diesen Schmerz, dafür gebe ich Ihnen alles, was Sie wollen.«

Alice nickte und nahm seine Hand in ihre. Kühl und schwer lag sie darin, als sie ihre Kraft in den Körper des Mannes sandte und ihm das Lebenslicht entzog. Es dauerte nur wenige Augenblicke, dann formte sich die blaue Kugel auch schon in ihren Händen.

Der Verletzte saß noch immer vor ihr, doch etwas an seinem Blick hatte sich verändert. Er war leer und stumpf geworden.

»Danke«, murmelte er leise, während er versuchte, sich aufzurichten. Alice konnte kaum fassen, dass es ihm gelang, sich schwankend auf den Beinen zu halten und einige wackelige Schritte zu tun. Aber nun, da er nichts mehr spürte, war auch der Schmerz verschwunden.

»Meinst du, er schafft es?«, fragte Vince leise, während er dem Mann dabei zusah, wie er verschwand.

»Ich weiß es nicht«, erwiderte Alice leise.

Kapitel 14

In den Tagen darauf veränderte sich die Landschaft zusehends. Der Wald wurde dunkler, unentwegt nahm man einen feuchten, muffigen Geruch wahr. Die Bäume wirkten wie bedrohliche Riesen, die ihre knorrigen Äste gen Himmel streckten. Der Untergrund war matschig, von Moosen und blauen Farnen überwuchert. Seit zwei Tagen vernahm Alice auch kein Vogelgezwitscher mehr, stattdessen hing eine drückende Ruhe über ihnen, die immer schwerer auf Alice lastete, je näher sie dem unheilvollen Berg kamen.

Vince hatte nach dem Erlebnis bei Steinstätt nicht viele Fragen gestellt. Er ahnte wohl, dass Alice noch Zeit brauchte, und sie war sich noch immer nicht sicher, ob sie ihm ihre Geschichte anvertrauen sollte. Was würde er sagen, wenn er die Wahrheit, die ganze schreckliche Wahrheit erfuhr? Sollte sie überhaupt so weit gehen? Vielleicht genügte es auch, ihn nur mit den nötigsten Informationen zu versorgen. Oder sollte sie einfach alles totschweigen? Sie blickte ihn an, wie er neben ihr herging. So unbekümmert, nicht ahnend, wie groß die Gefahr vermutlich wirklich war … So lange hatte sie über all die Ereignisse geschwiegen, trug sie seither tief in sich verschlossen. Sie konnte sie und die damit verbundenen Gefühle unmöglich hervorholen. Und dennoch spürte sie, dass die Zeit irgendwann kommen würde. Nicht mehr lange und sie würde Vince Erklärungen geben müssen …

»Es liegt eine seltsame Spannung in der Luft, findest du nicht? Fast schon unheimlich«, stellte er fest, während er sich gehetzt umsah, als könnte ihn jeden Moment etwas aus dem Hinterhalt angreifen.

»Ich sagte ja, dass es keine gute Idee ist, zu diesem Gebirge zu gehen«, erwiderte sie in möglichst unbekümmertem Tonfall.

Wieder fielen Regentropfen auf sie hinab – wie so oft in den letzten Tagen. Blickte man zwischen den dunklen Ästen zum Himmel hinauf, sah man stets riesige graue Wolken, die das Sonnenlicht verschluckten. Es war beinahe so, als würde der riesige Berg, der sich vor ihnen in die Höhe schob, all die Wolken festhalten, sodass es immer wieder zu schütten begann und auch Gewitter an diesem Ort keine Seltenheit darstellten.

»Wir müssen noch ein Stück nach Osten gehen. Dort befindet sich laut Mylos Karte ein Eingang. Ich hoffe, dass es der richtige ist und wir nicht allzu weit gehen müssen, um die Aufzeichnungen dieses Hunters zu finden.«

»Er ist doch sicher dort im Berg gestorben, oder?«, hakte Vince vorsichtig nach.

»Davon gehe ich mal aus«, antwortete Alice und musterte ihn prüfend. »Hast du etwa Angst, auf seine Leiche zu stoßen?«

Er wich ihrem Blick aus, was wohl Antwort genug war.

»Tja, den Anblick wirst du wohl oder übel ertragen müssen. Ich kann mir nicht vorstellen, dass sein Leichnam weit von den Aufzeichnungen entfernt liegt. Außer natürlich, irgendein Wesen hat den Körper weggeschleppt …«

Vince' Gesicht wurde noch eine Spur blasser.

Alice strich sich ein paar Regentropfen aus dem Gesicht und schritt forsch voraus. Es lagen nur noch wenige Meter dichtes Gebüsch zwischen ihnen und dem Berg, dann hatten sie es geschafft. Sie strich Äste beiseite, riss sich von einigen Dornen los, die sich an ihrem Mantel festgehakt hatten, und kämpfte sich weiter voran.

»Es ist nicht mehr weit«, versuchte sie Vince Mut zu machen, der immer weiter zurückfiel und ebenfalls mit den Dornen rang. Alice drückte die letzten Zweige aus dem Weg und stolperte fast aus dem Gebüsch hinaus. Sie blieb einen Moment stehen und schaute auf das, was nun vor ihr lag: nackter Felsen, der sich dunkel und bedrohlich bis in den Himmel schob. Wolken hingen um den Gipfel, sodass man ihn gar nicht sehen konnte. Überall lag Geröll und Steinsplitt herum, kein Grashalm war mehr zu sehen, nur kahler Stein.

»Das ist er also: der Kyphas-Berg«, murmelte Alice und machte sich daran, nach einem Eingang Ausschau zu halten. Sie trat dicht an die Steinwand heran und musterte jede Spalte. Es dauerte dennoch eine ganze Weile, bis sie den Eingang fand, der wirklich nicht viel mehr als ein Riss war.

»Dann geht es jetzt wohl los«, stellte Vince fest und hatte ein beinahe ängstliches Grinsen aufgelegt. »Wenn wir das geschafft haben, werde ich ein Feiy und du erhältst ein kleines Vermögen.«

»Ja, wenn …«, sagte Alice leise und trat nach einem letzten tiefen Atemzug ein.

Es war überraschend warm in dem Berg, aber vor allem dunkel. Aus diesem Grund rief Alice erst einmal ein Licht, das sie vor sich herschweben ließ. Nun konnte sie die hohen Wände sehen, die Stalagmiten, die hier wuchsen und eigenartige Formen bildeten. Ein sanfter Windhauch kam von draußen herein, der frische Luft mit sich brachte und den Geruch nach Schwefel vertrieb.

»Dann mal los«, sagte sie und schritt langsam, dicht von Vince gefolgt, voran. »Halt die Augen offen, die Aufzeichnungen könnten überall sein.«

»Ich bin mir nicht sicher, ob ich sie tatsächlich finden will«, murmelte er mit angespannter Stimme.

»Du meinst, weil du keine Leiche sehen möchtest …« Sie zuckte mit den Schultern. »Jetzt gibt es kein Zurück mehr. Außerdem wird dir so ein toter Körper kaum etwas antun, ganz im Gegensatz zu dem, was hier vielleicht noch so lebt.«

Gespannt lauschte sie ihren und Vince' Schritten nach, die durch die Höhle hallten. Ansonsten war da nur das sanfte Rauschen des Windes, der durch den Eingang drang, von dem sie sich stetig weiter entfernten.

»Im Nachhinein ist diese Aufgabe vielleicht doch etwas zu viel verlangt, nur damit ich die Kräfte eines Feiys erhalte«, wandte Vince ein. »Ich meine, du hast doch so etwas nicht machen müssen.«

»Sei froh, ich war sicher, dass dich Mylo gleich rausschmeißen würde, wenn du mit dieser Bitte an ihn herantrittst. Und sagst du mir nicht ständig, dass du dich beweisen willst? Dafür verlässt dich dein Mut nun allerdings recht schnell.«

Ein leises Säuseln hallte durch das Gewölbe, das begleitet wurde von einem rappelnden Geräusch, als würde irgendwo ein Stein herabfallen.

»Was war das?«, fragte Vince noch, ehe Alice nur noch seinen Schrei hörte und sah, wie er mit den Händen rang, um etwas zu packen zu bekommen, während er durch ein Loch im Boden stürzte.

»Was …«, rief Alice und brüllte los, als Vince etwas fand, an dem er sich festhalten konnte – Alices Bein. Es geschah alles so schnell, dass sie nichts mehr tun konnte und von der Wucht mitgerissen wurde. Auch sie stürzte durch das Loch, fiel in tiefe Schwärze, begleitet von ihrem und Vince' gellendem Schrei.

Sie versuchte noch, einen Zauber zu rufen, um den Sturz abzufangen, da schlugen sie auch schon auf. Für einen Moment raubte ihr der Aufprall den Atem, dann begann sie sich langsam und vorsichtig zu regen. Sogleich spürte sie, dass sie sich einiges geprellt haben musste, denn so ziemlich jeder Knochen in ihrem Leib schmerzte. Aber immerhin schien sie ansonsten unverletzt zu sein. Sie rappelte sich auf und ließ ihren Lichtzauber umherschweben, damit sie sich erst einmal neu orientieren konnte.

Auch hier waren lediglich die nackten, kalten Wände der Höhle zu sehen und ein Weg, der noch weiter in die Tiefe hinabführte. Nur drei Schritte von ihr entfernt lag Vince, der den Kopf zur Seite gedreht hatte, aber leise ächzte, sodass er zumindest schon mal am Leben sein musste.

Alice ließ sich neben ihm nieder und fragte: »Hey, alles okay? Hast du dir was gebrochen?«

Er wandte sich ihr langsam zu, verzog das Gesicht und meinte: »Nein, ich denke nicht. Aber ich habe bestimmt eine Milliarde blauer Flecken.«

Daraufhin boxte sie ihn auf den Arm. »Mach so etwas nie wieder!«

»Was soll das denn?«, schimpfte er und rieb sich die Stelle.

»Was das soll? Hast du sie noch alle, mich mit in dieses Loch zu reißen?«

»Irgendwo musste ich mich ja festhalten«, sagte er kleinlaut.

»Ja, toll gemacht, und nun können wir uns einen neuen Ausgang suchen.«

»Kennst du nicht irgendeinen Zauber, der uns wieder nach oben bringt?«

Sie hob die Brauen und schaute ihn mürrisch an. »Ja, klar, und wenn ich schon dabei bin, lasse ich auch noch ein paar Wesen entstehen, die uns das Gepäck hochtragen und anschließend die Füße massieren. Mann, du hast echt keine Ahnung.« Sie seufzte und öffnete ihren Rucksack, um nachzuschauen, ob irgendetwas herausgefallen oder bei dem Sturz kaputtgegangen war. Währenddessen erklärte sie: »Du weißt, dass Magier nur in der Lage sind, ein Element zu beherrschen. Für uns Feiys gilt das zwar nicht, das bedeutet allerdings noch lange nicht, dass nicht auch unsere Magie gewissen Regeln unterworfen ist. Wir alle können im Grunde nur die Kraft der Elemente so für uns nutzen, dass wir deren Energie in etwas bündeln wie beispielsweise einem Blitz. Wir sind aber nicht in der Lage, etwas aus dem Nichts zu erschaffen oder eine Kraft ins Unermessliche zu verändern. Falls du dir also denkst, ich könnte einfach einen Windstoß rufen, der uns nach oben trägt, dann hast du dich geschnitten. Man kann eine solche Kraft nicht so weit drosseln, dass sie uns nicht gegen die Felsen werfen und zerschmettern würde. Aus diesem Grund eignen sich die meisten Zauber auch lediglich zum Angriff.«

»Und was machen wir dann?«, fragte Vince ratlos.

Alice seufzte. »Wir suchen erst einmal weiter nach den Aufzeichnungen, darum sind wir ja hier. Wenn wir sie haben, können wir uns Gedanken darum machen, wie wir hier wieder herauskommen. Dieser Berg ist riesig und ich weiß, dass es mehrere Ein- und Ausgänge gibt. Irgendwie werden wir schon einen finden.«

Vince klopfte sich den Staub aus seiner Kleidung und meinte schließlich: »Also gut, gehen wir.«

Alice ließ die gleißende Lichtkugel vorausschweben, sodass sie einen Teil des Gangs beleuchtete. Das Hallen ihrer Schritte war deutlich zu vernehmen, ansonsten war – zu Alices Erleichterung – alles still. Doch sie wusste, dass dies nicht bedeuten musste, dass sie außer Gefahr waren, und wappnete sich für einen möglichen Angriff. Der Gang wurde immer enger. Sie warf hin und wieder einen Blick über ihre Schulter, da Vince ihr folgte und sich bereits ein wenig bücken musste, um überhaupt noch voranzukommen.

»Mann, ist das schmal«, jammerte er und zwängte sich durch eine besonders enge Stelle. »Wenn wir hier angegriffen werden sollten, dann sieht's wohl schlecht aus«, raunte er leise.

In diesem Moment brüllte er markerschütternd auf, sodass sich Alice sofort umdrehte, die Hand hob und einen Zauber darin entstehen ließ. Ihre Muskeln spannten sich an, bereit, den Spruch auf den Feind zu werfen … Sie senkte den Arm wieder, ließ den Zauber erlöschen und stemmte die Hände in die Hüfte, während Vince weiterschrie und sich panisch Spinnweben aus Haar und Nacken fischte.

»Das ist jetzt nicht dein Ernst, oder?«, fragte sie und schenkte ihm einen fassungslosen Blick.

»Was?«, erwiderte er darauf, während er sich die letzten Fäden aus den Haaren zog. »Ich hasse Spinnen nun mal. Die sind so ekelig mit ihren kleinen schwarzen Körpern, den vielen Beinen …« Er schüttelte sich.

»Ich sag jetzt besser mal nichts dazu«, raunte sie und setzte ihren Weg fort.

»Du wirst dich ja wohl auch vor manchen Dingen ekeln«, sagte er.

»Mag sein, aber ich mache deswegen nicht so ein Geschrei.«

»Ja, ja, du bist vollkommen und absolut furchtlos.«

»Wenn du jemals als Feiy arbeiten willst, darfst du dir keine Schwächen anmerken lassen. Früher oder später wird dir das ansonsten noch zum Verhängnis. Du musst stets einen kühlen Kopf bewahren – das ist vor allem in Vertragsverhandlungen unabdingbar.«

Vince kickte einen Stein von sich, der in Alices Richtung kullerte. »Ich denke, dass du ein ganz falsches Bild von mir hast. So unfähig, wie du immer glaubst, bin ich wirklich nicht.« Wieder stieß er ein paar Steinchen an, die Alice über den Boden rollen hörte. »Du vergisst wohl, dass ich dir beigestanden habe, als wir von dem Odim angegriffen wurden, und du musst zugeben, dass ich dir da eine echte Hilfe war.«

Sie seufzte. »Ja, da warst du tatsächlich von Nutzen.«

»Gib ruhig zu, dass ich dir das Leben gerettet habe.« Er kicherte.

»Ich weiß nicht, was es da zu lachen gibt. Ich habe dir bereits mehrfach geholfen. Bilde dir also auf dieses eine Mal nicht so viel ein.«

»Ich … ich habe nicht gelacht«, erwiderte Vince mit einem Tonfall, in dem deutlich Angst mitschwang.

Kaum dass die Worte an Alices Ohren gedrungen waren, drehte sie sich auch schon voller Entsetzen um und riss die Augen auf. Über Vince hingen unzählige kleine Kreaturen mit grauer Haut, langen spitzen Ohren und blutroten Augen. Sie hielten sich mit ihren langen Krallen in der Felswand fest und verzogen ihre breiten Mäuler zu hämischen Grimassen.

»Das müssen Kobolde sein. Ich habe schon von ihnen gehört … Ich wusste, dass dieser Berg gefährlich wird«, murmelte sie und sah, wie in dem Gang hinter Vince weitere heranpreschten. In diesem Moment setzten sich die vorderen in Bewegung, sie kicherten und rannten auf sie zu.

»Lauf!«, schrie sie und hetzte, so schnell sie konnte, los.

Vince eilte ihr hinterher, schaute sich immer wieder panisch nach den Wesen um, die ihnen nachjagten, ihre Pranken in den Stein gruben und ihnen so immer näherkamen.

»Was machen wir jetzt?«, rief er. »Sie holen uns ein.«

Alice lugte über ihre Schulter zurück und behielt vor allem die Nachzügler im Auge. Sie kamen näher, waren aber noch zu weit weg.

»Halt noch ein bisschen durch, wir müssen weiter.«

»Was hast du vor?«, wollte er wissen.

Doch sie hatte keine Zeit für lange Erklärungen. Vor ihnen wurde der Weg immer schmaler, gleich würden sie nur noch gebückt vorankommen.

»Mist, verdammter!«, fluchte sie, hielt sich an Vince fest und schob ihn vor sich. »Los, lauf!«

»Aber da vorne passe ich nicht durch«, erklärte er.

Sie hatten die Stelle gleich erreicht und Alice blickte sich nach ihren Verfolgern um. Ihr Geheul war laut und hallte durch das Gewölbe. Alice konnte bereits ihren Gestank nach Verwesung, altem Blut und Moder riechen. Sie waren jeden Moment da …

»Zieh den Kopf ein«, brüllte sie, als sie Vince einen Stoß versetzte, sodass er in den engen Teil des Gangs fiel; dann drehte sie sich um und malte mehrere Zeichen in die Luft.

Die Symbole entflammten sich augenblicklich und bildeten eine riesige Feuerkugel, die Alice nach hinten stieß. Die Druckwelle war so gigantisch, dass ihre Haare und Kleidung wehten, dann sauste der Zauber nach vorne.

Alice hoffte inständig, dass die Nachhut bereits nah genug war, sodass der Spruch auch diese in Fetzen riss. Die vordersten Kobolde wurden von den Flammen ergriffen, sie vermochten nicht einmal mehr zu schreien – sie verglühten einfach in der alles verzehrenden Hitze. Die Flammen brannten sich durch den Gang nach hinten, töteten einen Verfolger nach dem anderen, sodass nur dunkle Asche von ihnen übrig blieb.

Als der Zauber erlosch, lag überall schwarzer Staub auf dem Boden. Nur ganz hinten befanden sich noch ein paar vereinzelte Kobolde, die wie erstarrt dastanden.

Alice ballte die Fäuste, war bereit, einen neuen Zauber zu rufen, doch da kam endlich Bewegung in die Wesen. Sie schauten einander an und huschten augenblicklich davon. Es dauerte keinen Wimpernschlag und sie waren in Felsspalten verschwunden.

»Autsch!«, meldete sich Vince zu Wort, der noch immer auf dem Boden lag und sich nun langsam aus dem engen Fels zwängte. Er klopfte sich Staub aus der Kleidung und warf Alice einen wütenden Blick zu. »Hätte es nicht auch gereicht, wenn du mir gesagt hättest, ich soll mich nach vorne werfen?«

»Dafür war keine Zeit«, erklärte sie und ging an ihm vorbei.

Aus den Augenwinkeln sah sie, wie er sich mit schmerzverzerrter Miene über das rechte Bein strich. »Ich muss irgendwie auf etwas Spitzes gefallen sein.«

»Wir sind in einer Höhle, da gibt es nun mal Steine«, meinte sie, ohne ihn weiter zu beachten.

»So einen seltsamen Stein habe ich allerdings noch nie gesehen«, wandte Vince ein und deutete auf eine Stelle direkt neben seinem rechten Fuß.

Alice ging zu ihm zurück und strich Staub und Kiesel beiseite. Sie sog überrascht Luft ein, als sie eine Platte entdeckte, die in den Boden eingelassen worden war. Merkwürdige Symbole waren darauf zu sehen. Das Metall fühlte sich zu ihrer Verwunderung warm an und hatte einen rötlichen Glanz.

Abrupt stand sie auf. »Wir sollten schnellstmöglich von hier verschwinden«, erklärte sie und ging sogleich los.

»Warum? Was ist?«, hakte Vince nach. »Weißt du, was das für eine Platte ist?«

Sie schüttelte vage den Kopf. »Ich kenne weder das Material, aus der sie gefertigt ist, noch die Symbole. Aber ein paar der Zeichen ähneln welchen, die mir bekannt sind, und die bedeuten nichts Gutes. Ich vermute, dass dort unten in den Tiefen irgendetwas ist und diese Luke ihm den Durchgang verwehren soll. Alles Gründe, um schnellstmöglich von hier zu verschwinden.«

»Und was meinst du, was dort unten lauert?«

Sie zuckte mit den Schultern. »Wie gesagt, solche Zeichen habe ich noch nie gesehen. Jedoch müssen starke Zauber darauf liegen. Jedenfalls habe ich nicht vor, herauszufinden, warum sie da sind.«

Alice schaute sich noch einmal nach der Metallplatte um. Nie hätte sie gedacht, jemals auf so etwas zu stoßen. Sie konnte die Symbole nicht deuten, die darin eingelassen waren – sie waren alt, so viel stand fest, und Alice war sich sicher, dass sie etwas Schreckliches zurückhalten sollten.

»Mir wäre auch wohler, wenn wir diese Höhle bald wieder verlassen könnten«, meinte Vince. »Ich mache mir etwas Sorgen, dass wir die Aufzeichnungen nicht allzu bald finden werden. Immerhin ist dieser Berg riesig. Wer weiß, wie lange wir noch suchen müssen.«

»Sei mal still«, mahnte Alice ihn, während sie gebückt in dem schmalen Gang innehielt, den Vince fast schon kriechend durchqueren musste. Sie war sich sicher, etwas gehört zu haben … Sie lauschte angestrengt in die Tiefen des Gewölbes, doch es war nichts zu vernehmen.

»Ich muss mich geirrt haben«, meinte sie und ging weiter.

»Nein, warte. Da war etwas«, wandte Vince ein, woraufhin sie beide noch einmal lauschten.

Tatsächlich konnte man es nun erneut hören. Ein leises Hallen, Steine, die sich bewegten … Schritte.

»Wir sind nicht alleine«, stellte Vince überrascht fest.

»Wundert mich nicht«, gestand Alice. »Mylo hat erzählt, dass dieser Mittelsmann etliche Feiys in Kenntnis gesetzt hat, und wer weiß, wer noch alles davon weiß. Sicher sind wir nicht die Einzigen, die versuchen, die Aufzeichnungen, die uns zur Blauen Träne führen sollen, zu finden.«

»Denkst du, das sind andere Feiys?«

»Möglich, es könnten aber auch Hunter sein«, knurrte sie und spürte sogleich diese brennende Wut in ihrem Bauch. Sie würde nicht zulassen, dass ihr irgendwer zuvorkam.

»Na los. Wir müssen uns beeilen.«

Sie hastete so leise wie nur möglich den Gang entlang und lauschte dabei immer wieder den Lauten nach. Sie schienen noch ein ganzes Stück entfernt zu sein, doch allmählich waren sie immer besser zu vernehmen.

»Wir sind anscheinend auf dem richtigen Weg«, stellte sie fest.

»Und was machen wir, wenn wir auf die anderen treffen?«, wollte Vince wissen.

»Ganz einfach«, erwiderte Alice, während sie sich noch tiefer bückte, um in dem schmalen Gang voranzukommen. »Wenn sie die Aufzeichnungen bereits gefunden haben, entwenden wir sie ihnen. Ansonsten schauen wir, dass wir sie zuerst in die Finger bekommen und zu diesen Leuten Abstand halten.«

»Oh Mann, das klingt, als könnte es noch ordentlich Ärger geben«, murrte er.

Sie sah, wie ein Stück vor ihnen der Gang wieder höher wurde und offenbar in einen größeren Raum führte. Auch die Schritte schienen aus der Richtung zu kommen. Innerlich machte sie sich für einen Angriff bereit und auch Vince schien sich zu wappnen.

Vorsichtig näherten sie sich dem hohen Raum. Beide warteten einen Moment, lugten hinein und lauschten. Die Schritte waren nicht mehr zu hören und vor ihnen war auch niemand zu sehen.

»Scheint nicht so, als wäre dort jemand«, meinte Vince.

Alice nickte. »Gehen wir weiter.«

Vorsichtig betraten sie das hohe Gewölbe, in dem eine Menge Stalagmiten und Stalaktiten zu finden waren, die riesige Gebilde formten. Wasser tropfte an den Steinformationen herab, ansonsten war nichts zu hören.

»Es gibt drei Wege«, stellte Vince fest und nickte nach vorne. »Eine Ahnung, welchen wir nehmen sollen?«

Sie blickte in Richtung der Gänge … Ja, welchen sollten sie gehen?

Vince setzte sich derweil auf einen großen Felsen und zog sich einen Schuh aus. »Der Kiesel nervt mich schon die ganze Zeit«, erklärte er, während er das Steinchen herausschüttelte.

»Ich denke, wir müssen uns einfach für einen Weg entscheiden und hoffen, dass wir Glück haben«, meinte Alice.

Vince machte sich daran, seinen Schuh wieder anzuziehen. Er stützte sich mit dem Arm auf dem Stein ab und hielt mitten in der Bewegung inne. Seine Stirn runzelte sich, dann befühlte er den Fels genauer.

»Fühlt sich irgendwie seltsam an«, meinte er und klopfte ein wenig darauf herum.

In diesem Moment begann sich der Stein zu bewegen, er schüttelte sich und erhob sich. Alice konnte kaum glauben, was sie da sah. Ein riesiger grauer Drache mit breitem gehörnten Kopf, goldenen Augen und einem langen Schwanz, an dem sich mehrere bedrohlich aussehende Hörner befanden, stand genau vor ihnen.

Vince versuchte bereits, von dem Wesen wegzukommen, das sich nun zu seiner vollen Größe aufgerichtet hatte und die spitzen Zähne bleckte.

»So was kann ja auch nur dir passieren«, fuhr Alice ihn an. »Natürlich musst du deinen Hintern auf einen Drachen setzen.«

»Das konnte ja nun wirklich niemand ahnen!«

Der Drache stieß einen lauten Schrei aus und Feuer drang aus seiner Kehle. Alice sprang mit Vince beiseite und schaute sich sogleich nach der Kreatur um, die auf sie zukam.

»Er scheint ziemlich wütend zu sein«, stellte Vince fest.

»Das wärst du auch, wenn jemand seinen Hintern in dein Gesicht gedrückt und dich damit geweckt hätte.«

»Und was machen wir jetzt?«, wollte er wissen, während das Ungetüm weiter tobte, nun auch seine Pranken erhob und damit in die Richtung der beiden hieb.

»Abhauen, was sonst«, erklärte sie und sprang beiseite.

Bis zu den anderen Gängen war es nicht weit, dennoch stand ihnen dieses Vieh genau im Weg. Wieder jagte eine

Feuerfontäne auf sie zu und dieses Mal musste sich Vince auf den Boden werfen, um den Flammen zu entkommen.

»Mann, ist der wütend«, ächzte er, während er hastig aufstand und versuchte, Abstand zwischen sich und den Angreifer zu bringen. Der Drache hieb nun mit dem Schwanz nach ihnen. Als dieser auf den Boden traf, bebte der Untergrund; Steine und Staub regneten auf sie herab.

»Ich lenke das Vieh ab, dann rennen wir in Richtung der Gänge«, erklärte Alice.

Vince nickte und machte sich bereit, wegzulaufen.

Türkisfarbene Symbole schwebten um Alice herum, dann stieß sie den Arm nach vorne und die Zeichen verbanden sich zu einer blitzenden Lichtkugel, die gen Decke raste und dort einschlug. Für einen Moment war alles still, dann krachte und knirschte es laut. Steine stürzten herab und fielen auf den Drachen hernieder.

»Und los!«, schrie Alice – das musste sie nicht zweimal sagen. Vince war bereits vor ihr und sauste zu den Gängen.

Sie blickte noch einmal über ihre Schulter zurück, wo der Drache sich in Bewegung setzte und ihnen nachkam. Erst jetzt hob er seine Hinterbeine an, die bislang immer auf derselben Stelle geruht hatten.

Alice fluchte: »Das gibt es doch nicht!«, aber auch ein weiterer Blick bestätigte nur, was sie bereits gesehen hatte. Dort, wo der rechte Hinterfuß gestanden hatte, lag zwischen einem alten Stück Stoff ein zerfleddertes, in Leder gebundenes Buch.

»Die Aufzeichnungen!«, rief sie und deutete zu der Stelle.

Vince folgte ihrem Fingerzeig und kam zu demselben Schluss. »Einen besseren Ort hätte es nicht geben können«, murmelte er. »Und wie es aussieht, ist dieses Stückchen Stoff alles, was von dem Hunter übrig geblieben ist, der die Notizen angefertigt hat.«

»Immerhin haben wir sie gefunden«, meinte Alice. Sie war zu allem entschlossen und studierte jede Bewegung des Drachen, um auf einen geeigneten Moment zum Angriff zu warten. Sie glaubte kaum, dass sie diesem Ungetüm ernsthaft schaden konnte, aber vielleicht gelang es ihr, ihn so weit abzulenken, dass Vince sich das Buch holen konnte.

»Schnapp dir die Aufzeichnungen, sobald sich eine Chance ergibt«, meinte Alice und rannte auf das Wesen zu. Sie hastete an diesem vorbei, sodass es ihr mit seinem langen Hals folgte. Leider huschte der Blick des Drachen dennoch immer wieder auch zu Vince zurück, um ihn nicht aus den Augen zu verlieren.

Alice tauchte unter der riesigen Pranke weg, mit der das Ungetüm nach ihr schlug. Als sich diese erneut über ihr befand, rief sie einen Zauber. Die Lichter formten nun einen tiefblauen Speer, der ihrer Handbewegung folgte und nach oben schoss. Er drang in die Pranke des Wesens ein, sodass der Drache fauchend aufschrie und nur noch wütender wurde.

Ein Feuerball schoss auf Alice zu; sie wich aus, sodass die Flammen auf einen Felsen prallten und ihn tatsächlich zu schmelzen vermochten. Alice lag noch auf dem Boden, da kam eine weitere Feuerfontäne auf sie zu. Sie warf sich hastig zur Seite, schaffte es aber nicht ganz, dem Angriff zu entkommen, sodass die Feuerkugel ihre Schulter streifte.

»Mist«, fluchte sie. Auch wenn der Raum groß war, so war dieser Drache riesig und damit blieb nicht viel Platz, um zu kämpfen. Früher oder später würde das Wesen sie erwischen.

Alice schloss die Augen, es wurde Zeit, dass sie schwerere Geschütze auffuhr. Sie legte die Hand auf den Boden, wo sich ein grüner Kreis um sie bildete. Als sie wieder aufsah, jagte auch schon eine grelle Lichtsäule daraus empor. Der Untergrund bebte so heftig, dass Vince um Gleichgewicht ringen musste. Als Alice die Hand aus dem Kreis nahm, jagten spitze Steinsäulen aus dem Boden hervor, die den Drachen aufzuspießen versuchten. Der musste ausweichen, trat immer weiter zurück und entfernte sich damit auch ein kleines Stück von den Aufzeichnungen. Diese Chance nutzte Vince. Er sprintete los, doch der Drache sah ihn kommen und stieß ein lautes Knurren aus. Er setzte seinem Gegner nach, stürzte auf ihn zu. Vince konnte nur entkommen, indem er sich auf den Boden warf und darüber schlitterte. Er war kurz davor, das Buch zu erreichen, doch da holte ihn der Drache auch schon ein. Er hieb mit der Pranke nach ihm und erreichte Vince.

Alice hielt den Atem an, Vince war vollkommen von der Pranke begraben. Sie konnte die starken Muskelstränge an dem Bein des Ungetüms erkennen und ahnte, mit welcher Kraft er zuzuhauen vermochte. Sie biss sich auf die Unterlippe, hoffentlich lebte Vince noch. Sie rannte auf den Drachen zu, wollte ihrem Wegbegleiter unbedingt helfen. Da schrie das Wesen auf und hob den Fuß in die Höhe. Ein spitzer Stein steckte darin und darunter lag mit ausgestrecktem Arm Vince. Während der Drache noch tobte und abgelenkt war, rollte sich Vince zur Seite, wollte nach dem Buch greifen, aber da erklangen Schritte.

»Was zum …«, brachte Alice noch hervor, als sie einen jungen Mann sah, der blitzschnell angerannt kam, über den Boden schlitterte und sich die Aufzeichnungen schnappte, bevor Vince es auch nur versuchen konnte.

»So sieht man sich also wieder«, sagte er grinsend.

Alice stand für einen Moment wie vom Blitz getroffen da. Wie kam der hierher? Sie sah den jungen Mann mit dem schelmischen Lächeln und den tiefgrünen blitzenden Augen an. Es war derjenige, in den sie hineingerannt war, als sie die Diebin verfolgt hatte. Er stand auf und eilte zu den Gängen, wo eine junge Frau mit schneeweißem Haar und ein großer, muskulöser Kerl warteten. Gemeinsam nahmen sie den rechten Gang und eilten davon.

»Ihr verfluchten Mistkerle!«, schrie Alice, als ihr eines siedend heiß klar wurde: Diese Diebin und der Kerl gehörten also zusammen! Wahrscheinlich hatte er sich Alice mit Absicht in den Weg gestellt, um sie daran zu hindern, seiner Freundin nachzusetzen.

Sie rief einen Zauber, der den Raum in rotes Licht tauchte. Ein qualmender Dunst stieg auf, der den Drachen aufbrüllen ließ. Er schlug wild um sich, stampfte mit den Füßen, hieb gegen Wände. Es war verdammt schwer, von den Angriffen nicht erfasst zu werden, doch immerhin war er nun so mit seinem Wutanfall beschäftigt, dass er ein wenig abgelenkt war. Alice eilte in Richtung rechter Gang und Vince folgte ihr.

»Sie haben uns von Anfang an reingelegt«, erklärte sie.

»Meinst du, sie sind uns gefolgt?«

Alice war sich nicht sicher, glaubte es aber eher nicht. Ihr fiel ein, dass die junge Frau von einem lukrativen Job gesprochen hatte. Waren sie ebenfalls von dem Mittelsmann angeheuert worden?

»Denkst du, es sind Hunter?«, fragte Vince weiter.

Sie nickte. »Und zwar verdammt dreiste. Aber die schnappe ich mir!«

Kapitel 15

Alice hörte die Schritte der Hunter nur noch leise. Sie mussten sich bereits ein ganzes Stück von ihnen entfernt haben.

»Ich fasse es nicht, wie sie uns reingelegt haben, und jetzt schon wieder: Sie haben mit Absicht gewartet, bis wir den Drachen so weit abgelenkt hatten, dass sie gefahrlos zuschlagen konnten.«

»Was hast du vor, wenn wir sie eingeholt haben?«, fragte Vince. »Sie werden uns das Buch ganz sicher nicht freiwillig übergeben.«

»Oh, das hoffe ich doch. Sie haben mich so wütend gemacht, da wäre es zu schade, wenn ich sie das nicht spüren lassen könnte.«

Sie folgten dem Gang weiter, der eine scharfe Rechtskurve machte, und mussten sogleich abrupt innehalten. Vor ihnen befand sich eine tiefe Schlucht, der Wind pfiff darin und wenn man hinabblickte, sah man nichts als Schwärze. Die andere Seite war nicht sehr weit entfernt – vielleicht zwei Meter, aber der dortige Felsvorsprung war schmal. Und genau da standen die drei Hunter.

»Wenn die das geschafft haben, gelingt uns das erst recht«, meinte Alice und nahm bereits Anlauf. »Ihr könnt nicht ewig davonlaufen«, rief sie den dreien zu, die sich kurz nach ihr umwandten.

Der Kerl, der das Buch genommen hatte, winkte ihnen damit zu und meinte: »Das werden wir ja noch sehen.« Dann hastete er mit seinen zwei Begleitern weiter den Gang entlang.

Alice nahm Anlauf und überquerte die Schlucht in einem schnellen Satz. Noch im Flug rief sie einen Zauber; kleine blaue Lichter sausten daraufhin in Richtung der drei und zerbarsten in dem Gang.

»Streng dich das nächste Mal mehr an«, tönte eine weibliche Stimme zurück. »Das war ja lächerlich.«

Alice biss vor Wut die Zähne zusammen und schaute sich nach Vince um, als sie den Gang betrat.

Er stand noch auf der anderen Seite, haderte offensichtlich mit sich, aber dann legte sich Entschlossenheit in sein Gesicht. Er nahm Anlauf und sprang mit einem großen Satz zu ihr. »Wäre doch gelacht, wenn wir die nicht erwischen würden«, meinte er grinsend und hastete an Alice vorbei.

Sie beschleunigte ihre Schritte, während die Wut immer heißer durch ihre Adern peitschte. Die drei schienen noch recht gut zu wissen, wie sie in die Höhle hineingelangt waren, denn sie entschieden sich auch an der nächsten Weggabelung schnell und sicher für eine Abzweigung.

Langsam kamen sie den dreien näher. Sie konnte bereits deren Rücken sehen und auch Licht, das am Ende des Gangs zu ihnen schien. Es war nicht mehr weit und sie hätten es geschafft!

»Gleich haben wir sie eingeholt«, meinte Alice, tat einen weiteren Schritt und spürte nur, wie sie den Boden unter den Füßen verlor. Sie stürzte nicht tief, vielleicht etwas über drei

Meter – viel unangenehmer war, dass etwas Großes, Schweres auf sie fiel.

»Geh runter von mir«, ächzte sie und schob Vince grob von sich, der leise stöhnte und offenbar noch gar nicht recht wusste, wie ihm geschehen war.

»Verdammt«, fluchte er, als er von Alice herunterrollte und sich umschaute. »Was ist passiert?«

»Offenbar war der Untergrund an der Stelle porös. Ich wette mit dir, dass die drei das bereits beim Hereinkommen bemerkt haben und uns an der Stelle loswerden wollten.«

»Ist ihnen auch ausgesprochen gut gelungen«, meinte Vince.

Alice stand auf und blickte hinauf. »Wenn sie glauben, uns so leicht loszuwerden, dann haben sie sich geschnitten!« Sie trat auf Vince zu und verlangte: »Los, hilf mir mal.«

Sogleich schob sie ihn in Richtung Wand und machte sich daran, auf seinen Rücken zu steigen. Sie versuchte, oben an die Kante zu gelangen, streckte sich und schaffte es tatsächlich, den Rand zu greifen. Sie hielt sich daran fest, zog sich hinauf und atmete erleichtert auf, als sie oben ankam. Als Nächstes holte sie ein Seil aus ihrem Rucksack und ließ es zu Vince hinab. »Mach schnell«, mahnte sie ihn, während er daran hochkletterte.

Diese Aktion hatte sie eine Menge Zeit gekostet und den Vorsprung der drei sicher immens vergrößert, aber entkommen würden sie ihnen deswegen noch lange nicht.

Als sie dem Gang weiter folgten, stellte Alice fest, dass kaum noch Sonnenlicht zu sehen war. Und nur wenige Meter weiter fand sie auch den Grund dafür.

Sie berührte die Felsbrocken, die den Weg versperrten.

»Diese Mistkerle!«, fluchte sie.

Vince sah sich bereits um. »Vielleicht finden wir einen anderen Weg.«

»Vergiss es«, erwiderte sie und hob die Hände. »Geh lieber einen Schritt zurück.«

Er tat wie geheißen und sie konzentrierte sich auf die Worte. Blitzende Lichter zuckten um sie herum, gaben zischende Geräusche von sich, während sie sich um Alice sammelten. Als sie die Hände nach vorne stieß, folgten die Lichter dieser Bewegung und stürzten auf die Felsen nieder. Alice hielt die Arme schützend vors Gesicht, als sie einschlugen und die Steine wegsprengten.

Sie hustete kurz, als der Staub ihre Atemwege reizte, und auch Vince keuchte einige Male auf.

»Na los!«, forderte sie ihn auf und folgte dem nun freien Gang nach draußen.

Die Sonne stand hoch am Himmel und strahlte warm auf sie herab. Bäume wogten im Wind, ein paar Vögel waren zu hören, doch von den drei Dieben war weit und breit nichts zu sehen.

Alice suchte nach Spuren im Gras, aber es dauerte, bis sie etwas fand.

»Hier«, rief sie und deutete auf einige umgeknickte Grashalme. »Da müssen sie entlanggegangen sein.«

»Sie haben sich in Richtung Osten gewandt«, meinte Vince und blickte zu seiner rechten Seite. »Da vorne sind auch einige abgebrochene Zweige. Sie sind offenbar direkt durchs Dickicht gegangen.« Er bückte sich und besah sich die Spuren genauer. »Die Abstände sind recht groß, sie müssen sehr schnell gelaufen sein und dürften uns mittlerweile ein ganzes Stück voraus sein.« Er erhob sich wieder und fing Alices überraschten Blick auf. Er grinste und zwinkerte ihr verschmitzt zu. »Du hast wohl nicht damit gerechnet, dass ich mich mit Fährtenlesen auskenne, was? Mein Vater ist sehr oft auf die Jagd gegangen und hat mir zumindest in diesem Punkt einiges beigebracht.«

»Nicht schlecht«, bemerkte sie anerkennend, ging weiter und streifte einige Äste aus dem Weg, sodass sie besser durch das dichte Unterholz gehen konnten.

Derweil suchte sie nach weiteren Spuren. Sie war keine schlechte Fährtenleserin, auch wenn Vince darin offenkundig versierter war. Er ging ein Stück voraus und hielt den Blick zu Boden gerichtet, während er den Weg vorgab.

Es würde sicher nicht einfach werden, den Huntern die Aufzeichnungen wieder abzunehmen. Erneut fühlte Alice diese brennende Wut in sich aufsteigen. Sie war während ihrer Arbeit bereits das ein oder andere Mal auf Hunter getroffen und diese Begegnungen waren oftmals unerfreulich verlaufen. Sie hatte diese Leute meist als angriffslustig, überheblich und absolut skrupellos erlebt. Sie kannten immer nur ein Ziel: den nächsten Schatz.

Alice blickte zur Sonne, die sich langsam weiterschob und in wenigen Stunden untergehen würde. Sie mussten sich wirklich beeilen, nicht mehr lange und es wäre vermutlich zu dunkel, um weiterzusuchen.

»Die Spuren hier sehen schon frischer aus«, erklärte Vince und deutete auf ein paar Fußabdrücke im feuchten Untergrund. »Ich denke, wir kommen ihnen langsam näher.«

Vielleicht hatten die Hunter eine Rast eingelegt oder bewegten sich nun langsamer fort. Auf jeden Fall war es gut zu wissen, dass es nicht mehr lange dauern würde, bis sie die drei in die Finger bekamen.

»Hier entlang«, erklärte Vince und bückte sich unter ein paar tiefhängenden Ästen weg. »Ich glaube, wir haben es bald geschafft.«

Sie überquerten noch einen kleinen Flussarm und stiegen eine Anhöhe hinauf, dann hörte Alice bereits die Stimmen:

»Wir hätten sie einfach umbringen sollen«, tönte eine Frau angriffslustig.

»Das wäre zu viel Arbeit gewesen«, antwortete eine männliche Stimme. »Und so schnell kommen sie aus der Höhle nicht mehr raus – wenn überhaupt.«

»Das hat uns die Sache auf jeden Fall deutlich vereinfacht.« Die Frau kicherte amüsiert und heizte damit nur Alices Zorn weiter an.

»Diese Mistkerle!«, zischte sie und stürmte los.

»Warte! Sollten wir uns nicht zunächst einen Plan zurechtlegen?«, fragte Vince und eilte ihr nach.

»Den habe ich schon«, erklärte sie. »Ich werde ihnen eigenhändig den Hals umdrehen!«

Ohne zu zögern, stürmte sie voran, preschte an Büschen vorbei und rannte durchs Unterholz. Sie konnte die kleine Gruppe bereits sehen. Sie hatten es sich auf dem Waldboden gemütlich gemacht, aßen und tranken etwas. Aber mit dieser Ruhe wäre es gleich vorbei …

»Wie schön, dass ihr euch so gut über uns beide amüsiert. Ich hoffe doch, dass euch euer Lachen im Halse stecken bleibt. Wenn nicht, dann sorge ich gern dafür!«

Sie hob die Hand und ein blauer Ring aus Symbolen tauchte vor ihr auf. Sie ließ ihre Faust hindurchschnellen, Flammen bildeten sich darum, die sogleich nach vorne schnellten und mit einem Knall explodierten. Erde stob durch die Luft, ein Baum wurde entzwei gesprengt, doch die drei Hunter blieben unversehrt.

Die junge Frau mit dem schneeweißen Haar saß auf dem Boden und schaute Alice fassungslos an. Der große Kerl mit den breiten Schultern stand nur wenige Schritte entfernt und machte sich bereits daran, ein breites Schwert, das er über dem Rücken trug, aus dem Gurt zu ziehen. Er hatte kurzes, dunkles Haar, einen Dreitagebart und dunkelbraune Augen, die ernst schauten.

»Du hast uns also tatsächlich aufgespürt«, stellte der Mann fest, in den Alice damals hineingelaufen war. Auch jetzt fiel ihr sein hübsches Gesicht auf, die schlanke Statur, bei der sich deutlich unter dem dunklen Shirt die Muskeln abzeichneten. Er hielt die Arme vor der Brust verschränkt und schaute sie an. »Netter Versuch, aber du kannst nicht ernsthaft erwartet haben, uns damit umbringen zu können?!«

»Gebt mir das Buch!«, verlangte Alice. »Und wo wir schon dabei sind: Unser Geld, das uns eure nette kleine Freundin gestohlen hat, könnt ihr ebenfalls gleich rausrücken.«

Tatsächlich zog er zumindest die Aufzeichnungen aus seinem Rucksack hervor, der neben ihm auf dem Boden lag, und hielt das Buch hoch. »Du meinst das hier? Ich denke nicht, dass wir es euch einfach überlassen können.«

Vince hob beschwichtigend die Hände vor die Brust und meinte: »Hört mal, wir wollen nur eine Sache darin nachschlagen, dann könnt ihr es wiederhaben. Wir brauchen lediglich eine Information daraus, mehr wollen wir gar nicht.«

»Ich kann mir schon denken, um was es dabei geht«, meldete sich die junge Frau wieder zu Wort. »Ihr wollt die Blaue Träne, oder? Allerdings sind wir ebenfalls dahinter her. Schlagt euch das lieber gleich aus dem Kopf.«

»Wir wollen also dieselbe Sache, sind demnach Konkurrenten«, stellte Vince mit ruhiger Stimme fest. »Das heißt aber noch lange nicht, dass wir uns gegenseitig umbringen müssen.«

»Das sehe ich ganz anders«, meinte die junge Frau. »Wenn ihr schlau seid, verschwindet ihr ganz schnell, bevor wir euch töten. Wir haben ohnehin bereits genug Zeit mit euch verschwendet. Ihr seid es nicht wert, dass man auch nur ein weiteres Wort mit euch wechselt.«

»Es sind mit Sicherheit noch etliche andere hinter der Blauen Träne her«, wandte Vince ein. »Wollt ihr die alle umbringen?«

Die Frau zuckte mit den Schultern. »Warum nicht? Könnte die ganze Angelegenheit etwas amüsanter machen.«

»Yinka«, mahnte der große Kerl sie. »Halt dich ein wenig zurück.«

»Warum?«, fuhr sie ihn an. »Lass mich doch ein bisschen Spaß haben.«

»Du musst nicht immer so unüberlegt handeln«, sagte er weiter. Auch jetzt hielt er den Griff seines Schwertes umklammert und schien für einen Angriff jederzeit bereit zu sein.

»Wie gesagt, wir sind Konkurrenten«, nahm Vince den Faden wieder auf. »Das heißt nicht, dass wir uns zwangsläufig töten müssen. Ihr denkt, ihr seid stärker und schneller … Das muss sich am Ende noch herausstellen.«

»Wie kannst du es wagen!«, zischte Yinka.

»Ihr habt doch bloß Angst, dass zwei wie wir euch den Rang ablaufen und zuvorkommen könnten«, reizte Vince weiter.

Die Frau schnaubte wütend und schenkte ihm einen hasserfüllten Blick. So langsam verstand Alice, was er vorhatte. Allerdings glaubte er doch nicht ernsthaft, dass das funktionieren würde?!

»Hältst du uns wirklich für so dämlich, dass wir darauf hereinfallen«, meinte der junge Mann gelassen. Er hatte den Plan also durchschaut – was nun auch nicht gerade schwer gewesen war …

»Wir werden ja sehen, wer von uns besser ist. Wir haben jedenfalls keine Angst«, fuhr Yinka fort, ohne auf die Worte ihres Begleiters zu achten. »Wir stellen uns jedem Kampf.«

»Ach ja, deine Freunde sehen das aber offenbar nicht ganz so. Sie haben Angst, dass wir euch doch zuvorkommen könnten, und wollen uns darum nicht mal verraten, wohin ihr unterwegs seid.«

»Ihr werdet uns niemals schlagen!«

»Yinka!«, mahnte der breitschultrige Mann, ohne die Miene zu verziehen, aber die junge Frau war bereits so in Rage, dass sie nicht mehr zu bremsen war.

»Wir wollen in ein Dorf, das etwa vierzig Kilometer östlich von hier liegt. Nun versucht mal, es vor uns dorthin zu schaffen«, erklärte sie mit herausfordernder Miene.

Der junge Mann warf Yinka einen strafenden Blick zu, schwieg aber.

»Jetzt schau nicht so, Teyls. Ich lasse mir von denen doch nicht auf der Nase rumtanzen«, sagte sie.

Stille legte sich über den Platz, prüfende Blicke flogen zwischen ihnen allen hin und her, dann rannten sie los.

Alice blickte über ihre Schulter zurück und sah die Hunter näher kommen. »Wollen wir den dreien doch eine nette kleine Überraschung bereiten.«

Sie rief einen Zauber, der sich wie ein roter Reif um ihr Handgelenk legte. Er tanzte darum herum, wurde immer heller, ging schließlich in einen Blitz über, der sich in den Boden grub. Ein Rumoren war sogleich daraus zu vernehmen und plötzlich schossen riesige Felsen aus dem Erdreich. Sie jagten in die Höhe, wurden größer und größer. Die drei Hunter mussten ausweichen, wenn sie nicht aufgespießt werden wollten. Sie fielen immer weiter zurück und schließlich waren sie von den Felsen umzingelt, die sich zusammenschlossen und die drei einsperrten.

»Den hättest du auch ruhig schon früher anwenden können«, beschwerte sich Vince.

»Dafür braucht man Platz, außerdem benötigt er eine Menge Energie. Aber für diesen Moment war es die beste Wahl. Leider wird er sie nicht ewig aufhalten. Irgendwann lässt der Spruch nach, aber immerhin gewinnen wir so ein paar Stunden.«

Sie hatte keine Ahnung, wie schnell es den Huntern gelingen würde, sich aus der Falle zu befreien. Aber mit Sicherheit würden die drei nicht so schnell aufgeben. Mit einem unguten Gefühl dachte sie an ihr Ziel: ein Dorf, vierzig Kilometer östlich von hier. Sie wusste, was dort lag – aber sie hoffte, dass ihr Weg sie nicht tatsächlich genau dorthin führen würde. Diesen Ort wollte sie um keinen Preis der Welt besuchen müssen. Und nach all den Geschichten, die man sich darüber erzählte, Vince sicher auch nicht …

Kapitel 16

Seit Stunden schon eilten sie nun durch den Wald und Vince' Schnauben wurde zunehmend lauter. Hin und wieder fiel er ein Stück zurück, doch er strengte sich jedes Mal aufs Neue an, um schnell aufzuholen. Aber auch Alice musste sich eingestehen, dass ihre Muskeln langsam brannten und sie müde wurde.

Sie blickte hinauf in den Himmel, wo die Sonne sich gerade rot färbte und allmählich unterging. Nicht mehr lange, und es würde Nacht werden.

Alice seufzte tief und beschleunigte ihre Schritte, damit sie wenigstens noch ein Stück schafften.

»Denkst du, die drei haben sich bereits aus dem Steinwall befreien können?«, fragte Vince.

»Da bin ich mir ziemlich sicher. Sie werden sich davon gewiss nicht allzu lange haben aufhalten lassen. Sobald es dunkel wird, sollten wir uns trotzdem einen Lagerplatz suchen. Ich würde auch lieber noch weitergehen, aber wir müssen zu Kräften kommen, ansonsten sind wir bald vollkommen erschöpft. Ein paar Stunden Schlaf werden uns sicher guttun. Wir brechen noch vor dem Morgengrauen auf, dann haben wir nicht viel Zeit verloren.«

Sie konnte ihm seine Bedenken vom Gesicht ablesen, aber er sah wohl ein, dass sie recht hatte. Sie konnten dieses Tempo nicht ewig durchhalten.

»Ich bin sehr gespannt, ob wir das Dorf finden werden«, wandte Vince ein. »Die Angaben waren nicht gerade genau. Wir wissen ja noch nicht einmal, was die Blaue Träne ist. Ein Edelstein? Ein Schmuckstück?«

»Wenn wir sie sehen, erkennen wir sie bestimmt«, beruhigte sie ihn.

Die Sonne sandte gerade ihre letzten Strahlen aus, dann erlosch am Horizont das Licht und Dunkelheit machte sich langsam breit.

»Lass uns erst mal nach einem Platz für die Nacht suchen«, schlug sie vor und ließ ihre Augen umherschweifen.

»Wie wäre es dort?«, fragte Vince und deutete auf eine Stelle, die unter drei Weiden lag, die ihre langen Äste zur Erde gesenkt hatten und damit einen guten Sichtschutz boten.

»Ich denke, das müsste gehen«, erwiderte sie, ging darauf zu und ließ sich erschöpft auf den Boden sinken. »Auf ein Lagerfeuer verzichten wir heute Nacht besser.«

Vince nickte zustimmend, während er einen großen Schluck aus seiner Trinkflasche nahm. Gleich darauf fragte er: »Hast du eine Ahnung, welche Dörfer dort liegen, wo laut dieser seltsamen Yinka die Blaue Träne zu finden ist?«

»Dunkeltal, Grünfeld, Eisenlicht, Schwarzfels, aber auch Tegerstett käme wohl infrage«, meinte Alice. »Es sind jedenfalls einige, und ich weiß nicht, ob wir mit dieser groben Angabe wirklich etwas finden werden. Da müsste das Glück schon sehr auf unserer Seite sein.«

»Diese Städte sagen mir irgendetwas«, überlegte Vince laut, der sich nachdenklich die Hand ans Kinn gelegt hatte. »Ich weiß nur nicht mehr, in welchem Zusammenhang ich schon mal davon gehört habe.«

»In Dunkeltal wird viel Erz abgebaut, es kommen etliche Händler dorthin. Vielleicht erinnerst du dich daran«, schlug Alice vor.

Er schüttelte jedoch den Kopf. »Nein, mit so was habe ich nichts am Hut. Das war es sicher nicht.«

Alice seufzte und schüttelte den Kopf. Sie konnte sich durchaus denken, was er gehört hatte, wollte das Thema Nekromanten aber nicht unbedingt anschneiden …

»Ist auch egal«, meinte er schließlich, zog eine Decke aus seinem Rucksack und legte sich hin. »Wir sollten langsam schlafen, wenn wir morgen gleich loswollen.«

Alice nahm sich noch ein Stück Brot und aß ein wenig, während Vince' Atemzüge tiefer und ruhiger wurden. Sie blickte hinauf in den Himmel, wo Sterne tanzten. Hoffentlich würden sie nicht tatsächlich nach Schwarzfels müssen. Um keinen Preis der Welt wollte sie auch nur einen Fuß dort hineinsetzen …

Der Wind strich kühl über ihren Nacken und ließ sie frösteln, sodass sie ihren Mantel enger um sich zog. Dennoch wollte dieses kalte Stechen, das sie plötzlich in ihrem Magen fühlte, nicht vergehen. Ein Rascheln ließ sie aufschrecken. War da jemand? Hatten die Hunter sie etwa schon eingeholt? Sie stand auf und schaute sich um, lauschte nach jedem Geräusch. Die Minuten verstrichen und das Gefühl, beobachtet zu werden, verging langsam. Hatte sie sich wirklich getäuscht? Sie beschloss, auf Nummer sicher zu gehen, und sah sich um den Lagerplatz herum um. Aber nirgends war etwas Auffälliges zu sehen oder zu hören. Langsam kehrte sie zurück und ließ sich auf ihren Platz sinken. Die Müdigkeit ergriff immer mehr Besitz von ihr, auch wenn sie lieber noch eine Weile wach geblieben wäre, um aufzupassen. Sie spürte, wie ihr die Augen zufielen, gähnte beherzt und zog den Mantel noch einmal fest um sich.

Alice erwachte von einem lauten Geräusch. Es musste das Knacken von Ästen gewesen sein, das sie geweckt hatte. Sogleich setzte sie sich auf und schaute in die Dunkelheit, wo sie gerade noch drei Schatten verschwinden sah.

Augenblicklich fiel auch der letzte Rest Schlaf von ihr. Sie spürte ihren donnernden Herzschlag und schaute sich suchend um. Sie konnte nichts entdecken und dennoch war sie sich sicher, dass die drei Hunter hier gewesen waren. Nur, was hatten sie getan?

»Vince, wach auf!«, rief sie und warf einen kleinen Kiesel nach ihm. Er grunzte laut und schreckte aus dem Schlaf hoch.

»Was ist los?«, wollte er wissen.

»Die Hunter waren gerade hier«, erklärte sie, erhob sich und schaute sich noch einmal alles genauer an.

Vince war ebenfalls auf den Beinen, stopfte seine Decke in den Rucksack und meinte: »Na, dann los. Wir müssen uns beeilen. Nicht, dass sie uns noch zuvorkommen.«

Er wollte schon lossprinten, doch da packte Alice ihn am Arm und hielt ihn fest – gerade noch rechtzeitig, denn er war schon im Begriff gewesen, die graue Linie zu übertreten, die kreisförmig um ihr Lager gezogen worden war.

Sie bückte sich und besah sich das dunkle Pulver genauer. »Aschwurz«, sagte sie. »Wenn man dieses Pulvergemisch berührt, ätzt es sich durch alles hindurch, löst sogar Fleisch und Knochen auf, sodass man die Gliedmaße verliert.«

»Wollten die uns etwa umbringen?«, murmelte Vince erschrocken.

»Ich denke nicht«, meinte Alice. »In der Regel verliert man ein Bein, im schlimmsten Fall beide, aber weiter hoch steigt das Gift nicht. Sie wollten uns wahrscheinlich leiden sehen, aber vor allem aufhalten.«

»Ein bisschen drastisch, findest du nicht?«

»Sie sind nur ehrgeizig und haben nicht vor, den Schatz an uns abzutreten. So sind Hunter – wenn sie ein Ziel vor Augen haben, schrecken sie vor nichts zurück. Es gibt genügend, die auch töten, glaub mir das.«

Alice stand auf, nahm ihren Rucksack und entfernte sich ein Stück von der Linie.

»Tja, Pech nur, dass wir es bemerkt haben. Jetzt können sie jedenfalls was erleben«, meinte sie, nahm Anlauf und sprang über die Linie, damit sie auf keinen Fall auch nur mit einer Spur davon in Berührung kam.

Vince machte es ihr nach und landete unbeschadet neben ihr. Sogleich rannten sie los.

»Ich habe sie in die Richtung gehen sehen«, erklärte Alice und deutete schräg rechts neben sich.

Sie hasteten weiter, Äste und Zweige peitschten ihnen entgegen, doch sie verlangsamten ihr Tempo nicht. Es war schwer, sich bei der Dunkelheit zurechtzufinden, nicht über eine der vielen Wurzeln oder Steine zu stolpern. Aber schon bald hörten sie Geräusche … Es waren eindeutig Schritte.

»Wir sind ganz nah dran«, stellte Alice fest.

»Und was machen wir dann?«, fragte Vince, nach Atem ringend.

»Wir setzen sie außer Gefecht und schnappen uns das Buch. Vielleicht steht in den Aufzeichnungen noch genauer beschrieben, wo sich der Schatz befindet.«

Die Geräusche wurden stetig lauter. Alice war sich sicher, dass es sich um mehrere Personen handeln musste. Sie sprang über einen umgestürzten Baum, rannte eine kleine Anhöhe hinab und runzelte nachdenklich die Stirn, als die Schritte verstummten, dafür aber etwas anderes zu vernehmen war. Ein tiefes Knurren.

Als Alice durch ein dichtes Gebüsch sprang, fluchte sie innerlich. Wären sie nur ein paar Minuten später gekommen … Wenige

Meter von ihr entfernt standen die drei Hunter und machten sich bereit, sich gegen einen Odim zur Wehr zu setzen.

Die Haut der Kreatur war blass, fast bläulich, zwei schiefe Hauer ragten ihm aus den Mundwinkeln, die Augen waren klein und schwarz, der gesamte Körper von dicken Muskelsträngen durchzogen.

»Was habe ich doch für ein Glück! Erst laufen mir diese drei Gestalten über den Weg und dann auch noch eine Feiy.« Er grinste breit. »Ich hoffe doch, du trägst ein paar Lebenslichter bei dir. Aber das werden wir gleich feststellen. In jedem Fall bist du eine willkommene Abwechslung. Es ist immer wieder herrlich, eine Feiy umzubringen.«

Er schwang den mächtigen Morgenstern, den er in seinen Pranken trug, und rannte auf Alice zu. Einen Moment lang hatte sie noch überlegt, den Odim den Huntern zu überlassen und wegzulaufen, doch daran war nun nicht mehr zu denken. Dieses Wesen hatte es auf sie abgesehen und hastete mit schnellen Schritten auf sie zu.

Als die schwere Keule auf sie niedersauste, hob sie die Hand, wo sich sogleich ein goldenes Licht bildete, das sich ausbreitete und einen Schild formte, an dem der Hieb abprallte. Ein weiterer Schlag ging darauf nieder, sodass die Kraft des Zaubers nun endgültig aufgebraucht war und der Schild zerbrach. Noch ehe Alice einen weiteren hätte rufen können, sauste die Waffe wieder auf sie zu. Sie warf sich blitzschnell zur Seite, sodass der Morgenstern auf den Boden knallte.

Mit einem Lachen zog der Odim ihn aus dem Erdreich heraus und wandte sich an Alice. »Du solltest dich ein bisschen mehr zur Wehr setzen, sonst wird es zu langweilig.«

Ehe er zu einem weiteren Schlag ansetzen konnte, rief sie ein weißes Licht, das sich wie Sterne über ihr ausbreitete. Sie funkelten und schossen auf den Odim zu. Die Lichter legten sich auf seine Haut und fraßen sich wie Säure in sie hinein.

Grauer Rauch stieg von den Stellen auf, ein Zischen war zu hören, doch das Wesen ließ sich davon nicht beeindrucken. Es zuckte nicht einmal.

»Ich kenne diese Art von Magie. Sie wird nicht sehr lange anhalten, und das bisschen Schmerz kann ich gut ertragen. Aber sag mir, wie sieht es damit bei dir aus? Ich denke doch, dass du um einiges empfindlicher sein wirst als ich.«

Wieder ließ er den Morgenstern in einer schnellen Abfolge von Angriffen auf sie niederfahren. Alice wich aus, rollte über den Boden. Die Waffe schlug genau neben ihrem Kopf ein. Dann holte der Kerl mit dem Fuß aus und trat nach ihr, aber da war Vince zur Stelle und warf sich auf ihn. Tatsächlich war er so überrascht, dass er von Alice einen Moment lang abließ, sodass sie den Arm ausstrecken und einen Zauber rufen konnte. Vince ging zu Boden, während der Odim sich bereits aufrappelte.

Mehrere rote Ringe bildeten sich um ihren Arm, drehten sich immer schneller und ließen einen Wind entstehen, der den Odim von den Füßen riss, fortschleuderte und seine Haut aufschnitt. Sogleich stand Alice auf, griff zu ihrem Bogen und rannte auf das Wesen zu. Aus den Augenwinkeln sah sie die Hunter, die noch immer keinen Finger rührten, jedoch jede ihrer Bewegungen verfolgten.

Feiges Pack, ging es ihr noch durch den Kopf, da ließ sie den ersten Pfeilregen auch schon auf das Ungetüm niederfahren. Zwei fraßen sich in den muskulösen Arm, drei weitere landeten in seiner Brust.

Der Odim lachte und hob den Arm, um sich von den Geschossen zu befreien. »Einfach nur lächerlich«, tönte er. »Ich zeig dir mal, wie man richtig kämpft.«

Er riss seinen Morgenstern in die Höhe und ließ in einer schnellen Angriffswelle die wuchtige Waffe auf Alice niedersausen. Die wich geschickt aus, war schnell und doch wusste sie, dass sie nicht ewig würde durchhalten können. Sie musste einen neuen Zauber rufen, einen, der dieses Vieh ein für alle Mal außer Gefecht setzte, aber es war schwierig, diese zähen Viecher auch nur auszuknocken. Deren dicke Haut war wie ein Schutzpanzer, der die Kreaturen auch vor magischen Angriffen abschirmte. Genau darum hatte sie mehrfach versucht, diese Haut zu schädigen.

Alice taumelte einen Schritt zurück, als sie eine Attacke mit ihrem magischen Schild abwehrte. Bei dem nächsten Hieb stockte ihr der Atem. Dieser kam viel zu schnell. Sie drehte sich zur Seite weg, spürte, wie die Stacheln des Morgensterns an ihrem Arm entlangschabten und dort einen dünnen Schnitt hinterließen, dann schoss auch schon die dicke Pranke des Kerls hervor und schlang sich um Alices Hals. Er zog sie von den Füßen und blickte ihr mitten ins Gesicht, während sie nach Atem rang.

»Nun haben wir genug gespielt«, erklärte er und drückte weiter zu. Keine Sekunde ließ er sie dabei aus den Augen, genoss es wohl, ihr beim Sterben zuzusehen.

Plötzlich sauste ein Schwert auf den Odim nieder, traf ihn genau an der Schulter, sodass er von Alice ablassen musste, die hustend auf den Boden fiel. Sie konnte kaum glauben, was sie da sah: Yinka stand hinter ihm und schlug erneut mit ihrer Waffe zu. Der Odim hieb nach ihr, doch sie wich aus und traf ihn am Arm. Ihre Klinge versank in dessen Fleisch und blieb stecken, sodass der Odim sich lachend der jungen Frau entgegenwarf und sie von den Füßen riss.

Da war auch schon der große, breitschultrige Kerl zur Stelle und schlitzte dem Odim mit seinem Schwert den Bauch auf. Dunkles Blut trat daraus hervor, endlich ächzte das Wesen auf, tat sogar einen schwankenden Schritt, doch seine Wut verlieh ihm neue Kraft. Er brüllte auf, rammte den hünenhaften Mann und holte mit der blanken Faust aus. Blitzschnell schälte sich eine Gestalt aus der Dunkelheit – der junge Mann mit dem bronzefarbenen Haar jagte auf die Kreatur zu, sprang in die Luft und ließ seine Klinge niedersausen. Er traf den Odim an der Schulter, was diesen nicht weiter zu beeinträchtigen schien. Er wandte sich augenblicklich nach seinem Angreifer um. Der junge Mann lächelte, hatte er doch nun die Aufmerksamkeit des Wesens. Als es auf ihn zu rannte, warf er sich zu Boden, hob die Klinge, stieß sie ihm genau in die Seite und vergrößerte damit noch die Wunde, die sein Freund gerade gerissen hatte. Sogleich stand er wieder auf und noch ehe der Odim überhaupt begriff, was geschehen war, holte der junge Mann erneut aus und schnitt seinem Gegner mit einer kraftvollen Bewegung den rechten Arm ab, der dumpf zu Boden fiel. Das Wesen schrie markerschütternd, während das Blut in einem pulsierenden Strahl aus der Wunde trat.

Alice konnte es kaum fassen, als die Kreatur zu Boden ging und nach Luft schnappte.

Noch ehe der junge Mann erneut mit der Klinge zuschlagen konnte, war Alice auf den Beinen und rief einen Zauber. Endlich konnte ihre Magie wirken und die Gestalt komplett vernichten. Ein Rauschen jagte durch den Wald, als das weiße Licht auf den Odim traf und ihn in tausend Stücke sprengte.

Das Raunen verklang allmählich, dennoch rührte sich keiner der Anwesenden.

Nach einigen Minuten war es Alice, die das Wort ergriff: »Warum habt ihr uns geholfen?«

Der junge Mann zuckte mit den Schultern, während er das Schwert wegsteckte. »Es wäre feige gewesen abzuhauen. Immerhin hat dieses Vieh zuerst uns angegriffen. Es war damit unser Kampf und davor drücken wir uns nicht.«

»Und wie soll es nun weitergehen?«, hakte sie nach. »Wollen wir uns weiterhin Steine in den Weg legen oder uns gleich gegenseitig töten?«

Der Kerl schaute sie mit seinen tiefgrünen Augen an und meinte: »Ich denke nicht, dass das nötig sein wird.« Ein Grinsen huschte über seine Lippen, als er fortfuhr. »Es war interessant zu erfahren, dass du eine Feiy bist, und du scheinst zudem nicht gerade schwach zu sein. Trotz allem wird dir das nichts bringen.«

»Ihr habt ja auch einen entscheidenden Vorteil: die Aufzeichnungen.«

»So viel mehr steht da gar nicht drin«, erklärte Yinka. »Das würde euch nicht viel nützen.«

»Das lasst mal uns entscheiden. Gebt uns das Buch, damit wir einen Blick hineinwerfen können«, verlangte Vince.

»Ich habe eine bessere Idee für euch«, wandte Teyls ein. »Wir schließen vorerst eine Art Waffenstillstand. Wer weiß, wer sich uns auf dem Weg ins Dorf noch alles in den Weg stellt. Es könnte nützlich sein, wenn wir zusammenarbeiten. Zumindest so lange, bis wir dort sind. Dann ist jeder wieder auf sich allein gestellt.«

Alice überlegte nicht lang, auch wenn sie sich fragte, woher der plötzliche Sinneswandel rührte. Sie konnte sich kaum vorstellen, dass er ohne Grund seine Meinung geändert hatte. Aber dennoch war es besser, dieses Angebot erst einmal anzunehmen. »Einverstanden«, sagte sie, trat zu dem Mann und reichte ihm die Hand. »Mein Name ist Alice.«

»Teyls. Das sind Yinka und Bolt.«

»Vince«, stellte er sich vor. »Ich hoffe, auf eine gute Zeit«, fügte er in einem Tonfall hinzu, der vermuten ließ, dass er den dreien keinen Moment lang traute.

»Wir sollten uns ein Lager für die restliche Nacht suchen«, schlug Bolt, ohne eine Miene zu verziehen, vor und ging ein paar Schritte.

Die anderen beiden Hunter folgten ihm, allerdings blickte Yinka immer wieder missmutig über ihre Schulter zurück. »Ich werde euch im Auge behalten. Nicht, dass ihr noch versucht, uns zu bestehlen.«

»Das sagt die Richtige«, murrte Vince, der mit Alice den dreien nachging. »Denkst du, dass wir ihnen trauen können?«, raunte er leise.

Alice schaute die Hunter an und schüttelte schließlich verneinend den Kopf. »Gerade Huntern sollte man niemals Glauben schenken. Aber sich ihnen anzuschließen ist die beste Option, die wir gerade haben. Wenn wir genau wissen, wo sich die Blaue Träne befindet, können wir immer noch abhauen, falls es sich mit ihnen gar nicht aushalten lässt. Zunächst sollten wir – auch wenn es mir schwerfällt – zusammenbleiben. Gemeinsam ist die Reise sicherer.«

»Mir wäre es wirklich lieber, wir könnten es alleine weiterversuchen«, meinte er.

»Das wäre es uns allen«, antwortete Teyls. Offenbar hatten sie nicht so leise gesprochen wie angenommen. Ohne ein weiteres Wort zu verschwenden, deutete er auf eine Stelle, die von einigen Pappeln umgeben war und meinte: »Hier können wir das Lager aufschlagen.«

Die anderen beiden nahmen seinen Vorschlag sofort an. Yinka ließ sich auf den Boden sinken und setzte sich in den Schneidersitz, Bolt ließ sich vor einem Baum nieder und verschränkte die muskulösen Arme vor der Brust.

Alice und Vince suchten sich ein Plätzchen nicht ganz so dicht bei den Fremden und holten aus ihren Rucksäcken Decken, die sie auf den Boden legten.

»Geht ruhig schlafen«, meinte Yinka und blitzte die beiden an. »Ich lasse euch allerdings keine Minute aus dem Blick, nur dass das klar ist.«

Alice zuckte mit den Schultern. »Dann bist du morgen hoffentlich etwas schweigsamer, wenn dir vor Müdigkeit die Augen zufallen.«

Yinka warf ihr einen giftigen Blick zu, schwieg aber.

Alice musterte Teyls, der sie mit seinen tiefgrünen Augen kühl, fast anmaßend betrachtete. Noch immer wollte ihr nicht in den Sinn, warum der Kerl den Vorschlag unterbreitet hatte, zusammen weiterzuziehen. Sie glaubte keinen Moment daran, dass es bloß daran lag, weil es gemeinsam ungefährlicher war. Nein, da steckte eindeutig mehr dahinter. Nur was, verstand sie nicht. Die drei hätten es sich einfach machen und gegen sie kämpfen können – ihre Chancen hätten vermutlich nicht schlecht gestanden. Immerhin waren sie zu dritt und Alice hatte mit Vince nicht gerade einen geborenen Kämpfer an ihrer Seite. Sie musste diese Hunter auf jeden Fall im Blick behalten. Damit wickelte sie sich in ihre Decke, lehnte sich an einen Baum und linste durch ihre halb offenen Lider hindurch.

Vince hatte sich derweil auf den Boden gelegt und versuchte wohl zu schlafen. Bolt schloss nun ebenfalls die Augen und Yinka hatte sich vor das Feuer gesetzt, das Teyls entfacht hatte, und starrte offenkundig in ihre und Vince' Richtung. Sie wollte ihren Worten offenbar Taten folgen lassen. Allerdings dauerte es keine halbe Stunde, da war ihr Kopf nach vorne gesackt und die kleine, zierliche Frau schnarchte wie mindestens zehn Mann.

Ansonsten herrschte Ruhe, nur das Knistern der Flammen war zu vernehmen, vor denen Teyls saß und gedankenversunken hineinschaute.

Er hatte bereits gezeigt, dass er ein guter Kämpfer und auch mit Sicherheit nicht dumm war. Zu gern hätte sie gewusst, was in seinem Kopf vor sich ging.

»Hast du mich nun langsam genug angestarrt?«, fragte er plötzlich ins Nichts hinein und sogleich wanderte sein Blick in ihre Richtung. »Du kannst gern weiter versuchen, dich schlafend zu stellen, allerdings muss man sagen, dass du nicht gerade gut darin bist. Deine Atmung geht noch immer viel zu schnell, dein Körper ist zu angespannt. Man sieht sofort, dass du wach bist.«

Sie öffnete die Augen und musterte ihn. »Es konnte ja auch keiner ahnen, dass du mich so genau studieren würdest.«

»Es wäre auch ziemlich dumm von mir, meine Gegner aus dem Blick zu lassen.«

»Und ich dachte, wir sind jetzt so etwas wie Verbündete«, entgegnete sie in nicht ganz ernst gemeintem Tonfall.

»So leichtgläubig bist du nun auch wieder nicht.«

»Ach, und warum haben wir uns dann zusammengetan?«, hakte sie nach.

»Das haben wir doch bereits ausführlich besprochen«, meinte er nun und grinste kühl. »Gemeinsam ist es leichter, zum Ziel zu gelangen.«

Alice schaute in seine tiefgrünen Augen, die noch immer etwas in ihr fesselten und berührten. Wie konnte ein einziger Blick einen nur derart durcheinanderbringen?

»Wir wissen wohl beide, dass das nicht die ganze Wahrheit ist.«

»Glaub, was du willst«, erwiderte er mit einem charmanten Lächeln und stand auf, um ein paar Schritte zu gehen.

»Denkst du, wir sind froh, euch nun um uns zu haben?«

»Das ist mir ziemlich gleichgültig. Ich will diesen Schatz und den werde ich auch bekommen.«

»Ihr solltet mich besser nicht unterschätzen«, raunte Alice.

Teyls war nun ganz nah, beugte sich zu ihr hinunter. Kurz verschlug es ihr die Sprache, als sie seine Wärme spürte, seinen Duft roch, der ihr Herz zum Rasen brachte. Fasziniert betrachtete sie das Funkenspiel in seinen Augen.

»Ich denke, ich weiß sehr genau, was ich von dir zu halten habe, kleine Feiy.«

Wut kochte in Alice auf und stieß ihre anderen Empfindungen beiseite. Dieser Kerl war so verdammt überheblich, dennoch versuchte sie, ihre Gefühle im Zaum zu halten.

»Das glaube ich kaum. Aber falls ihr uns in die Quere kommen solltet, verlass dich darauf, dass ich mich zu wehren weiß.«

Teyls lächelte amüsiert. Er war ihr nicht mehr so nah, stand aber weiterhin bei ihr. »Auch wenn du es nicht gern hörst, du stellst keine Gefahr dar. Du bist viel zu impulsiv, dadurch wirst du unweigerlich Fehler machen. Davon sind dir ohnehin schon genügend unterlaufen.«

»Ach, ist das so? Und was sollen diese angeblichen Fehler gewesen sein?«, hakte sie mit zusammengebissenen Zähnen nach.

»Es ist ein eindeutiges Manko, dass du mit diesem Kerl unterwegs bist, der dich nur aufhält. Vielleicht ist er sogar dein Liebhaber, wer weiß, wobei ich dir etwas mehr Geschmack zutrauen würde. Außerdem bist du uns über den Weg gelaufen. Das alles kann dir am Ende nur zum Verhängnis werden. Merk dir meine Worte besser.«

Alice war verwundert über diese offene Drohung und die damit verbundene Arroganz. Aber sollte er nur glauben, er wäre ihr überlegen. Ihre Chance würde schon kommen.

»Ich denke, dann wissen wir nun beide ganz genau, woran wir sind.«

»Ich weiß nicht, ob du dir darüber wirklich im Klaren bist« – und wieder war da dieses eisige Lächeln, das Alice einen seltsamen Schauder über den Rücken jagte …

Kapitel 17

Alice hatte in der Nacht kaum ein Auge zugetan. Sie fühlte sich müde und ihre Glieder schmerzten vom unbequemen Sitzen. Teyls konnte ebenfalls nicht viel geschlafen haben, dennoch wirkte er munter und ausgeruht, zumindest ließ er sich keine Müdigkeit anmerken. Er war bereits auf den Beinen und löschte das Lagerfeuer. Bolt saß noch immer an den Baum gelehnt, hielt, wie die ganze Nacht schon, die Arme vor der Brust verschränkt und öffnete nun die Augen. Es war erstaunlich, wie stoisch dieser Kerl sein konnte. Er erhob sich und nahm aus seinem Rucksack etwas Brot, von dem er aß. Nur Yinka und Vince schliefen noch tief und fest, was Alice ein leichtes Schmunzeln entlockte, als sie daran dachte, wie lautstark die junge Frau gestern Abend getönt hatte, niemanden hier aus den Augen lassen zu wollen. Ihr Schnarchen war jedenfalls noch immer deutlich zu hören.

Alice stand auf und weckte Vince, der daraufhin erschrocken zusammenzuckte, sich aber sogleich wieder entspannte, als er Alice erblickte.

»Wir sollten noch etwas essen, bevor wir aufbrechen«, schlug sie vor, worauf er nur zu gern einging.

Er schnitt mit seinem Messer dünne Scheiben Speck ab und legte sie fast andächtig auf eine Kante Brot, bevor er diese genüsslich aß.

»Schon ein bisschen trocken, aber der Speck macht es etwas saftiger«, erklärte er. Während er es sich schmecken ließ, fragte er Alice: »Hast du überhaupt geschlafen? Du siehst ziemlich müde aus.«

»Es war nicht lange, aber ausreichend«, antwortete sie und unterdrückte ein Gähnen.

»Ist die Nacht denn ruhig verlaufen?«, hakte er weiter nach und blickte zu Teyls und Bolt, die nun ebenfalls frühstückten.

»Wie du siehst, lebt ihr noch, es kann also nichts Dramatisches passiert sein«, brachte sich Teyls in die Unterhaltung ein.

»Dass der Kerl sich ständig einmischen muss«, knurrte Vince leise.

In diesem Moment sackte Yinkas Kopf im Schlaf noch ein Stückchen weiter nach rechts, was äußerst unbequem aussah und sich offenbar auch so anfühlen musste, denn die junge Frau schreckte augenblicklich hoch. Sie schaute sich ein wenig verwirrt um, als müsste sie sich erst besinnen, wo sie war, dann sah sie Alice und Vince. Sogleich verengten sich ihre Augen zu wütenden Schlitzen.

»Ihr seid ja immer noch da«, knurrte sie.

»Wo hätten wir auch hingehen sollen?«, fragte Vince.

»Ich hatte gehofft, diese ganze Verbündeten-Sache wäre nur ein Albtraum gewesen!«, antwortete die junge Frau und streckte sich müde.

»Tja, das ist wohl für uns alle eine Enttäuschung«, erwiderte Vince.

Gleich danach holte sie sich aus ihrem Rucksack Käse sowie Brot und begann zu essen.

»Das war eine echt anstrengende Nacht, kein Wunder, dass ich die Letzte bin, die aufgewacht ist«, sagte sie zwischen zwei Bissen.

»Du warst die Erste, die eingeschlafen ist. Dein Schnarchen hat man durch den ganzen Wald hören können«, stellte Vince richtig und erntete dafür einen wütenden Blick von ihr.

»Ich habe nicht geschlafen und schnarchen tu ich erst recht nicht, merk dir das!«

»Nur weil du darauf beharrst, wird es auch nicht wahrer.«

»Wahrscheinlich hast du dich im Schlaf nur selbst schnarchen gehört und schiebst es nun auf mich«, meinte sie, was bei Vince ein verwundertes Stirnrunzeln auslöste.

»Ja, das ergibt natürlich auch sehr viel Sinn«, erwiderte er.

»Hör auf damit, Yinka«, mischte sich Bolt ein, ohne eine Miene zu verziehen. »Konzentrier dich auf unser eigentliches Ziel und verschwende keine Kraft an diese zwei.«

Sie nickte bestimmt und meinte: »Du hast recht. Es liegt ein weiter Weg vor uns und es wird sicher nicht einfach, den Schatz zu finden.«

Ihre Miene nahm einen seltsam nachdenklichen Zug an, etwas Dunkles erschien darin, sodass Alice kurz fröstelte. Hoffentlich bestätigte sich ihre Vermutung nicht am Ende doch noch, was den Ort betraf.

»Wollt ihr uns nicht endlich sagen, wo der Schatz genau sein soll?«, fragte sie.

Die drei Hunter wechselten kurze Blicke miteinander, Teyls zuckte schließlich mit den Schultern. »Früher oder später werden sie es ohnehin erfahren, und wer weiß, ob sie überhaupt noch mitkommen wollen, wenn sie wissen, wo es hingeht.«

Das klingt gar nicht gut, ging es Alice durch den Kopf und sie biss sich nachdenklich auf die Unterlippe. Niemals wollte sie Schwarzfels noch einmal betreten müssen …

»Der Schatz soll in einem Dorf namens Schwarzfels versteckt sein«, sprach Yinka Alices schlimmste Befürchtung aus. In den Blick der jungen Frau legte sich ein Anflug von Freude, als sie Alices steinerne Miene sah. »Ihr wisst wohl, was man über diesen Ort sagt.«

Vince hatte nachdenklich die Stirn gerunzelt. »Ich weiß, dass ich den Namen irgendwo schon mal gehört habe. Aber es will mir einfach nicht einfallen, in welchem Zusammenhang.«

Yinka schüttelte fassungslos den Kopf. »So dumm kannst auch nur du sein.« Mit einem herausfordernden Blick verkündete sie: »Schwarzfels wird auch das Dorf der Verdammten genannt. Dort leben Krieger, die auf ewig zum Kämpfen verurteilt sein sollen. Sie können nicht sterben, greifen alles und jeden an. Man sagt, sie seien keine Menschen, sondern von dem Bösen besessen, das auf jeden übergeht, der einen Fuß hineinsetzt. Entweder man wird umgebracht oder ebenfalls ein Verdammter.«

Vince wurde eine Spur blasser. »Ich habe über diesen Ort gelesen. Niemand traut sich dorthin und die Geschichten, die man sich über dieses Dorf erzählt, sind schrecklich.« Kurz schwieg er, dann schien er neuen Mut zu fassen. »Ihr lasst euch davon aber offenbar auch nicht abschrecken.«

Yinka zuckte mit den Schultern. »Wenn ein Schatz ruft, dann sind wir zur Stelle, ganz gleich, welche Gefahren wir dafür zu überwinden haben. Nicht umsonst haben wir uns auch in den Berg getraut.«

»Es ist blanker Wahnsinn, dorthin zu gehen«, raunte Alice leise mit angespannter Stimme.

Vince schaute sie überrascht an. »Seit wann bist du so ängstlich? Willst du dir diesen Schatz tatsächlich entgehen lassen, nur weil du befürchtest, du könntest verflucht oder von irgendwelchen Kriegern angegriffen werden?«

Alice schwieg einen Moment, sie konnte ihm unmöglich die ganze Wahrheit sagen. Vince hatte keine Ahnung, auf was er sich da einließ. »Wenn du so verrückt bist und dorthin möchtest, dann tu es. Aber ich setze keinen Fuß in dieses Dorf.« Damit nahm sie ihren Rucksack und schulterte ihn.

Vince war sofort neben ihr. »Und was hast du nun vor? Willst du tatsächlich einfach aufgeben und den dreien den Schatz überlassen?«

Sie biss sich nachdenklich auf die Unterlippe. Im Grunde hatte es keinen Sinn mehr weiterzugehen, das wusste sie selbst. Aber so einfach aufgeben wollte sie auch nicht. Sie sah die höhnischen Blicke der Hunter auf sich und konnte deren Gedanken geradezu lesen: Wie feige kann man nur sein, sich durch ein paar Geschichten von einem legendären Schatz abbringen zu lassen? Aber es waren eben nicht nur ein paar Geschichten, die dort auf sie warteten …

Sie ballte ihre Fäuste und schritt schließlich voran. »Ich gehe noch ein Stück mit, aber das Dorf selbst betrete ich sicher nicht. Versuch du dein Glück alleine und finde den Schatz.« Auf diese Weise bestand immerhin eine kleine Hoffnung, die Blaue Träne in die Hände zu bekommen.

Vince grinste erfreut. »Verlass dich nur auf mich. Ich schaffe das schon.«

Yinka lachte verächtlich hinter ihnen. »Dass du es uns so einfach machen würdest, hätte ich nicht gedacht. Als ob dieser Kerl imstande wäre, irgendetwas zu finden.«

»Red du nur. Am Ende werdet ihr es sein, die leer ausgehen«, tönte Vince weiter, der voller Zuversicht und Ehrgeiz war.

Die drei Hunter gingen ein Stück hinter ihnen, doch Alice spürte deren Blicke in ihrem Rücken. Besonders Teyls schien sie im Auge zu behalten. Vielleicht sann auch er darüber nach, was ihre wahren Beweggründe dafür waren, nicht in das Dorf gehen zu wollen. Immerhin zögerten die drei keine Sekunde, dieses Risiko einzugehen.

»Du stellst dir das ziemlich einfach vor«, startete Alice einen erneuten Versuch.

Vince schluckte schwer, bemühte sich aber, sich seine Unsicherheit nicht anmerken zu lassen. »Wer weiß, ob an dem Gerede wirklich was dran ist.«

»Du solltest dir gut überlegen, ob du dorthin willst«, versuchte Alice es noch einmal, doch Vince war nicht umzustimmen.

»Es ist okay, wenn du dich fürchtest. Jeder hat vor irgendetwas Angst und du musst nicht mitkommen. Lass mich das einfach regeln.«

So leicht würde es aber gewiss nicht werden. Noch immer spürte sie Teyls' Blick auf sich, der sie zu durchdringen schien und ein eigenartiges Kribbeln über ihren Körper rinnen ließ. Was ihm wohl gerade durch den Kopf ging?

Plötzlich schritt er ein wenig schneller voran. Als er genau auf Alices Höhe war, neigte er sich zu ihr und wisperte: »Ich wüsste ja zu gern, wovor du wirklich Angst hast.«

Sie stutzte und sah ihm einen Moment lang nach, während er an ihr vorbeischritt. Er war kühl, manchmal strahlte er etwas Unnahbares und Verschlossenes aus, vor allem nahm er aber schon viel zu viel Platz in ihren Gedanken ein.

»Ich bin für eine Pause«, erklärte Yinka später am Tag. Stundenlang waren sie durch ein steiniges Gebiet gegangen, in denen es eine Menge Hänge gab, die mit Moos und langen Farnen bewachsen waren. Sie hatten nicht viel miteinander gesprochen und ein jeder von ihnen nahm gewiss die angespannte Stimmung wahr.

»Kannst du etwa nicht mehr?«, hakte Vince selbstzufrieden nach und wischte sich schnell den verräterischen Schweiß von der Stirn, denn auch er war sichtlich erschöpft.

Yinka stemmte die Hände in die Hüfte und meinte: »Das fragst du ausgerechnet mich?! Du hechelst hier herum, trödelst und siehst aus, als würdest du jeden Moment zusammenbrechen. Wenn du dich nicht ein wenig erholst, kommen wir bald gar nicht mehr voran. Darum bin ich dafür, Rast zu machen.«

Vince schenkte ihr einen bitterbösen Blick.

»Ja, lasst uns eine Pause machen«, stimmte Alice zu. »Es schadet keinem von uns, sich etwas zu erholen.«

Die Gruppe ließ sich auf ein paar Steinbrocken nieder. Vince trank erst einmal aus seiner Trinkflasche und streckte sich müde.

»Hier müsste eine Quelle in der Nähe sein«, stellte Bolt fest, der sich suchend umgeschaut hatte und auf ein dünnes Rinnsal eines winzigen Bachlaufs zeigte. Es war so wenig Wasser darin, dass man keine Flasche damit hätte auffüllen können, aber wenn man weiterging, ließ sich vielleicht eine breitere Stelle finden.

»Wir sollten unsere Vorräte aufstocken«, schlug er vor und stand auf.

»Ich komme mit«, verkündete Yinka. »Ich bin froh, wenn ich ein bisschen Ruhe vor den beiden habe.«

Sie schaute auffordernd zu Teyls, der ein Bein locker angewinkelt hatte und auf einem der Felsen saß.

»Geht nur, ich komme schon zurecht«, sagte er.

Yinka schaute ihn noch einmal mahnend an, doch er ignorierte sie und so ging die junge Frau schließlich kopfschüttelnd.

»Deine kleine Freundin hätte wohl gern gehabt, dass du sie begleitest«, stellte Vince fest.

»Man kann nicht immer bekommen, was man will«, erwiderte Teyls, ohne aufzusehen. »Aber das wirst du sicher auch schon erlebt haben.«

»Ich weiß nicht, worauf du da anspielst«, murrte er zurück.

»Auch wenn du auf den ersten Blick nach jemandem aussiehst, der es im Leben immer leicht gehabt hat und dem alles zugeflogen ist, bin ich mir sicher, dass dem nicht so ist.«

Vince spielte an seiner Trinkflasche herum. »Ach, und woher nimmst du diese Erkenntnis?«

»Ganz einfach. Wenn es dir in deinem alten Leben so gut ergangen wäre, dann würdest du jetzt nicht hier stehen.«

Auf Teyls' Gesicht lag wieder dieses verschmitzte Grinsen, seine Augen hatten etwas Durchdringendes und ließen einen nicht mehr los, wenn man sich erst einmal darin verloren hatte. Oftmals war er überheblich und kühl, doch schien er ein großes Interesse an den Leuten in seiner Umgebung zu haben – zumindest, wenn es galt, diese zu durchschauen. Jedes Mal aufs Neue überkam Alice dieses Kribbeln, wenn er sie auf diese intensive Weise ansah …

Vince erwiderte nichts darauf, doch seine Miene sprach Bände. Es war ihm sichtlich unangenehm, von Teyls so beobachtet zu werden. »Sind wir so interessant für dich, dass du uns derart im Auge behalten musst? Hast du nichts anderes zu tun?«, fragte er ihn. »Ich dachte, es geht dir nur darum, schnellstmöglich den Schatz in deine Hände zu bekommen.«

»Dem ist auch so«, meinte Teyls grinsend.

Auch Alice hatte sich viele Gedanken über seine Beweggründe gemacht und hatte darum einen leisen Verdacht. »Du willst uns in Wahrheit im Auge behalten.«

Er nickte. »Allerdings, es wäre auch dumm, es nicht zu tun. Jetzt, wo ich euch um mich habe, kann ich immer sehen, was ihr vorhabt, und außerdem so auf die beste Chance warten …« Ein kühles Glitzern erschien in seinen Augen. »Für mich ist es einfach interessant, nebenbei noch einige Dinge über euch in Erfahrung zu bringen. Wer weiß, für was es letztlich gut ist.« War sein Blick eben noch distanziert gewesen, so brannte er sich nun in sie hinein und war eiskalt. »Am Ende stellt sich mir jedenfalls niemand in den Weg.«

Vince stand vor Erstaunen der Mund offen.

»Dann wissen wir nun wenigstens, woran wir mit dir sind«, meinte Alice. Es schauderte sie, wenn sie in seine nun kalten Augen sah. Wohin war nur all die Wärme verschwunden?

Noch ehe irgendwer etwas entgegnen konnte, kehrten Yinka und Bolt mit gefüllten Trinkflaschen zurück. Sie schienen sich gerade über irgendetwas zu streiten.

»Also ich weiß ja nicht, ich fände es besser, wenn wir einfach gehen würden«, meinte Yinka.

»Wir verlassen uns auf Teyls und nun sei endlich still«, beendete Bolt das Gespräch und die beiden setzten sich zu den anderen.

Immer wieder schaute Alice zu Teyls hinüber. Sie wurde aus ihm einfach nicht schlau. Hin und wieder übte er eine seltsame Faszination auf sie aus, doch dann machte er ihr unmissverständlich klar, dass er eine Gefahr für sie darstellte. Noch ein Grund mehr, die Suche so schnell wie möglich abzublasen. Eigentlich war es nicht ihre Art, so einfach aufzugeben, aber die Umstände hätten schlechter kaum sein können. Wenn sie den Schatz aber nicht fanden, würde Mylo Vince nicht als Feiy arbeiten lassen. Sie seufzte tief. Ob Vince sich damit je abfinden würde?

»Wir sollten langsam weiter, es bleibt nicht mehr viel Zeit bis zum Sonnenuntergang und wir müssen noch einen geeigneten Lagerplatz für die Nacht finden«, meinte Teyls und schenkte Alice noch einmal einen prüfenden Blick. »Oder hast du dich bereits entschieden aufzugeben?«

Sie biss sich langsam auf die Unterlippe. Im Grunde war es besser, die Sache hier und jetzt zu beenden …

Kapitel 18

Der Himmel hing dunkel und bedrohlich über ihr. Schwarze Wolken bedeckten ihn, als wollten sie dafür Sorge tragen, dass kein noch so kleiner Sonnenstrahl auf die Erde zu dringen vermochte. Alices Herz pochte in ihrer Brust, als sie die schwarze Rauchsäule sah, die sich nach oben schob. Alles in ihr war bis zum Zerreißen angespannt, ihr Magen zog sich zu einem Knoten zusammen und nackte Angst raste wie heißes Gift durch ihre Adern. Sie kam zu spät!

Sie rannte, so schnell sie konnte, und wusste doch, dass es vergebens sein würde. Dennoch konnte sie nicht anders. Sie musste es verhindern! Es musste gelingen …

Immer schneller lief sie und schon bald vernahm sie das grausige Prasseln der Flammen. Tränen traten ihr in die Augen, während sie mit bebendem Herzen weiterhastete. Sie wusste, was sie gleich zu sehen bekommen würde, und war dennoch nicht auf dieses Bild vorbereitet. Wie hätte sie es auch sein können?

Bereits von Weitem sah sie die aufgetürmten Holzscheite, die gelben und roten Flammen, die sich daran hochfraßen … und die Umrisse einer Gestalt, die an einen Balken gefesselt war, den Kopf hin- und herwarf und schrie. Es war so markerschütternd, so grauenhaft, dass Alice glaubte, sie müsste jeden Moment zusammenbrechen. Sie kam zu spät. Sie konnte nichts mehr tun und rannte trotzdem weiter. Hätten feste Arme sie nicht gepackt und gehalten, sie wäre in die Flammen hineingerannt. Sie tobte wie verrückt, versuchte sich loszureißen. Sie war so nah dran und konnte dennoch nichts tun. Nun nicht mehr.

Aus den sengenden Flammen heraus erkannte sie zwei dunkle Augen, die in ihre Richtung schauten. Sie hielt einen Moment inne, war gefangen von dem Blick, der auf ihr ruhte. Wie oft hatte sie in diese Augen gesehen, wie oft hatten sie ihr Halt und Trost gespendet? Nun lag darin nur noch Schmerz. Tränen rannen an Alices Gesicht herab, als die Lider der Gestalt sich schlossen und die Schreie verstummten. Alice sank auf den Boden, spürte, wie der Schmerz sie erfasste und mit sich in den Abgrund riss. Es war zu spät …

Sie schreckte hoch und rang nach Atem. Ihr Herz donnerte in ihrer Brust und ihr war, als würde sie noch immer den Geruch des Feuers wahrnehmen können. In der Tat prasselten nur wenige Meter neben ihr Flammen, doch stammten sie von einem Lagerfeuer. Sie atmete tief durch, versuchte die grauenhaften Bilder wieder in ihrem Inneren zu verschließen. Nur langsam fand sie in die Realität zurück. Vince lag wenige Schritte neben ihr in seine Decke eingewickelt und schlief. Bolt hatte sich wie so oft an einen Baum gelehnt und die Arme vor der Brust verschränkt; seine Augen waren geschlossen, die Atmung ging ruhig. Yinka schnarchte lautstark in der Nähe des Feuers. Nur Teyls war wach, blickte gedankenversunken in die Flammen. Sie war froh, dass er nicht in ihre Richtung schaute und hoffentlich auch nichts von ihrem Albtraum mitbekommen hatte. Noch immer klopfte ihr das Herz bis zum Hals.

Am liebsten wäre sie aufgestanden, ein wenig durch den Wald gelaufen, um einen klaren Kopf zu bekommen. Die Gedanken und Gefühle rasten in ihrem Inneren, nahmen ihr jegliche Luft zum Atmen. Die Schreie wollten einfach nicht verklingen …

»Du scheinst Schlimmes erlebt zu haben«, stellte Teyls plötzlich, ohne den Blick von den Flammen zu nehmen, fest. »Immerhin verfolgt es dich bis in den Schlaf hinein.«

Sofort spannte sich alles in Alice an. Ausgerechnet er musste eine ihrer Schwachstellen finden …

»Nur weil ich mal einen Albtraum habe, heißt das noch lange nichts.« Sie stand auf und streckte sich. Vielleicht konnte sie so die Anspannung loswerden.

Erst jetzt richtete er den Blick auf sie und Alice war überrascht, wie warm seine Augen plötzlich waren. Das tiefe Grün funkelte im Schein der Flammen und es lag ein Ausdruck darin, der sanft war – kein Hohn, keine Kälte waren darin zu sehen. Sie war so verwundert, dass sie ihn für einen Moment nur anstarren konnte. Erneut fiel ihr auf, wie hübsch er war, wie vollkommen seine Gesichtszüge anmuteten.

»Manches lässt sich zwar verdrängen, aber man wird es nie ganz los«, sagte er nun. »Vieles bleibt ein Teil von uns, ganz gleich, wie sehr wir uns auch wünschen würden, es für immer vergessen zu können. Aber manchmal erwächst daraus auch eine Stärke.« Selbst seine Stimme war ganz anders als üblich – nicht so distanziert und überheblich. Auch sie war unheimlich angenehm und einfühlsam. Alice bekam einen ganz anderen Teyls zu sehen und eine grobe Vorstellung davon, wie er vielleicht auch sein konnte. Beschützend und tröstend …

Beide schauten sich an, mussten kein weiteres Wort miteinander wechseln – ganz so, als könnten sie sich auch so verstehen. Ein seltsamer, fast inniger Moment, der mindestens genauso schnell verflog, wie er gekommen war. Yinka gab einen besonders lauten Schnarcher von sich, Vince zuckte daraufhin zusammen und wachte auf.

»Was ist los?«, fragte er und rieb sich die Augen. Gleich darauf wanderte sein Blick zu Yinka, die wieder einen besonders geräuschvollen Atemzug tat. Vince verdrehte die Augen. »Diese Frau ist eine echte Zumutung.« Damit wickelte er die Decke noch fester um sich und versuchte weiterzuschlafen. Derweil blickte Alice zu Teyls, der wieder in die Flammen versunken war und sie nicht mehr beachtete.

Kapitel 19

Die Bäume wirkten wie dunkle Riesen, die ihre knorrigen Finger gen Himmel streckten. Ganz langsam ging am Horizont die Sonne auf und tauchte den Wald in ein goldenes, warmes Licht. Tau glitzerte auf den Blättern der Büsche und im Gras. Alice lag in ihre Decke eingewickelt auf dem Boden und beobachtete, wie der neue Tag anbrach. In dieser Nacht hatte sie kaum ein Auge zugetan, ihre Gedanken waren unentwegt hin und her gerast. Einerseits hatte sie noch immer den Schrecken des Albtraums gespürt, andererseits zerbrach sie sich den Kopf darüber, was sie nun tun sollte.

Die drei Hunter waren inzwischen wach und saßen bereits beim Frühstück. Es würde nicht mehr lange dauern, bis sie das Dorf erreicht hatten – vermutlich würden sie am Mittag dort ankommen. Es wurde also Zeit, eine Entscheidung zu treffen.

Vince räkelte sich, nahm gleich darauf seine Trinkflasche zur Hand und wusch sich das Gesicht. Anschließend stärkte er sich mit einem schnellen Frühstück. Alice hatte eigentlich keinen großen Hunger, aß aber dennoch ein paar Bissen. Bei dem, was ihr noch bevorstand, musste sie bei Kräften bleiben.

»Ob wir wirklich auf diese Verdammten treffen werden?«, fragte Yinka und klang dabei vollkommen sorglos. Sie schien jedenfalls keinerlei Angst vor dem zu haben, was in dem Dorf vielleicht auf sie wartete. »Falls sie sich uns in den Weg stellen sollten …« Sie linste vielsagend zu ihrem Schwert und grinste breit.

»Wir kämpfen nur dann, wenn es sich nicht vermeiden lässt«, meinte Bolt und aß in aller Ruhe weiter von seinem getrockneten Schinken.

»Ach, ein bisschen Spaß ab und zu schadet ja nicht«, murrte die junge Frau.

»Wie kann man das nur als Spaß bezeichnen?«, fragte Vince leise vor sich hin.

»Weil es langweilig ist, alles zu bekommen, ohne es sich erarbeiten zu müssen. Sich in einem Kampf zu messen ist reizvoll, man kann seine Grenzen austesten, sich selbst verbessern und stärker werden. Aber einer wie du«, sie ließ ihren Blick abfällig über ihn wandern, »wird das sicher nie verstehen.« Sie stand auf und schaute die anderen erwartungsvoll an. »Seid ihr dann so weit? Kann es losgehen?« Sie schien tatsächlich voller Tatendrang zu stecken.

Teyls packte gerade seinen Rucksack zusammen, schulterte ihn und nickte. »Lasst uns aufbrechen.« Nun schaute er zu Vince und Alice. Vince war ebenfalls bereit und würde notfalls den Schatz alleine suchen gehen. Alice nahm ihren Rucksack und sah in die Runde. »Schaut nicht so, ich komme mit.« Mehr sagte sie nicht und ging voran.

Sie hörte sogleich schnelle Schritte, dann war auch schon Vince neben ihr, der voller Freude den Arm um ihre Schulter legte. »Ich wusste, dass du es dir noch anders überlegen würdest. Mann, ich bin so froh, dass du nun doch mitkommst.«

»Ach ja? Ich dachte, es liegt dir so viel daran, dich zu beweisen. Du wolltest es doch alleine versuchen?«

»Ja, aber vier Augen sehen mehr als zwei und nach allem, was über dieses Dorf erzählt wird … dann noch diese drei Hunter … Da kann man jede Hilfe gebrauchen.«

Damit hatte er sicher recht. Aus den Augenwinkeln blickte sie zu Teyls, der vollkommen gelassen wirkte. Auch über ihren Entschluss schien er sich nicht sonderlich gewundert zu haben. Vielleicht hatte er tatsächlich geahnt, dass sie sich noch überwinden würde. Es war ihr alles andere als leichtgefallen. Aber sie wollte sich vor den Huntern auch keine Blöße geben, vor allem aber hatte sie das untrügliche Gefühl, dass sie nicht ewig davonlaufen konnte. Es wurde Zeit, sich ihren Ängsten zu stellen …

Kapitel 20

Schon bald erreichten sie einen kleinen Bach, der leise vor sich hin rauschte. Farne wuchsen am Ufer, Schmetterlinge tanzten über der Oberfläche und einige Schwarzweiden standen dort, die ihre tiefhängenden Äste fast bis ins Wasser herabsinken ließen. Alices Magen zog sich immer mehr zusammen, sie wusste, dass sie nun fast da waren …

Yinka schaute wiederholt auf die Karte, um den richtigen Weg zu finden, und wirkte ebenfalls angespannt, aber auch euphorisch. Sie schien sich tatsächlich auf einen möglichen Kampf zu freuen.

Alice nahm einen Schluck aus ihrer Trinkflasche und ließ ihren Blick dabei über die Umgebung schweifen. Sie hustete, als sie sich vor Schreck verschluckte. War da nicht gerade ein dunkler Schatten im Dickicht gewesen? Noch immer nach Atem ringend, sah sie genauer hin, aber da war nichts als eine riesige Buche, an deren Stamm dichtes Moos wuchs. Die Sekunden verstrichen, doch sie konnte nichts Ungewöhnliches entdecken. Offenbar war sie so angespannt, dass ihr der eigene Verstand schon Streiche spielte …

Sie folgte den anderen, die weitergegangen waren, und nur wenige Minuten später vernahm sie die ersten Geräusche: das

Dröhnen eines Schmiedehammers, das Wiehern von Pferden, das Schnattern von Gänsen. Auch wenn sie es nicht wollte, Alices Herzschlag begann sich zu beschleunigen. Nun würde sie eine Tür öffnen, die sie lange in sich verschlossen gehalten hatte. Hoffentlich lohnte es sich wenigstens und sie fanden die Blaue Träne. Noch immer konnte sie sich nicht recht vorstellen, dass die Karte richtig sein und der Schatz sich dort befinden sollte.

Die ersten Häuser tauchten vor ihnen auf und die Hunter ließen ihre Hände vorsichtshalber in der Nähe ihrer Schwerter ruhen.

»Jetzt geht es also los«, murmelte Vince leise und voller Sorge. »Wir sollten die Hunter vorgehen lassen. Wenn wir angegriffen werden, dann doch bitte die drei zuerst.«

Alice wusste, dass es keine Rolle spielte, aber wenn Vince sich so besser fühlte, dann tat sie ihm diesen Gefallen.

Die Gebäude, die sie nun passierten, waren aus Holz gebaut und standen auf Stelzen, sodass sie den Boden nicht berührten. Es diente vor allem als Schutz vor Ungeziefer und Schlangen, die es hier häufig gab und die ziemlich angriffslustig und gefährlich waren.

Die Häuser waren allesamt sauber, hier und da sah man einen kleinen Garten, in dem Obst und Gemüse wuchsen. Als sie einer der Straßen folgten, wurden sie auch von den ersten Bewohnern entdeckt. Eine Frau, die ihr blondes Haar zu einem Pferdeschwanz zurückgebunden hatte, saß mit ihrem Kind auf der Terrasse ihres Hauses und schaute die Neuankömmlinge argwöhnisch an. Ihre dunklen Augen verfolgten jeden Schritt der Gruppe, doch kam kein Wort über ihre Lippen, auch wenn ihre Miene Bände sprach.

Ein älterer Mann schritt mit leicht gekrümmtem Rücken den Weg entlang und als er die Fremden entdeckte, verzog er die Mundwinkel wütend zu Strichen. Die Bewohner wirkten alles andere als wie Verdammte und machten auch keine Anstalten, sie anzugreifen – das schien sowohl die Hunter als auch Vince ziemlich zu überraschen.

Zwei Männer begannen miteinander zu wispern, als sie die fünf kommen sahen, und ihre Blicke bohrten sich geradezu in Alice hinein. Es war unverkennbar, dass man sie hier nicht haben wollte und je weiter sie gingen, desto deutlicher wurde ihnen das gezeigt.

Mittlerweile schien es sich herumgesprochen zu haben, dass Fremde ins Dorf gekommen waren, denn nun hatten sich ganze Gruppen versammelt, von denen sie beobachtet wurden.

»Für Verdammte sehen die ziemlich normal aus«, stellte Yinka fast ein wenig enttäuscht fest.

»Hast du wirklich damit gerechnet, auf so etwas wie vom Kampf besessene Abbilder zu treffen?«, fragte Alice.

»Immerhin gehen sie uns nicht an die Gurgel, auch wenn sie allem Anschein nach von unserem Besuch nicht gerade begeistert sind«, stellte Vince erstaunt fest. »Zum Glück sind sie noch nicht auf uns losgegangen.«

»Sollen sie nur, denen zeige ich es schon«, sagte die junge Frau weiter und schenkte den Umstehenden einen kalten Blick. Es war wohl nur eine Frage der Zeit, bis diese ihren Unmut über das Erscheinen der Fremden zum Ausdruck bringen würden.

Alice schwieg und spürte kalte Blicke auf sich, die sich bis in ihr Innerstes bohrten. Es war wirklich keine gute Idee gewesen hierherzukommen. Sie dachte erneut an den Schatz und versuchte sich Mut zu machen …

Ein großer Mann um die fünfzig Jahre stellte sich ihnen in den Weg. Sein dunkles Haar war von einigen silbernen Strähnen durchzogen, Falten zeichneten sich um die Mundwinkel ab, die missfallend nach unten gezogen waren. Seine hellen Augen blitzten angriffslustig und legten sich für einen Moment auf jeden der Neuankömmlinge.

»Darf ich fragen, was euch hierherführt?«

»Wir sind auf der Durchreise und wollten unsere Vorräte aufstocken«, log Teyls in charmantem Tonfall. Alice war verwundert, dass seine Stimme so freundlich und offen klingen konnte. Bisher hatte sie ihn immer kurz angebunden, fast schon schroff erlebt – bis auf das eine Mal …

»Nun, bei uns gibt es nichts für Fremde«, entgegnete der Mann. »Aber das müsstest du eigentlich wissen, Alice.«

Wie auf Kommando legten sich alle Blicke auf sie – auch Vince und die Hunter starrten sie überrascht an. Sie versuchte, ruhig zu bleiben und sich von ihrer inneren Anspannung nichts anmerken zu lassen.

»Ich hätte nicht gedacht, dass du dich noch einmal hierher traust«, sagte der Mann weiter.

»Ich habe auch nicht vor, lange zu bleiben«, meinte sie und spürte, wie die alte Wut in ihr aufkochte. Es kostete sie alle Kraft, ruhig und gefasst zu bleiben. »Ich suche etwas«, gestand sie offen. »Sobald ich es gefunden habe, bin ich auch schon wieder weg.« Sie setzte ein kühles Lächeln auf und musterte ihrerseits die Umstehenden. »Ihr werdet mich ja wohl kaum aus dem Dorf jagen, oder etwa doch?«

Er schaute finster drein, was im Grunde Antwort genug war, aber es war auch offenkundig, dass er ihr nichts tun würde.

»Dann hoffen wir mal, dass ihr nicht allzu lange hierbleiben werdet«, fuhr er fort. »Wie du dir sicher denken kannst, gibt es nicht gerade viele Übernachtungsmöglichkeiten für dich.«

»Ich hoffe ebenfalls, dass wir nicht darauf zurückgreifen müssen.« Damit ging sie weiter und ließ den Pulk stehen. Mit jedem Schritt, den sie tat, spürte sie die kalten Blicke in ihrem Rücken.

»Kannst du mir mal sagen, was hier los ist?«, hakte Vince nach, sobald er neben ihr angekommen war. Er schielte über seine Schulter zu den Leuten zurück. »Wieso kennen die dich?«

»Das wirst du dir inzwischen ja denken können«, erwiderte sie ausweichend. Sie hatte wirklich keine Lust auf Erklärungen. Sie wollte nur so schnell wie möglich diesen Schatz finden und dann auf der Stelle wieder verschwinden und diese Begegnung für immer vergessen.

»Offensichtlich warst du schon einmal in diesem Dorf und dieses Aufeinandertreffen ist nicht gerade glimpflich verlaufen«, stellte er fest.

Sie nickte. »So kann man es wohl nennen.«

»Aber warum hast du dann diesen Unfug über die Verdammten erzählt? Da ist ja offenbar nichts dran und du wusstest es.«

»Ich habe nur das wiedergegeben, was man sich über diesen Ort erzählt. Ich habe nie behauptet, dass es auch stimmt.«

»So kann man es natürlich auch sehen.«

Teyls beobachtete sie, seine Blicke streiften unermüdlich über sie, als versuchte er, etwas zu ergründen. Vermutlich fragte auch er sich, was sie mit diesem Dorf zu schaffen hatte. Aber irgendetwas ruhte noch in seinen Augen – etwas Wärmendes, Tröstendes, das etwas in ihr rührte. War es Anteilnahme?

»Lass uns einfach nur erledigen, wozu wir gekommen sind, und diese Blaue Träne finden, damit wir schnellstmöglich verschwinden können«, sagte sie zu Vince.

»Wir sollten uns ebenfalls auf die Suche machen«, meinte Teyls. »Falls wir doch angegriffen werden, dann setzen wir uns zur Wehr. Ansonsten verhalten wir uns ruhig«, wandte er sich in befehlsgewohntem Tonfall an Yinka und Bolt, die sogleich zustimmend nickten. Sofort setzten sich die drei in Bewegung und verschwanden hinter der nächsten Kurve.

Vince schaute Alice fragend an. »Und du willst allen Ernstes nach dem Schatz suchen? Meinst du nicht, dass die Dorfbewohner wissen, wo er ist? Falls ja, werden sie ihn uns ganz sicher nicht aushändigen.«

»Wir haben keine andere Wahl, als es zu versuchen«, erwiderte sie. »Ich denke nicht, dass die Blaue Träne tatsächlich hier zu finden ist. Diese Leute haben andere Dinge im Sinn, als Schätze zu horten. Trotzdem müssen wir sicher sein.«

»Dann wäre ja alles umsonst gewesen! Der ganze Weg, all die Stunden mit diesen Huntern«, brauste Vince los. »Und wo sollen wir dann suchen? Wir haben keinen Hinweis.«

»Lass uns erst einmal Augen und Ohren offen halten«, meinte sie und folgte der Straße.

Auch wenn mittlerweile einiges anders aussah, so fand sie sich noch immer gut zurecht. Dennoch half ihr dieses Wissen in dieser Angelegenheit rein gar nichts. Der Schatz konnte überall versteckt sein – in einem der Gebäude, oder womöglich war er auch vergraben … Am besten wäre es gewesen, ihre Zauberkräfte zu Hilfe zu nehmen. Doch sie wagte es nicht und die Bewohner hätten es auch kaum zugelassen, dass sie ihnen die Straßen aufriss und die Erde nach Edelsteinen durchwühlte. Es war also eigentlich ein ziemlich aussichtsloses Unterfangen. Der Schatz würde hier ganz sicher nicht einfach irgendwo auf der Straße herumliegen. Allzu viel Zeit hatten sie zudem auch nicht. Alice wollte auf keinen Fall auch noch im Dorf übernachten müssen.

Während sie sich umschaute, kamen immer wieder Erinnerungen in ihr hoch. Vor allem an ihn, Allac. So viel Zeit war vergangen und sie fragte sich nicht zum ersten Mal, ob nicht alles anders gekommen wäre, wenn sie sich damals anders entschieden und ihn in ihre Pläne eingeweiht hätte. Sie seufzte und versuchte, die Umstehenden zu ignorieren, von denen sie weiterhin beobachtet wurden. Jeder hier wusste, wer Alice war, und damit war sie wie eine Gebrandmarkte. Lediglich die Kinder verhielten sich ihr gegenüber neutral. Sie waren zu jung, um von alldem zu wissen.

Die Minuten verstrichen, ohne dass sie auch nur einen Hinweis fanden. Alice seufzte kurz, als sie in der Gasse ebenfalls nichts fanden. Auch wenn sie es hatte vermeiden wollen, so ging sie nun kurz an dem inzwischen verfallenen und heruntergekommenen Haus vorbei. Der Anblick schmerzte, sie schluckte und ging hastig weiter.

Seit zwei Stunden lief sie bereits mit Vince die Straßen entlang und es zeichnete sich immer deutlicher ab, was sie bereits geahnt hatte: So würden sie nichts finden. Noch hatte sich niemand gegen sie gestellt und angegriffen, aber es stand außer Frage, dass sie nur sehr wenig davon abhielt.

Vince und sie erreichten gerade die Mitte des Dorfplatzes, wo ein Brunnen stand. Bereits zweimal waren sie hier entlanggekommen, nun spielten ein paar Kinder dort. Sie rannten umher und bespritzten einander mit Wasser, das sie mit einem Eimer geschöpft hatten. Sie quietschten fröhlich, tollten herum und versuchten, sich gegenseitig nass zu machen. Und da sah Alice es. Sie konnte es kaum fassen: Ein kleines Mädchen mit braunem langen Haar rannte gerade einem schlaksigen Jungen mit Sommersprossen nach. Selbst durch den Stoff ihres roten Kleides konnte sie es sehen – ein blaues Licht, das aus ihrer Schulter drang und die Form einer Träne hatte. Noch nie war ihr so etwas untergekommen und dennoch wusste Alice ganz genau, was sie da vor sich hatte. So viele Geschichten hatte sie bereits darüber gehört, aber nie glauben können: ein Mensch mit einem besonders starken Lebenslicht. Sie waren seltener als Edelsteine und Gold und doch für Feiys mindestens so viel wert. Die Kraft dieser Lebenslichter sollte so groß sein, dass Feiys und Odims sie mit bloßem Auge zu sehen vermochten, und nun hatte ausgerechnet Alice eines in diesem Dorf gefunden.

Das Mädchen rannte vergnügt umher, lachte mit ihren Freunden und war vollkommen sorglos. Mit Sicherheit wusste sie nichts von der besonderen Lebenskraft, die in ihr ruhte, und erst recht nicht von dem verräterischen blauen Lichtmal, das diese aussandte.

Als die Kleine mit ihren Freunden an Alice vorbeitobte, streckte diese den Arm nach ihr aus und hielt sie fest. Sie kniete sich zu ihr und schaute ihr in die strahlend blauen Augen, die ihr verwundert entgegensahen.

»Hey, meine Kleine. Darf ich fragen, wie du heißt?«

»Tiria«, antwortete sie vorsichtig und mit einem Anflug von Misstrauen. »Warum wollen Sie das wissen?«

»Ich war vor langer Zeit mal in diesem Dorf und kenne darum viele der Bewohner. Ich war nur neugierig, wer du bist.«

Noch immer schaute Tiria argwöhnisch.

Vince schien ebenfalls verwundert und raunte Alice leise zu: »Sag mal, was soll das?«

Sie ignorierte ihn und widmete sich weiter dem Mädchen. Konnte es wirklich sein, dass die Blaue Träne gar kein Gegenstand, sondern ein Mensch war?! Es wäre ungeheuerlich gewesen, aber in der Tat war dieses Mädchen mit ihrem außergewöhnlich starken Lebenslicht so kostbar wie Juwelen und Gold.

»Kann ich dich noch etwas fragen?«, hakte Alice weiter nach und die Kleine nickte vorsichtig. »Sagt dir der Name Blaue Träne etwas?«

Sie schüttelte verneinend den Kopf, hielt dann aber einen Moment inne und grinste breit. »Aber ich habe ein Muttermal auf der Schulter, von dem mein Bruder immer sagt, es sehe aus wie eine Träne. Er meint, dass alle kleinen Kinder zuerst im Himmel bei den Göttern leben, bis sie zu einer Familie auf die Erde geschickt werden. Die Götter hatten mich besonders gern und waren so traurig, mich gehen lassen zu müssen, dass sie geweint haben. Und eine dieser Tränen ist auf meine Schulter gefallen. Das Mal sieht man heute noch.«

Tiria zog den Ärmel herab und zeigte Alice ihre rechte Schulter. Tatsächlich war dort ein dunkles Muttermal in Form einer Träne zu sehen und genau von diesem kam auch das blaue Licht. Es strahlte unglaublich hell und in einem klaren Azurblau. Alice sah die Kleine an und lächelte beruhigend, auch wenn ihr gar nicht mehr danach zumute war. Wenn die falschen Leute von diesem Mädchen erfuhren, dann war ihr Leben verwirkt. Feiys würden versuchen, mit ihr Verträge abzuschließen – da hätte sie zumindest noch eine Chance zu entkommen, auch wenn Alice nicht ernsthaft glaubte, dass sich so ein kleines Mädchen auf Dauer den Verlockungen verwehren konnte. Odims hingegen würden nicht zögern und sie sofort umbringen …

»Du hast also einen großen Bruder und bestimmt auch eine liebe Mama und einen tollen Papa«, sagte sie, bemüht um einen ruhigen Tonfall.

Tiria nickte.

»Dann bleib in ihrer Nähe und verlass nicht alleine das Dorf. Es ist wichtig, dass du deinen Eltern eine Botschaft von mir überbringst: Sag ihnen, dass du etwas Besonderes bist, in dir eine ungewöhnlich große Kraft ruht und sie dich nie aus den Augen lassen sollen. Machst du das für mich?«

Sie wusste, dass ihre Worte seltsam klingen mussten und vielleicht nicht ernst genommen werden würden, aber sie musste es wenigstens versuchen.

Tiria schien nicht ganz zu verstehen, warum sie so etwas sagen sollte, aber dennoch nickte sie. Immerhin schien es ihr zu gefallen, dass eine Fremde etwas Außergewöhnliches in ihr sah.

»Gut, dann geh wieder zu deinen Freunden und spiel mit ihnen.«

Das ließ die Kleine sich nicht zweimal sagen und rannte davon.

Vince schaute ihr verwundert hinterher und wandte sich dann an Alice. »Klärst du mich langsam mal auf? Was ist hier eigentlich los?«

Alice hatte sich bereits in Bewegung gesetzt. Sie war wutentbrannt und hätte sich gerade nur zu gern Mylo vorgeknöpft. Ob er davon gewusst hatte, dass er sie auf die Suche nach einem Menschen geschickt hatte? Sie würde es auf jeden Fall in Erfahrung bringen und es war ihm nur zu wünschen, dass er keine Ahnung gehabt hatte.

»Dieses Mädchen ist die Blaue Träne«, erklärte sie unumwunden.

Vince blieb einen Moment verdutzt stehen. »Ich glaube, ich verstehe nicht ganz.«

»Sie muss eine ungewöhnlich große Lebenskraft besitzen und dieses Licht ist für mich, als Feiy, in Form einer Blauen Träne sichtbar. Es gibt gar keinen Zweifel.«

»Aber dann ...« Er sprach nicht weiter, schaute Alice nur mit entsetztem Blick an.

»Dieses Mädchen ist in der Tat ein Vermögen wert, aber ich denke, andere dürften es schwer haben, sie zu finden. Hunter werden auf der Suche nach einem Schatz in Form von Edelsteinen oder Metallen sein. Sie können nicht erkennen, was Tiria in Wirklichkeit ist. Und zudem wird sich kaum einer hierher verirren – zumindest solange keinem anderen das Buch mit den Aufzeichnungen in die Hände fällt.«

»Was hast du vor?«, wollte Vince nun wissen, während er Alice folgte, die ein ganz bestimmtes Ziel hatte.

»Ich werde die Hunter über den vermeintlichen Schatz in Kenntnis setzen. Von ihrer Seite droht keine Gefahr für die Kleine. Sie haben kein Interesse an Lebenslichtern. Danach werde ich ihnen das Buch abnehmen.«

Ein ungeheurer Verdacht schien in diesem Moment in ihm zu erwachen, denn seine Augen weiteten sich erstaunt. »Sag nicht, dass du denkst, es könnten noch mehr Menschen mit starken Lebenslichtern darin verzeichnet sein?!«

Sie nickte. »Doch, genau das nehme ich an. Darum will ich einmal einen genauen Blick hineinwerfen.«

Es dauerte nicht lange, bis sie die Hunter gefunden hatten.

»Wie ich sehe, steht ihr auch mit leeren Händen da«, stellte Yinka ein wenig erleichtert fest.

»So wie ihr«, meinte Alice. »Allerdings werdet ihr hier auch nichts finden, das für euch von Wert ist.«

Die junge Frau runzelte misstrauisch die Stirn und Bolt schaute sie an, ohne eine Gefühlsregung zu zeigen. In Teyls' Gesicht stand dagegen Interesse.

»Was hast du in Erfahrung gebracht?«, wollte er wissen.

»Dass dieser Schatz nichts für euch ist«, antwortete Alice.

Yinka schnaubte bereits und wollte etwas darauf erwidern, doch Teyls brachte sie mit einer knappen Handbewegung zum Schweigen.

»Die Blaue Träne ist ein Mensch«, erklärte sie. »Sie verfügt über ein außerordentlich starkes Lebenslicht und ist damit für uns als Feiys äußerst wertvoll. Ihr als Hunter werdet damit aber kaum etwas anfangen können oder interessiert ihr euch neuerdings ebenfalls für diese Energiequellen?«

Teyls schüttelte den Kopf. »Nein, wir können diese Kräfte weder entnehmen noch transportieren, wie du sehr wohl weißt. Für uns zählen nur materielle Dinge.« Er schnaufte und blickte ihr prüfend in die Augen. Alice spürte sehr wohl, dass er gerade darüber nachdachte, ob er ihr tatsächlich trauen konnte.

Yinka prustete verächtlich. »Und du glaubst tatsächlich, dass wir so dumm sind und darauf hereinfallen?! Du willst uns doch nur loswerden, das ist alles.«

»Glaubt, was ihr wollt«, entgegnete sie. »Irgendwann werdet ihr selbst feststellen, dass ich recht habe.«

Teyls starrte sie noch immer an. Dann streckte er Yinka die Hand entgegen. »Gib mir das Buch.«

Sie reichte es ihm überrascht, gleich darauf trat er damit auf Alice zu und hielt es vor sie. »Du willst doch sicher darin die anderen Schätze überprüfen, habe ich recht?«

Alice nickte verwundert, nahm das Büchlein an sich, blätterte sogleich darin herum und überflog die Zeilen.

»Du wirst nicht viel finden können. Überall wird von Schätzen erzählt, von denen ich noch nie etwas gehört habe. Und sie scheinen sich auch allesamt in Städten und Dörfern zu befinden, was recht ungewöhnlich ist.«

Alice nickte bestätigend. »Diamanten und Gold sind meist irgendwo vergraben. Man will natürlich nicht, dass sie von anderen gefunden werden und wählt darum abgelegene Orte.«

»Ich habe mich ohnehin bereits gewundert, in einem einzelnen Buch eine solche Anzahl von Schätzen aufgelistet zu finden, die alle seltsame Namen haben wie Rote Wolke, Weiße Kerze, Grüner Stern ...«

»Das ist die Beschreibung der Farbe und der Form, die das Licht aussendet«, murmelte Alice gedankenversunken. »Ich frage mich nur, wer dieses Buch geschrieben hat und vor allem warum? Ich kann mir kaum vorstellen, dass das tatsächlich ein Hunter gewesen sein soll. Weshalb hat er nicht gleich versucht, die Energien zu bekommen? Und wie kann er die Form und Farbe der Lichter überhaupt erkennen?«

Teyls zuckte mit den Schultern. »Das ist mir ziemlich gleich. Für mich ist nur wichtig, dass sich diese Aufzeichnungen als vollkommen wertlos erwiesen haben.« Er drehte sich um und schritt an seinen Freunden vorbei.

»Was hast du vor?«, hakte Alice überrascht nach.

»Wir verschwinden von hier«, erklärte er ohne Umschweife. »An Lebenslichtern bin ich nun wirklich nicht interessiert.«

Yinka wirkte hin- und hergerissen. Einerseits schien sie nicht recht glauben zu wollen, dass sich in diesem Dorf tatsächlich nichts Wertvolles für sie finden lassen sollte, und dann hatte Alice auch noch das Buch … Andererseits hatte Teyls unmissverständlich klargemacht, dass er abreisen wollte, und sie schien sich seinen Worten nicht gern zu widersetzen. Bolt folgte ihm bereits, nur Yinka stand noch einen Moment lang unschlüssig da, dann rannte sie ihnen nach.

»Warte mal«, rief Alice, die es kaum glauben konnte, Teyls hinterher. »Was ist mit dem Buch? Willst du es wirklich uns überlassen?«

Er blickte über seine Schulter zu ihr, seine tiefdunklen Augen bohrten sich in die ihren. »Wie gesagt, für uns ist es absolut wertlos. Mach damit, was du willst.« Als er ihren erstaunten Blick bemerkte, zog er noch einen Beutel aus seiner Tasche und warf ihn Alice zu. »Und das hier gehört ebenfalls euch.«

Sie spürte die Münzen darin und musste ziemlich fassungslos aussehen, denn ein weiteres Grinsen huschte über seine Lippen. »Ihr braucht es mehr als wir und für Yinka war es nur ein kleiner Spaß, es euch abzunehmen.« Seine Worte waren neutral gehalten, doch in seinen Augen fand sie erneut diese Wärme. »Falls ihr noch länger bleibt: Pass auf, dass dich deine Erinnerungen hier nicht zu schnell einholen.« Seine Stimme war sanft, die Sorge kam ihr echt vor und machte sie kurz sprachlos. Dann verschwand er auch schon hinter der nächsten Kurve aus ihrem Blickfeld.

Alice spürte kurz dem Beutel in ihren Händen nach. Spielte es für ihn tatsächlich keine Rolle, ob er das Geld hatte oder nicht? Wollte er ihr helfen, damit sie an diesem Ort nicht vollkommen mittellos dastand? Wobei sie sicher war, dass ihr hier auch kein Geld der Welt helfen würde, aber das konnte Teyls ja nicht wissen.

Sie steckte den Lederbeutel mit den Münzen ein und betrachtete noch einmal das Buch. Für sie war dies ein unvorstellbar wertvoller Schatz und sie wollte sich gar nicht ausmalen, was diese Aufzeichnungen alles anzurichten vermochten, wenn sie an die falsche Person gelangten.

»Wollen wir nun ebenfalls gehen?«, fragte Vince.

Alice überlegte einen Moment und steckte das Buch schließlich in ihren Rucksack. Eigentlich gab es keinen Grund, länger zu bleiben, und doch hielt sie etwas weiterhin an diesem Ort. Erneut schweiften ihre Gedanken zu Allac. So lange hatte sie ihn schon nicht mehr gesehen. Wie es ihm wohl ging? Tief in ihrem Inneren sehnte sie sich nach ihm. Sie hätte alles dafür gegeben, noch einmal in sein Gesicht zu sehen, und gleichzeitig fürchtete sie nichts mehr als diese Begegnung. Mit diesem Teil ihres Lebens hatte sie abgeschlossen, sie wollte nicht mehr daran erinnert werden … Ein Entschluss festigte sich in ihr und sie wusste nun, warum es ihr noch nicht möglich war aufzubrechen. Sie musste sich erst den Geistern ihrer Vergangenheit stellen, ihnen ins Gesicht sehen und damit hoffentlich für immer einen Schlussstrich ziehen.

»Ich muss noch kurz etwas nachschauen«, erklärte sie leise und ging voraus.

Alice folgte der gepflasterten Straße und bog an einem kleinen Haus mit Spitzdach ab. Bereits vorher waren sie kurz an dem Gebäude vorbeigekommen, aber sie hatte es kaum anzusehen gewagt. Nun betrachtete sie es bewusst und prägte sich jedes Detail ein. Das heruntergekommene Haus wirkte verloren zwischen den imposanten Nachbargebäuden, die von prächtigen Gärten umsäumt waren. Von der Größe her stand es den anderen in nichts nach, doch die Holzfassade hatte stark gelitten, war hier und da schwarz und feucht. Das Dach war an einer Stelle eingefallen; in den Fenstern befanden sich keine Scheiben mehr. Ein Stützpfeiler, der das Haus hielt, war schief und würde vermutlich nicht mehr lange standhalten. Es war ein trauriger Anblick, der Alice mehr schmerzte, als sie gewollt hatte. Eine gespenstische Ruhe ging von dem Ort aus, doch Alice hörte in ihrem Inneren das Lachen, das einst im Haus geherrscht hatte.

Vince stand neben ihr und schaute sie fragend an. Er spürte wohl, dass Alice mit sich kämpfte und hakte darum nicht weiter nach.

Eine ganze Weile standen sie so da und sahen einfach nur auf das Haus, während der Wind durch die Straßen strich. Plötzlich öffnete sich eine Tür an dem Gebäude rechts daneben. Dieses war etwas kleiner, die Holzfassade war weiß gestrichen, der Garten groß, mit vielen roten Schwertlilien. Hier hatte einst der Archivar gewohnt und tat es offenbar noch immer, wie Alice sogleich feststellte, als ein älterer Herr heraustrat und auf sie zukam. Sein schlohweißes Haar stand ihm wirr vom Kopf, der Gang war leicht nach vorne gebeugt. Ein dunkelblauer, schwerer Mantel verbarg das meiste von seiner Figur, doch an dem eingefallenen Gesicht erkannte man, dass er sehr dünn sein musste.

Seine dunklen Augen legten sich sogleich auf Alice und weiteten sich erschrocken. Offenbar hatte er noch nichts von ihrer Ankunft mitbekommen.

»Ich kann es nicht glauben, bist du es wirklich?«, fragte er sie überrascht.

Alice biss sich sogleich auf die Lippen und sagte lieber nichts.

»Du hast dich in all den Jahren sehr verändert, aber diese forschen Gesichtszüge und diese blitzenden Augen würde ich überall wiedererkennen.« Hatte er eben noch freundlich geklungen, so wurde sein Tonfall nun merklich kühler. »Was willst du hier? Hattest du nicht einst gesagt, du würdest erst zurückkommen, wenn du wieder alles in Ordnung gebracht hast?« Er musterte sie abschätzig. »Und ist es dir gelungen?«

Sie sagte nichts dazu, was Antwort genug war.

Er nickte langsam. »Das dachte ich mir. Also, was willst du?«

Der Alte musterte sie weiterhin und folgte ihrem Blick, der hin und wieder zu dem heruntergekommenen Haus huschte.

»Du wirst doch wohl nicht nur hier sein, um deinem Elternhaus einen Besuch abzustatten. Wie du siehst, ist ohnehin nicht mehr viel davon übrig und das ist auch gut so.« Er faltete die Hände hinter dem Rücken und schenkte ihr einen eisigen Blick. »Du solltest so schnell wie möglich von hier verschwinden. Solange die Nekromanten frei sind, wird niemand froh sein, dich zu sehen. Also mach, dass du wieder wegkommst.« Damit wandte er sich um und ging die Straße entlang.

Alice spürte Vince' entsetzten Blick auf sich, auch ohne dass sie ihn dafür anschauen musste. Es dauerte nur wenige Sekunden, bis seine Fragen aus ihm herausdrangen.

»Nekromanten? Von was faselt der Kerl da und was soll das heißen, Elternhaus? Hast du tatsächlich hier gelebt?«

Erinnerungen schwammen durch ihren Kopf, sie hörte die Stimmen ihrer Eltern, das fröhliche Lachen eines Kindes.

Sie nickte langsam, während sie noch immer auf das Gebäude sah, das einst so voller Leben gesteckt hatte.

»Du hast den Namen der umliegenden Ortschaften sicher schon einmal im Zusammenhang mit Schwarzfels gelesen oder gehört, darum kamen dir diese Städte bekannt vor. Schwarzfels wird nicht in vielen Schriften erwähnt, was kein Wunder ist. Das Wissen um die Nekromanten ist in Vergessenheit geraten und heute halten die meisten sie nur noch für Fabelwesen.«

Sie schaute zu Vince, dem Fassungslosigkeit ins Gesicht geschrieben stand.

»Einst lebten diese dunklen Wesen in unserer Welt, sie waren mächtige Geschöpfe, die mit dem Tod einen Pakt geschlossen hatten. So waren sie in der Lage, Verstorbene zu rufen und für sich kämpfen zu lassen. Es ist eine dunkle Magie, denn um sie nutzen zu können, muss ein Teil von ihnen sich mit der Welt der Toten verbinden. In ihnen stirbt etwas, sie sind kalt, grausam und gehören nicht unter die Lebenden. Sie sind Kreaturen, die von schwarzem Rauch umgeben sind, mit Augen so schwarz wie Kohlestücke. Schuppen zieren ihren Körper und mit ihren Krallen zerreißen sie jeden ihrer Feinde in Stücke.

So zogen sie vor vielen Tausend Jahren durch unsere Welt, zerstörten mit ihrer Armee aus Toten alles und jeden, der ihnen in die Finger kam. Damals bildete sich zum Schutz vor ihnen der Turm, der heute unsere Regierung bildet, und dieser hat einst eine Armee ins Leben gerufen, die gegen die Kreaturen vorging und unsere Welt zu retten versuchte. Ein fünfzigjähriger Krieg entbrannte, den unsere Herrscher letztendlich gewinnen konnten. Sie töteten alle Nekromanten, ließen jedoch sechs als Warnung für jeden am Leben, sich niemals mit dunkler Magie einzulassen, und sperrten sie in einen Felsen.« Alice wandte sich um und nickte hinter ein dichtes Waldgebiet. »Dahinter liegt ein Gebirge. Dort ist der Totenfels, wo die Nekromanten festgekettet und gebannt worden waren. Die Aufgabe unseres Dorfes bestand darin, sie zu bewachen. Dafür wurde eine Generation nach der anderen ausgebildet. Aber vor fast zehn Jahren ist etwas geschehen, was sich bis heute keiner erklären kann: Die Nekromanten sind entkommen. Alle sechs sind nun auf freiem Fuß.« Sie schluckte schwer, als sie an diesen einen Tag dachte, der alles für sie verändert hatte … »Ich bin damals losgezogen, um ihre Spuren zu finden. Ich wollte sie zurückholen und nicht eher wieder einen Fuß hier hineinsetzen.« Sie ballte ihre Fäuste und spürte die tiefe Schmach in sich. »Aber ich konnte sie bislang nicht aufspüren.«

Vince brauchte einige Sekunden, bis er endlich wieder die Sprache fand. Er schaute sich um und ließ seine Augen nun mit einem ganz anderen Blick umherwandern. »Das hier ist das sagenumwobene Dorf, das die Nekromanten bewachen sollte? Ich dachte immer, das alles seien nichts als Geschichten.«

»Das geht den meisten so«, erwiderte Alice. »Nur wenige wissen überhaupt von diesem Ort und wenn sie einmal davon gehört haben, dann nur, dass hier Verdammte leben sollen. Diese Annahme kommt daher, weil die Bewohner quasi dazu verdammt sind, die Nekromanten zu bewachen. Es hieß damals schon, dass wenn sie bei ihrer Aufgabe versagen sollten, jeder Bewohner zu einem ruhelosen Abbild wird, der alles daransetzt, die Nekromanten wieder einzufangen.« Sie winkte bei Vince' erstauntem Gesichtsausdruck ab. »So ist das eben. Ein Teil der Wahrheit wird immer weiter ausgeschmückt, bis nichts mehr den eigentlichen Tatsachen entspricht.«

Er nickte langsam. »Wie kann es aber sein, dass niemand mehr an die Nekromanten glaubt? Und warum bist ausgerechnet du losgeschickt worden, sie wieder einzufangen? Warum hat dir niemand geholfen?«

»Weil ich eine der Stärksten bin«, erklärte sie. »Und weil ich darauf bestanden habe, es alleine zu tun.«

Sie musterte ihn, ihr Handeln schien ihn nicht sonderlich zu überraschen, auch wenn er ihre Beweggründe vermutlich nicht gänzlich nachvollziehen konnte.

»Es ist kein Wunder, dass du geglaubt hast, die Nekromanten seien Fabelwesen. Sie waren über tausend Jahre eingesperrt, niemand hat sie je mehr zu Gesicht bekommen. Es ist also nachvollziehbar, dass sie langsam zu Märchengestalten geworden sind. Aber sie sind gefährlich und nicht zu unterschätzen, wie man an den ausgelöschten Städten sehen kann.«

»Aber warum erst jetzt?«, hakte er nach.

Sie seufzte leise. »Genau das ist es, was ich mich in all der Zeit auch gefragt habe. Ich denke, dass sie durch die lange Gefangenschaft geschwächt waren und erst wieder zu Kräften kommen mussten. Doch so langsam scheinen sie zu ihrer alten

Stärke zurückzufinden. Damals haben sie versucht, die ganze Welt zu unterjochen, haben alles und jeden getötet, der sich ihnen in den Weg gestellt hat, und genau das machen sie nun wieder.«

»Glaubst du wirklich, du könntest sie alleine aufhalten?«

Sie zuckte vage die Schultern. »Es ist meine Pflicht und ich gebe nicht auf. Irgendwann werde ich sie finden und hierher zurückbringen. Danach werde ich alles hinter mir lassen und mit diesem Ort für immer abschließen.«

Aber bis dahin war es wohl noch ein langer Weg …

»Wenn es jemand schafft, dann du«, versuchte Vince ihr Mut zu machen und zwinkerte ihr verschmitzt zu. »Allerdings hoffe ich, dass, wenn es so weit ist, ich bereits als Feiy arbeite und dich somit unterstützen kann.«

Er wollte ihr helfen?! Sie blickte ihn ungläubig an, aber es bestand kein Zweifel daran, wie ernst er seine Worte meinte. Sie wusste nichts darauf zu erwidern, brachte nur ein »Danke« hervor, mit dem sie nicht ansatzweise ihre Verbundenheit zum Ausdruck bringen konnte.

Sie ließ ihren Blick nach rechts, die Straße hinunter wandern, wo sie das kleine Haus mit der breiten Tür, von der sie nur allzu gut wusste, dass sie etwas schief in den Angeln hing, sehen konnte. Sie kannte den großen Garten mit den vielen bunten Blumen, der sich dahinter verbarg, in- und auswendig. Fast war ihr, als könnte sie den holzigen Geruch wahrnehmen, den das Wohnzimmer umfing. Sie wusste um den wunderschönen Ausblick, den man aus dem oberen Fenster hatte. Es tat ihr noch immer leid, dass sie damals einfach gegangen war, ohne ein Wort des Abschieds. Aber selbst heute war sie der festen Überzeugung, dass es das Beste gewesen war.

»Wir sollten uns wieder auf den Weg machen«, erklärte Alice und wandte sich von dem kleinen Haus ab, von dem sie nicht wusste, wann sie es wiedersehen würde. »Wir werden

Mylo noch mal einen kleinen Besuch abstatten. Ich frage mich doch sehr, ob er wusste, dass es sich bei der Blauen Träne um gar keinen wirklichen Schatz, sondern um einen Menschen mit besonders starkem Lebenslicht handelt.«

»Du glaubst, er könnte davon gewusst haben?«, fragte Vince überrascht.

Sie zuckte mit den Schultern. Ganz abwegig war der Gedanke nicht. Für Mylo stand das Geschäft immer an erster Stelle. Viel interessanter war aber, in Erfahrung zu bringen, wer dieser ominöse Auftraggeber war, der ihm und den anderen Talims von der Blauen Träne erzählt hatte. Es gab eine Reihe von Wesen und Magiern, die hinter den Lebenslichtern her waren. Nur: Wer würde gleich einen ganzen Berufsstand auf diese ansetzten?

»Wir werden sehen«, antwortete sie Vince. »Es gibt einiges zu besprechen, auch ob Mylo dir nun die Feiy-Kräfte verleiht.«

Es würde schwer werden, den Talim davon zu überzeugen. Immerhin hatten sie den Auftrag nicht erfüllt. Vielleicht ließ er sich umstimmen, wenn sie auf dem Weg zu ihm noch ein paar Lebenslichter sammelten. Sie seufzte schwer und schielte zu Vince. Ob es wirklich richtig war, ihm zu helfen?

Alice ließ ihren Blick ein letztes Mal über das Gebäude mit der schiefen Tür wandern, dann sah sie zu ihrem Elternhaus. So viele Erinnerungen hingen daran – so viel Schönes, aber auch so viel Schmerz.

»Lass uns endlich gehen«, meinte sie und folgte der Straße, die sie aus dem Dorf führen sollte.

Vince ging neben ihr; an seiner nachdenklichen Miene erkannte sie sofort, dass ihm irgendetwas auf der Seele brannte. Als sie sein Starren nicht mehr länger ertragen konnte, seufzte sie laut und sagte: »Nun rück schon mit der Sprache raus, was willst du wissen?«

Wie auf Kommando sprudelte er los: »Ich frage mich die ganze Zeit, warum das Haus so verfallen ist? Du sagtest ja schon, dass du keine Geschwister hast, aber was ist mit deinen Eltern geschehen? Wollten sie dir damals nicht beistehen, als du losgezogen bist, die Nekromanten zu suchen? Oder waren sie da etwa bereits verstorben?«

Es war verständlich, dass er diese Frage stellte, und doch wünschte sie, sie hätte darauf nicht antworten müssen. Überall in diesem Ort wurde sie an ihre Familie erinnert … und es tat noch immer entsetzlich weh.

»Ich sagte ja bereits, dass meine Mutter umgekommen ist. Zu der Zeit war es in der Umgebung öfters zu Übergriffen durch Wegelagerer gekommen. Darum hatte mein Vater große Sorge, als meine Mutter ein paar Aufträge für unser Dorf erledigen und nach Königswasser reisen wollte. Sie bestand aber darauf und ist von dort nie mehr zurückgekehrt. Es war schwer, mit diesem Verlust fertigzuwerden, und mein Vater hat ihren Tod nie verwunden.« Sie hielt kurz inne, während sie an ihn dachte. »Er hingegen …« Sie sah erneut die Flammen vor sich, hörte das Schreien, die Rufe der Menschen … »Er starb bei einem Unglück.« Mehr wollte sie nicht dazu sagen.

»Das heißt, dass du ganz allein bist«, stellte Vince voller Anteilnahme fest.

Sie schenkte ihm ein leichtes Schmunzeln, das ihren Schmerz kaschieren sollte, und zuckte mit den Schultern. »Es war nicht immer einfach, aber ich komme klar.«

»Ganz ohne Familie muss es schwer sein«, meinte er und seufzte. »Ich selbst habe zwar Eltern, verstehe mich mit ihnen jedoch alles andere als gut.« Ein Anflug von Trauer erschien in seiner Miene. »Wir sind uns vollkommen fremd und feinden uns regelrecht an. Aus diesem Grund bin ich auch gegen ihren Willen losgezogen, um meinen eigenen Weg zu gehen.«

Sie nickte langsam und hätte ihm gern etwas Tröstendes gesagt, doch wusste sie beim besten Willen nicht, was. Sie selbst hatte erlebt, was es bedeutete, wenn eine Familie auseinanderbrach und wie weh dies tat.

Es war, wie Teyls gesagt hatte: Hier steckte alles voller Erinnerungen, man konnte nicht vergessen. Leider hielten es die Dorfbewohner ebenso. Noch immer starrten ihnen aus den Häusern, an denen sie vorbeikamen, Leute entgegen. Auf den Straßen hielt man inne, wenn man sie entdeckte, die Blicke wurden grimmig, fast hasserfüllt. Keiner von ihnen würde je vergessen …

»Dass sie so glotzen müssen«, murmelte Vince und senkte den Kopf, um den stechenden Blicken so ein wenig zu entgehen. Dabei war es Alice, der ihre Aufmerksamkeit galt. Sie hielt den Anfeindungen stand, streckte den Rücken durch und ließ sich keinerlei Schwäche anmerken. Dennoch war sie froh, als sie die letzten Häuser vor sich sah.

In diesem Moment blieb sie wie vom Blitz getroffen stehen und schaute auf die Gestalt, die gerade die Straße entlangkam, kurz stutzte und schließlich die Schritte beschleunigte.

Sie erkannte ihn sofort. Er war größer geworden, die Statur muskulöser. Auch seine Gangart war nicht mehr ganz so schlaksig, aber es gab keinen Zweifel. Das Haar war noch immer leicht gelockt, dunkel und glänzte im Schein der Sonne. Die Miene wirkte entschlossen und hatte feine Züge. Auf die Entfernung konnte Alice seine Augen nicht richtig erkennen, doch sie wusste, dass sie von einem tiefen Blau waren.

Während sie einfach nur dastand und dabei zusah, wie Allac näherkam, begann ihr Herz immer schneller zu klopfen. Genau diese Begegnung hatte sie so sehr gefürchtet. Um jeden Preis der Welt hatte sie ein Wiedersehen verhindern wollen. Aber Allac war von seinem Vorhaben nicht abzubringen. Er stand ihr nun genau gegenüber, starrte sie einen Moment an, dann lächelte er dieses zauberhafte Lächeln, mit dem er damals jedes Mädchen im Dorf hatte verzaubern können.

»Ich kann es nicht fassen, du bist es wirklich!«, sagte er schließlich.

Alice stand einfach nur da und nickte langsam, vollkommen übermannt von der Situation. Wie oft hatte sie diese in ihren Gedanken bereits durchgespielt.

»Es ist lange her«, brachte sie nun hervor.

»Das kann man wohl sagen«, erwiderte er mit einem Anflug von Trauer in der Stimme.

Alice konnte in seinem Blick die Fragen sehen, die ihn beschäftigten: Warum bist du einfach gegangen, ohne etwas zu sagen? Weshalb hast du mich dich nicht begleiten lassen? Warum hast du all die Jahre nie etwas von dir hören lassen? Doch sie schwieg. Er hätte nie verstanden, dass sie mit ihrem Leben im Dorf hatte abschließen müssen – und leider gehörte er dazu.

»Willst du etwa schon wieder gehen?«, fragte er sie.

Sie nickte erneut.

»Wir haben uns doch gerade erst wiedergesehen. Du musst mir erzählen, wie es dir ergangen ist? Wo lebst du nun? Was machst du?«

Sie wich seinen Augen aus. Am liebsten wäre sie auf der Stelle fortgelaufen, um die aufflammenden Gefühle in sich zu ersticken. Sie wollte nicht mit ihm reden, und das erkannte er wohl, denn er kniff die Lippen zusammen und meinte: »Ich verstehe schon, dass du damals gehen musstest. Aber dennoch hätte ich es fair gefunden, wenn du mir wenigstens ein Wort gesagt hättest.«

»Du kannst dir sicher denken, warum das nicht möglich war«, meinte sie.

Er seufzte. »Wie dem auch sei, heute lasse ich dich nicht einfach wieder so ziehen. Ich will, dass du wenigstens bis morgen bleibst. Wir haben uns so lange nicht mehr gesehen, es gibt viel zu erzählen und ich will hören, wie es dir geht.« Sein Blick sprühte Funken und brachte Alices Herz zum Beben. »Das zumindest bist du mir schuldig, findest du nicht? Nun komm!« Er nickte rechts zu einer Gasse, die von der Straße abzweigte und wandte sich an Vince. »Dein Begleiter hat doch sicher nichts dagegen, wenn ihr noch einen Tag bleibt, oder? Mein Haus ist zwar nicht groß, aber ich werde euch gut unterbringen.«

Vince zuckte mit den Schultern und schien etwas unschlüssig. »Mir macht es nichts aus.«

»Dann ist es beschlossen«, sagte er weiter, reichte Vince die Hand und stellte sich vor. »Ich bin Allac, ein Freund von Alice.«

»Vince. Ich bin ebenfalls ein Freund von Alice.«

Allac wirkte fast ein wenig erleichtert. »Dann seid ihr also nicht zusammen?«

Vince schüttelte sogleich den Kopf und wirkte ein wenig verlegen. »Nein, nein. Wir sind wirklich nur Freunde«, brachte er leicht unsicher hervor.

Kapitel 21

Alice schwieg noch immer, wusste nicht recht, was sie sagen oder denken sollte. Einerseits freute es sie, Allac wiederzusehen, andererseits tat es unendlich weh. Und nun sollte sie auch noch bis morgen bei ihm bleiben … Sie hätte widersprechen sollen, doch irgendwie fehlte ihr die Kraft hierfür. So folgte sie ihm die Gasse entlang und war verwundert, als sie nach links abbogen, wo doch sein Elternhaus zur rechten Seite lag.

Er wandte sich zu ihr um, als hätte er ihre Gedanken gelesen und meinte: »Ich bin jetzt vierundzwanzig, da ist es doch klar, dass ich nicht mehr zu Hause lebe.«

Auch wenn sie wusste, dass sich vieles verändert hatte – auch sein Äußeres –, so fühlte sie doch noch das alte, vertraute Gefühl zwischen Allac und ihr, diese Geborgenheit, die sie immer bei ihm gespürt hatte. Vielleicht fiel es ihr darum schwer, sich ihn in einem anderen Haus vorzustellen, wie er eben nicht auf dem Küchentresen saß und sie breit angrinste oder durch die Haustür nach draußen gerannt kam, um mit den anderen Kindern zu spielen … Aber sie waren erwachsen geworden und auch wenn Alice es nicht wollte, kam ab und an die Frage in ihr auf, ob es da inzwischen jemand anderes in seinem Leben gab. Er war damals bei den Mädchen beliebt gewesen, hatte allerdings stets so getan, als würde er deren Avancen gar nicht bemerken. Sie musste lächeln, vielleicht hatte er das wirklich nicht. Ihm war nur wichtig gewesen, mit ihr durch die Wälder zu streifen, im Fluss zu schwimmen und auf die Jagd zu gehen. Für alles andere hatte er nie einen Blick gehabt. Er hatte ihr in all den Jahren wirklich gefehlt, sie waren vorher im Grunde ununterbrochen zusammen gewesen – die besten Freunde, und wenn sie nicht gegangen wäre, wer weiß, was sich entwickelt hätte … Kein Wunder, dass es ihn so sehr geschmerzt haben musste, als sie ohne ein Wort gegangen war. Aber sie hatte alleine gehen müssen, sie hätte nicht auch noch Allacs Leben zerstören wollen.

»Das Haus hat früher der alten Brechstein gehört«, erklärte er, vermutlich um die Stille zu durchbrechen. »Sie ist vor vier Jahren gestorben und ich habe das Haus gekauft. Es ist solide gebaut und da es auf einem kleinen Hang liegt, hat man auch eine schöne Aussicht über das Dorf und den angrenzenden Wald.« Er schaute Alice an, wartete wohl auf irgendeine Reaktion von ihr, doch sie wusste auch darauf nichts zu sagen. Seit ihrer Ankunft im Ort fehlten ihr ziemlich oft die Worte …

»Wie geht es deinen Eltern?«, wechselte sie das Thema, während sie zur Seite blickte, wo gerade zwei Frauen am Straßenrand standen und ihnen unverhohlen hinterherstarrten. Es war keine gute Entscheidung gewesen zu bleiben. Nun war sie auch noch in Allacs Begleitung und das würde ihm mit Sicherheit Scherereien bringen, doch seiner Miene sah man deutlich an, dass ihn die Blicke nicht im Geringsten kümmerten. Vielmehr war er auf Alice konzentriert und darum bemüht, irgendwie zu ihr durchzudringen. Auch wenn es ihr wehtat, sie konnte und wollte ihn nicht an sich heranlassen. Schon bald würde sie wieder aufbrechen und ihn wie dieses ganze Dorf erst dann wiedersehen, wenn sie ihr Ziel erreicht hatte.

Das Häuschen, in dem Allac nun lebte, war weitaus kleiner als sein Elternhaus, doch es strahlte etwas Gemütliches aus, mit den gedrechselten Dachgiebeln und der breiten Eingangstür, in die kleine Hirschfiguren und Wälder geschnitzt waren. In der Tat hatte man bereits von dem Hang aus einen hübschen Blick auf das Dorf und von einem der oberen Fenster aus konnte man sicher die ganze Siedlung überblicken.

Allac führte sie in einen lichtdurchfluteten Flur, an dessen Ende gleich das Wohnzimmer zu sehen war. Nur wenige Meter neben dem Eingang fand sich zur rechten Seite ein Badezimmer, daneben war das Schlafzimmer, in dem nicht viel mehr als ein Bett, ein Schrank und ein alter Sekretär standen. Die kleine Küche lag hinter dem Wohnzimmer, in dem kreuz und quer auf dem Boden und in den Regalen Bücher zu finden waren. Ein breites Ledersofa stand an der rechten Wand, darum herum ein paar abgewetzte Sessel.

»Oben ist noch ein weiteres Schlafzimmer und eine kleine Kammer, die ich momentan eher als Abstellraum nutze. Aber ich kann beide schnell herrichten, damit ihr dort schlafen könnt.«

»Du musst dir keine Umstände machen«, versuchte es Alice noch einmal, aber Allac winkte sofort ab. »Spar dir die Mühe, heute schlaft ihr hier.« Damit eilte er die Treppe hinauf, um alles vorzubereiten, und rief ihnen noch zu: »Es dauert nicht lange, gleich danach mach ich etwas zu essen.«

Alice stand nun mit Vince ein wenig unbeholfen herum. Sie schwieg, während sie ihren Blick über jedes Detail schweifen ließ und sich Allac in diesem Haus vorzustellen versuchte. Hier lebte er nun also …

»Er scheint sehr nett zu sein«, stellte Vince fest, eher um die Stille zu durchbrechen.

Sie nickte. »Das ist er, manchmal zu nett. Ich habe ihm schon oft genug gesagt, dass ihm das irgendwann noch Probleme machen wird.«

»Du meinst, weil er sich mit dir abgibt, obwohl du in diesem Dorf offensichtlich geächtet bist?«

Sie nickte langsam.

»Oh, ich bin mir sicher, er weiß sehr genau, auf was er sich einlässt und kann selbst für sich entscheiden.«

»Das sollte man zumindest annehmen«, murmelte sie und nahm eines der Bücher zur Hand, das schief im Regal stand. Ein Werk über Feuermagie. Sie runzelte die Stirn. Seit wann versuchte er sich an solchen Dingen? Keiner im Dorf verfügte über magische Kräfte und wenn man diese Gabe nicht besaß, dann ließ sie sich auch nicht durch Willen oder Übungen hervorholen.

Sie hatte die Schritte gar nicht gehört und zuckte kurz zusammen, als sich eine Hand sacht auf die ihre legte. Während Allac ihr das Buch aus den Fingern wand, strich er sanft über ihren Handrücken und hinterließ dabei eine prickelnde Spur.

»Ich versuche mich auf dem Gebiet ein wenig weiterzubilden«, erklärte er. »Zwar werde ich wohl nie auf magische Kräfte zurückgreifen können, aber es wäre zumindest interessant zu wissen, wie sie funktionieren, was man damit alles bewirken könnte, und sich natürlich auch vorzubereiten, falls es doch einmal zu einem Kampf mit einem solchen Gegner kommen sollte.«

Alice ließ noch einmal ihren Blick über die Bücher schweifen, die überall verstreut lagen. »Schattenrufer«, »Frostmagier«, »Erdbeschwörer«, allesamt Titel, die sich mit Magie befassten.

»Du willst offensichtlich nicht nur sichergehen, für einen eventuellen Kampf gewappnet zu sein. Du hast etwas vor, habe ich nicht recht?« Es war einer der wenigen Momente, in denen sie es wagte, ihm direkt in die dunkelblauen Augen zu sehen.

»Hast du vor, ebenfalls nach den Nekromanten zu suchen?«, fragte sie nun frei heraus.

Sie konnte sehen, wie sich seine Miene verfinsterte und sich ein Ausdruck darin hineinlegte, den sie so nicht an ihm kannte. Es lag etwas Kühles darin, etwas Hartes und Entschlossenes – ganz so, als würde er eine Mauer vor sich aufbauen, die selbst sie nicht zu durchdringen vermochte.

»Ich war selbst in der Höhle im Schwarzfels-Gebirge«, sagte er schließlich. »Die Kammer, in der die Nekromanten gefangen gehalten wurden, ist leer. Es gibt gar keinen Zweifel daran, dass sie wirklich entkommen sind.«

Das war für Alice nichts Neues. Sie selbst war ebenfalls dort gewesen. Dennoch hatte Allac die Wahrheit bis zum Schluss nicht wahrhaben wollen. Es tat ihr zwar leid, aber es war besser, dass er nun die Augen nicht mehr davor verschloss.

Sie prüfte, ob sich etwas in seinem Blick verändert hatte, ob der kalte Ausdruck eine bestimmte Ursache hatte, war sich aber nicht sicher.

»Aus diesem Grund habe ich mich dazu entschlossen, mich ebenfalls auf die Suche zu machen. Ich weiß, dass du keine Hilfe möchtest, und mir ist klar, warum du damals alleine losziehen musstest, aber es ist lange her.« Allac trat einen Schritt auf sie zu und für einen Moment sah es fast so aus, als würde er nach ihrer Hand greifen. Er zuckte kurz zusammen und hielt mitten in der Bewegung inne. Dann sah er sie mit neu gewonnener Entschlossenheit an. »Komm zu uns zurück. Lebe wieder hier. Ich weiß, dass es nicht leicht wird, aber wenn du nicht weiter vor den anderen davonläufst, wird es sich bessern. In ihren Augen bist du inzwischen fast so etwas wie eine Fremde, ein Eindringling. Aber sie werden dich früher oder später wieder aufnehmen und akzeptieren. Ich bin an deiner Seite und werde dich in allem unterstützen. Lass uns das tun, was wir von Anfang an hätten gemeinsam machen sollen, und die Nekromanten zusammen suchen.«

Alice spürte seinen und auch Vince' Blick auf sich. Seine Worte rührten eine Seite in ihr, die sie tief in sich verborgen hielt. Sie seufzte leise und schüttelte den Kopf. Auch wenn es ihr viel bedeutete, was er für sie tun wollte, sie konnte seinen Vorschlag auf keinen Fall annehmen. In einem leicht amüsierten Tonfall erwiderte sie darum: »Auf was für Ideen du immer kommst. Du hast keine Ahnung, über was du da sprichst. Außerdem habe ich mich inzwischen verändert. Ich führe ein eigenständiges, unabhängiges und freies Leben. Das möchte ich gegen nichts auf der Welt eintauschen.«

Sie hoffte, dass ihre abweisenden Worte ihn treffen würden, sodass er von ihr abließ. Doch er schaute sie nur an, grinste und sagte: »Du warst schon immer eine verdammt gute Lügnerin, allerdings konnte ich dich auch damals jedes Mal durchschauen. Und so ist es heute noch.« Ein Frösteln rann durch ihren Körper, als er sie betrachtete, ganz so, als könnte er tatsächlich hinter ihre Fassade blicken. Dann lächelte er und meinte: »Reden wir ein anderes Mal weiter darüber. Nun mache ich uns erst einmal etwas zu essen. Ihr müsst Hunger haben.«

Vince schaute ihn aufgrund des raschen Themenwechsels erstaunt an, Alice wunderte sich nicht darüber. So war Allac schon immer gewesen, konnte von einer Sekunde zur anderen todernst sein, dann wieder ausgelassen und fröhlich. Etwas, das sie sehr an ihm zu schätzen wusste, war er so doch in der Lage, einen aufzuheitern, wenn man traurig war, oder auf das eigentliche Problem zurückzubringen, wenn man ausweichen wollte.

Während des Essens versuchte Allac, weiterhin das Gespräch aufrechtzuerhalten und gleichzeitig in Erfahrung zu bringen, wie es Alice seit ihrem Abschied ergangen war und wie ihr Leben nun aussah.

Sie zuckte mit den Schultern, während sie einen Löffel mit Schokoladenpudding füllte und zum Mund führte. Natürlich hatte Allac nicht vergessen, dass sie am allerliebsten Süßspeisen mochte, und darum einen Topf Pudding zusätzlich zu gebratenem Wild mit Kartoffeln und Gemüse gemacht. Es schmeckte alles vorzüglich und sie hätte ihm nicht zugetraut, dass er am Herd tatsächlich etwas Essbares zustande brachte.

»Ich ziehe durchs Land, versuche mein Geld zu verdienen und mir ab und zu eine Kleinigkeit zu gönnen.«

»Kleinigkeit ist gut«, wandte Vince grinsend ein. »Sie übernachtet am liebsten in den besten Hotels, bestellt nur das kostspieligste Essen und legt die Füße hoch. Sie hat jedenfalls ziemliche Ansprüche, kein Wunder, dass sie so hart dafür arbeiten muss.«

Allac nahm einen Schluck aus seinem Rotweinglas, ohne sie dabei aus den Augen zu lassen. Es war ein warmer, durchdringender Blick, den sie in früheren Zeiten über alles geliebt hatte. Heute fühlte er sich eher unangenehm an …

»Du hast mir noch immer nicht gesagt, als was du jetzt arbeitest. Ist das etwa ein Geheimnis?«, fragte er mit einem süffisanten Lächeln auf den Lippen.

»Ich bin eine Feiy«, erwiderte sie offen und ahnte die Reaktion, die unweigerlich kommen musste.

Er sah sie eine Weile schweigend an, dann sagte er: »Du musst harte Zeiten hinter dir haben und es ist kaum zu ertragen, dass ich nicht an deiner Seite sein konnte, um dir beizustehen. Wenn du bereit warst, solch einen Weg einzuschlagen, muss es dir sehr schlecht ergangen sein.«

Obwohl sie darauf gefasst war, taten seine Worte weh, aber vor allem seine Blicke. Diese waren so voller Schmerz, als hätte sie ihm kaum etwas Schlimmeres sagen können.

Sie stocherte in ihrem Essen herum, während Erinnerungsfetzen an damals auftauchten. Hunger und Angst waren ihre ständigen Begleiter gewesen. Nie hatte sie gewusst, ob und wie sie den nächsten Tag überleben sollte. Als Mylo sie schließlich fand, ihr aus der Klemme half und dieses Angebot machte – wie hätte sie da nein sagen sollen?

»Niemand sollte diesen Beruf ergreifen müssen – schon gar nicht du. Es ist sicher unglaublich hart, Menschen die Lebenslichter zu nehmen. Du steckst bestimmt auch in diese Tätigkeit deine ganze Kraft, gibst stets alles …«

Er klang wirklich traurig und es war lange her, dass Alice sich für ihre Arbeit tatsächlich geschämt hatte.

»Und dein Freund hier? Vince, was machst du?«

»Ich möchte gern ebenfalls als Feiy arbeiten und Alice hilft mir dabei, ihren Talim davon zu überzeugen, mich aufzunehmen.«

»Du willst dich auch auf diesen Job einlassen?« Allac schaute sein Gegenüber an, als habe der den Verstand verloren.

»Für mich gibt es nichts Wichtigeres, als magische Kräfte zu erlangen, und Alice hat mir gezeigt, dass das Dasein als Feiy durchaus seine Berechtigung hat. Da, wo keiner mehr helfen kann, wo alles verloren scheint, ist sie die Einzige, die die Menschen noch retten kann. Es imponiert mir immer wieder aufs Neue, wie sie diese Leute von ihren Schmerzen befreit, ihnen ein neues Leben schenkt, damit zumindest deren Familien nicht auch noch ins Unglück stürzen. Ich möchte meinen Teil dazu beitragen.«

Ein Leuchten machte sich in Allacs Gesicht breit und er grinste Alice erleichtert an. »Du schaffst es immer wieder, deinen eigenen Weg zu finden. Es ist erstaunlich.«

»Vince übertreibt. Er will einfach nur das sehen, was in sein Bild passt. Die Wahrheit ist oft dunkler und deutlich weniger schön.«

»Ich glaube, was Vince erfahren hat, kommt der Wahrheit sehr nahe«, meinte Allac. Er wiegte den Kopf hin und her. »Bis jetzt scheinst du dich jedenfalls nicht allzu sehr verändert zu haben.«

»Was ist mit dir?«, hakte sie nach und wechselte das Thema. »Du hast nun ein eigenes Haus, kannst inzwischen ganz ordentlich kochen und beschäftigst dich mit Magie. Was hat sich in deinem Leben noch verändert?«

Alice wusste nicht genau, warum sie diese Frage stellte. Im Grunde war es ihr lieber, wenn sie nicht zu viel über seinen Alltag wusste. Sie wollte eine Distanz wahren und dennoch verlangte etwas in ihr zu wissen, wie es ihm in all der Zeit ergangen war.

»Nun ja, ich könnte in die Fußstapfen meines Vaters treten und Silberschmied werden. Du weißt, dass wir einen Händler haben, der einmal im Monat herkommt und unsere Waren in benachbarte Städte liefert, um sie dort zu verkaufen. Es läuft ein wenig schleppend, aber ich hätte ein akzeptables Auskommen.«

»Du möchtest jedoch lieber als Wächter arbeiten«, brachte Alice es auf den Punkt.

Er nickte langsam. »Immerhin ist das doch unsere eigentliche Aufgabe.«

»Nur gibt es nichts mehr zu bewachen«, fuhr sie fort.

»Ja, aber wie ich meinem Vater schon sagte, es gibt etwas zurückzuholen.«

Sie blitzten sich herausfordernd an. Alice würde niemals zulassen, dass er sich ebenfalls auf den Weg machte, um die Nekromanten zu suchen. Das war allein ihre Angelegenheit und sie würde sich darum kümmern.

Sie legte ihren Löffel beiseite, stand auf und meinte: »Danke für das Essen, aber ich sollte langsam ins Bett gehen, immerhin wollen wir morgen früh gleich los.«

»Bist du sicher, dass du so schnell schon wieder gehen willst?«, fragte er mit fast traurigem Blick.

Es rührte sie, wie er sie ansah, und ihr Herz machte einen schmerzhaften Sprung. Dennoch nickte sie sogleich. »Es geht nicht, dass ich länger bleibe. Ich will mich wieder auf die Suche nach den Nekromanten machen und habe keine Zeit zu verlieren.«

Er schwieg, biss sich auf die Unterlippe und raunte: »Du warst schon immer so stur. In manchen Momenten macht dich das unglaublich stark, aber ich denke, meistens führt es nur dazu, dass du am Ende einsam bist.«

Seine Worte, sein Blick trafen sie bis ins Mark. Sie hielt es keinen Moment länger aus, verließ den Raum und ging nach oben, wo die Schlafzimmer liegen sollten, die Allac für sie hergerichtet hatte.

Sie machte sich fürs Bett fertig und legte sich hin. Allerdings konnte sie keinen Schlaf finden. Ihre Gedanken rasten, während sie an die weiße Decke starrte. Wie oft hatte sie sich geschworen, diesen Ort erst dann wieder aufzusuchen, wenn sie die Nekromanten gefunden und dingfest gemacht hatte. Nun war sie doch zurückgekehrt und sah in den Augen der anderen nichts als Abneigung und Entrüstung. Man zeigte ihr die kalte Schulter – mehr noch, man wollte sie nicht hier haben und nun zog sie auch noch Allac mit hinein. Sie war froh, wenn sie morgen wieder aufbrechen konnte. Dieses Wiedersehen tat ihr nicht gut, es rührte alles in ihr auf.

Als Kinder waren Allac und sie unzertrennlich gewesen – die besten Freunde. Noch immer spürte sie die alte Vertrautheit und diese brennende Sehnsucht, auch wenn so vieles inzwischen geschehen war und sich verändert hatte. Ein Teil in ihr hätte die Freundschaft gern wieder aufleben lassen und in einer anderen Richtung fortgeführt, doch im Grunde war ihr klar, dass es unmöglich war. Nicht nach all dem, was geschehen war …

Sie wälzte sich erneut herum und blickte aus dem Fenster, das zur linken Seite lag. Der Sternenhimmel war hell und klar, der Mond strahlte in kühlem Licht. Die Häuser des Dorfes konnte sie in der Dunkelheit schemenhaft erkennen; dort brannten nur noch sehr wenige Lichter. Wer hätte gedacht, dass sie sich in ihrer Heimat je so fremd fühlen würde? Sie hätte allerdings auch niemals geglaubt, dass ein einziger Tag ihr ganzes Leben so verändern konnte wie dieser eine vor acht Jahren.

Mit einem Mal warf sie die Bettdecke von sich und stand auf. Sie konnte einfach nicht schlafen.

Alice ging leise durchs Haus. Kein Geräusch war zu hören, offensichtlich schliefen Allac und Vince bereits. Sie trat ins Freie, atmete die kühle und erfrischende Luft ein, um einen klareren Kopf zu bekommen. Sie lehnte sich an einen der Stützpfeiler, die das Haus trugen, und schaute aufs Dorf hinab. Es gab einen Ort, den sie seit ihrer Ankunft weiterhin gemieden hatte, und sie fragte sich, ob sie diesen vielleicht doch aufsuchen sollte. Allerdings fürchtete sie sich davor, was sie dann in sich wecken würde ... Sie bemühte sich so sehr darum, die Erinnerungen niederzukämpfen – was, wenn sie alle mit einem Mal aufbrachen? Sie wollte die Bilder nicht noch einmal sehen müssen, die sie des Nachts so oft in Albträumen heimsuchten. Und dennoch war ihr klar, dass sie nicht ewig davonlaufen konnte. Um mit der Vergangenheit abschließen zu können, würde sie sich ihr stellen müssen. Aber war das wirklich der richtige Zeitpunkt?

Sie schaute zum Himmel, wo der Mond hell und strahlend über ihr stand. Er sandte ein sanftes Licht auf die Erde herab, das die Dunkelheit zu durchdringen suchte. Es war ein schönes und friedliches Bild, das so gar nicht zu ihren Gedanken passen wollte. Schritte erklangen und ließen sie aufschrecken, sodass sie sich nach den Geräuschen umwandte. Allac näherte sich ihr. Ohne ein Wort zu sagen, stellte er sich neben sie und blickte ebenfalls auf die vielen Häuser unter ihnen.

Nachdem sie eine Weile so gestanden hatten, meinte er: »Es wirkt hier immer alles so friedlich. Ich kenne jedes Gesicht im Dorf, jeden Baum und jeden Stein. Und doch hätte wohl keiner geglaubt, dass hier jemals so etwas geschehen könnte. Es wird niemals mehr so sein, wie es einmal war.« Nun schaute er sie an und sie konnte ihm nur zustimmen. Alles hatte sich verändert.

»Wie gesagt, ich kann verstehen, dass du damals gegangen bist«, fuhr er fort. »Ich hoffe nur, dass du es heute nicht wieder tust.«

War er darum etwa noch wach? Hatte er nach Geräuschen gelauscht, um sicherzugehen, dass sie sich nicht erneut heimlich davonstahl?

Sie schüttelte den Kopf. »Ich hatte nicht vor zu gehen. Ich wollte nur ein bisschen frische Luft schnappen, um nachzudenken.«

»Mir ist klar, dass du dich an diesem Ort nicht mehr wohlfühlst. Dennoch fände ich es schön, wenn wir etwas mehr Zeit miteinander hätten. Ich kann es noch immer gar nicht richtig fassen, dass du wieder hier bist.«

Selbst im fahlen Licht strahlten seine blauen Augen und hatten etwas unheimlich Fesselndes. Nun streckte er seine Hand nach der ihren aus und hielt sie für einen Moment fest. Seine Finger waren warm, zärtlich und unheimlich vertraut.

»Lass mich mit dir kommen. Gemeinsam werden wir die Nekromanten sicher finden und zurückbringen.« Es tat beinahe weh, dieses warme Funkeln in seinem Blick zu spüren, die Hoffnung, die darin lag, und die Furcht davor, dass Alice dieses Angebot nicht annehmen könnte.

»Du weißt, dass das nicht geht«, sagte sie leise. »Dein Platz ist hier und ich … ich habe mich verändert. Ich bin es nicht mehr gewohnt, ständig Gesellschaft um mich zu haben. Ich muss meinen eigenen Weg gehen, frei sein …« Ihr war klar, dass es sich wie Ausflüchte anhören musste, und im Grunde war es auch nichts anderes.

Allac schürzte die Lippen. Sie sah ihm an, dass er sich nicht so leicht von seinem Vorhaben würde abbringen lassen. Er trat noch näher zu ihr, sodass sie seinen wundervollen Duft roch und die Wärme seines Körpers spürte. Zu gern hätte sie ihrem inneren Verlangen nachgegeben und sich an ihn geschmiegt. Sie wollte nichts sehnlicher, als seine schützenden Arme um sich zu fühlen, die Muskeln seiner Brust, die Nähe seines Körpers … Aber es war eine Sache, ihren Gefühlen in Träumen nachzugeben, etwas ganz anderes, es in der Realität zu tun – auch wenn ein Teil in ihr sich nichts mehr wünschte, als das feurige Brennen, das in seinem Blick lag, zu erwidern. Es war so viel Zeit vergangen, dennoch schien sich zwischen ihnen nichts verändert zu haben. Vielleicht hatte sich dieses Gefühl, das sich damals bereits leise angebahnt hatte, sogar eher verfestigt. Aber sie konnte und wollte es nicht zulassen.

»Du solltest dir das alles noch mal reichlich überlegen«, sagte er und sie spürte den warmen Hauch seines Atems auf ihrer Haut. Ein sanftes Kribbeln machte sich in ihrem Magen breit und sie atmete zittrig ein. »Bleib wenigstens noch einen Tag. Das ist nicht zu viel verlangt, ich verspreche dir auch, ich werde nicht weiter auf dich einreden. Aber ich möchte, dass du noch einmal gründlich über meinen Vorschlag nachdenkst. Du weißt, dass ich dir eine Hilfe wäre und es dir guttun würde, mich an deiner Seite zu haben. Wir waren immer die besten Freunde …«, rief er ihr mit einem wehmütigen Ausdruck in den Augen in Erinnerung.

Und genau das schmerzte sie auch so sehr. Sie konnte ihn nicht um sich haben, denn so wurde sie auch stets an diesen Ort erinnert und an alles, was damit zusammenhing. Andererseits hatte es auch so viele glückliche Momente gegeben und sie hatte sehr an Allac gehangen.

»Ein Tag«, hörte sie sich sagen und war selbst überrascht. »Dann muss ich aber wirklich wieder gehen.«

Er nickte, strich ihr noch einmal sanft über die Finger und lächelte. »Danke, dass du meinen Vorschlag in Erwägung ziehst. Ich hoffe, dass du dich richtig entscheidest und mich mit dir kommen lässt. Gemeinsam werden wir eine Spur von den Nekromanten finden«, versprach er weiter. Dann sah er sie noch einmal auf diese innige Weise an und kehrte ins Haus zurück. Er hatte schon immer gewusst, wann es besser war, den Rückzug anzutreten …

Kapitel 22

Alice gähnte und nippte an ihrer Tasse Kaffee. Das Getränk war schön heiß und vor allem stark – eine bittere Note lag auf ihrer Zunge und weckte ein wenig ihre Lebensgeister. Sie hatte die halbe Nacht wach gelegen und fühlte sich dementsprechend müde.

Vince schien bestens geschlafen zu haben, er machte sich gerade gierig über das Frühstück her, das Allac aufgetischt hatte. Neben frischen Brötchen gab es Schinken, Rührei, ein bisschen Speck und natürlich etwas Süßes für Alice – feine Zimtbrötchen, die einen herrlichen Duft verströmten. Doch Alice hatte an diesem Morgen kaum Appetit. Wie hatte sie nur so dumm sein und Allac versprechen können, noch einen Tag länger zu bleiben? Was war nur in sie gefahren? Nun saß sie hier weiterhin fest, dabei hielt sie es kaum noch aus …

Von ihren finsteren Gedanken schienen Vince und Allac nichts mitzubekommen oder sie ließen sich nichts anmerken. Die beiden waren jedenfalls bester Laune.

»Mir macht es nichts aus, noch einen Tag zu bleiben. Ich bin sicher, dir tut es gut, mit deinem alten Freund noch ein bisschen mehr Zeit verbringen zu können«, stellte Vince mit einem wissenden Lächeln fest, bevor er mit vollem Appetit in sein Brötchen biss.

»Ich habe mich auch sehr gefreut, dass Alice bereit war, meinen Vorschlag anzunehmen«, sagte Allac und schenkte ihr einen Blick, mit dem er ihr wohl sagen wollte: Ich weiß noch immer, wie man mit dir reden muss, um zu dir durchzudringen.

»Es ist auch schön, diese Annehmlichkeiten noch ein wenig länger genießen zu können«, meinte Vince weiter.

»Gewöhn dich besser nicht daran. Ab morgen werden wir erst mal wieder im Wald schlafen müssen. Das wird noch öfter auf dich zukommen, wenn du einmal als Feiy arbeiten solltest.«

»Sagt diejenige, die nur in den teuersten Hotels zu nächtigen pflegt«, wandte Allac grinsend ein, wofür sie ihm einen mahnenden Blick schenkte. Warum hatte ihm Vince das auch erzählen müssen?

Mit wütender Miene wandte sie sich erneut ihrem Kaffee zu, als es laut an der Tür klopfte.

Allac runzelte die Stirn, während Alice bereits alarmiert war. Er ging zur Tür, wo gerade erneut lautstark dagegengehämmert wurde. »Nur mit der Ruhe, ich bin ja schon da«, sagte er und öffnete.

Zwei Männer standen dort, der eine etwas hager und mit einer hakenartigen Nase. Der andere feist, mit eng stehenden Augen und rotem, struppigem Haar. Auch nach all den Jahren erkannte Alice Gregor Unwall und Ladiz Hogrig. Die beiden arbeiteten in der Waffenkammer des Dorfes und waren für die Instandhaltung und Erneuerung der Waffen zuständig. Sie unterstanden in ihrer Tätigkeit direkt dem Dorfvorstand und kamen sich mit ihrer Aufgabe äußerst wichtig vor.

»Wir haben gehört, dass du Besuch haben sollst«, begann Gregor ohne Umschweife und versuchte, den Kopf so zu drehen, dass er an Allac vorbei ins Innere des Hauses blicken konnte.

»Und da dachtet ihr, ihr müsstet gleich mal vorbeischauen und meine Gäste willkommen heißen?«, wollte Allac in kühlem Tonfall wissen. »Seit wann geht es euch etwas an, wer bei mir zu Besuch ist?«

»Du weißt sehr genau, dass es, wenn es Alice ist, sehr wohl eine Rolle spielt. Keiner von uns will sie hier haben und obwohl dir das klar ist, lässt du sie bei dir unterkommen. Hast du denn den Verstand verloren?«, mischte sich Ladiz ein.

»Dir ist doch hoffentlich klar, dass ihr schlechter Ruf auf dich abfärben wird. Willst du ebenfalls so gehasst werden wie sie?«, hakte Gregor nach.

»Ich glaube kaum, dass ihr euch tatsächlich auch nur eine Minute über mein Schicksal Gedanken macht«, entgegnete Allac. »Im Übrigen geht euch das alles rein gar nichts an. Sagt das auch den anderen Dorfbewohnern. Ein jeder weiß ganz genau, dass Alice alles versucht hat. Also behandelt sie nicht, als sei sie eine Aussätzige.«

»Stell es nicht so hin, als sei es eine harmlose Sache«, zischte Gregor.

»Es wäre wirklich besser, wenn du dich von ihr fernhältst. Werd sie los und schau, dass sie endlich wieder ihrer Wege geht. Keiner von uns will an damals erinnert werden«, knurrte Ladiz zurück.

»Alice ist noch immer eine Freundin von mir und ich werde sie ganz sicher nicht auf die Straße setzen. Ganz gleich, was ihr oder irgendwer anders davon halten mögt. Nun verschwindet endlich, ich denke, ihr habt gesagt, was ihr wolltet.«

Damit schlug Allac ihnen die Tür vor der Nase zu, seufzte leise und kehrte zu Alice und Vince zurück, die natürlich jedes Wort mit angehört hatten. Er grinste sie versöhnlich an, doch in Alices Innerem brodelte es bereits. Sie wusste, sie hätte nicht bleiben sollen. Nun würde er wegen ihr Ärger bekommen und das war etwas, das sie unbedingt hatte vermeiden wollen.

»Jetzt schau nicht so«, meinte er und strich ihr kurz beruhigend übers Haar, was einen wohligen Schauer bei ihr auslöste. »Du kennst die zwei Idioten doch. Die spielen sich immer so auf, am besten ignoriert man sie einfach.«

»In dem Fall geht das aber schlecht«, erwiderte sie. »Sie sagen nur das, was ein jeder hier denkt, und ich will nicht, dass du meinetwegen Schwierigkeiten bekommst.«

»Sind die Leute nicht ein wenig zu streng?«, mischte sich Vince ein. »Ich meine, sie können doch nicht ernsthaft erwarten, dass Alice alleine die Nekromanten einfängt. Und nur, weil sie das bisher nicht geschafft hat, behandeln sie sie, als habe sie die Pest.«

»Es ist damals eben viel geschehen«, erwiderte Allac ausweichend.

Oh ja, sehr viel. Und noch immer war Alice wütend darüber. Im Grunde hatte sie nichts dagegen, diesen Ort zu meiden, denn auch sie verspürte einen tiefen Hass gegen all die Bewohner hier und hätte sie am liebsten nie wiedergesehen.

»Ich denke, es ist besser, wenn wir doch eher gehen«, sagte sie und stand auf.

Allac griff sofort nach ihrem Arm und hielt sie fest. »Seit wann lässt du dich so schnell vertreiben? Da kommen ein paar Idioten daher, reißen das Maul auf und schon willst du davonlaufen? So kenne ich dich gar nicht.« Er seufzte. Noch immer hielt er ihre Hand in seiner; seine Finger waren warm und unheimlich zärtlich. »Du solltest dich nicht einfach vergraulen lassen, und was mich betrifft: Mach dir um mich mal keine Gedanken. Vielleicht werden ein paar Leute wütend sein.« Er zuckte unbekümmert mit den Schultern. »Was soll's. Die meisten werden weiterhin hinter mir stehen und früher oder später beruhigen die anderen sich wieder. Wichtig ist nur, dass du über das nachdenkst, was ich dir gestern Nacht gesagt habe.«

Sie nickte vage. Nach all dem, was sie ihm angetan hatte, war es wahrscheinlich nur fair, wenn sie ihm den Gefallen tat und zumindest nicht sofort wieder weglief. »Also gut, aber es bleibt dabei: Morgen früh gehen wir.«

Allac nickte erfreut und strahlte. »Gut, freut mich zu hören, dass du noch mal Vernunft angenommen hast.« Damit stand er auf und räumte schnell den Tisch ab. Als Alice und Vince ihm helfen wollten, winkte er hastig ab. »Lasst nur, ist nicht viel.« Damit eilte er schon mit dem Geschirr davon.

Alice sah ihm gedankenversunken nach. Es hätte alles anders kommen können. Nicht zum ersten Mal fragte sie sich, wie ihr Leben dann aussehen würde. Was, wenn sie noch immer hier leben würde? Vermutlich wäre sie in die Fußstapfen ihrer Eltern getreten, wäre weiterhin mit Allac durch die Wälder gezogen und hätte sich darauf vorbereitet, das Amt des Wächters zu übernehmen. Wahrscheinlich wäre es ein friedliches und harmonisches Dasein gewesen, so wie es über Generationen hinweg der Fall gewesen war. Aber leider hatte sich alles unwiederbringlich verändert …

»Ihr scheint euch recht nahe zu stehen«, wandte Vince ein, während er ihrem Blick folgte, der noch immer in Richtung Allac ging, der in der Küche verschwunden war.

»Wir sind die besten Freunde gewesen, haben alles zusammen gemacht«, erklärte sie.

»Und warum bist du dann damals einfach gegangen, ohne ihm etwas zu sagen?«

Sie seufzte und dachte nur ungern an diesen Tag zurück. »Es ging nicht anders. Ich hatte nicht lange Zeit, um über alles nachzudenken, dennoch war mir von Anfang an klar, dass ich alleine gehen musste. Es war meine Aufgabe und ich wollte nicht, dass Allac dafür sein Leben hinwarf. Hier hat er eine Zukunft, eine Aufgabe. Ich dagegen …«, sie brach ab. »Ich konnte einfach nicht anders«, fuhr sie leise fort.

»Das sieht er aber wohl nicht ganz ein.«

»Allac war schon immer stur.«

»Er hat wohl damit gerechnet, dass du dich zumindest von ihm verabschieden würdest.«

Damit hatte Vince sicher recht und ja, sie wäre ihm diese Geste schuldig gewesen, doch wusste sie auch, dass er sie niemals einfach hätte gehen lassen.

»Wie gesagt, es ging nicht anders.«

»Ihm scheint jedenfalls viel an dir zu liegen.« Vince' nächste Frage kam überraschend für sie. »Wart ihr denn mal ein Paar?«

Alice wandte ihm verdutzt den Kopf zu und hoffte, dass sie nicht wirklich rot wurde. Sie fühlte sich sehr zu Allac hingezogen, seine Gegenwart strahlte etwas Beruhigendes aus. Es lag eine tiefe Verbundenheit zwischen ihnen und vielleicht, wenn alles anders gekommen wäre … Sie wollte den Gedanken nicht zu Ende bringen. Es war einfach zu schmerzhaft.

»Nein, waren wir nicht«, sagte sie knapp.

Da klopfte es erneut an der Tür. Allac kam sofort herbeigeeilt, seinem Gang entnahm Alice, dass er angespannt war und sich für einen erneuten Angriff wappnete.

»Was machst du denn hier?«, fragte er überrascht, als ein kleines Mädchen wie selbstverständlich in sein Haus marschierte. Schnurstracks hielt sie auf das Wohnzimmer zu und erklärte: »Ich kann Frau Niedelstett nicht leiden, das weißt du. Und ohnehin ist es bei dir lustiger.«

Als sie Alice und Vince erblickte, wandte sie sich erstaunt an Allac. »Du hast Besuch?«

Er schien sich zwar über ihr Kommen zu freuen, doch lag auf seiner Miene auch ein strenger Ausdruck. »Du kannst doch nicht einfach von der Schule abhauen.«

»Bin ich doch gar nicht«, erklärte das Mädchen, dessen langes braunes Haar zu einem Zopf geflochten war, der ihr über die Schulter fiel. Sie setzte sich auf einen Sessel und meinte:

»Ich bin erst gar nicht hingegangen.« Nun grinste sie Vince und Alice an. »Euch habe ich gestern schon im Dorf getroffen. Seid ihr die beiden, über die alle reden?« Sie legte den Kopf leicht schief und schaute sie durchdringend an.

»Das ist wohl so«, bestätigte Alice.

»Dann dürfte ich eigentlich gar nicht mit euch sprechen«, meinte die Kleine weiter, die Alice sofort als Tiria wiedererkannte.

Auch heute konnte sie das Licht der Blauen Träne durch das hellblaue Kleid des Mädchens schimmern sehen. Es war noch immer ein seltsames Gefühl, ihr gegenüberzusitzen. Noch nie in ihrem Leben war Alice jemandem wie ihr begegnet und sie wusste um die Gefahren, die Tiria darum über kurz oder lang blühen würden. Nicht umsonst hatte sie die Kleine gewarnt. Nur, was tat sie hier und warum kannte sie Allac so gut? Hatte er etwa eine Tochter?

Er trat neben das Mädchen und legte ihr die Hand auf den Kopf. »Das hier ist meine kleine Schwester Tiria und eigentlich sollte sie im Moment in der Schule sein.«

»Bei unserer Lehrerin lerne ich sowieso nichts. Da bin ich lieber bei dir. Du zeigst mir viel interessantere Sachen, hast Bücher über Magie und kannst mich auch das Kämpfen gegen die Nekromanten lehren. Irgendwann werde ich nämlich ebenfalls den Felsen beschützen, in dem sie eingesperrt waren«, erklärte sie voller Stolz.

»Dafür müssen sie aber erst einmal zurückgebracht und erneut gebannt werden«, wandte Allac ein.

Die Kleine zuckte mit den Schultern. »Das schaffen wir schon. Ich helfe dir, dann haben die gar keine Chance.« Ihr Blick fiel erneut auf Alice, die sie immer wieder unverhohlen musterte. »Du hast ja gesagt, ich solle auf mich aufpassen und auch meine Familie müsse das tun.« Sie nickte ihrem großen Bruder zu und nahm seine Hand in die ihre. »Allac ist stark und gibt schon auf mich acht, aber bald bin ich mindestens so gut im Kämpfen wie er.«

Alice musste lächeln. Die Kleine schien ein echter Wildfang zu sein, vor nichts Angst zu haben und darauf zu brennen, ihre ersten eigenen kleinen Abenteuer zu erleben. Hoffentlich würde Allac sie tatsächlich beschützen können.

»Das hier sind übrigens Alice und Vince«, stellte ihr Bruder sie vor. »Alice ist eine alte Freundin von mir. Wir haben bereits als kleine Kinder miteinander gespielt.« Ein Lächeln stahl sich bei dieser Erinnerung auf seine Lippen. »Wir haben so allerhand Blödsinn angestellt.«

Tirias Gesicht hellte sich auf. »Dann ist sie das Mädchen, das immer alle Sachen kaputtgemacht hat?«

»Was soll das denn heißen?«, hakte Alice leicht empört nach und stemmte die Arme in die Hüfte.

Allac lachte. »Nun ja, du musst zugeben, dass auf unseren Erkundungstouren des Öfteren etwas zu Bruch gegangen ist.«

»Dann hatte sie also schon früh ein Händchen dafür, Dinge zu zerstören?«, fragte Vince belustigt nach.

Allac nickte. »So kann man es wohl sagen. Regelmäßig sind Fenster beim Ballspielen kaputtgegangen, einmal hat sie sogar einen Weidezaun beim Spielen zum Einstürzen gebracht, ein anderes Mal war es ein Schuppen.«

»Das war nun wirklich nicht meine Schuld«, verteidigte sie sich. Sie hatten damals ein Pferd auf der Weide des alten Iwald stehen sehen; Alice war kurzerhand aufgesessen, doch der Gaul war mit ihr durchgegangen und hatte dabei einen Zaun zerstört. Von dem anderen Mal hatte sie erst neulich geträumt.

»Echt toll, was du deiner kleinen Schwester für Sachen über mich erzählst«, murrte sie weiter.

»Oh, ich kenne alle Geschichten über dich. Du kannst unendlich lang unter Wasser die Luft anhalten, du kletterst auf

Bäume wie ein Eichhörnchen und hast einen Sturkopf wie ein alter Esel.«

Alice blitzte Allac böse an. »Wie reizend.«

»Es ist nur die Wahrheit«, erklärte er lachend.

»Bist du Alices Freund?«, fragte die Kleine nun Vince.

»Ja, aber ich bin nicht mit ihr zusammen, falls du das meinst«, erklärte er prompt. »Ich bin mit ihr seit einiger Zeit auf Reisen.«

»Bist du schon viel rumgekommen? Ich war nur einmal im nächsten Dorf, hab also noch fast gar nichts gesehen.«

»Na ja, ich bin schon fast ein Jahr unterwegs, da sieht man doch so manches.«

Ihr Blick hellte sich erfreut auf und sie setzte sich neben ihn. »Bist du schon mal einem Riesensalamander begegnet? Oder einer Bluthexe? Gibt es die wirklich?«

Vince grinste. »Nein, das glaube ich nicht. Aber ich habe schon Odims gesehen. Die haben Alice und mich angegriffen. Doch zum Glück waren wir stark genug und konnten sie besiegen.«

Nun staunte die Kleine nicht schlecht. »Sag bloß, ihr könnt zaubern?«

Während Tiria weiter mit Vince sprach, setzte sich Allac neben Alice und schaute seine kleine Schwester an.

»Sie ist ein sehr aufgewecktes Mädchen«, meinte Alice. »Sie muss dir sehr am Herzen liegen.«

»Das tut sie. Sie ist jetzt sieben Jahre alt und dafür ganz schön vorwitzig. Ich hoffe, dass ihr das nicht mal zum Verhängnis wird. Im Grunde liebe ich ihre neugierige und offene Art, der Welt zu begegnen.« Er wandte sich wieder Alice zu und schaute sie an. »Manchmal erinnert sie mich fast ein wenig an dich. Du warst damals auch durch nichts und niemand zu bremsen.«

»Das hat uns einige Male in brenzlige Situationen gebracht«, räumte sie ein.

»Aber wir haben auch eine Menge erlebt.«

Sie nickte langsam und schaute das Kind an. Das Strahlen der Blauen Träne war nicht zu übersehen. Sie wollte sich gar nicht vorstellen, wer alles auf sie Jagd machen konnte. Ihr war klar, dass sie Allac warnen musste, doch wollte sie ihn auch nicht in Angst und Schrecken versetzen.

»Ich habe es ihr gestern bereits mit auf den Weg gegeben. Sie muss auf sich achtgeben. Du und deine Eltern solltet das ebenfalls«, begann sie nun.

Allac runzelte erstaunt die Stirn. »Wie meinst du das?«

»Als Feiy verfügen wir über die besondere Gabe, außergewöhnlich starke Lebenslichter sehen zu können. Bislang ist mir nie eine Person mit einem solchen begegnet und ich dachte schon, es wären alles bloß Legenden. Aber dann … habe ich Tiria getroffen.«

Er schien sofort zu verstehen und schaute zu seiner Schwester. »Du willst mir sagen, sie besitzt ein solches Licht?«

Alice nickte. »Es strahlt in einem tiefen Blau und hat die Form einer Träne. Eigentlich sind wir nur ins Dorf gekommen, weil mein Talim von einem Auftrag gehört hat, der darin besteht, einen Schatz namens Blaue Träne zu beschaffen. Es winken große Reichtümer als Belohnung und offenbar ging diese Nachricht an etliche Talims.«

Allacs Miene wirkte dunkel und sorgenvoll. »Du denkst also, es werden noch mehr kommen?«

»Ich kann es nicht sagen. Wir haben euch nur mithilfe von Aufzeichnungen gefunden, aber ich würde dennoch davon ausgehen. Früher oder später wird irgendwer erkennen, dass sie etwas Besonderes ist.«

Er nickte und versuchte, ihr ein Lächeln zu schenken. »Ich danke dir, dass du mir das gesagt hast. Ich werde sie nicht aus den Augen lassen und auf sie achtgeben.«

»Ich bin mir sicher, dass sie keinen besseren Beschützer an ihrer Seite haben könnte.«

Seine Gesichtszüge entspannten sich ein wenig, der Ernst verschwand daraus. »Danke, dass du das sagst.«

»Sie hat echt das ganze Gasthaus verwüstet?«, hörte sie die Kleine Vince nun fragen.

Alice verdrehte die Augen. »Was erzählst du da wieder für einen Unsinn? Es war nicht das ganze, nur ein paar Wände.«

»Ja, und Decken, Boden, Türen ... Ich würde durchaus sagen, es war das ganze Gasthaus. Der Schadenersatz war jedenfalls ordentlich.«

»Kannst du mir diesen Zauber mal zeigen?«, bat Tiria. »Biiiittteee«, bettelte sie weiter. »Ich habe noch nie echte Magie gesehen. Zeig mir doch was.«

»Das ist keine gute Idee«, wandte Allac ein. »Wir wollen doch, dass unser Dorf stehen bleibt.« Er zwinkerte Alice verschmitzt zu.

»Sehr witzig«, knurrte sie zurück, ging zu Tiria und kniete sich neben sie. »Ich zeige dir mal was, pass auf.« Sie streckte die Hand aus und ließ darin eine Lichtkugel entstehen, die lilafarben strahlte. Mit der anderen Hand rief sie weitere Lichtstrahlen und ließ sie miteinander verschmelzen, sodass sich langsam ein herrlich leuchtender Schmetterling bildete. Als sie die Hand zurücknahm, begann er in die Höhe zu schweben und zu flattern.

»Oh, wow! Das ist unheimlich schön.«

»Ein einfacher Lichtzauber, der einem den Weg im Dunkeln leuchtet. Für dich habe ich ihn ein wenig abgewandelt.«

Das Mädchen schaute begeistert zu, wie die Lichtgestalt umhertanzte. »Ich wünschte, ich könnte das auch.« Eine Weile blickte sie vollkommen entzückt dem Zauber nach und meinte dann: »Am besten, ich werde eine echte Magierin, dann kann ich die Höhle der Nekromanten noch besser beschützen und bin in der Lage, solch wundervolle Dinge entstehen zu lassen.« Sie grinste breit, als sie Alice anschaute. »Und wenn ich böse Leute treffe, reiße ich ihnen ihre Häuser ein.«

»Dafür musst du aber noch viel lernen und lesen. Schreiben und rechnen solltest du dafür ebenfalls können. Magier lernen all ihre Sprüche aus Büchern, sie stellen Tränke her und müssen dafür sehr gut ausgebildet sein«, erklärte ihr Allac.

Die Kleine schien nicht ganz überzeugt. »Denkst du wirklich, du bekommst mich so dazu überredet, wieder in die Schule zu gehen?«, hakte sie nach.

Allac lachte und strich sich amüsiert durchs Haar. »Einen Versuch war es wert. Aber es wird wirklich Zeit. Geh jetzt zurück, dann bekommst du vielleicht nicht ganz so viel Ärger.«

Die Kleine zog einen Schmollmund. »Gut, aber nur, wenn Alice mir später noch einen Zauber zeigt.« Die nickte und Tiria strahlte übers ganze Gesicht. »Dann ist das abgemacht.« Sie sprang auf und sauste schon Richtung Tür. »Aber irgendein ganz besonders toller Spruch, die langweiligen Stunden müssen sich am Ende auch lohnen.«

Sie winkte noch einmal und lief nach draußen.

Ein wirklich süßes Mädchen, ging es Alice durch den Kopf. Hoffentlich konnte sie noch lange Zeit so unbeschwert bleiben und ein friedvolles Dasein führen.

Kapitel 23

Es war bereits gegen Mittag, als Vince vorschlug, sich nach neuem Proviant umzuschauen.

»Ehrlich gesagt, bin ich mir nicht sicher, ob euch die Leute hier wirklich etwas verkaufen werden«, gestand Allac und strich sich etwas verlegen durchs Haar. »Aber ich habe genug hier und würde euch natürlich etwas mitgeben.«

Vince winkte ab. »Du hast schon genug für uns getan. Ich versuche es einfach, ich brauche ohnehin ein bisschen frische Luft.«

Alice hatte eher das Gefühl, er wollte Allac und sie allein lassen. Ihr Verdacht bestätigte sich gleich, als er ihnen verschmitzt zuzwinkerte und sagte: »Wir sehen uns dann später.« Damit war er auch schon verschwunden und Alice seufzte.

»Da will uns dein Freund wohl etwas Zeit gönnen«, meinte Allac und schenkte ihr ein amüsiertes Lächeln. »Dann sollten wir die Gelegenheit nutzen.« Er ließ sich auf einen der Stühle, die um den Küchentisch herumstanden, sinken und musterte sie. »Also, wie gedenkst du, die Nekromanten zu finden? Wie sehen deine nächsten Schritte aus?«

Sie hatte nicht die geringste Lust, sich darüber mit ihm auszutauschen, zumal sie selbst wusste, dass es nicht gerade der brillanteste Plan war, den sie verfolgte.

»Müssen wir uns tatsächlich darüber unterhalten? Du wirst uns ohnehin nicht begleiten, es kann dir also ganz egal sein.« Ihre Stimme klang gereizter, als sie es beabsichtigt hatte, und ihre rüden Worte verfehlten nicht ihr Ziel.

»Das heißt, du hast dich also längst entschieden.« Er schnaufte verächtlich. »Ich hätte mir denken können, dass du meinen Vorschlag nicht ernsthaft in Erwägung ziehst.«

In der Tat war ihr von vornherein klar gewesen, dass er sie auf keinen Fall würde begleiten können. Allerdings hatte sie ihm das nicht derart an den Kopf werfen wollen. Etwas versöhnlicher sagte sie darum: »Du weißt, dass es nicht geht. Dein Platz ist hier und nach allem, was du nun über deine Schwester erfahren hast, solltest du erst recht an ihrer Seite bleiben. Sie wird dich brauchen.«

»Ich habe auch nicht vor, sie im Stich zu lassen. Aber das heißt noch lange nicht, dass ich mein ganzes Leben in diesem Dorf fristen muss.« Er stand auf, schaute ihr eindringlich in die Augen und nahm ihre Hand. »Eigentlich geht es doch nur darum, dass du mich zu schützen versuchst. Du willst nicht, dass ich mich dieser Gefahr aussetze. Ich soll nicht das Dorf und meine Familie verlassen, um dich zu begleiten. Du hast Angst, mir könnte am Ende die gleiche Ablehnung widerfahren, wenn ich mich mit dir abgebe, und natürlich befürchtest du auch, wir könnten die Nekromanten tatsächlich aufspüren und unterliegen.«

Mit all dem hatte er so ziemlich den Nagel auf den Kopf getroffen. Nur eine Sache hatte er nicht erwähnt: Auch er war Teil eines Lebens, das sie um jeden Preis hinter sich lassen wollte.

»Ich bin erwachsen, kann auf mich selbst aufpassen und Entscheidungen treffen«, fuhr er fort. »Für mich steht bereits seit Langem fest, dass ich mich auf die Suche nach den Nekromanten begeben werde. Dass du nun hier aufgetaucht bist, bedeutet für mich nur, dass sich dadurch eine günstige Gelegenheit ergibt. Zusammen werden wir eher zum Erfolg kommen als alleine.«

Sie sah in seinen dunkelblauen Augen, wie ernst er seine Worte meinte, und sie erkannte noch etwas anderes: Er war fest entschlossen und hatte seine Entscheidung längst gefällt. Ganz gleich, wie sehr sie sich auch dagegen zu sträuben versuchte, er würde sie begleiten.

»Du hast keine Ahnung, von was du da redest«, versuchte sie es dennoch.

»Mir ist es gleichgültig, ob die Leute irgendwann über mich reden, mich verachten oder sonst etwas. Wie man an dir sieht, geschieht so etwas ohnehin oft genug, ohne dass man etwas dafürkann.« Noch immer hielt er ihre Hand und strich tröstend über ihre Finger. »Du hast mit all dem nichts zu tun gehabt und es ist schrecklich, dass du für die Taten eines anderen derartigen Hass zu spüren bekommst.«

Alice entwand ihm ihre Hand und funkelte ihn an. »Lass gut sein. Sprechen wir nicht mehr darüber. Du weißt, dass ich an diesen Tag nicht gern erinnert werde.«

»Vielleicht ist nun aber ein Zeitpunkt gekommen, an dem du nicht weiter davonlaufen kannst.«

Im Grunde sprach er damit genau das aus, was ihr selbst bereits im Kopf herumgegangen war. Langsam biss sie sich auf die Unterlippe – sie wusste genau, wohin es sie zog, und dennoch scheute sie sich davor, diesen Weg zu gehen.

»Ich könnte dich begleiten, wenn du willst.« Sein Blick, seine Stimme – alles an ihm strahlte etwas unheimlich Sanftes und Zärtliches aus.

Sie war noch immer hin- und hergerissen. Einerseits wollte sie all das vergessen und wusste zugleich, dass es nicht ging.

»Ich muss das alleine tun«, hörte sie sich sagen und trat einen kleinen Schritt von Allac fort, was er augenblicklich verstand. Er setzte ein aufmunterndes Lächeln auf, doch er konnte den Anflug von Traurigkeit damit nicht ganz überspielen. Ja, es hatte sich vieles zwischen ihnen verändert und schuld daran war nicht zuletzt dieser eine Moment, der ihr Leben auf den Kopf gestellt hatte. Seither konnte und wollte sie niemanden mehr an sich heranlassen – schon gar nicht Allac, der ihr so viel bedeutete …

»Gehst du gleich los?«, fragte er.

Sie nickte. Es war besser, wenn sie es sofort hinter sich brachte, ehe sie doch der Mut verließ.

»Was auch geschieht, ich bin für dich da. Ich hoffe, du weißt das.«

Alice nickte langsam und trat entschlossen zur Tür. Was würde geschehen, wenn sie dort war?

Kapitel 24

Der Weg war viel zu kurz, als dass Alice all die Gedanken, die ihr gerade im Kopf umhergingen, zu Ende hätte bringen können. Auch wenn sie es nicht gern zugab, sie fürchtete sich vor diesem Ort. Bereits jetzt zog sich ihr Herz schmerzhaft zusammen, spannten sich ihre Fäuste an und ein Eisenring legte sich um ihre Brust, der ihr den Atem nahm. Sie fühlte so viel Hass, so viel Wut und natürlich auch Trauer. Wie hatte das alles nur geschehen können? Das fragte sie sich unentwegt. Und hätte sie die Zeichen sehen müssen?

Schon von Weitem erkannte sie den kleinen Flecken; er war von Bäumen, Sträuchern und Unkraut überwachsen. Der Anblick schmerzte sie, auch wenn sie mit nichts anderem gerechnet hatte. Allerdings hätte ihr Vater etwas anderes verdient gehabt, immerhin hatte er viel in seinem Leben geleistet, auch wenn davon niemand mehr sprechen wollte – und sein Tod war so unwahrscheinlich grausam gewesen.

Sie strich ein paar Äste beiseite und suchte das schlichte kleine Holzkreuz, auf das sie bestanden hatte. Es war nicht einfach gewesen, sich gegen die anderen durchzusetzen, aber am Ende war ihr immerhin das gelungen. Leider hatte sie nicht dafür sorgen können, dass die Dorfgemeinschaft ihm einen Platz auf dem Friedhof einräumte. Stattdessen hatte man ihn hier außerhalb der Siedlung am Waldrand begraben. Ganz allein, verlassen und vergessen … Da hatte er wenigstens ein Kreuz verdient. Wie schwer war es damals für sie gewesen. Erst der Schock über seinen Tod, die ganzen Konsequenzen, die damit einhergingen, die Trauer, all die Wut. Selbst jetzt ballten sich ihre Fäuste und sie hörte das Prasseln des Feuers, roch das brennende Fleisch und ihr schnürte sich der Magen zu.

Ihre Augen füllten sich mit Tränen. Hast du all das wirklich getan? Diese eine Frage ließ sie einfach nicht los und es war die Antriebskraft für all ihr Handeln. Sie wollte die Wahrheit herausfinden.

Plötzlich hörte sie Schritte, die sich über den steinigen Untergrund ihren Weg bahnten. Sofort drehte sie sich um und erkannte den hochgewachsenen, hageren Mann mit der hellen Haut und ernstem Gesichtsausdruck – ihr Onkel Pasciell, der Bruder ihres Vaters. Seine schwarzen Haare waren kurz und zurückgekämmt, die Geheimratsecken, die sich bereits vor Jahren gezeigt hatten, hatten sich noch weiter verstärkt. In den dunklen Augen lag wie immer etwas Kühles, die schmalen Lippen waren zu einem leichten Lächeln verzogen. Er hielt die Arme hinter dem Rücken verschränkt und kam auf Alice zu.

»Ich dachte mir schon, dass du früher oder später hier auftauchen würdest«, sagte er, ohne sie zu begrüßen. Er ließ seinen Blick über das kleine Holzkreuz wandern, das inzwischen leicht schief in der Erde ruhte und vom Wetter an Farbe verloren hatte. »Es ist ein Trauerspiel, dass alles so hat enden müssen. Noch immer begreife ich nicht, wie er das tun konnte.«

»Das fragen wir uns alle. Ich habe damals versprochen, die Wahrheit herauszufinden, und das habe ich noch immer vor«, erwiderte sie. Sie verstand bis heute nicht, wie ihr Onkel sich damals nicht für ihn hatte einsetzen können. Er war mit allem einverstanden gewesen und hatte am Ende sogar dafür gesorgt, dass der Leichnam hier auf diesem Acker verscharrt worden war.

»Du weißt, dass ich gar nicht anders handeln konnte«, sagte er, als könne er ihre Gedanken lesen. »Wir sind immerhin der oberste Clan dieser Gemeinde; wir sind die Anführer dieses Ortes und müssen darum mit aller Härte auch unter unseresgleichen vorgehen. Es hat unser aller Ansehen aufs Tiefste geschadet, dass gerade einer von uns ein derartiges Verbrechen verübt hat … Es ist unverzeihlich und dein Vater kann von Glück sagen, dass ihm überhaupt die Ehre einer Ruhestätte zuteilwurde. Das geschah im Grunde vor allem für dich. Erst hast du deine Mutter verloren und dann deinen Vater auf solch schreckliche Weise. Du hast wirklich genug durchgemacht und solltest wenigstens einen Platz zum Trauern haben.«

In seinem Blick lag Mitgefühl, was bei Alice jedoch nur Übelkeit hervorrief. Sie hatte sich ihrem Onkel noch nie sehr nahe gefühlt und auch jetzt heizten seine Worte ihre Wut eher an, als sie zu besänftigen.

»Ich glaube noch immer nicht daran. Mein Vater hätte das alles niemals getan. Sein Tod war ein Verbrechen und ich werde seinen Namen wieder reinwaschen.«

»Welch große Worte, doch bislang scheinen wenig Taten gefolgt zu sein.« Sein Lächeln verschwand, der tröstende Ausdruck in seinen Augen wich etwas Lauerndem. »Du solltest dich mit der Wahrheit abfinden. Vielleicht würde man dir dann wieder eine Chance geben und dich in die Dorfgemeinschaft aufnehmen. Wenn du aber weiterhin auf deinem Starrsinn beharrst, schadest du dir damit nur selbst und ziehst alle, die dir nahestehen, mit hinein.«

Alice wusste, dass er auf Allac anspielte. »Lass das mal meine Sorge sein«, sagte sie kühl und entfernte ein paar Schlingpflanzen, die sich am Kreuz hinaufwanden. Anschließend stand sie auf.

Auch wenn das Adrenalin durch ihre Adern peitschte und sie kaum noch atmen konnte vor Wut, war es vielleicht doch gut gewesen hierherzukommen. Jetzt war sie jedenfalls so entschlossen wie lange nicht mehr und sie war sich ganz sicher, was ihr Ziel anbelangte.

»Dann verlässt du uns wieder?«, fragte ihr Onkel.

Sie nickte.

»Das ist sehr schade. Ich hatte gehofft, noch einmal mit dir sprechen und dir deine Dummheiten ausreden zu können. Du weißt, dass du hier einen Platz hast. Selbst nach alldem gehörst du zu unserem Clan und könntest ein Wortführer dieses Ortes werden.«

»Ich glaube kaum, dass da noch Platz neben dir und deiner Sippschaft wäre«, fauchte sie zurück, was bei ihrem Onkel einen beleidigten Gesichtsausdruck hervorrief.

»Du weißt, dass dein Vater und ich Seite an Seite mit unserem Vater Entscheidungen getroffen haben. Inzwischen ist er tot und es sind nur noch mein Vater, meine beiden Kinder, meine Frau und ein Cousin übrig, mit denen ich nun alle Geschicke leite. Mach es uns nicht zum Vorwurf, dass wir nun alleine dastehen. Jeder weiß, dass das kein leichtes Los ist und wir es uns anders gewünscht hätten.«

Sein Ton war tatsächlich voller Bedauern, doch in seinem Blick lag weiterhin diese eisige Kälte. Vielleicht hatte sie ihren Onkel darum nie leiden können. Er war seltsam, stets distanziert und fast berechnend.

»Wie dem auch sei«, entgegnete sie. »Das alles geht mich nichts mehr an.« Damit trat sie an ihm vorbei und hörte ihn noch sagen: »Schade, dass du nicht bleiben willst. Aber was geschehen ist, hat unser aller Leben verändert. Das lässt sich nicht rückgängig machen.«

Sie schritt von ihm fort und hörte nur noch einen Gedanken in ihrem Kopf nachhallen: Man konnte die Vergangenheit zwar nicht ungeschehen machen, aber man konnte die Wahrheit herausfinden und all die Lügen aufdecken. Genau das würde sie tun. Niemals hatte ihr Vater das alles getan und dieses Unglück verdient. Niemals hätte er seine Familie derart verraten.

Auf dem Rückweg gingen ihr unentwegt die Worte ihres Onkels durch den Kopf. Sie überschnitten sich mit den Schreien der vielen Leute von damals, mit dem Prasseln des Feuers. Das alles war ein Irrtum gewesen – es konnte gar nicht anders sein. Aber würde sie tatsächlich je in der Lage sein, die Wahrheit ans Licht zu bringen? Und was würde das ändern? Würde ihr überhaupt jemand Glauben schenken?

Eine Hand, die sich schwer auf ihre Schulter legte, ließ sie aufschrecken.

»Ich habe dich mehrmals gerufen, du scheinst mich aber nicht gehört zu haben«, stellte Vince fest, der ihren erschrockenen Gesichtsausdruck bemerkte. »Ist irgendwas passiert?«

Sie schüttelte langsam den Kopf, wusste nicht genau, was sie darauf antworten sollte. »Nein, es ist alles in Ordnung.«

»So siehst du aber gar nicht aus. Willst du mir nicht endlich sagen, was eigentlich los ist? Ich verstehe nicht, warum dich alle hier so hassen, nur weil du ein Unterfangen begonnen hast, das alleine so gut wie unmöglich zu bewältigen ist. Dafür kann dir doch niemand derart böse sein? Da steckt doch mehr dahinter, habe ich recht?«

Für einen Moment hingen ihrer beider Blicke aneinander. Sie konnte sehen, dass er sie durchschaut hatte, und dennoch vermochte sie ihm nicht ihre Geschichte zu offenbaren. Vielleicht aus Scham, vielleicht weil sie die Worte nicht aussprechen wollte oder weil sie doch seine Reaktion fürchtete. Sie lächelte nur, schüttelte den Kopf und meinte: »Was du dir wieder einbildest.«

Damit ließ sie ihn stehen und ging hastig weiter. Allerdings suchte sie nicht das Haus von Allac auf. Sie konnte im Moment nicht; alles in ihr verlangte danach, alleine zu sein. Aus diesem Grund verließ sie das Dorf auf einem kleinen, nur wenig benutzten Pfad und ging in den Wald zu einem Fels, der vor einem kleinen Bach emporragte und den sie in ihrer Kindheit oft aufgesucht hatte.

Sogleich legte sich eine angenehme Ruhe um sie; die Sonnenstrahlen brachen durch die Baumkronen, ließen die Blätter in Grün- und Gelbtönen strahlen. Das Wasser des Bachlaufs war kristallklar und von ihrem Sitz auf dem Felsen, der wie von einem Riesen in die Landschaft geworfen wirkte, hatte sie einen perfekten Blick.

Ihre Gedanken, die eben noch unermüdlich durch ihren Kopf gerast waren, kamen endlich zur Ruhe; die Stimme ihres Onkels und das Prasseln des Feuers verstummten. Stattdessen lauschte sie dem Sprudeln des Wassers, dem Wind, der durch die Bäume rauschte, und dem Vogelgezwitscher.

»Ich dachte mir schon, dass du hier bist«, ließ eine Stimme sie aufschrecken. Allac trat auf sie zu und ließ sich neben ihr auf den Stein sinken. »Das war schon früher dein Lieblingsplatz.«

Sie nickte. »Hier kann man sich einfach entspannen und den Kopf frei bekommen.« Sie schwiegen beide einen Moment, dann fragte sie: »Warum wusstest du, dass ich gerade jetzt hier sein würde?«

»Ich habe Vince getroffen, der verwundert war, dass du noch nicht wieder zurück warst. Da dachte ich mir schon, wo ich dich finden würde.« Sie spürte, wie Allac sie musterte, gleich darauf sagte er: »Es war bestimmt nicht einfach, zum Grab deines Vaters zu gehen, aber ich bin mir sicher, dass es eine gute Entscheidung war.«

Alice erwiderte nichts darauf, stattdessen sagte sie: »Ich habe meinen Onkel getroffen.«

Er schaute sie betroffen an. »Ich kann mir schon denken, was er alles zu dir gesagt hat.«

Beruhigend legte er ihr seinen Arm um die Schulter und zog sie ein Stück zu sich heran. Es tat gut, die Wärme seines Körpers zu spüren, und zugleich war da eine Stimme in ihr, die sie warnte, es nicht zu tun. Sie durfte sich auf diese Nähe nicht einlassen, denn schon bald würde sie ihn wieder verlassen müssen. Dennoch war das Gefühl in diesem Moment so übermächtig, dass sie kurz schwach wurde und diese tröstende Umarmung genoss. Sie atmete seinen Duft nach Wald, Erde und einer Spur Lavendel ein – dieser übte normalerweise etwas so Beruhigendes auf sie aus. Doch jetzt führte er lediglich dazu, dass sie sich dieser Nähe umso bewusster wurde und die Sehnsucht schier übermächtig wurde.

»Dein Onkel war schon immer jemand, der nach Macht strebte und versucht hat, deinen Vater in den Hintergrund zu drängen«, fuhr Allac fort. »Wie oft haben die beiden sich gestritten, sodass dein Großvater schlichtend einschreiten musste. Dennoch hätte ich niemals gedacht, dass er kein gutes Wort für deinen Vater einlegt und dabei zusieht, wie dieser einfach verbrannt wird.«

»Es ist noch immer unfassbar«, begann Alice, die nur dank Allacs Nähe die Erinnerungen überhaupt zulassen konnte. Sie schaute auf den Bach, doch vor ihren Augen sah sie in diesem Moment das Feuer, all die Menschen, die darum herum standen, und die dunkle, schreiende Gestalt, die in den Flammen an einen Pfahl gebunden war. Tränen stiegen in ihr hoch und sie unterdrückte ein Schluchzen. »Ich kann nicht glauben, dass er all das tatsächlich getan haben soll. Andererseits gab es eine Untersuchung; mein Großvater hat selbst Nachforschungen angestellt. Er hätte niemals seinen eigenen Sohn …« Sie ballte die Fäuste und schüttelte den Kopf. »Trotzdem, es kann einfach nicht sein. Warum hätte er das auch tun sollen? Jahrelang war er seiner Aufgabe gewissenhaft nachgekommen. Er war ein ehrlicher und gütiger Mensch, der immer das Wohlergehen dieses Dorfes im Sinn hatte. Niemals hätte er so ein Verbrechen begangen.« Letzten Endes blieben dennoch diese nagenden Zweifel in ihr zurück. »Ich werde seinen Namen wieder reinwaschen und herausfinden, was wirklich geschehen ist. Mein Vater ist unschuldig!«

»Ich wollte nie etwas anderes, als dir dabei helfen«, sagte Allac und drehte sich so, dass sie ihm direkt in die Augen schauen konnte.

Alice verschlug es den Atem, als sie dieses feurige Flackern darin sah, diese Sehnsucht, die auch ihn all die Jahre über gequält zu haben schien. Er kam ihr noch näher, legte seine Hand auf ihre Wange, hinterließ mit seinen Fingerspitzen eine brennende Spur darauf. Seine Lippen waren leicht geöffnet, als er sich zu ihr lehnte – noch immer waren ihre Blicke ineinander verschmolzen. Wie oft hatte sie von dieser Situation geträumt?

»Hier seid ihr!«, stieß Vince hervor, der noch mit einem Busch kämpfte und schließlich halb herausstolperte.

Sofort zuckte Alice zurück und entfernte sich ein Stück von Allac, was dieser mit einem Ausdruck von Enttäuschung hinnahm.

»Ich habe dich schon überall gesucht«, meinte Vince weiter. Alice standen wohl noch immer all die Gefühle, die das Gespräch mit ihrem Onkel hervorgeholt hatte, ins Gesicht geschrieben. »Was ist passiert? Willst du mir nicht endlich alles sagen? Ich weiß, dass da noch immer etwas ist. Kannst du mir nicht vertrauen?«

Es war diese letzte Frage, die etwas in ihr rührte. Konnte sie ihm vertrauen? Sie wusste es selbst nicht. Sollte sie ihm auch den dunkelsten Fleck ihrer Vergangenheit offenbaren? Mit der

Zeit waren sie Freunde geworden, das spürte sie nur allzu gut, und das, obwohl sie sich damals vorgenommen hatte, sich niemandem mehr zu öffnen. Sollte sie es nun doch wagen?

»Das geht dich nichts an«, sagte Allac. »Du bist kein Mitglied unseres Dorfes und musst auch nicht über alles informiert sein, was hier einst geschehen ist.«

Vince' Augen wurden schmal. »Ach, denkst du das?! Alice und ich sind Freunde und als solche sollte man einander vertrauen und helfen. Ich will für sie da sein!«

»Ich sag es dir ein letztes Mal: Hör auf mit deinen Fragen!«, drohte Allac.

Alice schaute weiterhin auf den Bachlauf vor sich, betrachtete die Sonnenstrahlen, die auf die Oberfläche fielen und diese glänzen ließen. Sie war die Streiterei leid, und was konnte schon passieren, wenn Vince die Wahrheit erfuhr? Im schlimmsten Fall würde er fortan wieder seiner eigenen Wege gehen wollen. Natürlich würde es einen Moment lang schmerzen, aber im Grunde war es einerlei …

»Mein Vater wurde einst hingerichtet. Er war es, der die Nekromanten befreit hat«, erklärte sie, ohne aufzublicken, und mit einem Mal verstummten die beiden Männer.

»Was?«, fragte Vince ungläubig, als er sich wieder gefangen hatte.

»Meine Familie ist seit Generationen diejenige, die die Geschicke dieses Dorfes lenkt«, erzählte sie ihm nun die ganze Wahrheit. »Wir sind so etwas wie die Anführer. Wir arbeiten hart, trainieren unentwegt und gehören zu den Stärksten, was wir auch sein müssen, denn es ist vorrangig unsere Aufgabe, die Höhle der Nekromanten zu bewachen, sodass diese Wesen nicht entkommen können.

Ich kannte meine Bestimmung und bin in dem Wissen aufgewachsen, irgendwann in die Fußstapfen meiner Eltern zu treten. Es war ein friedliches Leben; ich hatte Allac als meinen besten Freund an der Seite, wir haben hin und wieder irgendwelchen Unfug angestellt, ansonsten bereitete ich mich aber pflichtgetreu auf meine spätere Aufgabe vor.

Mein Vater Nathaniel war zeit seines Lebens äußerst gewissenhaft. Nachdem meine Mutter gestorben war, versuchte er erst recht, für mich da zu sein. Es war eine schwere Zeit, dennoch tat er alles, um mir in meiner Trauer zu helfen. Dabei saß der Schmerz bei ihm natürlich ebenfalls tief. Stets war er für alle da, nahm seine Pflichten sehr ernst und erklärte mir immer, wie wichtig es sei, die Nekromanten zu bewachen.«

Nun ballte sie ihre Fäuste, als sie an diesen einen Tag zurückdachte.

»Ich war mit Allac im Wald, um zu jagen. Dabei hätten wir eigentlich Feuerholz sammeln sollen, doch wir sind abgehauen und unserer eigenen Wege gegangen.

Als wir zurückkamen, warteten wir bereits auf das Donnerwetter, doch stattdessen war das ganze Dorf in heller Aufregung. Überall rannten Leute umher; sie griffen zu ihren Waffen, rüsteten sich. So etwas hatten weder Allac noch ich jemals zuvor erlebt. Uns war beiden klar, dass etwas Schreckliches geschehen sein musste. Als wir eine Frau fragten, was passiert sei, sagte sie ganz aufgelöst: ›Die Nekromanten sind frei!‹

Ich war so entsetzt und rannte mit Allac in Richtung Berg, doch wir kamen gar nicht erst so weit. Am Rand des Dorfes schleppten Nigras und Beroll einen weiteren Mann in ihrer Mitte mit sich. Ihre Blicke waren eiskalt und das, obwohl die zwei eigentlich immer gut gelaunt und lustige Kerle waren. Doch in diesem Moment war da nichts als Kälte, die sie meinem Vater zukommen ließen, dem sie die Hände gefesselt hatten. Sie zerrten ihn mit sich … Ich konnte es nicht fassen, genau wie alle anderen auch.

Sie sagten, dass sie ihn bei der Höhle erwischt hätten, er habe Utensilien dabeigehabt – einen Trank, mehrere Pulver – und habe in einem magischen Kreis gesessen, direkt vor dem Felsen. Die Nekromanten seien frei und es gebe keinerlei Zweifel daran, dass mein Vater der Schuldige sei.

Ich sah in seine Augen, die plötzlich so dunkel waren. Er sprach kein Wort, schaute mich nicht einmal an. Ich schrie, dass das nicht sein könne, dass er so etwas niemals getan hätte. Aber die beiden meinten, mein Vater selbst habe bereits alles gestanden. Sie führten ihn ab, brachten ihn zu meinem Großvater und meinem Onkel.

Ich dagegen rannte zu dem Fels und wollte mich selbst überzeugen. Ich konnte nicht glauben, dass die Nekromanten wirklich freigekommen sein sollten, aber der Fels war aufgesprengt. Nie zuvor war ich je in der Höhle gewesen, sah Halseisen an den Wänden, Hand- und Fußfesseln. Von den Nekromanten selbst fehlte jede Spur.

Fassungslos sank ich zu Boden und ließ meiner Verzweiflung freien Lauf. Es konnte einfach nicht sein, es musste sich um einen Irrtum handeln. Und das würden bald alle einsehen, wenn mein Vater ihnen erst einmal die Wahrheit gesagt hatte.

Also rannte ich zurück, wollte mit ihm sprechen, aber man ließ mich nicht zu ihm. Ich verharrte die ganze Nacht vor seinem Gefängnis, ohne zu ihm gelassen zu werden.

Am nächsten Morgen brachte man ihn auf den Dorfplatz, noch immer gefesselt, mit dunklen Schatten unter den Augen.

Es war mein Großvater, der das Urteil sprach, und man konnte sehen, wie es ihm das Herz dabei zerriss, auch wenn er stark zu bleiben versuchte: ›Nathaniel … hat die ungeheuerliche Tat, die ihm vorgeworfen worden ist, gestanden. Es ist umso schrecklicher, da er als Wächter dafür verantwortlich war, die grauenhaften Wesen zu bewachen, sodass sie niemals mehr in diese Welt gelangen. Doch er hat das Vertrauen und seine Macht missbraucht und unser aller Leben in Gefahr gebracht. Es ist ein solch schweres Vergehen, dass wir es nicht ungesühnt lassen können, und es gibt nur eine Strafe, die dafür angemessen ist: der Tod durch das Feuer.‹

Ich sank auf die Knie; mit einem Mal waren all meine Hoffnungen verloren. Ich fühlte mich wie in einem Albtraum gefangen und wollte nur noch aufwachen. Mein Vater stand einfach da und ertrug alles stoisch, ohne ein Wort zu sagen. Ich versuchte, durch die Menge zu ihm zu gelangen, man hielt mich jedoch fest und ließ es nicht zu.

Mein Vater schaute mich an und wandte den Kopf zur Seite. Das erste Mal sah ich endlich wieder eine Regung in ihm – Schmerz. Ich tobte wie wild und man brachte mich zum Haus meines Onkels, wo ich mich ebenfalls nicht beruhigen konnte. Ich wollte meinen Vater sehen, mit ihm sprechen, sagte immer wieder, dass er das nicht getan habe.

Mein Großvater versuchte mich zu schützen und beschloss darum, dass ich bei der Urteilsvollstreckung nicht anwesend sein durfte. Aus diesem Grund sperrte man mich in meinem Zimmer ein. Ich konnte hören, wie sich die Leute am Abend im Dorf versammelten, sah, wie die Sonne langsam unterging. Ich hatte solche Angst und wusste zugleich, dass ich etwas unternehmen musste. Ich zerschmetterte meine Fensterscheibe und kletterte hinaus. Doch es war zu spät: Der Rauch stieg bereits dunkel in die Höhe. Ich sah all die Leute, die um ein Feuer standen, und hörte die Stimme meines Vaters, die sagte: ›Die Nekromanten werden ihren Weg gehen‹, und dann seine entsetzlichen Schreie, als die Flammen sich an ihm hinauffraßen. Ich konnte ihn nur als dunkle Gestalt im Feuer erkennen und sank auf den Boden. Überall waren Leute und niemand half ihm. Ein jeder sah dabei zu, wie er elendig verbrannte, hörte, wie seine Schreie langsam erloschen und er sein Leben verlor.

Lange Zeit blieb ich dort sitzen, weiß nicht einmal, wie ich wieder nach Hause kam. Doch in dieser Nacht stand für mich fest, dass ich nicht länger bleiben konnte. Ich hinterließ einen Brief, in dem ich mitteilte, dass ich die Nekromanten zurückbringen und den Namen meines Vaters reinwaschen würde. Ich wollte die Wahrheit ans Licht bringen und seine Unschuld beweisen.« Sie schaute Vince traurig an. »Doch bis jetzt konnte ich die Nekromanten nicht finden.«

»Es tut mir so leid«, war alles, was Vince daraufhin hervorbringen konnte.

Alice spürte, wie sich jeder Muskel in ihr anspannte, als sie ihn anschaute und sagte: »Mir ist es gleich, was du und alle anderen denken mögt. Ich bin mir jedenfalls sicher, dass mein Vater mit dieser Sache nichts zu tun hatte und zu Unrecht bestraft worden ist. Ich weiß nicht, warum er dieses absurde Geständnis abgelegt hat, aber ich habe keinerlei Zweifel daran, dass er niemals seine Pflichten vernachlässigt und dieses Dorf oder diese Welt in eine derartige Gefahr gestürzt hätte.«

Vince schaute überrascht und hob abwehrend die Hände. »Versteh mich nicht falsch, ich kannte deinen Vater nicht und wenn du davon überzeugt bist, dass er es nicht war, dann glaube ich dir.«

Seltsamerweise war sie erleichtert über seine Worte und zugleich verwundert. Er glaubte ihr tatsächlich?!

»Die Frage, die mich all die Jahre nicht losgelassen hat«, mischte sich Allac ein, »ist die, wer es dann war? Wenn dein Vater unschuldig ist – wovon ich ebenfalls überzeugt bin –, wer hat dann die Nekromanten freigelassen und vor allem, aus welchem Grund?«

»Irgendwer wollte Nathaniel wohl aus dem Weg haben«, schlug Vince mit einem Schulterzucken vor.

Alice sah ihn nachdenklich an. »Mein Vater war zwar ein geborener Leyrano, wie unser Familienname lautet, und damit eines der Oberhäupter, aber ihm lag nie viel an dieser Position. Er hat seinem Bruder und seinem Vater viel Freiraum gelassen, was die Entscheidungen anging. Wirkliche Feinde hat er auch nicht gehabt; er war ein friedfertiger Mensch und dieses Dorf ist ein ruhiger, beschaulicher Ort. Ich kann mir das alles nicht erklären.«

»Und du glaubst tatsächlich, eine Antwort auf all die Fragen zu finden, wenn du die Nekromanten gestellt und zurückgebracht hast?«, hakte Vince weiter nach.

Sie nickte vage. »Vielleicht werde ich nicht alles klären können, aber ich leiste zumindest Wiedergutmachung.« Sie zögerte kurz, ob sie auch den anderen Grund preisgeben sollte, und entschloss sich schließlich dafür. »Außerdem habe ich die Hoffnung, dass, wenn die Nekromanten erneut in ihrem Gefängnis sind, derjenige, der meinem Vater all das angelastet hat, einen neuen Versuch starten wird oder sich sonst irgendwie verrät. Ich weiß, dass es nur eine kleine Hoffnung ist, aber was bleibt mir anderes übrig?«

Sie schaute zum Himmel, wo die Sonne längst ihren Höchststand verlassen hatte. Bald würde es Abend werden und morgen konnte sie aufbrechen, um ihre Suche fortzusetzen. Sie brannte mehr denn je darauf, ihr Vorhaben in die Tat umzusetzen.

»Ich wünschte nur, du würdest dir dabei helfen lassen«, meinte Allac und schaute sie mit seinen blauen Augen auf diese unglaubliche Art an. Er wartete wohl auf eine Reaktion von ihr, die jedoch ausblieb. »Wollen wir dann langsam zurückgehen?«

Alice lächelte, schüttelte aber den Kopf. »Geht ihr schon mal vor, ich bleibe noch einen Moment. Es gibt so viel, über das ich nachdenken muss.«

Er verstand und auch Vince nickte. Zusammen gingen sie davon und überließen Alice ihren Gedanken und der Stille des Waldes.

Es tat gut, noch einmal alleine zu sein und über alles nachdenken zu können. Sie hatte es sich schlimmer vorgestellt, einem anderen ihre Geschichte zu erzählen. In all den Jahren hatte sie es nie dazu kommen lassen – vielleicht weil ihr auch nie jemand nahe genug gestanden hatte. Es war ein seltsames Gefühl zu wissen, dass es da nun noch jemanden gab, der das dunkelste Kapitel in ihrem Leben kannte und zu ihrer Verwunderung nicht entsetzt Abstand genommen hatte. Immerhin tat das sonst jeder hier im Dorf – bis auf Allac natürlich. Er war weiterhin ein guter Freund, jemand, dem sie vertraute und bei dem die vielen Jahre der Trennung kein Gefühl der Fremdheit hatte hervorrufen können. Es tat noch immer gut, mit ihm zu reden und ein Verbindungsstück zu ihrem alten Leben zu haben, auch wenn es gerade dieser Punkt war, der auch schmerzte.

Sollte sie ihn vielleicht doch mit sich ziehen lassen? Einen kurzen Moment ließ sie den Gedanken zu, sah sich mit ihm eine gemeinsame Zukunft aufbauen. Aber was würde dann aus Tiria werden? Wer würde auf sie achten, wo es doch wichtig war, dass sie jemanden um sich hatte, der stark genug war, um sie zu beschützen. Mit Sicherheit würden früher oder später andere Feiys oder, noch schlimmer, Odims auf sie stoßen. Nicht jeder ihrer Zunft war so nachsichtig wie sie und verschonte ein kleines Mädchen.

Wer nur war dieser ominöse Auftraggeber? Er musste wissen, um was es sich bei der Blauen Träne wirklich handelte. Nicht umsonst hatte er die Nachricht unter allen Talims verbreiten lassen. Konnte es sich um einen hohen Magier handeln? Aber weshalb würde dieser so weit gehen und sich nicht selbst auf die Suche machen? Nein, da steckte mehr dahinter und ein untrügliches Gefühl sagte ihr, dass sie unbedingt mehr darüber in Erfahrung bringen musste.

Nachdem sie eine Weile am Bachlauf zugeschaut hatte, wie Libellen über dessen Oberfläche tanzten und Schmetterlinge umherflatterten, stand sie schließlich auf, strich sich die Kleidung sauber und machte sich auf den Weg zurück ins Dorf. Sie würde noch einmal mit Allac reden und ihm klarmachen, wie wichtig es war, dass Tiria eine gute Ausbildung erhielt, damit sie sich irgendwann selbst verteidigen konnte. Bis dahin brauchte sie aber einen Beschützer. Wenn Allac eine Lösung dafür kannte, die ihm erlaubte, mit Alice mitzukommen, dann würde sie ihm nicht mehr im Wege stehen.

Kapitel 25

Alice bog nach rechts in die Straße ab, die zu Allacs Haus führte. Es waren nicht viele Leute zu sehen und dennoch genügte die geringe Anzahl bereits, dass sie sich innerlich anspannte. Diese verkniffenen Münder, die kalten Blicke, der kühle Hass. All das wurde ihr zuteil, weil ihr Vater etwas absolut Schändliches getan hatte. Sie als sein direkter Nachkomme bekam nun den Hass dafür zu spüren, doch sicher wäre es nie so weit gekommen, hätte sie ihren Vater damals nicht bis zuletzt vehement verteidigt. Sie glaubte bis heute an seine Unschuld und machte daraus keinen Hehl, wodurch sie in den Augen der anderen in Ungnade fiel.

Es waren nur noch wenige Meter bis zu Allac, sie musste lediglich den kleinen Hügel hinauf, doch dort sah sie zu ihrer Überraschung eine Gestalt, die in ihre Richtung kam. Sie erkannte sie sofort: Pasciell.

Er schien bei Allac gewesen zu sein und hatte ihn vermutlich auch angetroffen. Doch da dieser noch nicht lange zu Hause gewesen sein konnte, musste es sich um ein sehr kurzes Gespräch gehandelt haben. Als er seine Nichte sah, kam er schnurstracks auf sie zu. Seine Miene verriet, dass er nicht bester Laune war.

»Ich war gerade bei Allac und wollte einmal sehen, wie es ihm geht. Immerhin sorgt er ganz schön für Aufsehen, indem er dich bei sich wohnen lässt.«

»Er ist erwachsen und trifft seine eigenen Entscheidungen«, entgegnete sie.

»Das mag sein, er war schon immer ein Sturkopf. Allerdings hatte ich dich so eingeschätzt, dass du trotzdem stets versuchst, das Beste – auch für ihn – zu tun. Immerhin bist du damals ohne ihn gegangen. Ich nehme doch stark an, wenn er von deinen Plänen gewusst hätte, wäre er mitgekommen.«

Sie biss sich auf die Unterlippe und nickte vage. »Das ist lange her und er ist nun mal kein Kind mehr.«

»Das heißt nicht, dass die Entscheidungen immer die besten sind.« Ihr Onkel seufzte und blickte zu Allacs Haus. »Du weißt, dass seine Familie einfache, aber rechtschaffene Leute sind. Allacs Großvater hat damals alles dafür getan, dass zumindest sein Enkel in den Kreis der Nekromantenwächter aufgenommen worden ist. Gerade auf diese Leute, die unserer Familie als oberste Wachinstanz direkt unterstehen, müssen wir achten. Sie sind unsere rechte Hand, auf sie zählen wir. Allac hat eine vielversprechende Zukunft, er ist einer der Besten und mit viel Einsatz dabei. Er könnte es zu sehr viel bringen, vielleicht sogar in den Kreis der Fünf gelangen.«

Zu dem Kreis der Fünf zählten die besten Krieger; sie lebten mit ihren Familien in den Häusern direkt neben denen der Leyrano-Familie. Es bedeutete hohes Ansehen, Ruhm und natürlich auch einen besseren Verdienst, darin aufgenommen zu werden. Es wunderte Alice nicht, dass Allac dafür infrage kam. Wohl aber der Zeitpunkt. Er wäre einer der Jüngsten gewesen, dem diese Ehre je zuteilwurde.

»Allein damit, dass er dich bei sich hat wohnen lassen, gefährdet er seine Chancen. Dabei würde diese Aussicht seiner Familie viel bedeuten und auch helfen. Sie sind nicht gerade die Wohlhabendsten«, rief er ihr unnötigerweise in Erinnerung. »Auch seine Schwester könnte profitieren und von den Besten ausgebildet werden.«

Ihr Herz donnerte in ihrer Brust. Es stimmte, wenn Allac erst einmal Mitglied im Kreis der Fünf war, erhielt auch seine Familie Privilegien. Seine Schwester würde ebenfalls von Wächtern unterrichtet werden und wenn sie sich gut anstellte, vielleicht ebenfalls aufsteigen können.

»Überleg es dir also, ob du wirklich noch länger bei ihm bleiben willst«, mahnte ihr Onkel und ging anschließend mit großen Schritten an ihr vorbei.

Sie blickte ihm einen Moment nach, dann zu Allacs Haus. Erneut dachte sie an seine Familie, seine Schwester und deren Zukunft. Es ging nicht nur um ihn, sondern auch um all jene, die ihm nahestanden. Allac würde ihnen allen den Rücken kehren, um Kreaturen aufzuspüren, von denen sie keine Ahnung hatten, wo sie zu finden waren und ob es ihnen je gelingen würde. Und falls doch, wer garantierte ihnen, dass sie dabei nicht den Tod fanden? Das alles nur, um Gespenstern der Vergangenheit nachzujagen, die lediglich sie, Alice, heimsuchten. Sie wusste, dass Allac ihr ohne Zögern folgen würde, weil ihm Ansehen, Ehre und Geld nichts bedeuteten. Auch seine Eltern würden ihn ohne Murren ziehen lassen, weil sie ihm seine Freiheit lassen wollten. Aber im Grunde hofften auch sie sicher auf die Chance des Kreises der Fünf. Es hätte für seine Familie und vor allem für seine Schwester eine Menge bedeutet.

In diesem Moment sah sie ganz deutlich, dass sie gar keine andere Wahl hatte. Sie spürte den Schmerz, die Tränen, die in ihre Augen schossen. Einen kurzen Moment hatte sie Allac an ihrer Seite gesehen, sich sogar der Vorstellung hingegeben, eine gemeinsame Zukunft aufbauen zu können. Stattdessen würde sie ihn erneut verletzen und alleine bleiben müssen …

Kapitel 26

Das Abendessen war die reinste Qual. Allac gab sich alle Mühe, gute Laune zu verbreiten, offenbar nahm er an, dass Alice, nachdem sie vor Vince ihre Vergangenheit offengelegt hatte, eine Aufmunterung gebrauchen konnte. Auch was das Essen anging, hatte er sich allem Anschein nach Gedanken gemacht und wirklich etwas Köstliches gezaubert. Es gab gebratene Ente an geschmortem Gemüse, dazu eine süßliche Soße mit leichtem Orangengeschmack, die hervorragend dazu passte.

Alice versuchte unbeschwert zu wirken. Sie beteiligte sich an den Tischgesprächen, lächelte immer wieder, war offen und mitteilsam, wobei sie darauf achtete, den Bogen nicht zu überspannen – ansonsten hätte Allac schnell bemerkt, dass sie ihm etwas vorspielte. Ihr Entschluss war ihr nicht leichtgefallen, denn sie wusste, sie würde ihn erneut schrecklich verletzen. Er hatte es bis heute nicht verwunden, dass sie damals einfach ohne ein Wort gegangen war, und nun würde sie genau das wieder tun …

»Na, jedenfalls hat Key daraufhin gesagt, dass er auch nicht mehr geradeaus laufen können muss«, erzählte Allac weiter, der von einem betrunkenen Freund berichtet hatte.

Alice zwang sich zu einem Grinsen, während Vince laut loslachte.

»Solche Typen kenne ich. Einfach zu köstlich. Wenn die auch nur ein Glas zu viel getrunken haben, kann man froh sein, wenn sie nicht in den Straßengraben fallen.« Vince nahm noch einen Schluck von dem Rotwein, der ihm offensichtlich ziemlich gut schmeckte, streckte sich und meinte: »Hach, so lässt es sich leben. Gutes Essen, nette Gesellschaft, ein Dach über dem Kopf.«

»Du hast erzählt, du seist nun ungefähr ein Jahr auf Reisen?«, hakte Allac nach.

»So ist es, aber es kommt mir bereits deutlich länger vor. Erst recht, wenn man die meiste Zeit draußen schlafen muss. Da weiß man eine so herrliche Unterkunft erst recht zu schätzen.« Er blickte fast ein wenig wehmütig auf sein Weinglas und fuhr fort: »Schade, dass wir morgen schon wieder aufbrechen müssen.«

»Ich habe mir viel Gedanken darüber gemacht und beschlossen, dass ich euch begleiten werde«, verkündete Allac. »Wie gesagt, ich habe ohnehin seit Längerem vor, mich ebenfalls auf den Weg zu machen. So ist es eben nur ein wenig früher.«

»Und was ist mit deiner Schwester?«, versuchte es Alice noch einmal. »Sie braucht dich.«

»Ich habe mit meinen Eltern gesprochen, sie sind ebenfalls nicht unerfahren im Kampf und werden natürlich ein Auge auf sie haben. Außerdem habe ich Leray um seine Unterstützung gebeten, er wird auf sie aufpassen und sie sogar unter seine Fittiche nehmen.«

Leray war einer der ältesten und erfahrensten Wächter hier im Ort. Einst hatte er zum Kreis der Fünf gehört, sich jedoch aufgrund seines Alters vor über zehn Jahren daraus zurückgezogen. Er war wirklich gut und konnte einem sicher auch viel beibringen, doch wenn Allac geblieben und selbst Mitglied der Fünf geworden wäre, hätte Tiria Hilfe von allen aktiven Mitgliedern bekommen, wäre von ihnen trainiert worden und man hätte ein Auge auf sie gehabt. Wäre die Bedrohung nicht so groß gewesen, Alice hätte sich von Allacs Worten sicher überzeugen lassen.

»Dann ist ja alles geregelt«, stellte Vince fest.

Alice schwieg einen Moment, nickte dann aber. »So ist es wohl.« Allac schaute sie erwartungsvoll an und verlangte offenbar mehr als nur eine Floskel von ihr.

»Du bist ein erwachsener Mensch«, sagte sie darum. »Ich fände es besser, wenn du hierbleiben würdest. Deine Familie braucht dich und du hast eine großartige Zukunft vor dir, die auch deiner Schwester zugutekommen würde. Du solltest es dir gut überlegen. Aber so, wie ich dich kenne, hast du dich ohnehin längst entschieden. Was spielt es da für eine Rolle, was ich dazu sage? Jeder von uns kann das machen, was er für richtig hält.« Und sie sah für sich keine andere Möglichkeit, als ihn erneut zu enttäuschen … Sie musste gehen, ohne ihn, ganz gleich, wie sehr sie allein der Gedanke daran zerriss.

Ein leichtes Lächeln huschte über seine Lippen. »Ich hätte nicht gedacht, dass du tatsächlich nachgeben würdest. Ich habe schon geglaubt, ich müsste euch tagelang hinterherrennen, bis du ein Einsehen hast.«

Er wirkte zufrieden und doch war da ein leichtes misstrauisches Funkeln in seinen Augen. So ganz schien er ihr noch nicht zu glauben und das wunderte sie auch nicht. Bestimmt würde er lange vor Sonnenaufgang aufstehen, um sicherzugehen, dass sie am Ende nicht doch ohne ihn loszog. Aus diesem Grund würde sie gleich nach dem Abendessen bei der erstbesten Gelegenheit verschwinden.

Sie schaute noch einmal zu Vince. Es würde sich wahrscheinlich keine Möglichkeit ergeben, ihn in ihre Pläne einzuweihen, was ihr sehr leidtat. Mit der Zeit war er ihr ans Herz gewachsen – zu einem Freund geworden. Sie wollte nicht noch jemanden vor den Kopf stoßen müssen. Aber wie sollte sie mit ihm über all das sprechen, ohne dass Allac etwas mitbekam? Außerdem mussten sie sich dann zu zweit fortschleichen, was es noch deutlich schwerer machen würde … Nein, es ging nicht anders. Fortan würde sie wieder ganz auf sich allein gestellt sein.

Sie leerte den letzten Schluck aus ihrem Glas, half Allac beim Abräumen und verabschiedete sich dann in ihr Zimmer. Dort packte sie leise ihre Sachen und lauschte auf jedes Geräusch.

»Ich mache noch einen Spaziergang«, verkündete Vince. »Vom vielen Wein ist mir ganz schummerig, ein bisschen kühle Luft tut mir sicher gut.«

Alice hörte eine Tür ins Schloss fallen, danach waren nur noch gedämpfte Geräusche zu vernehmen, die lediglich verrieten, dass Allac noch wach war, aufräumte und anschließend zu Bett ging. Sie wartete eine ganze Weile, aber schließlich rührte sich nichts mehr. Dennoch war dies kein Zeichen dafür, dass Allac bereits schlief.

Gegen ein Uhr morgens wagte sie es schließlich. Sie trat zum Fenster, das ohnehin offen stand und schaute nach unten. Es war nicht sehr tief, und wenn sie sich gut abrollte …

Sie warf ihre Sachen nach unten und sprang schließlich hinterher. Mit einem dumpfen Aufprall landete sie auf dem weichen Gras, dennoch schmerzte ihre Schulter ein wenig, nachdem sie aufgestanden war.

Noch einmal blickte sie zum Haus empor. Es war noch immer alles ruhig darin. Wahrscheinlich hatte Allac angenommen, dass, wenn sie versuchen würde abzuhauen, sie durch die Haustür gehen würde. Doch die war nun mal ziemlich laut, und Alice hätte durch das ganze Gebäude schleichen müssen. Sie konnte ihren Blick nicht lösen und schaute weiterhin auf das Häuschen, das vom Licht des Mondes erhellt wurde. Sie wusste, dass sie nun alles unwiederbringlich zerstören würde …

Alice biss sich auf die Unterlippe und spürte, wie sich ihr Herz vor Schmerz zusammenzog. Sie wollte ihn nicht erneut zurücklassen, ihn nicht noch einmal enttäuschen müssen. Kurz dachte sie daran, was sie alles zurückließ: den Menschen, der ihr immer so nah gestanden, mit dem sie alles geteilt hatte. Sie hätte sich nichts sehnlicher als ein Leben mit ihm gewünscht. In Gedanken bat sie ihn um Verzeihung und dass er sie hoffentlich eines Tages verstehen würde – dann ging sie los.

Im Dorf war es ruhig, nirgends brannte mehr ein Licht und so war es ein Leichtes, unbehelligt durch die Straßen zu ziehen. Wann sie diesen Ort wohl das nächste Mal wiedersehen würde? Sie wollte gar nicht an das Aufeinandertreffen mit Allac denken – er würde ihr niemals verzeihen, dessen war sie sich sicher. Heute hatte sie ihn für immer verloren.

Auch an Vince dachte sie und fragte sich, ob er nun jemals sein Ziel erreichen würde. Er wusste immerhin, wo Mylo lebte und arbeitete. Ob er ihn vielleicht auch ohne ihre Hilfe überzeugen konnte? Ein Teil in ihr wünschte es ihm, ein anderer, der vernünftige, betete darum, dass er einen neuen Lebensweg für sich fand.

Mit all diesen Gedanken im Schlepptau ließ sie im Schein des Mondes erneut ihre Heimat und ihre Vergangenheit hinter sich …

Kapitel 27

Alice ging direkt in den Wald, wo sie kaum noch etwas zu erkennen vermochte. Der Mond war von Wolken verhangen, sodass nur wenig Licht hindurchdrang, das ihr den Weg hätte weisen können. Sie wusste, dass sie nicht mehr weit würde gehen können, sie sah einfach zu wenig. Dennoch wollte sie noch etwas mehr Abstand zwischen sich und das Dorf bringen. Ihr war einfach nicht wohl, sie fühlte sich fast wie getrieben, als wäre jemand hinter ihr her.

Immer wieder blickte sie sich um, konnte aber nichts erkennen. Ihre eigenen Schritte waren laut, entgegen ihrer Art viel zu hektisch und unvorsichtig. Jeder Schwerhörige würde auf sie aufmerksam werden. Trotzdem gelang es ihr nicht, ihre Füße zu zügeln und sie bedachter zu setzen.

Oder war da noch ein anderes Geräusch? Ein weiteres Rascheln? Ihr Herz donnerte. Konnte es sein, dass sie doch verfolgt wurde?

Sie blieb stehen und lauschte … Tatsächlich, da war etwas. Das Knacken von trockenem Holz, Blätter raschelten. Schritte, die nun ebenfalls verstummten.

»Alice?! Alice, wo bist du?«

Sie konnte es nicht glauben, aber wenige Sekunden später brach Vince nach Atem ringend durch ein Gebüsch. Er schaute erleichtert, als er ihr gegenüberstand, dann baute er sich vor ihr auf und blitzte sie wütend an. »Was sollte das? Wieso hast du nicht auf mich gewartet? Ich wollte gerade ins Haus zurückgehen, als ich eine Gestalt durch die Straßen rennen sah. Ich ging ihr nach, schaute genauer hin und erkannte dich …« Er breitete die Arme aus. »Und jetzt stehe ich hier und hab kaum etwas bei mir. Fast alle meine Sachen liegen noch bei Allac.«

Er wartete auf eine Antwort, die jedoch ausblieb. »Er wird das nicht verstehen«, meinte er schließlich in einem Tonfall, der voller Anteilnahme war.

»Ich weiß«, murmelte sie. »Aber das muss er auch nicht.«

Vince nickte. »Du wirst tiefgreifende Gründe haben, wenn du so weit gehst und ihm das antust. Du weißt, dass du ihm unwahrscheinlich wichtig bist.«

Das »Er mir auch« brachte sie in diesem Moment nicht mal mehr über die Lippen, zu sehr schmerzte sie allein der Gedanke. Stattdessen wandte sie sich um und meinte: »Wenn wir in eine Stadt kommen, kannst du dir ja neue Sachen kaufen.«

Er gab ein resigniertes Knurren von sich, während er ihr folgte. Sie war erleichtert, dass zumindest Vince weiter an ihrer Seite sein würde. Den Gedanken an Allac verbot sie sich.

Alice wagte einen Blick über ihre Schulter, wo Vince hinter ihr herging. Seit drei Tagen waren sie nun unterwegs und in dieser Zeit war er recht schweigsam geworden. Bislang hatte sie sein Verhalten hingenommen, immerhin war es ganz angenehm gewesen, dass er sie nicht weiter mit Fragen, womöglich in Bezug auf ihre alte Heimat oder gar Allac, belästigt hatte. Inzwischen musste sie jedoch zugeben, dass es ihr lieber gewesen wäre, er hätte doch hin und wieder etwas gesagt.

Erneut schielte sie hinter sich und sah seine angespannten Kiefermuskeln, die nachdenklich in Falten gelegte Stirn. Alice seufzte und fragte schließlich: »Willst du mir endlich sagen, was dich so sehr beschäftigt, dass es dir derart die Sprache verschlagen hat?«

Er kniff die Lippen zusammen und antwortete schließlich: »Was soll mir schon durch den Kopf gehen? Wir sind auf dem Weg zu Mylo und da wir ihm die Blaue Träne nicht bringen können, wird er mir wohl kaum die Kräfte eines Feiys verleihen.«

Alice hatte sich bereits gedacht, dass es darum ging. Auch sie war sich nicht sicher, wie Mylo reagieren würde. Er war stets auf seinen eigenen Vorteil aus und hatte Vince das Angebot nur gemacht, damit er und Alice ihm den Schatz brachten. Wo sie nun wusste, um was es sich dabei in Wirklichkeit handelte, stand es außer Frage, dass sie den Auftrag niemals ausführen würde. Somit war es nicht gerade abwegig, dass er auch Vince nicht weiterhelfen würde. Ihre Zweifel behielt sie jedoch für sich.

»Mylo braucht immer wieder neue Feiys, die für ihn arbeiten. Er ist bei der Auswahl zwar wählerisch, aber er hält sich nicht allzu lange mit solchen Entscheidungen auf. Wir gehen ihm so lange auf den Wecker, bis er einlenkt.«

Ihre Worte halfen offensichtlich, Vince etwas mehr Mut zu machen. Sie selbst war nicht so überzeugt. Ja, Mylo mochte es nicht, wenn man ihm immer wieder mit denselben Belangen kam, und oftmals gab er dann lieber nach. Doch was das Verteilen der Kräfte anging, war er sehr eigenwillig und ließ sich von niemandem etwas sagen. Aber vielleicht hatte Vince ja doch Glück …

Viel mehr fragte sich Alice jedoch, wie Mylo reagieren würde, wenn er erfuhr, um was es sich bei der Blauen Träne wirklich handelte. Sie wollte unbedingt in Erfahrung bringen, wer der ominöse Auftraggeber war und für was er solch starke

Lebenslichter benötigte. Mylo hatte sich mit Sicherheit nicht den Kopf darüber zerbrochen. Ihm ging es nur um seinen Profit. Sie konnte sich jedoch nicht vorstellen, dass er bereit war, ein kleines Mädchen dafür zu opfern – oder vielleicht doch? Wie dem auch sein mochte, bei ihr würde er auf Granit beißen und sie hatte nicht vor, ihm mitzuteilen, wo sie die Blaue Träne letztendlich gefunden hatte.

»Irgendwie ist es hier ganz schön still, findest du nicht?«, riss Vince sie aus ihren Gedanken. Alice lauschte und außer dem sanften Rauschen des Windes, der Blätter rascheln ließ, war nichts zu hören. Kein Vogelgezwitscher, keine Grille zirpte, nicht einmal ein Käfer brummte an ihnen vorbei. Schlagartig war in Alice alles alarmiert. Irgendetwas stimmte hier nicht. Sie ließ ihren Blick umherwandern, während Vince ebenfalls unruhiger zu werden schien.

»Wir sind in Gefahr, habe ich recht?«, wollte er wissen.

»Das kann ich noch nicht sagen«, erwiderte sie leise. »Aber wir sollten auf jeden Fall auf der Hut sein.«

Sie setzte jeden ihrer Schritte mit Bedacht, versuchte, so leise wie möglich zu sein, und ließ unentwegt ihre Augen über das Gelände schweifen. Sie befanden sich noch immer inmitten eines dichten Waldes; hohe Buchen, dunkelgrüne Tannen und Fichten schoben sich in die Höhe, streckten ihre langen Zweige gen Himmel, sodass kaum Licht den Boden erreichte. Farne und Wurzeln wuchsen dort, hier und da waren größere Steine zu finden. Alles sah ganz normal aus und trotzdem spürte sie deutlich die Gefahr.

»Was, wenn sich hier irgendwo ein Odim herumtreibt?«, sprach Vince seine größte Angst aus.

Auch Alice fürchtete Kämpfe gegen diese Wesen und versuchte, ihnen aus dem Weg zu gehen. Genau darum musste sie herausfinden, was in ihr dieses eisige Gefühl auslöste, das ihr den Magen zuschnürte und all die Stimmen des Waldes hatte verstummen lassen.

Trockenes Laub raschelte unter ihren Füßen, als sie eine kleine Anhöhe hinaufgingen. Sie hoffte von dort oben einen besseren Blick zu haben. Und tatsächlich: Kaum dass sie dort angekommen waren, sah sie etwas Dunkles hinter einer Gruppe von Bäumen liegen. Alice steigerte ihr Tempo, auch wenn sie weiterhin vorsichtig blieb, und hastete, dicht gefolgt von Vince, zu der Stelle. Sie strich die Zweige eines dichten Buschs beiseite, dann stockte ihr für einen Moment der Atem. Kein Baum war mehr zu sehen, kein Strauch wuchs aus der schwarzen Erde. Überall lag ein ascheähnlicher Staub, der vom Wind umhergetragen wurde. Alice fröstelte leicht, als eine Brise die Kühle, die über dem Platz lag, zu ihr trug. Auch hier war sie wieder zu spüren, diese seltsame Kälte, die mit diesem Ort in Zusammenhang stehen musste.

»Die Nekromanten?«, fragte Vince und ließ seinen Blick weiter über die Verwüstung gleiten.

Alice nickte langsam. »Ich denke schon. Wir sollten uns noch ein wenig umschauen.«

Vorsichtig betrat sie den schwarzen Untergrund, der bei jedem ihrer Schritte ein knirschendes Geräusch von sich gab, als würde sie durch Schnee waten. Die Ascheflöckchen, die ihr entgegenflogen und sich auf ihre Haut setzten, fühlten sich eiskalt an. Noch immer war diese Stille um sie herum erdrückend und verstärkte nur den Eindruck, dass hier etwas Schreckliches geschehen sein musste. Es war nicht zu übersehen, dass ein Kampf stattgefunden hatte. Waren es wirklich die Nekromanten gewesen, die eine solche Macht entfaltet hatten? Und gegen wen war diese gerichtet worden?

Alice suchte im Untergrund nach weiteren Spuren, allerdings waren weder Blut noch sonstige Zeichen eines Kampfes zu finden. Je mehr Zeit sie hier verbrachte, desto sicherer war sie sich, dass es Stunden, höchstens wenige Tage her sein konnte, dass jemand hier gewesen war.

»Wir sollten weitergehen«, sagte sie darum und dachte zugleich über ihre nächsten Schritte nach. Natürlich wollte sie herausfinden, ob diese Zerstörung von wenigstens einem Nekromanten stammen konnte. Aber wie sollte sie wissen, welchen Weg dieser nun genommen hatte? Er war ihnen mit Sicherheit etliche Stunden voraus.

Sie hob den Blick und schaute zum Himmel, der sich langsam verdunkelte. Dicke Wolken waren zu sehen, die sich dort bedrohlich türmten. Es dauerte auch gar nicht lange, da war das erste Donnergrollen zu vernehmen.

»Das sieht nach einem ganz schön heftigen Unwetter aus«, bemerkte Vince und Alice konnte ihm nur zustimmen. Erste Blitze zuckten über ihnen, die Donnerschläge hallten laut durch den Wald. Regentropfen klatschten auf sie hernieder und entluden sich in einem starken Guss.

»Lass uns irgendeine Stelle suchen, wo wir geschützt sind«, schlug Vince vor, der sich den Kragen seines Mantels hochgestellt hatte, um sich wenigstens ein bisschen vor der Nässe zu schützen.

Alice hätte lieber weiter nach irgendeiner Spur gesucht, aber sie wusste, dass es sinnlos war. Selbst auf dem Feld war nichts zu finden gewesen und nun nach dem Regen würde sich erst recht nichts mehr aufspüren lassen.

Immer wieder ging ihr derselbe Gedanke durch den Kopf: Würde sie die Nekromanten je zu fassen bekommen? Sie strich sich ihr regennasses Haar zurück, während der Donner grollte und die Blitze grell zuckten. Es schien fast so, als wollte die Welt untergehen.

Sie hasteten weiter, stets auf der Suche nach einer Stelle, die Sicherheit bot, doch es war keine Höhle, kein Felsvorsprung zu finden und sich unter einen Baum zu stellen, wäre blanker Wahnsinn gewesen.

Wieder zuckte ein helles Licht durch den Himmel und schlug nur etwa zweihundert Meter weit von ihnen entfernt in eine Buche ein. Als sich die Umgebung dabei kurz erhellte, meinte Alice etwas aufblitzen zu sehen. Sie schaute genauer hin und glaubte zwischen einer Baumgruppe etwas zu erkennen, das die Umrisse eines Gebäudes sein mochten.

»Dort vorne könnte eine Hütte oder ein altes Haus liegen«, teilte sie Vince mit und lief in die Richtung, wo sie es vermutete.

Tatsächlich fanden sie gut versteckt hinter den hohen Bäumen ein kleines, zerfallenes Gebäude aus dunklem Holz. Die Fensterläden waren zum Teil herausgebrochen oder hingen schief in den Angeln. Die Fenster selbst waren fast allesamt zersprungen und nur noch Teile des Glases hingen als große Scherben im Rahmen. Überall war der Lack abgeblättert, das Holz größtenteils aufgequollen. Das Gebäude schien bereits seit Jahren verlassen hier im Wald zu stehen und der Natur vollkommen ausgeliefert zu sein, die sich immer weiterer Teile bemächtigte. Ein kleiner Baum wuchs bereits durch die morsche Veranda, Efeu wucherte an der rechten Seite bis zum schiefen Dach hinauf und schien das Häuschen beinahe zu erdrücken. Weder Alice noch Vince zögerten auch nur einen Moment, um sich im Inneren vor dem Gewitter in Sicherheit zu bringen. Alice stieß hastig die quietschende Eingangstür auf, lief in den dunklen Flur, während Vince ihr folgte, und atmete anschließend erst einmal erleichtert auf. Einige Tropfen fielen auch hier auf sie herab, was Alice nicht wunderte, denn man hatte bereits von außen sehen können, dass das Dach eingesunken war. Dennoch blieben sie einigermaßen trocken.

Ein paar verstaubte Möbel fanden sich in dem kleinen Flur, darunter eine große Standuhr, die nicht mehr funktionsfähig war, und ein abgewetzter Teppich, von dem man kaum noch die Farben erkennen konnte. Alice öffnete die erste Tür, die sich im Korridor befand, und entdeckte eine kleine Küche. Auf der Anrichte stand ein mit Spinnweben versehener Teekessel. Ein Holztisch war in der Mitte aufgebaut, an dem zwei Stühle standen. Sie ging in das kleine Schlafzimmer, in dem ein altes Bett sowie ein wuchtiger Kleiderschrank zu finden waren, anschließend in eine Art Vorratskammer, in der ein paar getrocknete Würste hingen und sich Einmachgläser mit undefinierbarem Inhalt befanden. Ein Bewohner war jedenfalls nicht zu finden.

Als Nächstes wandte sich Alice dem Wohnzimmer zu, wo es zu ihrer freudigen Überraschung einen Kamin, ein kleines, abgenutztes Sofa und einen breiten Ohrensessel gab. Alles wirkte alt und war zum Großteil kaputt, aber immerhin blieben sie trocken. Sie machte sich daran, ein Feuer im Kamin zu entfachen, und setzte sich anschließend in den breiten Ohrensessel, den sie noch ein wenig näher zum Feuer rückte, sodass sie sich wärmen konnte.

»Wir übernachten am besten hier«, schlug sie vor. »Solange das Gewitter in vollem Gang ist, möchte ich ohnehin nicht nach draußen gehen.«

Vince atmete erleichtert auf. »Ich bin froh, das zu hören. Auch wenn das nicht gerade ein Fünf-Sterne-Hotel ist, bin ich dennoch glücklich, ein Dach über dem Kopf zu haben.« Er lehnte sich in das alte Sofa zurück und legte die Beine hoch.

Sein Blick schweifte derweil im Zimmer umher. Es gab einen alten, ausgeblichenen Teppich und unter dem kaputten Fenster fand sich eine alte Holzkommode, die von etlichen Regengüssen, die dort hindurchgeströmt sein mussten, bereits ganz aufgequollen war.

»Ich frage mich, wer hier einst gelebt hat und wo der Bewohner nun ist«, sinnierte er vor sich hin.

Alice zuckte mit den Schultern. »Hier und da findet man einsam gelegene Hütten. Manchmal sind es Einsiedler, ab und an Holzfäller, die sich etwas außerhalb eines kleinen Dorfes niedergelassen haben, oder Menschen, die einst mit ihrer Familie hier gelebt haben, die jedoch nach und nach verstorben ist.« Sie schaute sich ebenfalls noch einmal um und meinte: »In diesem Fall würde ich eher auf Einsiedler tippen. Wer hier auch immer gewohnt hat, scheint nicht besonders viel Wert auf Gesellschaft oder Sauberkeit gelegt zu haben.«

»Zumindest gibt es nicht gerade viele Sitzmöglichkeiten«, meinte Vince. »Na ja, für uns zwei reicht es«, fügte er noch hinzu und machte sich an seinem neuen Rucksack zu schaffen, den sie unterwegs erstanden hatten. Dabei hatten sie auch gleich eine Decke, ein paar Kleidungsstücke für Vince sowie Proviant gekauft. Er holte einen Kanten Brot heraus und hielt ihr ein Stück entgegen. »Willst du?«

Alice nahm dankend an und aß auch von dem geräucherten Schinken, den er ihr ebenfalls reichte. Es war eine gute Mahlzeit, von der sie sicherlich satt werden würden, dennoch musste sie an die Köstlichkeiten denken, die Allac ihnen serviert hatte. Er musste schwer enttäuscht gewesen sein, nachdem er entdeckt hatte, dass sie wieder mal abgehauen war. Sie wünschte sich nichts mehr, als ihm irgendwann, wenn sie die Nekromanten gefasst hatte, alles erklären zu können. Sie wagte nicht daran zu glauben, dass er ihr verzeihen würde, doch wollte sie ihm zumindest ihre Beweggründe und Gefühle offenlegen. Er bedeutete ihr noch immer unendlich viel. Sie zwang sich, ihre Gedanken ins Hier und Jetzt zu lenken.

Das Essen schmeckte recht gut, auch wenn das Brot allmählich etwas trocken wurde. Noch immer hörte man draußen den Donner grollen und das grelle Licht eines Blitzes zuckte kurz durch den Raum und erhellte ihn.

Alice zog sich eine Decke aus ihrem Rucksack und wickelte diese für die Nacht um sich. Vince hatte es sich auf dem Sofa bequem gemacht, aß noch ein wenig von dem Schinken und schien ansonsten seinen Gedanken nachzuhängen.

»Vielleicht sollten wir uns in einer der nächstgelegenen Städte oder einem der Dörfer umhören, ob irgendwer mitbekommen hat, was im Wald geschehen ist«, schlug Vince vor, der gerade gähnte und sich müde streckte.

Alice nickte. »Einen Versuch ist es mit Sicherheit wert, auch wenn ich nicht allzu viel Hoffnung habe.« Wenn es ein Nekromant gewesen war, der dort gekämpft hatte, dann sicher gegen einen ebenbürtigen Gegner und beide hätten wohl kaum einen Zuschauer – falls sich überhaupt einer dorthin verirrt haben sollte – einfach am Leben gelassen.

Der Regen trommelte weiterhin aufs Dach und drang durch einige Löcher auch zu ihnen ins Wohnzimmer, doch Alice hatte eine Position gefunden, wo sie trocken blieb. So lauschte sie dem Gewitter, das über ihnen tobte, und dem Heulen des Windes, der durch alle Ecken pfiff. Fast klang es wie ein leises Wimmern.

Kapitel 28

Alice erwachte mitten in der Nacht, der Donner war weiterhin zu hören. Auch die grellen Lichter der Blitze zuckten hin und wieder durch den Raum. Sie vernahm das stete Prasseln des Regens sowie das Knistern des Kaminfeuers, das von Vince' lautem Schnarchen begleitet wurde. Er hatte sich auf dem Sofa zusammengerollt, den Kopf leicht nach hinten überstreckt, sodass ihm der Mund offen stand und er mit jedem Atemzug ein sägendes Geräusch von sich gab.

Alice streckte sich kurz, griff nach ihrer Trinkflasche, die neben dem Sessel in ihrem Rucksack lag, und nahm einen Schluck. Die letzten Tage waren anstrengend gewesen, kein Wunder, dass sie so rasch eingeschlafen war. Dass sie nun ein Dach über dem Kopf hatten und vor dem Gewitter geschützt waren, hatte sicher sein Übriges dazu getan. Sie zog noch eine Decke aus ihrem Rucksack und wickelte sich darin fest ein, während sie einen Blick aus den ergrauten Fensterscheiben warf. Es war tiefdunkle Nacht, sicher würde es nicht mehr lange bis zum Morgen dauern.

Wieder hörte sie das Heulen des Windes, der eine Tür oder einen Fensterladen schaurig aufächzen ließ. Sie war froh, dass dieses Haus dem Sturm überhaupt noch standhalten konnte.

Wenn man sich so umschaute, würde es sicher früher oder später einstürzen. Es wäre nur schön gewesen, wenn das nicht gerade in dieser Nacht geschehen sollte.

Sie drehte sich zur Seite und lehnte den Kopf in das raue Polster, schloss die Augen und ließ ihre Gedanken noch ein wenig schweifen, bis sie spürte, dass die Schwere des Schlafes immer näher rückte.

Ein Windhauch strich ihr übers Haar, wehte ein paar Strähnen an ihrem Nacken entlang, sodass es kitzelte. Das dumpfe Geräusch, als Vince kurz aufstand, um zur Toilette zu gehen, nahm sie nur am Rande wahr. Irgendetwas murmelte er dabei verschlafen vor sich hin – konnte der Kerl denn nie ruhig sein? Sie drückte ihr Gesicht fester in den Stoff des Stuhls und schlief langsam ein. Allerdings hielt dieser Zustand nicht lange an. Kurz darauf kehrte Vince wieder zurück, seine Stimme klang weiterhin verwaschen und schläfrig. Alice gab ein genervtes Schnauben von sich, was ihn aber nicht davon abhielt weiterzumurmeln. War er neuerdings unter die Schlafwandler gegangen?

Sie schnappte sich ihre Trinkflasche und warf sie in seine Richtung aufs Sofa, wo sie ihn auf den Bauch traf. Zu ihrer Überraschung lag er dort bereits wieder und schaute nun ziemlich verwirrt drein.

»Was ist denn los?«, fragte er verschlafen. Er blickte sich um und sah die Flasche, die auf seinem Bauch lag. Dann wandte er sich Alice zu und seine Augen weiteten sich voller Entsetzen. Noch ehe sie etwas unternehmen konnte, legte sich eine kühle Hand auf ihre Schulter und drückte fast schmerzhaft zu.

»Sie sind überall«, säuselte die Stimme, die sie wohl auch bereits im Halbschlaf vernommen hatte. Alice wirbelte sofort herum, griff nach der kühlen, knochigen Hand, packte sie, sprang auf und warf den Angreifer zu Boden. Sie drückte ihn mit allen Vieren auf den Untergrund, krallte ihre Hände in die schmalen Schultern und wartete auf einen Gegenangriff. Doch die wasserblauen Augen mit den roten Rändern sahen wie durch einen Schleier zu ihr auf. Es war auf den ersten Blick ersichtlich, dass er nicht ganz bei sich war. Seine dünnen Lippen, um die ein Bartschatten zu sehen war, bebten. Das lange graue Haar, das zu dichten Strähnen verklebt war, stand ihm wirr vom Kopf ab. Die Wangen waren eingefallen und auch sonst sah er kränklich und zerbrechlich aus.

»Es ist zurück«, wisperte die Gestalt voller Entsetzen und mit weit aufgerissenen Augen. Alice konnte die gelblichen Zähne sehen, der zähe Speichel, der beim Sprechen Fäden zog.

»Wer bist du und was willst du von mir? Warum hast du mich angegriffen?«, hakte sie nach und wählte mit Absicht diese Anschuldigung, um dem Kerl klarzumachen, dass er sich in einer ernsten Lage befand. Sie selbst war sich mittlerweile ziemlich sicher, dass dieser Typ vollkommen verwirrt war und ihr nichts hatte tun wollen. Dafür war er auch viel zu schwach.

»Ich habe es gehört, das Grollen, das es von sich gegeben hat. Ich habe die grellen Lichter gesehen, mit denen es alles in Flammen hat aufgehen lassen …«, brabbelte er weiter.

Alice runzelte die Stirn. »Sprichst du von dem Gewitter?«

Vince war inzwischen neben sie getreten und schaute den Fremden ebenfalls fragend an. »Ist das Ihr Haus? Leben Sie hier?«, wollte er wissen.

Das schien der Mann nun endlich einmal beantworten zu können. »Mein Haus, mein schönes, schönes Haus. Jetzt muss ich mich hier verstecken, falls es zurückkommt.«

»Von was sprichst du da? Wer wird zurückkommen?«, drängte Alice weiter, ohne den Fremden loszulassen. Seine Augen waren so voller Entsetzen, als sehe er etwas unfassbar Grauenvolles vor sich.

»Sie haben von grellen Lichtern gesprochen und von einem lauten Grollen. Meinen Sie das Gewitter? Es ist sicher bald vorüber«, versuchte Vince ihn zu beruhigen.

»Die Lichter«, wisperte der Hausbesitzer weiter. »So viele, so grell, so laut. Sie zerstören alles – es zerstört alles. Es ist so eisig kalt, diese dunklen Augen, diese Finsternis, es ist wieder da!« Er schrie, wimmerte und riss die zitternden Arme hoch, sodass er sie schützend vor sein Gesicht halten konnte. Er bebte am ganzen Körper und Alice wusste sich keinen Reim auf diese arme Gestalt zu machen, die offenbar Schreckliches erlebt hatte.

»Ich verstecke mich, kann nicht in den Wald zurück. Hier findet es mich vielleicht nicht, wenn ich nur still bin. Niemand darf mich sehen. Wenn es erst weiß, dass ich dabei war, dass ich alles beobachtet habe, dann … ja dann wird es mich in Stücke reißen. Es wird versuchen, mich zu töten, genau wie es das mit diesem anderen Ding gemacht hat … diesem … diesem Odim oder wie es sich genannt hat. Ohne Arm, der Bauch zerrissen … Oh diese Schreie, oh diese lauten Schreie. Überall Blut, die Dunkelheit, die Kälte …« Er packte Alices Arm und drückte mit einer Kraft zu, die sie ihm niemals zugetraut hätte. »Sie kamen aus der Erde, sie gehören nicht mehr in diese Welt, aber sie sind den Rufen gefolgt. Sie waren kalt, alles wurde zu Eis, schwarz und dunkel, als würde diese Welt in eine Finsternis gerissen werden. Wir müssen aufpassen«, wisperte er. »Es kommt wieder und wird uns alle vernichten. All die Geschichten«, erklärte er nun mit kratziger Stimme, »sie sind wahr!«

Ein eisiger Schauer lief Alice bei diesen Worten über den Rücken. Sie konnte nicht anders und packte den Kerl an den Schultern, am liebsten hätte sie ihn geschüttelt. »Sprichst du von den Nekromanten? Hast du sie gesehen? Sind sie hier gewesen? Waren sie es, die dort im Wald gekämpft und dieses schwarze Feld hinterlassen haben?«

Seine Augen wurden bei jedem ihrer Worte größer, ebenso wie das Grauen. »Es darf nicht noch mehr von ihnen geben. Bitte nicht, bitte nicht!« Nun weinte er. »Ich wusste es, sie sind überall.«

»Sie sind von einem Nekromanten angegriffen worden«, versuchte es Vince.

Dicke Tränen rollten dem Mann die eingefallenen Wangen hinab. »Schreckliches Wesen«, krächzte er. »Es will alles vernichten, es will mich vernichten. Ich hätte nicht dort sein dürfen. Es weiß, wo ich bin.« Er streckte die dürre Hand aus und packte Alice noch einmal. »Ihr wart bei der schwarzen Erde. Dort hat es sicher gewartet und ihr habt es nun zu mir geführt!« Blitzschnell sprang er auf die Füße. »Es kommt! Es kommt.« In diesem Moment strich eine Böe übers Dach und riss einen Dachziegel mit sich. Der Mann brüllte auf, war vollkommen panisch und rannte aus dem Raum.

»Hey, bleib hier!«, rief Alice und eilte ihm nach. Doch als sie den Flur erreichte, war der Fremde bereits nicht mehr zu sehen. Sie schaute sich suchend um. War er etwa zur Tür hinausgerannt? Aber so, wie sie ihn verstanden hatte, fürchtete er sich genau davor: dort draußen auf den Nekromanten zu treffen. Sie konnte es noch immer nicht glauben, endlich hatte sie eine neue Spur!

In diesem Moment gab es einen weiteren Knall, als der Sturm einen der Fensterläden wegriss. Sie hörte einen Schrei, der von weiter unten zu kommen schien. Sie begann, überall nach einem Keller zu suchen, und fand in der Küche in einem kleinen Schrank tatsächlich eine gut versteckte Treppe, die ins Dunkel hinabführte. Der Gestank, der hier unten herrschte, war fürchterlich. Es roch modrig, nach Schweiß, Exkrementen und Furcht. Ob der Kerl sich hier die ganze Zeit versteckt hatte?

»Es kommt«, hörte sie ein leises Ächzen, das nicht sehr weit entfernt zu sein schien.

Sie rief einen Lichtzauber, damit sie in der Dunkelheit etwas erkennen konnte, vernahm ein polterndes Geräusch, dann ein leises Knirschen. Wände und Decke waren in die blanke Erde gehauen, gestützt von einigen Brettern. Alice sah ein paar Kisten; in einem schiefen Regal standen Einmachgläser mit vergammeltem Inhalt, daneben lagen ein paar alte Planen. Ihr Licht wanderte weiter und erleuchtete nun die hinterste Ecke. Sie seufzte leise, als sie den Mann sah, der den Hals in einer Schlinge stecken hatte, das Seil war an dem einzigen Stützbalken befestigt, den es hier unten gab. Sein Kopf war leicht verdreht, die Augen hervorgequollen. Alice erkannte auf den ersten Blick, dass sein Genick gebrochen war. Sie fluchte leise … wäre sie doch nur schneller gewesen. Sie nahm den Schemel, den er beiseitegestoßen hatte, stellte ihn wieder auf und schnitt den Mann von dem Balken, sodass er zur Erde sank. Aus dem Regal nahm sie sich eine Plane und deckte den Toten zu. Hoffentlich hatte er nun wenigstens seinen Frieden und keine Angst mehr. Es war schrecklich, wie viel Furcht er gehabt haben musste, um zu glauben, nur auf diesem Weg entkommen zu können.

Langsam stieg sie die Stufen wieder hinauf, während alles in ihr arbeitete. Sie konnte die Geschehnisse der letzten Minuten kaum fassen und stand im Grunde genau vor denselben Problemen wie eh und je.

Als sie wieder oben in der Küche ankam, hörte sie Schritte und sogleich stand Vince vor ihr. Er schaute sie fragend an. »Wo warst du? Ich habe dich überall gesucht.« Sein Blick wanderte hinter sie zu der kleinen verborgenen Tür. »Hast du den Kerl gefunden? Hat er noch irgendetwas gesagt?«

»Er ist tot«, erklärte sie ohne Umschweife.

»Du hast ihn umgebracht? Aber warum? Wie ist das überhaupt passiert?«

Alice schnaubte genervt. »Glaubst du wirklich, ich laufe herum und töte Leute?! Was denkst du bitte von mir?«

Ein wenig kleinlauter rechtfertigte er sich: »Ich habe angenommen, ihr hättet euch vielleicht gestritten. Du kannst recht ungestüm werden und manchmal sind deine Zauber auch etwas – na, sagen wir mal – zu kraftvoll, da hätte es ja sein können, dass etwas schiefgegangen ist. Ein Unfall.«

»Ich kann mich sehr wohl beherrschen«, erwiderte sie. »Meine Magie ist stets der Situation angepasst und wenn dennoch mal etwas kaputtgehen sollte, dann weil man in einem Kampf nicht auf jeden kleinen Gegenstand achtgeben kann – aber ich bringe dabei ganz sicher keine Menschen um!«

»Ist ja auch egal«, versuchte Vince das Thema zu wechseln. »Was ist dann aber geschehen, dass der Kerl nun einfach tot ist? Hat er sich etwa so aufgeregt, dass er einen Herzinfarkt bekommen hat? Mit so etwas habe ich nämlich fast schon gerechnet. Er war ja vollkommen außer sich, als der Wind übers Haus gefegt ist.«

»Er hat gedacht, der Nekromant sei zurückgekommen«, erklärte Alice und sah erneut den Leichnam vor sich am Seil hängen. »Er muss eine solche Angst gehabt haben, dass er keinen Ausweg mehr gesehen hat. Als ich in den Keller kam, war es bereits zu spät. Er hat sich erhängt und sein Genick war gebrochen.«

»Wie schrecklich«, meinte Vince bestürzt.

Sie ließ noch einmal ihren Blick über die armselige und heruntergekommene Einrichtung schweifen. Alles war verstaubt, alt, kaputt und schmutzig. Kein Wunder, dass sie das Gebäude für verlassen gehalten hatte.

»Er muss schon jahrelang in diesem Chaos gehaust haben. Wahrscheinlich war er bereits vor dem Erlebnis mit dem Nekromanten nicht mehr ganz bei Verstand. Aber diese Begegnung hat ihn nun komplett irre werden lassen.«

»Er kann einem wirklich leidtun. So ein Ende ist furchtbar.«

Sie nickte zustimmend. »Dabei hätte ich noch so viele Fragen gehabt. Offenbar hat der Nekromant gegen einen Odim gekämpft, aber warum, und wo ist dessen Leiche, oder hat er entkommen können? Vor allem interessiert mich, wohin der Nekromant gegangen ist. In den Überlieferungen heißt es, sie könnten sich in schwarzen Rauch verwandeln, der in die Erde sinkt und sich im Untergrund weiterbewegt. Hat er so etwas getan? Immerhin meinte der Mann etwas wie, dass sie aus der Erde gekommen seien … Und was sind die nächsten Ziele dieses Wesens? Folgt diese Kreatur einfach nur seinem Instinkt, der ihm sagt, wohin es zu gehen hat?«

Vince schüttelte den Kopf. »Der Mann war so verwirrt. Ich glaube kaum, dass er uns viel mehr hätte mitteilen können.«

Alice wusste, dass er recht hatte. Dennoch hätte man das ein oder andere vielleicht noch von ihm in Erfahrung bringen können.

»Wo sind nur die anderen?«, stellte Alice ihre drängendste Frage. »Es waren sechs Nekromanten, die in der Höhle gefangen gehalten worden sind. Weshalb war nur einer von ihnen hier?«

»Glaubst du etwa, er ist der Einzige, der überlebt hat?«

Sie zuckte mit den Schultern. »Keine Ahnung, eigentlich kann ich mir nicht vorstellen, dass alle anderen tot sind. Vielleicht ruhen die restlichen noch in einem Versteck in der Erde, warten darauf, dass ihre alte Kraft zurückkehrt, wenn sie denn überhaupt je wirklich verloren gegangen sein sollte.«

Das alles war weiterhin ein einziges Rätsel und sie hätte es nur zu gern gelöst.

Allmählich tauchten die ersten Sonnenstrahlen am Horizont auf, streckten sich über das Land und leuchteten zu ihnen durchs Fenster herein. Da kam ihr eine Idee. Sie war gewagt und es bestand nicht viel Aussicht auf Erfolg, aber sie musste es unbedingt versuchen.

»Ich bin gleich wieder zurück«, erklärte sie, rief einen Lichtzauber und eilte nochmals die Treppe in den Keller hinab. Es war bereits einiges an Zeit vergangen, aber möglicherweise hatte sie Glück und die Kraft des Lebenslichtes war noch nicht gänzlich erloschen. Meistens glomm es noch ein wenig nach dem Tod nach. Wenn sie sich nun beeilte, fand sie möglicherweise einen kleinen Rest.

Die Kühle und der muffige Geruch des Raumes umfingen sie sofort und verursachten ein unangenehmes Gefühl in ihrem Magen. Sie mochte diese Art von Magie nicht und hatte sie auch erst einmal angewandt, mehr, um sie überhaupt zu testen.

Sie trat zu dem Mann und zog die Plane beiseite. Er lag noch immer mit dem Kopf leicht zur linken Seite geneigt da. Seine Augen standen offen, rote Punkte zeichneten sich darin ab, die Zunge hing ihm aus dem geöffneten Mund.

Alice nahm die rechte Hand des Toten in die ihre, fühlte die Haut, die bereits kühler wurde, die rauen Finger, die schwer in ihrer Hand lagen. Mit der anderen kramte sie eine Trinkflasche hervor, kippte das restliche Wasser fort und machte sich an den Zauber, den nur Feiys beherrschten. Sie schloss die Augen und konzentrierte sich auf das Gefühl des warmen Lichts, das hoffentlich noch zu einem kleinen Teil irgendwo in dem leblosen Körper steckte und nun ebenfalls allzu schnell erlöschen würde.

Tatsächlich konnte sie etwas fühlen, das sie zu sich rief und aus Richtung des Herzens von dem Toten in dessen Arm wandern ließ – stetig weiter auf sie zu. Sie fühlte, wie ihr eigener Körper mit dieser Form von Magie kämpfen musste. Immerhin verband man sich für einen kurzen Moment mit dem Verstorbenen, fühlte in dessen Innerem nach, das zusehends kälter und leerer wurde.

Alice fröstelte und spürte, wie sich eine Schwere in ihr ausbreitete, eine Gefühllosigkeit, die sie hinfortzuspülen drohte. Sie wusste, dass sie aufpassen musste, denn wenn diese Empfindung zu stark wurde, konnte es geschehen, dass sie für immer blieb. Bei diesem Spruch öffnete man sich selbst und damit auch sein Inneres, sodass das eigene Lebenslicht angreifbar wurde.

Endlich erschien das blasse Licht in der Hand des Mannes und Alice hielt die Flasche vor dessen Finger. Hellblaue Tropfen flossen daran herab und sammelten sich in dem Gefäß. Ganz langsam füllte es sich. Auch wenn die Ausbeute nicht groß war, so würde es dennoch sicherlich genügen.

Sie war erleichtert, als sie den Zauber lösen und die Hand des Toten wieder sinken lassen konnte.

»Unglaublich«, stellte Vince hinter ihr anerkennend fest, der ihr wohl nachgegangen sein musste. »Du hattest so was ja bereits angedeutet: Du kannst das Lebenslicht eines Toten einsammeln.«

Sie stand auf, steckte die Flasche in ihren Rucksack und nickte. »Ja, allerdings sollte man es sich gut überlegen. Es kann so viel schiefgehen und ich wäre nicht die Erste, deren Lebenslicht dabei an Kraft verliert oder sogar ganz erlischt.«

Er nickte. »Ich dachte mir schon, dass das nicht einfach ist. Aber offenbar ist alles gut gegangen.«

»Zum Glück, ja. Ich reiße mich dennoch nicht darum, diese Form der Magie anzuwenden.« Sie legte die Plane wieder über das Gesicht des Mannes und raunte: »Es ist kein schönes Gefühl, die Kälte des Todes zu spüren, die auch in einen selbst hineinfließt und einen fortzureißen versucht.« Sie wandte sich um und ging die Treppe hinauf. »Aber es hat sich gelohnt. Ich habe, was ich will, und vielleicht geht mein Plan ja tatsächlich auf.«

Kapitel 29

Sonnenstrahlen streckten sich übers Land, ließen das regennasse Gras funkeln. Nebel waberte in einer weißen Wolke über die feuchte Erde und strich an den hohen Bäumen vorbei. Alice und Vince ließen das verfallene Haus hinter sich und machten sich auf den Weg tiefer in den Wald hinein.

»Ich denke, dass der Odim, gegen den der Nekromant gekämpft hat, geflohen ist. Falls er wirklich verletzt worden ist, dürfte er nicht allzu schnell vorankommen. Vielleicht haben wir also Glück.«

Vince riss die Augen auf und schaute sie an, als habe sie den Verstand verloren. »Was willst du von diesem Odim? Und ich hoffe doch, du hast nicht wirklich vor, ihn irgendwie ausfindig zu machen.«

Alice konnte seine Angst verstehen. Es würde mit Sicherheit keine angenehme Begegnung werden, aber es war ihre einzige Chance.

Sollte sie es bereits jetzt wagen oder erst noch ein Stückchen gehen? Sie hatte keine Ahnung, welchen Weg der Odim genommen haben könnte. Liefen sie zu lange in die falsche Richtung, würde sich der Abstand stetig weiter vergrößern und es damit unwahrscheinlicher werden, dass er sie fand. Andererseits konnte es auch sein, dass er noch zu weit entfernt war, um den Ruf zu hören. Sie biss sich nachdenklich auf die Unterlippe und griff dann entschlossen zu der Flasche mit dem Lebenslicht. Sie öffnete sie, legte die Hand darauf und sprach den Zauber. Sogleich stieg ein schmaler Lichtstreifen daraus hervor, der sich mit der Luft verband und allmählich verschwand.

»Ich habe keine Ahnung, was du da treibst, aber irgendetwas sagt mir, dass es mir nicht gefallen wird«, stellte Vince fest, schniefte ein wenig und rieb sich die Nase.

Alice steckte die Flasche wieder ein, aus der weiterhin ganz langsam das Licht stieg, und setzte ihren Weg fort. »Das kann gut sein. Ich versuche gerade, einen Odim auf uns aufmerksam zu machen.«

Das Seufzen von Vince klang schwer und resigniert, er hatte mit so etwas wohl bereits gerechnet.

»Ich kann nicht glauben, dass du uns tatsächlich so ein Vieh auf den Hals hetzt«, sagte er vorwurfsvoll.

»Es ist die einzige Möglichkeit. Der Kampf gegen den Nekromanten kann nicht allzu lange her sein. Vielleicht ist der Odim noch in der Nähe. Ich muss einfach versuchen, Informationen über seinen Gegner aus ihm herauszubekommen.«

»Und du glaubst, wenn dieser Odim tatsächlich auftauchen sollte – was ich schon für nicht sehr wahrscheinlich halte –, dann begrüßt er uns freundlich, wir plaudern ein wenig und er erzählt uns von der Begegnung mit dem Nekromanten?«

»Freiwillig wird er das wohl kaum machen«, stimmte Alice ihm zu und spannte instinktiv die Fäuste an. »Aber ich werde dafür sorgen, dass er mit uns spricht.«

»Na, dann muss ich mir ja keine Gedanken mehr machen«, höhnte Vince weiter. »Und wie viel Zeit bleibt uns, bis dieses Vieh angreifen wird? Oder werden wir ganz aus dem Nichts attackiert?«

»Wir müssen Augen und Ohren offen halten«, gestand sie. »Das Lebenslicht, das ich dem Toten entnommen habe, ist schwach und wird nicht lange halten. Der Zauber, den ich benutze, bewirkt, dass das Licht ununterbrochen ausströmt. Auf diese Weise ist es wie eine Spur, der man nur folgen muss, um uns zu finden. Wenn ein Odim in der Nähe ist, wird sie stark genug sein, damit er sie wahrnimmt, und er wird glauben, dass es ein besonders reines Licht sein muss, denn ruhen die Lebenslichter noch in den Körpern, senden sie ein deutlich schwächeres Signal aus.«

»Toller Plan, da kann ja nichts mehr schiefgehen«, murrte Vince weiter.

Alice schenkte ihm einen strafenden Seitenblick. Auch wenn sie seine Bedenken verstehen konnte, sie hatte keine andere Wahl. »Du musst nicht weiter mitkommen«, sagte sie darum. »Ich kann verstehen, dass du dich nicht erneut einem Odim stellen willst. Wer möchte das schon?« In versöhnlichem Tonfall fuhr sie fort. »Es ist wirklich in Ordnung, wenn du hierbleibst.«

Vince kniff die Lippen zusammen und wirkte fast ein wenig beleidigt. »Du glaubst, ich kneife und lasse dich jetzt allein?!«

Sie sah ihn prüfend an. »Du musst dir das wirklich nicht antun. Du kannst hier warten und ich komme zurück.« Den Zusatz »falls ich überleben sollte« sparte sie sich an dieser Stelle und fügte stattdessen aufmunternd hinzu: »Dann gehen wir gemeinsam zu Mylo.«

»Denkst du wirklich, es geht mir nur darum?« Er schien ein wenig fassungslos zu sein. »Wir standen gemeinsam schon zweimal so einem Wesen gegenüber und haben es besiegt. Dann wird es uns hoffentlich noch ein drittes Mal gelingen. Jedenfalls bin ich kein Feigling, der sich vor einem Kampf drückt.«

Seine Miene war entschlossen und seine Schritte hatten an Festigkeit gewonnen, ganz so, als habe er sich selbst Mut zugesprochen. Alice musste sich ein Grinsen verkneifen. Er konnte wirklich auch kämpferisch und entschlossen sein. Hoffentlich verließen ihn diese Eigenschaften nicht, wenn sie dem Odim tatsächlich gegenüberstehen sollten. Sie wusste, dass diese Wesen, die kein Mitleid, kein Zögern und auch keine Angst zu kennen schienen, einem wirklich ein Frösteln über den Rücken zu jagen vermochten.

Sie schaute noch einmal zu der Flasche, wo sich weiterhin das Lebenslicht nach oben schlängelte und in der Luft verschwand. Ob es überhaupt von dem Odim, den sie suchten, wahrgenommen werden würde? Diese Wesen waren Einzelgänger und hielten meist Abstand zueinander, sodass es nicht wahrscheinlich war, dass es hier noch weitere dieser Kreaturen gab – aber ganz auszuschließen war es natürlich auch nicht.

Alice hob den Blick zur Sonne, die langsam immer höher stieg und ihr durch die Zweige der Bäume entgegenschien. Es versprach, ein warmer, recht angenehmer Tag zu werden. Hoffentlich fand der Odim sie, bevor es Nacht wurde. Ansonsten wären sie noch weiter im Nachteil gewesen, denn diese Wesen sahen deutlich besser bei Dunkelheit, als ein Mensch es vermochte. Aber daran wollte sie im Moment noch nicht denken.

Kapitel 30

Schweigend aß Vince sein Abendbrot. Hin und wieder hustete er ein wenig und schniefte zwischendurch.

Sie hatten extra ein Lagerfeuer entfacht, damit der Odim sie auch wirklich fand. Alice hatte gehofft, sie müssten nicht bei Dunkelheit auf die Kreatur treffen, aber inzwischen wäre ihr auch das recht gewesen. Hauptsache, sie erwischten den Odim.

Zum wiederholten Mal nahm sie die Flasche in die Hand, drehte und wendete sie. Das Licht, das sich darin befand, war so gut wie erloschen. Alice hatte sich vor Stunden dazu entschieden, es doch stärker strahlen zu lassen, damit der Odim eher darauf aufmerksam wurde, auch wenn das bedeutete, dass es schneller ausgehen würde. Nun schien genau das einzutreten.

Sie beobachtete den schwachen Schein, konnte förmlich dabei zusehen, wie er immer fahler und matter wurde. Begleitet von Alices leisem Seufzen, verband sich das letzte Leuchten des Lichts mit dem Wind, und in dem Behältnis blieb nichts als Leere zurück. Es war also umsonst gewesen …

»Ist es vorbei?«, wollte Vince wissen.

Alice nickte und packte die Flasche wieder in ihren Rucksack. »Wir hatten eine geringe Chance.« Sie zuckte mit den Schultern. »Es hätte ja auch klappen können.«

»Ich weiß, dass du das nicht gern hörst«, meinte Vince. »Aber vielleicht ist es das Beste so. Wir werden schon wieder auf eine Spur des Nekromanten stoßen. Immerhin scheint er bereits einige Dörfer angegriffen zu haben. Er wird sicher weiter Unheil stiften.«

Erleichtert, der Gefahr nun entkommen zu sein, aß Vince noch etwas von seinem geräucherten Schinken und verdrückte auch noch zwei dicke Brotscheiben. Anschließend wickelte er sich zufrieden in seine Decke ein und legte sich hin. »Du wirst sehen, es wird sich alles zum Guten wenden. Wir dürfen nur nicht aufgeben.«

Das hatte Alice in all der Zeit nicht getan und dennoch hatte es nie zu etwas geführt. Sie spürte die Enttäuschung siedend heiß in ihrer Brust. Sie war dem Nekromanten so nahe gewesen. Und nun war erneut alles verloren.

Vince nieste noch ein paar Mal, fluchte leise und rieb sich die Nase. »Ich muss mich in dem verdammten Gewitter erkältet haben. Das hat mir gerade noch gefehlt.« Er wickelte sich fester in seine Decke. Wenig später erklang bereits sein Schnarchen, während Alice in die Flammen sah und ihren Gedanken nachhing.

Gab es keine andere Möglichkeit, um den Odim doch noch auf sich aufmerksam zu machen? Und was, wenn er vielleicht nicht überlebt hatte? Dann wäre ohnehin alles vergebliche Mühe gewesen. Sie seufzte. Würde sie ihr Ziel jemals erreichen können?

Alice dachte an ihren Vater, sah seine Gestalt in den Flammen des Feuers. Eine eisige Wut überkam sie, sie spürte sie in jeder Faser ihres Körpers. Sie hörte seine Schreie, das Johlen der Dorfbewohner, hinzu kam ihr gequälter Aufschrei, als sie versuchte, zu ihm zu gelangen. Sie wollte ihn um jeden Preis retten, doch es war zu spät. Wieder gellte dieses grauenhafte

Geräusch zu ihr herüber und sie zuckte mit einem Mal zusammen. Sie musste eingeschlafen sein, denn sie hatte die Gefahr nicht kommen sehen.

Sie sah gerade noch, wie etwas an ihr vorbeiflog, da war sie auch schon auf den Beinen, hatte die Hände gehoben und war bereit, einen Zauber zu rufen, auch wenn sie noch keine Ahnung hatte, was geschehen war oder von was sie angegriffen wurden. Doch ihre Instinkte waren nach all den Jahren gut geschärft und so war sie längst kampfbereit, während der Rest des Schlafes von ihr abfiel.

In dem Augenblick krachte Vince mit einem dumpfen Aufprall gegen einen Baum, wo er vor dem Stamm zu liegen kam. Alice atmete erleichtert auf, als er sich Sekunden später regte und aufsetzte. Sofort wandte sie sich nach vorne, wo eine groß gewachsene Gestalt mit breiten Schultern stand, die in einen abgewetzten schwarzen Umhang gehüllt war. Trotz der Dunkelheit, die nur von dem noch glimmenden Lagerfeuer durchbrochen wurde, konnte Alice die fahle graue Haut erkennen, die spitzen, kleinen Zähne, die aus dem lächelnden Mund ragten, und die Kälte in den tiefschwarzen, murmelartigen Augen.

Es hat also doch noch geklappt, ging es ihr durch den Kopf, und sie ärgerte sich sogleich über sich selbst, dass sie nicht mehr auf der Hut gewesen war.

Der Odim hatte sich einen Ärmel des Mantels hochgebunden, sodass deutlich zu erkennen war, dass sich darin keine Gliedmaße mehr befand. Auch über sein Gesicht zogen sich tiefe Schnitte, als wäre er einem Zauber gerade noch so entkommen. Trotz seiner Verletzungen, die allem Anschein nach ziemlich frisch waren, hatte sich dieses Wesen der Kraft des Lebenslichtes nicht entziehen können und war ihm offensichtlich gefolgt. Alice war bereit, spürte diese elektrisierende

Anspannung in sich, von der sie meist vor einem Kampf erfüllt wurde.

»Irgendetwas Seltsames geht hier vor«, stellte der Odim mit rauer Stimme fest, während er den Kopf leicht schräg legte. »Ich habe ganz eindeutig ein starkes Lebenslicht gespürt. Aber jetzt, da ich hier bin, fühle ich nichts mehr und finde nur eine Feiy vor, die ganz ohne etwas vor mir steht. Wie kann das sein?« Sein Blick war schneidend, die Körperhaltung gespannt, was eindeutig zeigte, dass er kurz davor war, zum Angriff anzusetzen.

»Es war ein Trick, um dich herzulocken«, erklärte Alice ohne Umschweife und erntete dafür einen vollkommen verblüfften Blick ihres Gegenübers. Mit so einer Antwort hatte er wohl nicht gerechnet.

»Ihr Odims seid wirklich nicht die Hellsten, ansonsten wäre dir sicher schon vorher aufgefallen, dass das Licht immer schwächer wurde und darum etwas sonderbar war«, sagte Alice, während Vince sich neben sie stellte und sich den linken Arm rieb.

»Ihr wolltet mich herlocken?«, fragte der Odim, dessen Miene zwischen Verwirrung, Ratlosigkeit und absoluter Wut schwankte. »Nun denn, das ist euch geglückt. Wenn ihr den Tod so sehr herbeisehnt, dann sollt ihr ihn bekommen.«

Er riss sein Schwert hervor, ein äußerst breites, das unglaublich schwer sein musste, und ließ es in Alices Richtung sausen. Die sprang zurück und wich auch gleich dem Zauber aus, den er hinterherwarf. Sie hob die Hand und ließ einen starken Windstoß entstehen, der dem Wesen entgegenblies, das daraufhin den linken Arm emporriss und von der Kraft ein wenig zurückgedrängt wurde.

»Mich wundert es wirklich, wie du dich hierher trauen kannst«, rief sie ihm zu. »Du bist schwer verletzt, hast sogar einen Arm verloren. Es wäre sicher besser für dich gewesen, du hättest das bisschen Verstand eingesetzt und dich auskuriert.«

Wieder grinste er und zeigte die spitzen Zähne. »Du solltest dir eher um dich selbst Sorgen machen, kleine Feiy. Ganz gleich, ob ich angeschlagen bin oder nicht, gegen mich hast du keinerlei Chance.«

Als er nun den Arm in die Höhe riss, raste ein Feuerwirbel auf Alice zu. Die warf sich zur Seite, erhob ihrerseits die Hand und sandte ein gleißend grünes Licht aus, das in die Flammen drang, diese mit sich riss und zurück Richtung Odim lenkte. Der blieb zu ihrer großen Verwunderung einfach stehen, grinste und wurde kurz darauf von den Flammen verschluckt. Als sie erloschen, schwelte sein Mantel, Rauch stieg von seiner Haut auf, ein paar Stellen wiesen Brandblasen auf, doch im Großen und Ganzen blieb er unversehrt.

»War das schon alles oder kommt da noch was?«, höhnte er.

Alice legte ihre Hand auf den Boden; ein Knistern rann durch die Luft, die merklich abkühlte. Blaue Eiskristalle bildeten sich an einer Stelle der Erde, türmten sich auf und formten eine Gestalt.

»Was ist das?«, hörte sie Vince erstaunt fragen, als ein riesiger Eiskristallvogel zum Vorschein kam und sich zu bewegen begann. Er streckte sich, hob die Flügel und stieß sich mit einem schrillen Schrei vom Boden ab. Kaum war er in der Luft, öffnete er den Schnabel, aus dem ein blaues Licht in Richtung Gegner schoss. Der versuchte auszuweichen, wurde jedoch an der Schulter getroffen, die daraufhin einfror und ihm einen leisen Schmerzensschrei entlockte. Der Vogel senkte sich hinab, hieb mit den scharfen Krallen und dem spitzen Schnabel nach dem Wesen und riss ganze Haut- und Fleischstücke aus dessen Körper. Der Odim hingegen versuchte sich zur Wehr zu setzen, schlug nach seinem Angreifer, doch der hackte unentwegt auf ihn ein. Schließlich gelang es ihm, einen wuchtigen Schlag mit dem Schwert auszuführen, der dem Eisvogel einen Fuß abtrennte und dafür sorgte, dass dieser wieder in die Höhe aufstieg. Jetzt versuchte der Odim, die Gestalt mit einer Salve von Zaubern zu treffen, doch der Vogel wich jedes Mal geschickt aus.

Alice nutzte derweil die Ablenkung und rannte auf ihren Gegner zu. Währenddessen ließ sie unentwegt goldene Fäden in ihren Händen entstehen. Als er sie kommen sah, war es auch schon zu spät. Er wandte sich in ihre Richtung um, riss sein Schwert empor, um sie aufzuspießen, doch Alices Vogel war rechtzeitig zur Stelle. Er kam herabgestürzt, senkte die Krallen genau in das Stück, wo der Arm abgetrennt worden war, und riss die Wunde wieder auf. Blut quoll hervor, tränkte in Sekundenschnelle den Mantel, während der Odim kreischte, dass es einem durch Mark und Bein fuhr.

In dem Moment riss Alice ihre Hände empor; die goldenen Fäden wirbelten durch die Luft und schlangen sich um die Kreatur. Sie zogen sich immer fester zu, bis der Feind bewegungsunfähig auf dem Boden lag. Noch immer blutete sein Arm stark und es war ganz offensichtlich, dass er, wenn er nicht schnell verbunden wurde, diese Verletzung nicht überleben konnte.

»Sag mir, wer dich so zugerichtet hat«, drängte sie ihn. »Den Wunden nach ist der Kampf nicht lange her. Treibt sich dein Gegner noch in der Nähe herum?«

Ein kaltes Lächeln erschien auf den Lippen des Odims, auf dessen Stirn sich Schweiß sammelte. Er musste unfassbare Schmerzen haben. Er spuckte vor ihr aus und raunte: »Warum interessiert es dich so sehr, gegen wen ich gekämpft habe? Ist es, weil es ein ganz besonderer Gegner war? Hast du mich darum hierhergelockt, um das aus mir herauszubekommen?« Er lachte gellend.

Vince war jetzt neben ihr und schaute den Odim voller Abscheu an. »Wenn du von einem besonderen Gegner sprichst, meinst du damit vielleicht einen Nekromanten? Sag uns lieber, was wir wissen wollen, ansonsten können wir auch andere Saiten aufziehen und dir noch sehr viel mehr Schmerzen zufügen.«

Der Vogel zog über ihnen seine Kreise, schrie auf, als wollte er Vince zustimmen, und senkte sich ein wenig herab – offenbar machte er sich für den nächsten Angriff bereit.

Alice ließ eine kleine, leuchtend rote Kugel in ihrer Hand entstehen. »Du sagst uns besser, was wir wissen wollen«, fuhr sie fort und näherte sich dem Odim.

»Ihr habt ohnehin keine Chance gegen diese Kreatur«, entgegnete er. »Nicht einmal ich konnte bestehen und bin nur mit viel Glück entkommen. In all dem Chaos hat dieses Ding entweder nicht gesehen, dass ich mich noch davonschleppen konnte, oder es war der Gestalt egal.« Er lachte, während er den Blick hob und mit seinen kleinen schwarzen Augen direkt in die von Alice schaute. »Wenn du wirklich auf der Suche nach diesem Monster bist, dann weißt du so gut wie ich, dass es direkt aus der Hölle stammt und dein Untergang sein wird. Sollte es sich erst einmal dazu entschließen zu kämpfen, kann es die ganze Welt vernichten und damit uns alle.« Ein Ausdruck des Schmerzes kroch über sein Gesicht. »Zu schade, dass ich es wohl nicht mit ansehen kann, wie es dich in Stücke reißt.«

»Ist es noch in der Nähe?«, wollte Alice wissen, durch deren Adern siedend heißes Adrenalin strömte. Auch wenn der Odim es bislang nicht ausgesprochen hatte, er konnte nur einen Nekromanten meinen. Er hatte ihn tatsächlich gesehen und den Kampf – wenn auch eher durch Zufall – überlebt.

»Wo ist es hingegangen? Und wo sind die anderen? Hast du weitere gesehen?«

»Du gehst mir mit deinen Fragen ganz schön auf die Nerven, Kleines«, murrte er.

»Sag endlich, was du weißt«, verlangte Vince. »Du willst doch ohnehin unseren Tod, dann kann es für dich nur von Vorteil sein, wenn wir den Nekromanten finden.«

»Wenn ihr unbedingt sterben wollt.« Er lachte dumpf. »Nach unserem Kampf hat sich die Kreatur nach Westen gewandt. Dieses Ding ist auf der Suche nach etwas. Es ist ruhelos, voller Hass und Kampfeslust. Es will uns alle vernichten und das wird ihm auch gelingen.«

»Nach was sucht es?«, fragte Alice weiter, ohne ihr Gegenüber aus den Augen zu lassen.

Die Stimme des Odims war leise, fast ein heiseres Flüstern, sodass Alice und Vince sich ein Stück vorbeugen mussten, um ihn verstehen zu können.

»Es sagte, es suche nach Menschen, an denen es seinen Hass auslassen kann. Es will sich rächen für das, was ihm und seinesgleichen einst angetan worden ist.«

Alice riss die Augen auf und schnellte instinktiv zurück, als die Hand des Odims nach vorne raste. Die goldenen Fäden, die ihn gefangen hielten, schnitten ihm tief ins Fleisch, rissen Muskeln und Sehnen auf, doch das Wesen war nicht aufzuhalten. Blitzschnell packte es Vince und riss mit seinen Krallen, die von seinem eigenen Blut dunkel getränkt waren, dessen Schulter auf. Vince' Schrei schallte gellend durch den Wald. Er griff zu der Verletzung, aus der Blut hervortrat.

Alice war sofort zur Stelle, ebenso wie der Eisvogel über ihnen. Sie ließ die rote Kugel in ihrer Hand größer werden, Blitze zuckten um sie herum und schließlich stieß sie diese mit voller Kraft genau auf den Kopf des Odims. Der grinste noch immer, als das Licht auf ihm explodierte. Der Vogel jagte einen Eiszauber nach dem anderen hinab und riss das Wesen in Stücke, während die Magie ihr Übriges tat und den Leib des Angreifers zerfetzte.

Der Odim musste bereits extrem geschwächt gewesen sein, ansonsten hätte Alice ihn nie so leicht treffen und besiegen können, das war ihr vollkommen bewusst. Eiskristalle lagen zersplittert am Boden, auch ihr Vogel war zerstört worden, doch hatte er seine Aufgabe erfüllt.

Nur kurz warf sie einen Blick auf die zerfetzte Gestalt, die auf der Erde lag und mit entstelltem Gesicht ins Leere starrte. Dann wandte sie sich um und ließ sich neben Vince nieder, der schmerzhaft das Gesicht verzog und sich die Schulter hielt.

Kapitel 31

»Verfluchter Mist«, ächzte Vince und riskierte einen Blick auf die Wunde, woraufhin sein Gesicht sofort aschfahl wurde. »Das sieht echt übel aus.«

»Jetzt lass mich erst mal sehen«, meinte Alice und zog seine Hand beiseite. Die Haut war aufgerissen, man konnte sehr deutlich die Spuren der Krallen erkennen, die sich dort hineingegraben hatten. Zum Glück war die Verletzung jedoch nicht tief, lediglich ein paar Kratzer.

»Alles nicht so wild«, meinte sie erleichtert. »Das meiste Blut scheint nicht von dir, sondern von dem Odim zu stammen. Das wird also wieder.«

Vince rümpfte angeekelt die Nase. »Toll, dann bin ich nun voll mit Odim-Blut. Hoffentlich infiziere ich mich dabei nicht mit irgendwas.« Er machte dabei eine so nachdenkliche Miene, als versuche er, in den Blutspuren zu erkennen, ob ihm Gefahr drohe, sodass Alice schmunzeln musste.

»Keine Sorge, diese Wesen haben recht wenig mit einem Menschen gemeinsam und können daher kaum irgendwelche Krankheiten auf einen übertragen.« Sie reichte ihm ein paar Fetzen Stoff, die sie als Verbandsmaterial nutzte und von denen sie immer ein paar Stücke in ihrem Rucksack hatte. »Wir verbinden jetzt erst mal die Wunde, dann wird sie sicher schnell verheilen.«

Vince schaute ihr aufmerksam zu, wie sie ihn verarztete, testete anschließend seinen Arm und verzog das Gesicht. »Tut trotzdem ziemlich weh.«

»Stell dich nicht so an«, mahnte sie ihn. »Du kannst froh sein, dass du so glimpflich davongekommen bist.«

Noch einmal flog ihr Blick zu der Leiche des Odims. Sie hatten wirklich großes Glück gehabt, aber am Ende hatte es sich ausgezahlt. Nun hatte sie endlich einen Anhaltspunkt.

»Wir werden nach Westen gehen«, erklärte sie. »Es ist eine erste Spur und vielleicht finden wir den Nekromanten dort.«

Vince sah sie überrascht an. »Du willst einfach planlos losziehen und glaubst, wir werden Erfolg haben?«

»Der Odim sagte, dass der Nekromant etwas suche: Menschen, an denen er sich rächen könne, für das, was ihm einst angetan worden ist. Und du weißt, wer damals gegen sie gekämpft und sie geschlagen hat?«

Er brauchte nur eine Sekunde, um den Gedankengang zu Ende zu bringen. »Du glaubst, er könnte auf dem Weg zum Turm sein?«

Sie nickte. »Immerhin liegt der im Westen und auch wenn es Tausende Jahre her ist, die einstigen Mitglieder längst gestorben und neue nachgerückt sind: Es war der Turm, der den Krieg gegen die Nekromanten angeführt, fast alle töten und die letzten sechs hat einsperren lassen. Und ich bin mir sicher, dass dieses Wesen früher oder später dort auftauchen wird.«

»Dieses Ding müsste vollkommen den Verstand verloren haben, wenn es wirklich so verrückt wäre, sich gegen den Turm zu stellen«, meinte Vince.

Alice hatte da gewisse Zweifel: Es war durchaus richtig, der Turm war stark – die mächtigste Instanz dieser Welt. Aber sie kannte auch die Geschichten um die Nekromanten, und wenn nur ein Teil davon wahr sein sollte … Auch der Turm würde es sicher nicht leicht haben, erst recht, falls das Wesen mit seinen Gefährten angreifen sollte.

»Na, dann haben wir jetzt wohl ein neues Ziel«, fuhr Vince fort und wirkte ein wenig ernüchtert, aber vor allem enttäuscht.

Alice legte ihm tröstend den Arm auf die Schulter. »Keine Sorge, vorher schauen wir bei Mylo vorbei. Das liegt ohnehin auf dem Weg und wir wollen doch dafür sorgen, dass du endlich als Feiy aufgenommen wirst.«

Auch wenn sie noch immer der Meinung war, dass es ihm besser getan hätte, nicht dieses Leben zu wählen, so stand außer Frage, dass es gerade jetzt äußerst nützlich sein konnte.

Sofort hellte sich seine Miene auf und er folgte ihr mit einem strahlenden Lächeln. »Denkst du wirklich, er wird mir die Kräfte verleihen? Du weißt, dass wir den Auftrag eigentlich nicht erfüllt haben.«

Sie zuckte mit den Schultern. »Ich werde mit ihm reden und ihm klarmachen, dass er gar keine andere Wahl hat. Ich kann sehr überzeugend sein«, fügte sie mit einem kühlen Lächeln hinzu.

Vier Tage waren seit dem Kampf gegen den Odim vergangen und morgen würden sie Marein erreichen. Alice saß am Lagerfeuer und schaute in die Flammen, Vince lag fest eingekuschelt in seiner Decke auf dem Boden und schnarchte leise. Die letzten Tage mussten ihn sehr angestrengt haben, denn er war lieber früh schlafen gegangen und hatte sogar auf ein ausgiebiges Abendessen verzichtet. Zwischendrin wurde sein Schnarchen von Grunz- und Schnieflauten unterbrochen. Offenbar bekam er aufgrund seiner Erkältung schlecht Luft.

Mit ihren Gedanken wanderte Alice weiter zu dem Odim und dessen Worten zurück. Sie konnte einfach nicht vergessen, was er ihr alles offenbart hatte, und fühlte ganz deutlich, dass sie nun einen entscheidenden Schritt weiter war. Zugleich befürchtete sie, eine falsche Entscheidung zu treffen, die jeglichen Fortschritt zunichtemachte.

War das Wesen tatsächlich auf dem Weg zum Turm? Was, wenn es vorher doch erst weitere Kräfte sammeln musste oder sich auf die Suche nach seinen einstigen Gefährten begab, die möglicherweise überall verstreut in der Welt oder im Untergrund ruhten, wie es etliche in ihrem Dorf vermuteten?

Sie schaute hinauf in den dunklen Himmel, wo die Sterne hell strahlten und ein hoffnungsvolles Licht aussandten. Es würde alles gut werden. Nun hatte sie eine Spur und ganz gleich, wie lang es auch dauern würde, irgendwann – dessen war sie sich sicher – kam sie an ihr Ziel.

Kapitel 32

Die ersten Vögel begannen im aufgehenden Licht der Sonne zu zwitschern. Alice war bereits wach und machte sich frisch. Sie schaute zu Vince, der noch immer fest in seine Decke geschlungen war, kaum eine Regung zeigte, dafür aber lautstark schnarchte. Seine Erkältung war schlimmer geworden, was bedeutete, dass er noch schlechter Luft bekam und sich sein Schnarchen weiter verstärkt hatte. Alice hätte niemals gedacht, dass ein Mensch solche Laute von sich geben konnte. Es war eine Mischung aus Röcheln, kratzenden Geräuschen und schleimiger Atmung. Sie konnte gar nicht sagen, wie sehr ihr diese Laute inzwischen auf die Nerven gingen. Keine Nacht konnte sie mehr durchschlafen und hatte Vince bereits mehrfach mit irgendetwas beworfen, um ihn zu wecken und damit zur Ruhe zu ermahnen, was genau fünf Minuten angehalten hatte, bis er erneut eingeschlummert war.

Nun rüttelte sie ihn unsanft an der Schulter. »Los, du Schlafmütze! Wir müssen los. Heute ist ein wichtiger Tag und es gibt viel zu tun.«

Vince blinzelte sie verschlafen an, holte röchelnd Luft und rieb sich die Nase. »Können wir nicht ein bisschen langsamer machen. Ständig diese Hektik.«

Gerade wollte er zu seinem Rucksack greifen, aber Alice erklärte in bestimmendem Tonfall: »Zieh dich an und mach dich fertig! Frühstücken kannst du auch unterwegs.«

Er seufzte schwer und kam ihrer Aufforderung nach, murrte aber dennoch leise vor sich hin: »Da ist man sterbenskrank und wird nur herumkommandiert.«

»Du bist erkältet, nicht mehr und nicht weniger. Wenn du davon wirklich sterben solltest, hättest du es ohnehin nicht mehr lange gemacht.«

Sie schulterte ihren Rucksack und ging mit großen Schritten voran. Vince folgte ihr, versuchte sich ihrem schnellen Tempo anzupassen, was ihm sichtlich Mühe bereitete, und nestelte zugleich an seinem Rucksack herum, um etwas zu essen herauszukramen.

Noch immer murmelte er dabei vor sich hin, was Alice geflissentlich überhörte. Sie hatten nun mal keine Zeit zu verlieren und sie konnte es kaum erwarten, Mylo endlich gegenüberzutreten. So lange wartete sie schon darauf, ihm die Fragen zu stellen, die ihr so sehr unter den Nägeln brannten. Ob er ihr wohl sagen konnte, wer der ominöse Auftraggeber war? Und was hatte dieser mit all den starken Lebenslichtern vor? Ein Teil von ihr wollte ihn nur zu gern ausfindig machen, um genau diese Dinge ans Tageslicht zu bringen. Immerhin drohte von dieser Seite enorme Gefahr für Tiria. Alice wollte das kleine Mädchen unbedingt schützen … Dennoch wusste sie, dass sie dieses Unterfangen wohl oder übel hintanstellen musste. Nach all der Zeit hatte sie endlich eine Chance, den Nekromanten zu finden – auch wenn es erst mal nur einer war. Die Gelegenheit konnte sie sich unmöglich entgehen lassen.

Vince nieste lautstark hinter ihr und hustete. Er war merklich langsamer geworden, sodass bereits einige Meter Abstand zwischen ihnen lagen. Alice blieb stehen, schürzte die Lippen und wartete auf ihn.

»Wenn das so weitergeht, kommen wir nie an.«

»Mir geht es nun mal nicht sonderlich gut«, erklärte er und nieste wieder. Er war wirklich ein wenig blass und in seinen Augen lag ein fiebriger Schimmer. Seine Haut war recht fahl, die Körperhaltung leicht nach vorne geneigt, als kostete ihn jeder Schritt enorme Kraft.

»Es ist nicht mehr weit«, versuchte sie ihm Mut zuzusprechen. Sie deutete zwischen die Baumwipfel. »Wenn du genau hinsiehst, kannst du die ersten Häuser bereits erkennen. Und wenn wir erst einmal dort sind, gehen wir gleich zu Mylo.«

Diese Aussicht schien ihm tatsächlich ein wenig neue Kraft zu verleihen. Er zog seinen Rucksack zurecht und schritt wieder voran. »Wenn sich mein Wunsch erst einmal erfüllt hat, bin ich sicher so voller Euphorie, dass ich den Schnupfen gar nicht mehr spüre.«

Sie war froh, dass sie ihn ein wenig hatte aufbauen können und sie nun wieder schneller vorankamen. So hatten sie den Rest des Weges bald hinter sich gebracht und erreichten nur zwei Stunden später Marein.

Die Stadt war voller Leben, es mischten sich die Stimmen der Menschen mit dem Geräusch von Pferdewagen, die polternd über Pflastersteine fuhren. Sie hörten das Gackern von Hühnern, die in den Hinterhöfen gehalten wurden, Hunde bellten und suchten teilweise in den Gassen nach Abfällen.

Alice mochte die Stadt, das geschäftige Leben, die fremden Gesichter, die einem immer wieder freundlich zunickten, den Trubel, die hübsch gearbeiteten Häuser …

Sehnsüchtig ließ sie einen Blick über die Hotels gleiten, an denen sie vorbeikamen. Nur zu gern hätte sie sich eine kleine Auszeit, ein gutes Essen und ein bequemes Bett gegönnt. Doch es warteten wichtigere Angelegenheiten auf sie und sie fragte sich, wann sie wieder in den Genuss einer guten Unterkunft kommen würde.

Obwohl Vince noch eine Spur blasser geworden war und seine Haut einen beinahe gräulichen Schimmer aufwies, schritt er schnell voran und schien es ebenso eilig zu haben wie sie.

Sie erreichten Mylos Frisörsalon inmitten des feinen Stadtteils. Es herrschte bereits großer Betrieb, was Alice nicht davon abhielt, durch den Haupteingang zu gehen, wofür Mylo sie mit Sicherheit mal wieder tadeln würde.

Die gut betuchten Damen schauten neugierig, aber auch leicht pikiert, als sie Alice und Vince eintreten sahen. Es war jedes Mal das gleiche Bild: Die Frauen, die in ihren teuren Gewändern auf den Stühlen saßen, sich irgendwelche Tinkturen ins Haar einmassieren ließen, bevor dieses geschnitten und in Form gebracht wurde, starrten Alice an, als sei sie eine absolute Kuriosität, bei der es noch zu prüfen galt, ob im positiven oder negativen Sinn. Dabei schlürften sie aus ihren Gläsern Met und begannen aufgeregt, mit ihrer Nachbarin oder dem bedienenden Frisör zu tuscheln.

Vince schien diese Art der Aufmerksamkeit viel unangenehmer zu sein. Unruhig schritt er von einem Bein aufs andere, zupfte an seinem Mantel herum, als könnte er so etwas an dem desaströsen Bild ändern, und hielt den Kopf gesenkt.

Alice schenkte den Damen einen kurzen, herablassenden Blick und ließ sich nicht weiter stören. Lautstark klopfte sie ein paar Mal auf den Tresen, sodass die junge Rezeptionistin zusammenzuckte.

»Sagen Sie Mylo bitte, dass ich ihn unbedingt sprechen muss.«

Die junge Frau überlegte kurz, ob sie Einspruch erheben sollte, sah dann aber wohl ein, dass sie gegen Alice keine Chance hatte, und verschwand ins Nebenzimmer.

Es dauerte nur wenige Sekunden, da wackelte Mylo auf seinen kurzen Beinen auch schon heran und hatte einen hochroten Kopf. Das war einer der Vorteile, wenn man durch den Haupteingang kam – man musste nie lange auf ihn warten.

In einen langen grünen Mantel gehüllt, der mit goldenen Verzierungen versehen war, trat er heran. Auf seinen Lippen lag ein Lächeln, das er jedoch nur für seine Kundschaft aufgesetzt hatte und seinen Ärger verbergen sollte. Alice sah in seinen hellen Augen die Wut tanzen.

»Alice«, begrüßte er sie. »Was führt dich denn schon wieder hierher und dann auch noch direkt in meinen Laden zu meinen Kunden, wo ich dir doch gerade erst erklärt habe, dass ich das nicht sehr schätze.« Der Zorn war immer deutlicher zu hören, auch wenn er ihn zu überspielen versuchte. Er legte ihr den Arm auf die Schulter, krallte seine dünnen Finger hinein und zog sie mit sich. »Lass uns doch im Nebenraum miteinander sprechen, da kannst du mir in Ruhe erzählen, was sich in letzter Zeit bei dir zugetragen hat.« Er warf noch einmal einen Blick über seine Schulter, lächelte seiner Kundschaft freundlich zu und machte eine kurze Kopfbewegung in Vince' Richtung. »Na los, du auch. Komm mit!« Sein Ton war inzwischen kaum noch freundlich zu nennen.

Sobald sie aus dem Sichtfeld der Frauen verschwunden waren, machte sich Alice von Mylo los.

»Dass du jedes Mal so ein Theater machen musst«, ächzte sie.

»Du weißt ganz genau, wie wichtig es ist, meinen Ruf sauber zu halten und keinen Argwohn zu erwecken. Du machst es mir allerdings nicht gerade leicht.« Er hatte den Zeigefinger seiner rechten Hand erhoben und fuhr damit aufgebracht durch die Luft. »Manchmal denke ich, du machst das mit Absicht, um mich zu reizen. Aber glaube mir, treib es nicht zu weit.« Seine Augen wurden schmal und etwas Drohendes, Dunkles erschien darin. »Du würdest es am Ende bitter bereuen.«

Alice ließ sich davon nicht beirren, erwiderte seinen Blick und sagte: »Ich weiß sehr wohl, zu was du fähig bist – zumindest habe ich das bislang immer geglaubt.«

Sie konnte sehen, wie Mylos Augen schmal wurden, er schien sie genau zu mustern und sich zu fragen, von was sie sprach. Ahnte er es vielleicht sogar bereits?

»Ich weiß nicht, auf was du da anspielst«, sagte er schließlich.

Sie war sich nicht sicher, ob er ihr nur etwas vormachte oder tatsächlich keine Ahnung hatte.

»Wir haben die Blaue Träne gefunden«, erklärte sie ohne Umschweife.

Erstaunen machte sich in seinem Gesicht breit, dann tauchte ein Lächeln auf und seine Gesichtszüge entspannten sich wieder. Er klatschte erfreut in die Hände und sein Ärger schien wie weggeblasen. »Das sind ja ganz wunderbare Neuigkeiten. Warum hast du das nicht gleich gesagt? Das ist wirklich fabelhaft. Wenn du sie mir gibst, dann werde ich gleich den Kontaktmann informieren und dir Bescheid geben, sobald ich dich auszahlen kann.«

Sie spürte deutlich, dass sie so nicht weiterkam. Eigentlich hatte sie es vermeiden wollen, doch was wollte Mylo schon tun. Er wusste nichts von Tiria und wo sie zu finden war.

»Die Blaue Träne«, begann sie, ohne auf seine Worte einzugehen, »sie ist ein Mensch.«

Mylo zuckte zusammen. All die Freude war wie weggeblasen, stattdessen konnte sie echte Verwirrung erkennen. »Und das heißt, du hast sie draußen warten lassen, oder wie? Hoffentlich kann sie da nicht entkommen.«

Alice war nicht mehr in der Lage, sich zurückzuhalten. Sie trat einen Schritt vor, riss die Hände in die Höhe und erklärte: »Natürlich habe ich sie nicht hergebracht, was denkst du dir denn? Mich würde vielmehr interessieren, ob du davon gewusst hast.«

Mylos Zorn kehrte zurück. Er wiegte den Kopf hin und her und rang sichtlich um einen normalen Tonfall. »Nun ja, nach allem, was mir der Kontaktmann erzählt hat, habe ich mir schon gedacht, dass es sich bei der Blauen Träne um etwas Außergewöhnliches handeln muss. Ansonsten wäre es sicher nicht derart schwer gewesen, sie ausfindig zu machen. Was es genau ist, wusste ich allerdings nicht. Dass es nun ein Mensch ist, versetzt mich aber auch nicht vollkommen in Verwunderung.« Er schaute von Alice zu Vince. »Eines würde mich jedoch sehr interessieren. Was war an demjenigen so besonders, dass er Blaue Träne genannt wird? War er der Träger eines ungewöhnlich großen Lebenslichtes?«

Es überraschte sie nicht, dass er diese Vermutung anstellte. Was sollte ein Mensch sonst Kostbares innehaben und warum, wenn es nicht um ein Lebenslicht ging, eilte man zu allen Talims dieser Welt, um ihnen diesen Auftrag zu erteilen?

Sie schwieg einen Moment, was Antwort genug war.

Mylos Miene verfinsterte sich. »Dann verstehe ich nicht, warum du es nicht besorgt hast? Du bist doch äußerst geschickt darin, Vertragsabschlüsse zu machen. Weshalb bist du nicht drangeblieben? Irgendwie hättest du es doch bewerkstelligen können.« Erneut glomm Zorn in seinen Augen auf, der von etwas Dunklem begleitet wurde, das einem Angst machen konnte.

»Es war ein kleines Mädchen«, erklärte Vince nun. »Ich hoffe, dass Sie ein Einsehen haben. Es wäre absolut das Letzte, einem Kind einen Vertrag aufzuschwatzen, der ihm jegliches Lebensgefühl nimmt.«

Mylo nickte zwar, doch das war nicht allzu überzeugend. »Ein Mädchen also.« Er schien sich sammeln zu müssen. »Manchmal bekommt man nur eine einzige Gelegenheit, und es ist zu schade, dass ihr die habt verstreichen lassen.«

Alice prustete verächtlich. »Ich dachte es mir schon. Du kennst keine Skrupel, wenn es ums Geld geht.«

Er zuckte unbekümmert mit den Schultern. »Ansonsten wäre ich kaum so erfolgreich.« Er seufzte und sein Ton klang nun um ein Vielfaches freundlicher. »Aber gut, man kann jetzt ohnehin nichts mehr machen. Dann gib mir wenigstens das Buch, das ihr in der Höhle gefunden habt.« Er streckte die Hand aus und ein seltsames Funkeln erschien in seinem Blick.

Mylo wartete auf eine Reaktion, doch Alice blieb wie angewurzelt stehen.

»Ihr müsst es gefunden haben, ansonsten wärt ihr doch nie so schnell auf die Blaue Träne gestoßen«, hakte er nach.

Es war ein Impuls, der Alice zu dieser Lüge veranlasste: »Wir haben das Buch unterwegs verloren. Wir sind von einem Odim angegriffen worden und während des Kampfes ist es vernichtet worden.«

Sein Gesicht verzog sich, die Lippen wurden schmal und er schaute sie durchdringend an. »Ist das dein Ernst?« Mylos Fäuste hatten sich geballt und es war offensichtlich, dass es ihm schwerfiel, sich im Griff zu halten.

Vince nickte bestätigend. »Ich bin dabei verletzt worden.« Er zeigte nun seine Wunde, was den Talim seufzen ließ. »Das ist äußerst bedauerlich«, brachte er knurrend hervor.

Alice hatte keine Ahnung, warum sie ihm das Buch nicht hatte geben wollen. Vielleicht weil sie wusste, was er damit alles anfangen konnte – immerhin standen dort lauter Namen und mögliche Aufenthaltsorte von Trägern starker Lebenslichter. Mylo hatte keine Gewissensbisse und würde nicht zögern, sie zu einem Vertragsabschluss zu bringen. Natürlich war dieses Buch darum von äußerster Wichtigkeit für ihn.

»Gibt es sonst noch etwas oder kann ich mich jetzt wieder meiner Arbeit zuwenden? Ich habe noch viel zu tun«, erklärte er. Offensichtlich hatte er genug von ihnen, da ohnehin nichts mehr zu erwarten war, und wollte sie wieder loswerden.

»Ja, allerdings. Da ist noch etwas«, meinte sie und gab Vince einen Schubs, sodass er nach vorne trat. »Du hattest versprochen, ihm die Kräfte eines Feiys zu verleihen.«

Mylo schien für einen Augenblick sprachlos, fing sich aber schnell wieder. »Wir hatten vereinbart, dass ihr mir die Blaue Träne bringt.« Er hob seine leeren Hände. »Und ich sehe hier nichts.«

»Du kannst gute Feiys gebrauchen, also stell dich nicht so an!« Sie stemmte die Hände in die Hüfte.

Er musterte sie, wollte ganz offensichtlich nicht so leicht nachgeben.

Alice wandte sich um und trat in Richtung Tür, die zum Frisörsalon führte. »Lass dir nur Zeit zum Nachdenken. Ich lasse mir derweil noch ein bisschen die Haare machen und unterhalte mich mit deiner Kundschaft. Ich bin sicher, deine Leute leisten tolle Arbeit, und auf einen kleinen Plausch mit der ein oder anderen gut betuchten Dame hätte ich auch Lust. Ich muss sie unbedingt fragen, wie viel diese hässlichen Seidenkleider kosten – wie heißt diese neue Mode doch gleich: der Verigil-Stil, nicht? Ob die Damen wissen, dass dieses vorhangartige Zeug die meisten unheimlich fett aussehen lässt?«

Mylo war sofort auf den Beinen und ruderte hilflos mit den Armen durch die Luft. »Also gut, also gut. Nun lass den Unfug. Ich mach es ja.«

Alice blieb augenblicklich stehen und schenkte ihm ein freundliches Lächeln. »Oh, das ist aber zu nett von dir.«

»Spar dir deine Worte«, fauchte er. »Nichts als Erpressung ist das. Du kannst von Glück sagen, dass es mir einfach zu lästig ist, mich mit dir darüber zu streiten und dich dafür zur Rechenschaft zu ziehen.«

Sie wusste, dass er auch andere Seiten hatte, und war froh, dass sie die noch nicht hatte kennenlernen müssen. Bislang war es ihr gelungen, sich stets an einer unsichtbaren Grenze entlangzubewegen und diese nicht zu überschreiten. Hoffentlich blieb es auch in Zukunft dabei.

»Du kannst von Glück sagen, dass sie sich so für dich einsetzt«, meinte er an Vince gewandt und verließ kurz den Raum durch eine weitere Tür. Sogleich kam er mit einer Holzschatulle zurück, die er öffnete. Darin lag ein goldener Armreif, der genauso aussah wie der, den Alice trug. Vince würde den Reif nun umgelegt bekommen, der von da an für immer an seinem Handgelenk ruhen und einen Teil von Mylos Macht in ihn übertragen sowie Vince' eigene Kräfte verstärken würde, sodass er über die besonderen Fähigkeiten eines Feiys verfügen konnte.

»Nun denn, ich hoffe, du weißt, auf was du dich einlässt. Von jetzt an unterstehst du mir und dein Leben wird sich von Grund auf ändern.«

»Ich bin bereit«, erklärte Vince mit entschlossenem Blick und streckte Mylo seinen Arm entgegen.

Der schaute sein Gegenüber offenbar jetzt erst genauer an, sah das fahle Gesicht, die gerötete Nase, die tränenden Augen und verdrehte leicht angewidert den Blick, sagte aber nichts. Er öffnete den Verschluss und versuchte, Vince das Schmuckstück umzulegen, doch seine Hände fuchtelten dabei nur hilflos durch die Luft, als drücke er gegen eine unsichtbare Wand, die keinen Durchlass gewährte.

»Was zum …«, murmelte der Talim, während er es weiter versuchte.

»Was ist los?«, wollte Vince wissen.

Mylo versuchte es immer wieder, aber er schaffte es einfach nicht, das Armband auch nur in die Nähe von Vince zu bringen. Schließlich gab er es auf und schüttelte den Kopf. An seiner Miene konnte man sehen, dass er tatsächlich ratlos war.

»Ich habe keine Ahnung, was das zu bedeuten hat«, sagte er. »In all den Jahren habe ich nie etwas Vergleichbares erlebt. Es ist, als wolle etwas in dir verhindern, dass ich dir den Reif umlege.«

»Aber ich will nichts mehr als ein Feiy werden.« Damit griff Vince hastig nach dem Reif, der daraufhin durch die Luft zischte und gegen die nächste Wand krachte, ganz so, als wolle er um keinen Preis von Vince berührt werden – oder war es genau umgekehrt?

»Wie ist das möglich?«, wisperte Vince.

»Das kann ich dir nicht sagen. Vielleicht liegt ein Zauber auf dir oder es ist doch eine Kraft in dir verborgen, die dich vor magischen Artefakten oder dem Dasein als Feiy behüten will.«

»Ich kann das nicht glauben«, raunte er leise.

Auch Mylo schien dieses Geschehen nicht kaltgelassen zu haben. Er hatte sich nachdenklich die Hand ans Kinn gelegt und musterte den jungen Mann. »Wirklich erstaunlich. Ich frage mich, was der Grund für diese seltsame Erscheinung ist.«

Hilfesuchend schaute Vince Alice an, doch die war ebenso ratlos. Wenn Mylo schon sagte, dass er so etwas noch nie erlebt hatte …

»Vielleicht kann dir ein Freund von mir weiterhelfen«, schlug Mylo plötzlich vor. »Er lebt im Westen, in Erinstett und kennt sich mit einer Vielzahl von Zaubern und magischen Artefakten aus. Wenn einer sagen kann, warum du den Reif nicht tragen kannst, dann er. Wenn ihr wollt, könnt ihr ihn aufsuchen. Sein Name ist Adall.«

»Wir müssen unbedingt dorthin«, wandte sich Vince an Alice.

»Wenn er weiß, woran es liegt und wie man diesen Zustand aufheben kann, kommt wieder her, dann mache ich aus dir einen Feiy.« Mylo grinste. »Jemand, dessen Körper sich so vehement gegen meine Kraft wehrt, den hätte ich am Ende doch zu gern bezwungen und zu einem meiner Leute gemacht.«

Erinstett lag ein ganzes Stück entfernt von Eisenfels, wo der Turm seinen Sitz hatte. Aber immerhin ging es ungefähr in die richtige Richtung.

»Wir werden versuchen, bei ihm vorbeizuschauen«, bestimmte Alice. »Bis bald. Wir sehen uns.«

Sie winkte Mylo zum Abschied zu und nahm ausnahmsweise die Hintertür, die sie nach draußen führte.

Kapitel 33

Vince wirkte geknickt, vollkommen ratlos und wütend.

»Ich verstehe das einfach nicht«, murmelte er unentwegt. »Wie kann das sein?«

»Das werden wir schon herausfinden«, meinte Alice und ging in Richtung Marktplatz. »Aber jetzt kaufen wir erst mal ein bisschen ein, stocken unsere Vorräte auf und machen uns anschließend wieder auf den Weg.«

So sorglos, wie sie sich gab, war sie allerdings nicht. Was stimmte mit Vince nicht? Hatte tatsächlich irgendjemand einen Zauber auf ihn gelegt? Vielleicht seine Eltern, die unbedingt hatten verhindern wollen, dass er auf Reisen ging und falsche Entscheidungen traf? Oder sagte ihm doch eine innere Stimme, dass er auf keinen Fall den Weg eines Feiys einschlagen durfte, und darum wehrte er sich so vehement? Aber konnte sein Inneres wirklich derart stark sein? Hoffentlich konnte ihnen Adall mehr dazu sagen …

Der Marktplatz war gut besucht. Von überall strömten ihnen die köstlichen Düfte von Speisen und Lebensmitteln entgegen, sodass sich Alices Magen lautstark bemerkbar machte. Neben Ständen, die Fleischwaren wie geräucherten Schinken,

Speck und Würste anboten, gab es auch ein paar Bäcker sowie einige Läden, die warme Speisen bereithielten. Da gab es dicke Eintöpfe mit Kartoffeln und Gemüse, aber auch Klöße und Gulasch. Es roch jedenfalls herrlich und schürte Alices Appetit nur weiter. Ein Blick in Vince' Richtung genügte jedoch, um zu erkennen, dass ihm gerade ganz andere Dinge durch den Sinn gingen. Er schien weiterhin zu rätseln, warum das Anlegen des Reifes bei ihm nicht hatte gelingen wollen. Alice hätte gern etwas gesagt, um ihn aufzumuntern, doch konnte sie seine Sorgen nur zu gut verstehen und wusste auch nichts, um ihm diese zu nehmen.

So gingen sie schweigend an den Ständen vorbei, schauten sich hier und da ein paar Sachen an, auch wenn Vince kaum einen Blick für die Auslagen hatte.

Noch einmal dachte Alice an Mylos Freund, den sie hoffentlich treffen würden und der eine Antwort auf all ihre Fragen würde geben können. Laute Stimmen ließen sie aus ihren Gedanken schrecken und sie schaute sich suchend nach der Ursache des Lärms um. Schnell entdeckte sie Leute, die erschrocken aufschrien, als eine Gestalt an ihnen vorbeihetzte – einige versuchten sie festzuhalten, doch sie war zu schnell.

»Was ist denn da los?«, murmelte Alice vor sich hin und ging ein paar Schritte in die Richtung, als auch schon eine Person in langem, dunkelgrünem Mantel direkt in sie hineinrannte und vor ihr mit einem leisen Ächzen auf den Boden stürzte.

»Du?«, fragte Alice überrascht, als der jungen Frau die Kapuze vom Kopf rutschte und das fast weiße Haar zum Vorschein kam.

Yinka blitzte sie wütend an und sprang schnell auf die Beine. »Geh mir aus dem Weg!«

Erst jetzt bemerkte Alice die kleine goldene Statue, die sie in den Händen und an ihre Brust gedrückt hielt.

»Haltet sie, sie ist eine Diebin. Sie hat mir die Büste der verwunschenen Elliria gestohlen!« Ein hagerer, hochgewachsener Mann in samtenem Wams kam vollkommen außer Atem angerannt. Seine Miene war voller Zorn, der Kopf vom Laufen und der Wut rot, das ganze Gesicht schweißnass.

Die umstehenden Leute schauten Yinka entsetzt an, einigen war anzusehen, dass sie kurz davor waren, sich auf die junge Frau zu stürzen. Doch die hielt nun mit der einen Hand ihre Beute fest umklammert, mit der anderen zückte sie ihr Schwert.

»Bleibt, wo ihr seid, oder ihr werdet mich kennenlernen«, drohte sie und es war nicht zu übersehen, wie ernst sie es meinte.

»Du elende Diebin, fasst sie!«, rief der Mann, doch offenbar war er nicht gerade von Helden umgeben, denn die meisten traten nun verlegen von einem Bein aufs andere oder senkten den Blick, als ginge sie das alles nichts an. Niemand schien Lust zu haben, sich mit der zu allem entschlossenen Yinka anzulegen.

»Ihr Feiglinge!«, brüllte der Mann aufgebracht, als er erkannte, dass er alleine dastand. »Will hier etwa jeder kneifen?« Es folgte weder eine Antwort noch eine Reaktion. »Na, dann werde ich mir halt selbst helfen müssen. Dir werde ich es zeigen, was es heißt, mich bestehlen zu wollen!«

Mit vor Wut zitternden Händen zog er eine kleine Phiole hervor und Alice ahnte Schreckliches. Sie wusste, dass es Magier gab, die durchs Land strichen und machtvolle Tiere in Gefäße bannten, um diese zu verkaufen. Sie wurden zum Schutz angeboten; angeblich halfen sie ihrem neuen Herrn, gehorchten ihm aufs Wort und waren so etwas wie willenlose Sklaven – so sollte es den Verkäufern nach zumindest sein. Alice hatte schon einige Male miterlebt und auch davon gehört, wie sich diese Kreaturen gegen ihre neuen Besitzer gewandt und sie umgebracht hatten.

Tatsächlich warf der Mann das gläserne Gebilde zu Boden, wo es zersprang. Blauer Rauch stieg auf und Alice sah zunächst zwei lange Beine, an denen sich dicke Muskelstränge hinaufzogen. Der gesamte Körper war mit dunklem Fell überzogen. Ein langer Schweif sauste durch die Luft und knallte auf den Boden. Aus der dunklen Schnauze troff zäher Speichel, zwei helle Augen blickten voller Zorn um sich. Das Geschöpf schüttelte kurz den Kopf, an dem sich zwei lange gedrehte Hörner befanden, und stieß einen drohenden Schrei aus.

»Ein Feuerhorn«, wisperte Alice entsetzt, als sich dessen Hörner auch schon entzündeten und blaue Flammen zu sehen waren, die die Hörner komplett umhüllten. Das war gar nicht gut ... Diese Tiere waren äußerst stark, kampflustig und nicht leicht kleinzukriegen. Hatte man sie erst einmal wütend gemacht, ließen sie sich durch nichts aufhalten und setzten alles daran, ihren Gegner in Stücke zu reißen.

»Töte sie!«, schrie der hagere Mann nun und zeigte auf Yinka. »Töte sie und bring mir mein Eigentum zurück!« Das Feuerhorn drehte sich nicht einmal nach ihm um, stampfte kurz mit den Hufen auf und rannte Yinka entgegen.

Als das Geschöpf direkt vor ihr war, ließ sie ihr Schwert auf den Boden sinken und rutschte an dem Feuerhorn vorbei, rollte sich auf dem Untergrund ab und sprang wieder auf die Füße. Allerdings war sie nicht schnell genug: Das Ungetüm streckte die starke Pranke aus, erwischte die junge Frau und schleuderte sie quer über den Platz. Yinka schlitterte über den Boden und kam zum Liegen.

»Sehr gut gemacht!«, freute sich der Mann. »Erledige sie und bring mir die Statue zurück.« In seinen Augen glomm etwas Kaltes und Alice konnte kaum fassen, dass dieser Kerl Yinka tatsächlich umbringen wollte.

»Sind Sie vollkommen wahnsinnig?!«, schrie sie ihm entgegen. »Sie können doch nicht dieses Vieh einfach loslassen und den Befehl geben, die Frau hier umzubringen! Sie mag zwar eine Diebin sein, aber deswegen verdient sie noch lange nicht den Tod.«

»Was mischen Sie sich da überhaupt ein?«, brüllte er sie an. »Das ist allein meine Sache.«

»Es gibt Gesetze, die können Sie nicht einfach außer Acht lassen«, mischte sich Vince ein, der neben Alice stand und mindestens ebenso fassungslos über das Geschehen war wie sie. Ihnen war beiden klar, dass dieser Kerl sehr wohl tun konnte, was er wollte. Es gab zwar keine Todesstrafe mehr, dennoch stand die Regierung stets aufseiten der Bestohlenen – besonders, wenn sie reich waren – und hielt es für das Recht eines jeden, sich mit allen Mitteln selbst zu verteidigen.

Während Yinka wieder auf die Füße kam, war das Feuerhorn auf den Zwist aufmerksam geworden und wandte sich nun zu dem hageren Mann um, dessen Stimme immer lauter wurde.

»Vernichte sie!«, befahl er. Spucke stob durch die Luft. Sein Kopf war ganz rot geworden, die Augen quollen schier hervor. Das Wesen schaute ihn an, vielleicht erkannte es jetzt erst die Stimme seines neuen Herrn und begriff, dass es von diesem gefangen gehalten worden war. Möglicherweise war er ihm auch einfach nur zu laut und hatte damit seine Wut angestachelt. Es geschah jedenfalls genau das, was Alice die ganze Zeit befürchtet hatte: Die Kreatur stieß einen Schrei aus und hetzte auf den Kerl zu. Der erkannte sofort, in welch misslicher Lage er steckte, riss die Hände in die Höhe und begann zu schreien, doch es half ihm nichts. Das Wesen kannte kein Erbarmen, stieß den Kopf nach vorne und riss den Mann mit den Hörnern in die Luft, wobei er sofort Feuer fing. Sekunden später landete er mit einem lauten Krachen auf dem Boden, wo er sich wie von Sinnen hin- und herwälzte. Die Umstehenden begannen zu schreien, ein Mann half dem Verletzten, die Flammen zu ersticken, dann riss er ihn auf die Füße. Überall kam Panik auf, die Menschen liefen in Panik davon, schrien, was das Feuerhorn nur noch wütender werden ließ. Es stieß nach jedem, der in seine Reichweite kam, ging auf Frauen und Kinder los und kannte kein Halten mehr.

»Na toll«, murmelte Alice und trat ein paar Schritte nach vorne, während sie einen Eiszauber in ihrer Hand entstehen ließ. »Schau besser, dass du diesem Vieh nicht in die Quere kommst«, meinte sie zu Vince, während das Feuerhorn einen Mann mit seinen Hörnern durch die Luft schleuderte.

Sie stieß den Zauber nach vorne, sodass die Hufe am Untergrund festfroren. Für einen Moment wurde die Kreatur bewegungsunfähig, stutzte und versuchte, sich aus seiner misslichen Lage zu befreien.

Das nutzten die meisten, um schnell das Weite zu suchen. Alice warf Vince einen Blick zu, den er offenbar verstand. Ausnahmsweise kam er mal kommentarlos ihrer Aufforderung nach und brachte sich ebenfalls in Sicherheit.

Yinka war wieder auf den Beinen, hielt noch immer die Statue an sich gedrückt und machte sich ebenfalls daran wegzulaufen.

»Sag mal, spinnst du?«, rief Alice ihr zu. »Du kannst doch nicht einfach abhauen.«

Die junge Frau grinste frech. »Warum denn nicht? Ich sehe nicht ein, warum ich hier irgendwen retten und mich mit diesem Vieh rumschlagen sollte.«

Tatsächlich rannte sie weiter, während das Feuerhorn wie wild tobte. Mit einer unglaublichen Geschwindigkeit rannte es nun los. Alice rollte sich zur Seite, Yinka entkam nur haarscharf, doch glitt ihr dabei die Statue aus den Händen, über die das Wesen hinwegtrampelte, wobei es sie vollkommen zerbeulte.

»Du spinnst wohl!«, schrie die junge Frau. »Das wollte ich noch verkaufen. Ich hatte einen sehr reichen Händler dafür an der Hand, der nimmt das jetzt doch nie!« Sie schien wirklich wütend, hatte ihr Schwert gezogen und sprang in die Luft, drehte sich dort und senkte die Klinge in den Nacken des Feuerhorns. Blut quoll hervor, doch schien ihm die Wunde in keiner Weise zuzusetzen. Die Augen glänzten vor Wut, als es mit den Hufen scharrte und zu allem entschlossen schien.

»Noch mehr Ideen, wie du ihn endgültig in Rage versetzen kannst?«, hakte Alice nach.

»Du hast gut reden, von dir kommt ja auch nicht gerade viel«, beschwerte sich Yinka.

Alice wusste, dass sie mit einem einfachen Schwert oder Zauber diesem Vieh nicht beikommen würden. Sie rief einen Zauber, der in einem schwarzen Licht über den Platz fegte, alles mit sich riss und riesige Löcher hineingrub. Mit einem lauten Donner erfasste er das Feuerhorn und stieß es über den Untergrund, der weiter aufgerissen wurde. Vor einer Häuserzeile kam das Geschöpf zu liegen, versuchte sich aber sogleich aufzurichten. Alice sah nur eine Möglichkeit: Ohne zu zögern, rief sie ein Licht, das sich aus dem Himmel herabsenkte, die Häuserwand hinter dem Wesen traf und sie in die Luft sprengte. Vier Gebäude gerieten dabei ins Wanken, Steine wurden rausgesprengt. Mit lautem Donner stürzten sie ein und begruben dabei das Wesen, das nun endlich nicht mehr aufstand …

»Mann, das war knapp«, meinte Yinka, die sich den Staub aus ihrem Mantel klopfte und neben Alice trat. Beide schauten auf das Chaos der eingestürzten Häuser.

»Nicht schlecht«, meinte die junge Frau anerkennend, doch stand sie mit dieser Meinung offensichtlich alleine da. Die ersten Menschen begannen sich in den Straßen und auf dem Platz wieder zu regen. Gemurmel war zu hören, dann wütende Schreie.

»War ja klar«, murrte Yinka. »Zu feige, selbst mitzukämpfen, und sich nun beschweren, dass etwas zu Bruch gegangen ist.«

Die Rufe wurden immer lauter und vor allem bedrohlicher: »Wie konnten Sie nur? Mein Zuhause, mein schönes Zuhause!«

»Sind alle draußen? Wurde jemand unter den Trümmern begraben?«

Kurze Antworten erklangen, aus denen klar wurde, dass es keine Toten und Verletzten gab, aber der Sachschaden war enorm.

»Wer kommt für die Schäden auf?!«

»Was fällt euch beiden ein? Ihr werdet das wieder in Ordnung bringen, und wenn ihr euer Lebtag dafür zahlen müsst!«

Vince kam bereits herbeigerannt, lief an den beiden Frauen vorbei und schrie: »Ich glaube, wir sollten machen, dass wir hier wegkommen.«

Die Ersten erkannten wohl, was sie vorhatten, und liefen auf sie zu. Alice und Yinka zögerten nicht lange und nahmen die Beine in die Hand.

Sie hielten auf den Waldrand zu, machten, dass sie so schnell wie möglich die Stadt verließen, und hielten erst an, als sie ganz sicher waren, alle abgehängt zu haben.

»Dort brauchen wir uns für eine Weile erst mal nicht mehr sehen zu lassen«, meinte Alice, während sie nach Atem rang.

Yinka zuckte unbekümmert mit den Schultern und ließ sich ins Gras sinken. »Für mich hat es sich am Ende dennoch gelohnt.« Sie hielt die goldene Statue hoch. »Auch wenn sie nicht mehr schön aussieht, irgendwer wird dafür schon ein Sümmchen springen lassen.«

Alice war nur verwundert, wie die junge Frau es geschafft hatte, in all dem Trubel auch noch an die Figur zu denken und sie mitzunehmen. Aber so waren sie nun mal, diese Hunter: Hatten stets nur ihre Beute im Sinn und wie sie diese schnell zu Geld machen konnten.

Yinka stand auf, klopfte sich den Schmutz aus der Kleidung und wandte sich nach links, wo es im Unterholz plötzlich raschelte und unverkennbar Schritte zu hören waren. Alice spannte sich bereits an. Waren ihnen etwa doch irgendwelche Leute gefolgt und wollten ihnen erneut Ärger machen?

Kapitel 34

»Wir haben dich schon überall gesucht und dich dann vor diesem Pulk weglaufen sehen«, erklärte Teyls, der gerade aus dem Unterholz trat, dicht gefolgt von dem hochgewachsenen Bolt.

Alice war erleichtert, als sie ihn erkannte, und trotzdem wollte sich ihr Herzschlag nicht beruhigen. Seine makellosen Gesichtszüge waren wie so oft angespannt, fast wütend, als er fortfuhr: »Hättest du vielleicht noch ein bisschen mehr Aufmerksamkeit auf dich ziehen können?« Er schenkte Yinka einen schneidenden Blick und tat dabei so, als würde er Alice und Vince gar nicht bemerken.

»Ach, am Ende hat alles geklappt und ich habe sie.« Grinsend hob Yinka die Statue in die Höhe.

»Hattest du nicht gesagt, es sei alles ganz einfach? Der Händler habe kaum Sicherheitsvorkehrungen und sei leicht zu überwältigen?«, hakte Teyls weiter nach.

»Es gab ein kleineres Gerangel und der Kerl ist mir nachgelaufen. Am Ende hat er sich als echter Feigling entpuppt, als er mir das Feuerhorn auf den Hals gehetzt hat. Aber das hat ihm am Ende auch nicht geholfen.« Nun schaute sie zu Alice und ihr Blick nahm einen ungewohnt freundlichen Zug an, den Alice so bei der jungen Frau nicht kannte. »Ich schätze, ich muss mich bei dir bedanken. Es war nicht selbstverständlich, dass du dich für mich eingesetzt und mich dann auch noch unterstützt hast. Das rechne ich dir hoch an.« Sie trat auf Alice zu und reichte ihr die Hand, die diese überrascht annahm. »Du bist gar keine üble Kämpferin«, stellte sie anerkennend fest.

»Habt ihr denn etwas herausfinden können?«, wandte sich Yinka weiter an Teyls, als wäre nichts gewesen.

»Nicht wirklich, ich denke, wir gehen erst einmal Richtung Vestos.«

Alice kannte die Stadt, die am Rand des Flusses Vesta lag und für ihren Handel bekannt war. Besonders Gewürze, Tuch, aber auch Erze wurden dort umgeschlagen. Kurz nachdem sie ihr Dorf damals verlassen hatte, war sie nach Westen in diese Gegend gegangen und hatte dabei auch Vestos besucht. Sie erinnerte sich noch gut an die steinerne Mauer, die die Stadt von dem Fluss abschirmte und immer wieder ausgebessert werden musste. Ein ums andere Mal hatte sie die Bewohner vor schrecklichen Hochwassern gerettet.

Die Hunter hatten also vor, in dieselbe Richtung zu ziehen, denn Vestos lag ebenfalls im Westen, wenn auch nicht ganz so weit wie Erinstett.

Kurz fragte sie sich, was die drei dort wohl vorhatten?

Auf jeden Fall hatten sie nun fürs Erste denselben Weg und kurz überlegte Alice, ob sie vorschlagen sollte, zumindest einen Teil der Strecke gemeinsam zu gehen. Es war nicht ihre Art, sich einer Gruppe anzuschließen und schon gar keinen Huntern. Aber die drei waren keine Fremden mehr für sie und auch wenn sie Teyls weiterhin nicht zu durchschauen vermochte, schien er seine guten Seiten zu haben. Immerhin hatte er ihnen freiwillig das Buch überlassen und sogar das Geld zurückgegeben. Auch Yinka schien ihre Vorbehalte ihnen gegenüber nach dem Kampf etwas revidiert zu haben. Die Voraussetzungen standen also nicht schlecht …

Sie schaute kurz zu Vince, der noch immer auf dem Boden hockte und sich mit dem Ärmel über die triefende Nase wischte. Er sah müde aus und hatte sich während des Kampfes widerstandslos zurückgezogen. Es war gut, dass er sofort eingesehen hatte, dass er in seinem angeschlagenen Zustand keine Hilfe gewesen wäre. Der Weg nach Westen war beschwerlich und nicht gerade ungefährlich. Was, wenn sie erneut einem Odim begegneten? Es mochte von Vorteil sein, zumindest für eine Weile nicht ganz auf sich allein gestellt zu sein.

Kurz zögerte sie noch, dann fragte sie: »Wie wäre es, wenn wir erst einmal zusammenblieben? Wir wollen nach Erinstett, demnach haben wir alle vor, nach Westen zu ziehen.«

Teyls verschränkte die Arme vor der Brust und musterte sie ausgiebig. Auch Bolt ließ sie nicht aus den Augen. Die Hunter schienen von dem Vorschlag überrascht zu sein, sagten jedoch erst mal nichts dagegen, was Alice als gutes Zeichen wertete.

Teyls' Blick ruhte auf Alice, schien sie erneut zu durchdringen und irgendetwas zu suchen. Kurz hielt sie den Atem an, als sie in die Tiefen seiner Augen blickte. Nie hätte sie gedacht, dass ein einziger Blick einen so aufwühlen könnte. Aber Teyls hatte etwas an sich, das immer wieder etwas in ihr aufrührte. »Meinetwegen«, sagte er nun. »Wenn wir ohnehin denselben Weg haben, können wir auch vorerst gemeinsam weitergehen.«

Alice war erleichtert, das zu hören, und schenkte Teyls ein dankbares Lächeln.

Kapitel 35

Die meiste Zeit des folgenden Tages verbrachten sie schweigend. Nur hier und da unterbrach Yinka die Stille mit ein paar Sätzen, die sie vor allem an Teyls richtete, der jedoch – wenn überhaupt – nur einsilbig antwortete. Von Bolt kannte Alice es nicht anders; der große Kerl schritt mit seinen langen Beinen unentwegt voran, schien nie außer Atem zu geraten und blieb ansonsten still. Alles in allem hätte Alice es mit ihren neuen Reisegefährten schlechter treffen können – eigentlich bevorzugte sie die Stille, ununterbrochenes Geplapper, wie es sonst von Vince kam, ging ihr ziemlich auf die Nerven. Aber vielleicht hatte sie sich mit der Zeit daran gewöhnt, jedenfalls fand sie das unendlich lange Schweigen recht anstrengend.

Sie ging neben Vince her, der weiterhin blass aussah und dieses fiebrige Glänzen in den Augen hatte. »Alles okay mit dir? Sollen wir eine Pause machen?«, fragte sie ihn. Er schwitzte ganz schön, nieste und hustete wiederholt.

»Wir sind doch gerade erst losgegangen«, bemerkte Yinka mit einem kritischen Seitenblick auf Vince. »Du siehst irgendwie krank aus«, fuhr sie mit einem leicht angeekelten Ausdruck im Gesicht fort.

»Du bemerkst aber auch alles.«

»Steck mich bloß nicht an«, warnte sie ihn.

»Habe ich nicht vor.« Und an Alice gewandt meinte er: »Ich bekomme nur so schlecht Luft. Es läuft sich nicht sonderlich gut, wenn man ständig nach Atem ringen muss. Aber ich bin noch fit und schaffe das schon.« Er rang sich ein angestrengtes Lächeln ab und rieb sich mit dem Ärmel über seine gerötete Nase. »So leicht bin ich nun auch wieder nicht unterzukriegen.«

»Was wollt ihr eigentlich in Vestos?«, versuchte Alice das Thema zu wechseln und Vince damit ein wenig Ruhe zu verschaffen.

»Geschäfte«, antwortete Teyls kurz.

Alice nickte aufgrund dieser ausführlichen Antwort. »Das dachte ich mir schon. Habt ihr etwa von einem Schatz gehört, der dort versteckt sein soll? Könnte allerdings schwer werden, ihn zu finden. Vestos ist ziemlich groß.«

»Das lass mal unsere Sorge sein«, erwiderte er.

»Und was wollt ihr in Erinstett?«, hakte Yinka nach. »Wenn du schon neugierig bist, dann wird diese Frage ja wohl auch gestattet sein.«

»Geschäfte«, wiederholte Alice Teyls' Antwort und brachte die junge Frau damit zu leisem Ächzen.

»Interessiert mich eigentlich ohnehin nicht, was du und dein sterbenskranker Freund vorhabt.«

»Ich bin jetzt vielleicht nicht in der besten Verfassung, aber normalerweise durchaus eine Hilfe«, erklärte Vince und es wäre sicher weit beeindruckender gewesen, wenn er darauf nicht lautstark hätte niesen müssen, sodass Rotz durch die Luft flog. »Gerade erst haben wir gegen einen Odim gekämpft, da hättest du mich mal sehen sollen.«

»Ich habe dich dabei bereits erlebt, hast du das schon vergessen? Allerdings kann ich nun wirklich nicht behaupten, dass du dich dabei besonders hervorgetan hättest«, erwiderte Yinka in herablassendem Tonfall.

»Es war bereits der dritte, dem ich bisher gegenübergestanden habe. Und jedes Mal habe ich vollen Einsatz gezeigt.« Wie zum Beweis zog er sein Hemd von der Schulter, sodass die Kratzer zu sehen waren. »Und wie du erkennen kannst, bin ich auch verletzt worden.«

Sie schmunzelte. »Oh ja, sieht unheimlich schlimm aus.«

»Der Odim war trotz seiner Wunde verdammt stark und wir hatten alle Mühe mit ihm«, fuhr Vince fort. »Er hatte erst vor Kurzem gegen einen Nekromanten gekämpft und war nur knapp mit dem Leben davongekommen. Du siehst also, es will was heißen, dass es uns gelungen ist, ihn zu besiegen.«

Yinka hob erstaunt die Brauen, auch Teyls und Bolt schienen nun wieder aufmerksamer zuzuhören und wirkten ebenso überrascht.

»Ein Nekromant?«, hakte die junge Frau ungläubig nach, lachte dann und wandte sich an ihre beiden Begleiter. »Die glauben anscheinend wirklich an Nekromanten. Ist das nicht unfassbar?«

Vince schnaubte und senkte den Blick wütend zu Boden. Offenbar hielten auch die Hunter, wie der Großteil der Bevölkerung, diese Wesen für Märchengestalten.

»Was hat dieser Odim denn über den Nekromanten erzählt?«, fragte Yinka weiter. »Hatte er lange Hörner und scharfe Krallen? War er unfassbar stark und von dunklem Rauch umgeben, der alles um ihn herum hat sterben lassen?«

»Der Odim war angeschlagen, hatte einen Arm verloren und was er über den Nekromanten erzählt hat, würde auch dir Angst machen, das kannst du mir glauben«, antwortete Vince, ohne auf Yinkas Worte einzugehen.

Alice warf ihm einen mahnenden Blick zu. Konnte er nicht endlich still sein? Was spielte es schon für eine Rolle, ob Yinka ihm glaubte oder nicht. Sollte sie sich doch lustig machen.

Aber offenbar konnte sich Vince nicht mehr zurückhalten: »Er sagte, dass dieses Wesen auf der Suche nach etwas sei und sich an den Menschen rächen wolle, für das, was ihm einst angetan worden war.« In Vince' Augen war deutlich zu erkennen, wie ernst er diese Drohung nahm und dass sie selbst in ihm eine unbestimmte Angst auslöste. »Wenn sie wirklich zu ihrer alten Macht zurückgefunden haben, werden sie diese Welt in ihren Grundfesten erschüttern. Es könnte so schrecklich werden wie vor zweitausend Jahren. Doch heute gibt es nicht mehr so viele Magier und Kämpfer wie einst, die sich ihnen entgegenstellen könnten.«

Für einen Moment herrschte Schweigen. Selbst Yinka schien es die Sprache verschlagen zu haben.

»Vielleicht treffen wir dieses Wesen auch unterwegs«, fuhr Vince fort, dem nicht entgangen war, dass die anderen ihm inzwischen gebannt zuhörten. »Immerhin könnte der Nekromant auf dem Weg zum Turm sein und der liegt ebenfalls im Westen.« Er schaute zu Alice und sagte dann: »Zumindest hoffen wir, dass wir ihn dort treffen.«

»Warum das?«, hakte Teyls mit gerunzelter Stirn nach. »Aus welchem Grund wollt ihr dieser Kreatur gegenübertreten? Und weshalb sollte sie ausgerechnet zum Turm wollen? Gibt es da etwas, das ihr uns noch nicht gesagt habt?«

»Vergesst es einfach«, winkte Alice ab. Sie wollte auf keinen Fall noch länger über dieses Thema reden. Am Ende würde die Sprache noch auf Schwarzfels kommen, und sie hatte nicht vor, ihre Geschichte erneut zu erzählen.

Sie bemerkte, wie Teyls sie musterte, und kurz fragte sie sich, wie er auf ihre Vergangenheit reagieren würde. Er konnte grob sein, und dennoch glaubte sie, dass er genau die richtigen Worte finden würde, um ihr Halt zu geben. Sie schüttelte belustigt den Kopf. Wie kam sie nur auf diese Idee? Warum machte sie sich überhaupt Gedanken darüber? Wichtig war nur, dass sie Schwarzfels und ihre Vergangenheit endlich hinter sich ließ. Mit aller Kraft versuchte sie zu vergessen, wen sie dort erneut zurückgelassen hatte …

Kapitel 36

Am Abend saßen sie gemeinsam vor einem Lagerfeuer und aßen von ihren Vorräten. Teyls und die anderen hatten am Tag zwei Kaninchen erlegt, deren Fleisch sie nun über den Flammen brieten.

Als es fertig war, reichte Yinka Alice und Vince tatsächlich ein paar Stücke weiter. Was die beiden überrascht, aber dankend annahmen.

»Lecker«, murmelte Vince zwischen zwei Bissen und schenkte Yinka ein freundliches Lächeln.

Nach dem Essen strich er sich über seinen Bauch und meinte zufrieden: »Ich glaube, ich lege mich dann mal schlafen, war ein anstrengender Tag.« Er wickelte sich in seine Decke ein und wandte der Gruppe den Rücken zu. Es dauerte auch gar nicht lange, da war bereits sein lautes Schnarchen zu vernehmen.

»Ganz schön laut«, sagte die junge Frau kopfschüttelnd zu Alice.

»An manches gewöhnt man sich«, erwiderte sie und fügte, als Vince ein lautes, verschleimtes Röcheln von sich gab, hinzu: »An manches wiederum nicht.«

»Ihr seid schon ein seltsames Gespann«, fuhr Yinka fort und griff sogleich den Faden wieder auf. »Ich kann noch immer nicht fassen, dass ihr tatsächlich in Erwägung zieht, dass Nekromanten existieren könnten.«

»Ich glaube es nicht nur, ich weiß es ganz einfach«, stellte Alice richtig.

Die drei schauten sie fragend an, doch mehr hatte sie nicht dazu zu sagen. Alice kannte die Wahrheit und schon bald würde sie hoffentlich diesen Nekromanten finden, überwältigen und zurückbringen können. Natürlich hatte sie sich einen Plan zurechtgelegt, aber würden die Zauber, die sie anwenden wollte, tatsächlich helfen? Sie hatte noch nie gegen eine solche Kreatur antreten müssen, wusste nicht genau, wie stark diese sein würde und wie gut ihre Chancen tatsächlich standen. All das, was sie über die Nekromanten wusste, war von Generation zu Generation in ihrem Dorf weitergegeben worden, sodass niemand mehr genau zu sagen vermochte, was den Tatsachen entsprach. Aber in einem waren sich alle einig: Diese Kreaturen waren stark und absolut erbarmungslos.

Trotz dieser Gewissheit würde sie nichts aufhalten können. Sie musste es wenigstens versuchen. Auf dieses Ziel war ihr ganzes Streben ausgerichtet.

Während Alice sich ihr Bettlager zurechtmachte, war ihr, als würde sie beobachtet werden. Tatsächlich schaute Teyls sie über die Flammen hinweg an und sagte: »Du scheinst wirklich überzeugt von deinen Worten zu sein. Warum suchst du diese Wesen? Falls die Geschichten stimmen, sollte man schnellstens das Weite suchen und sich auf keinen Kampf mit ihnen einlassen.« Seine tiefgrünen Augen schienen sie regelrecht zu durchdringen. »Weshalb wollt ihr, du und dein Freund, auf dieses Geschöpf treffen? Die Antwort würde mich sehr interessieren.« Er hatte den Kopf leicht zur Seite geneigt und musterte sie auf eine Art, dass Alice heiß und kalt wurde.

»Ich muss etwas in Ordnung bringen und das geht nur, wenn ich alle Nekromanten finde und dingfest mache. Aus diesem Grund ist die Spur, die wir nun haben, unglaublich wichtig.«

»Dann wollt ihr also eigentlich gar nicht nach Erinstett?«

»Doch, das ist momentan unser vorrangiges Ziel. Wir hoffen aber, letztendlich beim Turm auf sie zu treffen.«

»Hört sich ganz danach an, als könnte das eine interessante Begegnung werden«, überlegte Teyls laut. Offenbar hatte sie mit ihren Worten seine Neugier entfacht.

Als sie erneut zu ihm schaute, schien er fieberhaft über etwas nachzudenken. Nicht zum ersten Mal fragte sie sich, was ihm gerade durch den Kopf ging …

Alice wurde am nächsten Morgen von leisen Stimmen geweckt, die sich wegen irgendetwas zu streiten schienen. Sie brauchte einen Moment, bis der Schlaf von ihr abgefallen war und sie wieder wusste, wo sie und vor allem wer hier alles bei ihr war.

Auch Vince reckte sich verschlafen und rieb sich die Augen, während Yinka vor Teyls stand, der seinen Rucksack packte.

»Das ist doch nicht dein Ernst! Hast du dir das wirklich gut überlegt?«, fragte sie ihn aufgebracht.

»Das sagte ich dir bereits«, erklärte er und stopfte eine Decke in seinen Rucksack.

»Aber das ist doch absoluter Schwachsinn! Und denk mal daran, wenn wir tatsächlich auf die Nekromanten treffen sollten, was dann?«

»Das ist ja eine hitzige Diskussion am frühen Morgen«, stellte Vince gähnend fest.

Yinka wandte sich überrascht um, anscheinend war ihr entgangen, wie laut sie geworden war, und sie biss sich nun verlegen auf die Unterlippe. Es war ihr sichtlich unangenehm, dass sie bei dieser Auseinandersetzung belauscht worden war.

Yinka schielte zu Teyls, der mit Packen fertig war. Er schulterte seinen Rucksack und auch Bolt war offenbar bereit zum Aufbruch.

»Du hast gehört, was er gesagt hat«, wandte der sich an Yinka. »Unsere Pläne haben sich geändert.«

Die gab ein leises Grummeln von sich und konnte die nächsten Worte wohl doch nicht hinunterschlucken: »Ich verstehe einfach nicht, warum du das machen willst? Wer weiß schon, ob an dieser Geschichte überhaupt etwas dran ist.«

»Das werden wir ja hoffentlich bald herausfinden«, war alles, was Teyls dazu sagte.

»Ihr wollt also weiter bei uns bleiben und die Nekromanten suchen?«, fragte Alice ihn.

»So sieht es aus«, erklärte er in einer Selbstverständlichkeit, dass es Alice erst einmal sprachlos machte.

Wie konnte er glauben, dass sie ihn einfach mitkommen ließ? Es war ihre Aufgabe, diese Kreaturen einzufangen, und dabei würde sie niemanden an ihrer Seite dulden.

»Und du hattest nicht vor, zu fragen, ob wir euer Angebot überhaupt annehmen wollen?«

»Warum sollte ich? Es ist kein Angebot. Wir werden euch begleiten. Was wollt ihr schon dagegen unternehmen? Außerdem bin ich sicher, dass ihr Hilfe gebrauchen könnt. Du magst diese nicht wollen, aber es ist unbestreitbar, dass dem nun mal so ist.«

Dieser Kerl war wirklich unfassbar dreist. »Das heißt wohl, ich kann nichts tun, um euch umzustimmen?«, hakte Alice nach.

»Auch wenn wir uns noch nicht allzu gut kennen, hast du mit Sicherheit bemerkt, dass ich, wenn ich mich einmal zu etwas entschlossen habe, nicht mehr davon abzubringen bin. Demnach lautet die Antwort: ›Nein, du kannst nichts dagegen tun.‹«

Alice schwieg einen Moment, während nun auch Vince seine Verblüffung zum Ausdruck brachte: »Gestern habt ihr uns noch nicht glauben wollen. Woher also dieser plötzliche Sinneswandel?«

»Ganz einfach«, sagte Teyls und seine grünen Augen legten sich auf Alice, hielten sie mit seinem Blick gefangen, der regelrecht Funken sprühte und ihr Herz zum Rasen brachte. Das schiefe Lächeln, das sich auf seine Lippen stahl, stand ihm äußerst gut und hatte zugleich etwas Herausforderndes. »Du weißt irgendetwas und versuchst es zu verheimlichen.«

Sie spürte, wie ihr bei seinen Worten abwechselnd heiß und kalt wurde. Warum nur schien er so in ihr lesen zu können?

»Aber das ist nicht der eigentliche Grund, warum wir uns zusammenschließen werden«, fuhr er fort. »Du warst gestern so ernst und etwas in deinem Verhalten hat deutlich gemacht, dass kein Zweifel an deinen Worten besteht: Du weißt, dass Nekromanten existieren, und ich will wissen, woher du diese Gewissheit nimmst. Hast du tatsächlich schon mal einen gesehen und könnte es dir gelingen, erneut einen ausfindig zu machen? Ich würde diesen jedenfalls nur zu gern sehen. Wann bekommt man schon mal die Chance, einem echten Nekromanten gegenüberzustehen?«

Ein leichtes Schmunzeln lag auf seinen Lippen, das zu dem kühlen Blitzen in seinen Augen nicht ganz passen wollte. Er schien sich tatsächlich auf diese Begegnung zu freuen. Offenbar hatte er keine Ahnung, auf was er sich da einließ. Es schien lediglich einen Reiz auf ihn auszuüben, etwas, das bisher nichts als eine Legende war, mit eigenen Augen zu sehen.

»Falls du versuchen willst, den Nekromanten einzufangen, um ihn womöglich wie einen Sklaven zu verkaufen, muss ich dich enttäuschen. Das werde ich nicht zulassen.«

Teyls wiegte den Kopf hin und her, ließ sich allerdings nicht in die Karten schauen. »Meine Absichten spielen letztendlich keine Rolle, denn wir wissen beide, dass du im Grunde gar keine andere Wahl hast.«

Alice schwieg. Was sie auch tat, er würde ihnen folgen, dessen war sie sicher. War es da nicht besser, ihn im Blick zu behalten?

»Na, was ist nun?«, wollte er wissen. »Wollen wir aufbrechen?«

Sie schulterte ihren Rucksack und ging los – was blieb ihr auch anderes übrig? Es stand jedoch außer Frage, dass sie Teyls auf keinen Fall zu dem Nekromanten mitnehmen durfte. Er hatte keine Ahnung, was dabei auf sie zukommen würde. Diesen Kampf musste sie alleine bewältigen. Sie durfte nicht noch jemanden hineinziehen. Zudem hatte Teyls irgendetwas mit diesen Wesen vor, und es war mit Sicherheit etwas, das ihren eigenen Absichten im Wege stand.

Sie seufzte. Auf der Reise würde sie Näheres über seine Absichten in Erfahrung bringen müssen … »Ich hoffe, dass ich diese Entscheidung am Ende nicht bereuen werde«, murmelte sie leise vor sich hin.

»Das hoffen wir alle«, entgegnete Teyls mit einem kühlen Lächeln, das sie schaudern ließ. Was führte dieser Kerl nur im Schilde? Hoffentlich würde sie bald hinter diese Fassade und die wunderschönen grünen Augen blicken können.

Epilog

Mylo ließ die Finger seiner rechten Hand nacheinander auf den Tisch vor sich gleiten, sodass seine Nägel ein klackerndes Geräusch verursachten. Seitdem Alice bei ihm gewesen war, überschlugen sich seine Gedanken. Es stand für ihn außer Frage, dass er etwas unternehmen musste. Nur was?

Er blickte zu den Utensilien auf dem Tisch, vor dem er saß. Hier in dem Nebenzimmer hinter seinen Geschäftsräumen ging er seiner eigentlichen Arbeit nach, die ihn voll und ganz ausfüllte und der er mit ganzem Herzen nachkam.

Er liebte es, Herr über so viele Feiys zu sein, die allesamt für ihn arbeiteten und seinem Befehl gehorchten, aber auch die Macht, die damit einherging. Unter seinesgleichen hatte er sich in all den Jahren einen Namen gemacht, was mitunter daran lag, dass er ein gutes Gespür hatte, wen er für sich arbeiten ließ. Man brauchte schon ein besonderes Feuer, einen gewissen Ehrgeiz und natürlich Können sowie Geschick, um zu erkennen, wer ein geeigneter Vertragspartner war, und es dann auch noch zum Geschäftsabschluss zu bringen.

Mylo hatte inzwischen an die fünfundzwanzig Feiys, die ihm unterstanden – ein kleines Imperium, auf das er stolz war.

Er schaute zu den Phiolen und den kleinen schwarzen Flaschen, durch deren Glas die Lichter schwach hindurchschimmerten. Gerade erst hatte er ein weiteres Lebenslicht von Iwold, einem seiner Feiys, bekommen. Er war etwas langsamer im Beschaffen von Lebenslichtern, dafür hatten sie in der Regel eine äußerst gute Qualität, sodass Mylo zufrieden sein konnte. Vierzehn Flaschen zählte er vor sich – es wurde allmählich Zeit, sich wieder ans Verkaufen zu machen. Er wusste schon, wohin er zu gehen hatte. Mit der Zeit hatte er ein paar gute Abnehmer gefunden, die regelmäßig bei ihm einkauften. Vor allem einer war stets an seiner Ware interessiert und nahm ihm eigentlich seinen kompletten Bestand ab.

Mylo stand auf und trat durch den schummrigen Raum. Lediglich ein paar Talglichter, die an den Wänden hingen, spendeten Licht. Ganz im Gegensatz zu seinem Frisörsalon war hier im hinteren Bereich – in seinem Nebenzimmer – alles recht dunkel und zweckdienlich gehalten: ein großer Schreibtisch, ein paar Stühle, jede Menge Arbeitsgeräte, Flaschen, Phiolen, Kräuter … Er biss die Zähne zusammen, bis er ein knirschendes Geräusch vernahm und sich dazu zwang, den Kiefer wieder etwas zu lösen. Mylo war noch immer wütend und im tiefsten Inneren vollkommen außer sich. Da hatte er all die Jahre so ein gutes Gespür für seine Feiys gehabt, doch Alice machte wiederholt Ärger. Nicht nur, dass sie ständig irgendwelche Dinge, Häuser oder wie im letzten Jahr eine ganze Straße mit ihren Zaubern verwüstete und damit Aufmerksamkeit auf sich zog, nun hatte sie auch noch diesen eigenartigen Kerl im Schlepptau, aus dem man seltsamerweise keinen Feiy machen konnte. Aber vor allem hatte sie ihm nicht die Blaue Träne besorgt. Das war nicht mal das Schlimmste, doch das Buch … Ärger stieg in einer lodernden Welle in ihm auf. Die Belohnung war so enorm hoch und eigentlich hatte sie ihm bereits gehört, wären Alice nur nicht diese unnötigen Skrupel gekommen. Wie konnte sie überhaupt noch nach all den Jahren in diesem Geschäft zögern? So eine Möglichkeit bekam man nur ein einziges Mal!

Er dachte an den Mittelsmann, der durchs Land zog und den Auftrag an alle Talims weitergab. Natürlich hatte er sich mehrfach gefragt, wer wirklich dahintersteckte, doch im Grunde war es vollkommen gleichgültig, welcher machthungrige Magier oder welches Wesen auch immer seine Kraft mit den Lebenslichtern zu vergrößern versuchte. Selbstverständlich waren Mylo ein paar Dinge an dem Mittelsmann aufgefallen, die seinen Argwohn geweckt hatten, beispielsweise hatte er seine Kapuze stets tief im Gesicht hängen gehabt, sodass es verdeckt worden war. Auch hatte er peinlichst genau darauf geachtet, kein Detail über den Auftraggeber preiszugeben, dabei aber ganz klargemacht, was er eigentlich wollte, wo und wie es zu besorgen war. Da fragte man sich doch, warum er es nicht wenigstens versucht hatte, die Blaue Träne selbst zu holen. Es konnte doch nicht allein an der Furcht gelegen haben, dabei umzukommen, oder?

Aber letztendlich war das alles zweitrangig. Hauptsache, er, Mylo, bekam die Bezahlung und genau diese schien ihm nun durch die Lappen zu gehen. Er legte sich nachdenklich den Finger ans Kinn. Er sollte sich dringend mit dem Kerl in Verbindung setzen und ihm mitteilen, was er herausgefunden hatte. Wenn er es geschickt anstellte, bekäme er dafür schon mal einen Teil der Belohnung … Aber zunächst musste etwas anderes erledigt werden.

Er ging zur Tür, die in den Frisörsalon führte und drückte die Klinke. Er hatte sich entschlossen, es ging nicht anders. Alice ließ ihm einfach keine Wahl. Er hatte sehr genau gespürt, dass irgendetwas nicht stimmte. Mylo war sich ziemlich sicher, dass Alice gelogen hatte, und wenn dem so war … Er schmunzelte leicht. Nun, dann war sie wohl kaum länger für ihn tragbar.

Im Salon herrschte reger Betrieb, was ihn jedes Mal aufs Neue freute, aber zugleich auch anekelte. Er hasste diese geschwätzigen Weiber, die so oberflächlich waren und keine Idee davon hatten, was hinter ihren fetten Rücken wirklich geschah. Aber er brauchte sie nun mal und so setzte er ein Lächeln auf, als er in den Laden trat, wo sich sogleich etliche Augenpaare auf ihn richteten.

»Oh, Mylo, mein Lieber«, flötete eine korpulentere, ältere Dame ihm zu, die aus einem Becher nippte und mit den Armen ruderte. »Wie schön, Sie endlich mal wiederzusehen. Wie geht es Ihnen?«

»Ganz wunderbar, meine liebe Frau Markgräf. Und selbst? Ich sehe, Sie lassen sich die Haare färben. Ein ganz wunderbarer Ton, den Sie sich da ausgesucht haben, er wird Ihnen vorzüglich stehen.« Er schenkte ihr sein wärmstes Lächeln und das Kompliment tat sein Übriges.

»Ach, Sie sind immer so charmant, es ist eine wahre Freude bei Ihnen.«

Er verneigte sich leicht und erwiderte: »Ich sage nur die Wahrheit, meine Liebe, nur die Wahrheit. Aber nun muss ich weiter. Es gibt noch einiges für mich zu tun.«

Während ihm die Frau ein letztes Mal zuwinkte, ging er zum Empfangstresen und fragte Alina, ob sie Oltris irgendwo gesehen habe. Oltris war eine seiner ältesten Angestellten. Sie half ihm, den Haushalt in Ordnung zu halten, putzte auch im Laden und passte auf die Mädchen auf, sodass der Ablauf im Salon reibungslos vonstattenging.

»Ich glaube, Sie spricht gerade mit Frau Meissner draußen vor dem Salon«, beantwortete Alina seine Frage.

In diesen Plausch wollte er sich nun nicht auch noch einmischen und meinte: »Sag ihr, sie soll so schnell wie möglich zu Salomo gehen. Er ist gerade im ›Goldenen Bären‹

untergekommen und er möchte auf der Stelle zu mir kommen. Es ist wichtig.«

Alina nickte und Mylo kehrte ins Hinterzimmer zurück, wo er etliche Minuten voller Anspannung auf und ab schritt, bis er endlich das erlösende Klopfen an der Tür vernahm.

Ein riesiger Kerl mit breitem Rücken und langem dunklem Haar, das er zu einem Pferdeschwanz gebunden hatte, trat ein.

»Salomo«, rief Mylo erfreut und breitete die Arme aus, als wollte er den hünenhaften Mann an seine Brust drücken. Trotz seines imposanten Aussehens hatte dieser Kerl die unglaubliche Gabe, so gut wie jeden Menschen in ein Gespräch zu verwickeln. Mit seiner ruhigen Art und dieser besonnenen Einfühlsamkeit gewann er sehr schnell das Vertrauen seiner Vertragspartner und mit der Zeit war er zu einem von Mylos besten Leuten geworden. Hinzu kam, dass Salomo ein äußerst erfahrener Krieger war, der vor nichts zurückschreckte und keine Skrupel kannte. Es hatte ihn schon immer gewundert, wie dieser Mann einerseits so sanft und mitfühlend sein konnte, aber dann auch so grausam und gefühllos war. Es hatte einige Zeit gedauert, bis Mylo verstanden hatte, dass er einfach nur immer das Richtige zu sagen wusste und gut zuhören konnte, dabei aber rein gar nichts empfand. Das waren die Gründe, warum sich ihm die Leute so verbunden fühlten, sie merkten dabei gar nicht, dass Salomo nicht das geringste Interesse an ihnen hatte. Es ging ihm einzig und allein um seinen Vorteil und die Geschäftsabwicklung.

»Du hast mich rufen lassen?«, fragte er nun, während er nähertrat.

Mylo nickte und legte sich zögernd die Hand ans Kinn. »Du kennst doch Alice, die für mich arbeitet.«

»Du meinst die mit den schwarzen Haaren und dem losen Mundwerk?« Das war eine ziemlich passende Beschreibung, wie Mylo fand.

»Dann hast du sie also schon kennengelernt?«

»Oh ja, ich hatte das Vergnügen bereits.« Die Ironie war nicht zu überhören.

»Ich möchte, dass du nachschaust, ob sie ein altes Buch bei sich trägt. Es müssten lauter Namen und Orte darinstehen. Ich habe einen Auftrag erhalten, es zu besorgen, doch leider zeigt sich Alice wenig einsichtig und will es mir vorenthalten. Wenn du es hast, dann bring es so schnell wie möglich zu mir.«

»Ich nehme mal an, dass ihr das nicht gefallen wird.«

Mylo nickte schmunzelnd. »Davon gehe ich ebenfalls aus.«

»Was ist, wenn sie sich weigert oder gar wehren sollte?«, hakte Salomo nach.

Mylo musste sich nicht lange über diese Frage Gedanken machen. Den Entschluss hatte er bereits gefällt, auch wenn es ihm ein wenig leidtat, denn Alice war in ihrer Arbeit gut, allerdings auch aufmüpfig, und nun betrog sie ihn vermutlich auch noch. Ein unhaltbarer Zustand.

»Dann schalte sie aus und beseitige sie«, sagte er kurz.

Salomo nickte. »Ich bringe dir das Buch, keine Sorge.«

»Ich erwarte nichts anderes von dir«, erwiderte Mylo und erklärte ihm nun, wo Alice zu finden war. »Sie müsste auf dem Weg nach Erinstett sein. Halte dich an einen gewissen Adall. Früher oder später wird sie dort auftauchen. Ich bin sicher, du wirst sie finden.«

»Kein Problem. Ich kümmere mich um alles.«

Mylo nickte ihm zu und war mit seinen Gedanken bereits wieder bei dem Mittelsmann, der ihm den Auftrag gegeben hatte. Vielleicht sollte er sich mit diesem in Verbindung setzen und ihm deutlich machen, dass er wusste, wo sich das Buch gerade befand und dass er es schon sehr bald würde übergeben können. Wenn er es richtig anstellte, konnte er vielleicht sogar etwas mehr Profit herausschlagen …

Er griff nach Papier und Feder und begann sogleich, die ersten Zeilen zu verfassen. Irgendwann wurde ihm klar, dass Salomo noch immer dastand und beobachtete, was er schrieb. Mylo verzog missbilligend das Gesicht und wedelte mit der Hand: »Was wartest du noch, mach dich auf den Weg.«

Salomo nickte. »Natürlich. Ich bin bald wieder hier und werde dich nicht enttäuschen.« Damit ging er und ließ Mylo allein zurück.

Der seufzte schwer, als er den Brief zu Ende brachte und noch einmal an Alice dachte. Er würde sich in nächster Zeit um eine neue Feiy kümmern müssen. Aber das war es wert. Er musste dieses Buch um jeden Preis in die Hände bekommen …

24619901R00197

Printed in Poland
by Amazon Fulfillment
Poland Sp. z o.o., Wrocław